Dans l'ombre du danger

MAGGIE SHAYNE

Dans l'ombre du danger

BestSellers

Titre original : KILLING ME SOFTLY

Traduction française de JEAN-CHRISTOPHE NAPIAS

HARLEQUIN®
est une marque déposée par le Groupe Harlequin

BEST-SELLERS®
est une marque déposée par Harlequin S.A.

Photo de couverture
Femme : © PLAINPICTURE / ARCANGEL / KATYA EVDOKIMOVA

83/85, boulevard Vincent-Auriol, 75646 PARIS CEDEX 13.
Tél. : 01 42 16 63 63
Service Lectrices — Tél. : 01 45 82 47 47
www.harlequin.fr
ISBN 978-2-2802-3138-1 — ISSN 1248-511X

A mon groupe de bêta-lecteurs, les Packeteers *:*

Cactus Chris Wenger,

Micki Malone, alias *Michele Masarech,*

Gayle Calle, alias *Julia Latham,*

Laurie Lance « Bugs » Bishop, Theresa Kovian et Ginny Aubertine. Sans votre intelligence et vos séances de remue-méninges, je n'aurais pas pu écrire ces livres.

Mais le plus important, c'est qu'aucun écrivain ne saurait rêver de pareils amis, aussi authentiques et merveilleux que vous tous.

Soyez assurés de mon amour et de ma profonde reconnaissance.

Prologue

Seize ans. Cela faisait seize ans que je n'avais plus commis de meurtre.

Ce soir, pas de doute, j'allais tuer quelqu'un.

Cela faisait aussi seize ans que je n'avais pas sorti la Thunderbird du garage où je la gardais. C'était plus une crypte qu'un garage, d'ailleurs. J'avais cru que l'assassin, en moi, mourrait avec le temps. Je l'avais enseveli dans les profondeurs de mon inconscient, de même que j'avais caché sa voiture dans mon garage, la dissimulant sous une bâche semblable à un linceul. J'avais aussi masqué mon mur de trophées. Et je m'étais promis de ne jamais plus remettre les pieds dans cet endroit.

Une promesse impossible à tenir.

J'y allais de temps en temps, quand *sa* voix me parvenait. Je faisais démarrer le moteur de la T-Bird, je le laissais tourner, je l'écoutais ronronner, et j'éprouvais la même excitation qu'à l'époque où nous partions en quête d'une nouvelle victime. Il m'arrivait même, parfois, de faire glisser le tableau perforé, au mur, et de regarder le parpaing qu'il dissimulait. Je contemplais tous ces visages. Ravissants. Toujours souriants. Toujours jeunes.

Ce soir, j'avais sorti la T-Bird. Ainsi que le kit, même si je n'avais aucune intention de m'en servir. Je l'avais presque toujours à portée de main. C'était une façon de me tester, je pense. De m'assurer que c'était bien moi qui commandais, moi qui contrôlais. Que je pouvais résister aux appels de la bête qui m'habitait.

D'accord, j'allais tuer le jeune flic. Sauf que ce serait un simple meurtre, une balle dans la nuque et une mise en scène pour faire croire à un cambriolage qui aurait mal tourné. Ce n'était pas la créature assoiffée de vengeance, en moi, qui commettrait ce crime ; cette fois, ce serait vraiment moi. Je n'avais pas le choix.

Mon *alter ego* était avec moi, néanmoins ; il m'accompagnait pour la balade, totalement transporté par ce qui se passait. Tuer, il aimait ça. Beaucoup plus que moi. Et ce n'était pas peu dire, car moi-même j'en étais venu à y trouver du plaisir. Il n'y avait pas de flash aussi puissant.

Pourtant, ce ne serait pas comme les autres fois. Il ne s'agissait pas de flash, cette fois, mais d'une nécessité.

Ces pensées défilaient en moi lorsque je me rendis compte que j'étais arrivé devant la maison. Contrairement à ce que j'avais prévu, m'y introduire ne posa aucun problème. Un vrai jeu d'enfant. La porte de la petite maison en brique n'était même pas fermée à clé. Il n'y avait pas de système de sécurité. Toutes les lumières étaient éteintes. Pour un flic, même un bleu comme lui, c'était plutôt inconséquent.

Il y avait eu une fête, dans la soirée, mais tous les invités étaient partis. Je marquai une pause, le temps que mes yeux s'habituent à l'obscurité. Il faisait encore plus sombre à l'intérieur que dehors. Mais une obscurité différente. Plus épaisse. Plus dense.

Je finis pourtant par y voir un peu. Et grâce aux effluves qui imprégnaient l'endroit et agressaient mon odorat très sensible, je fus en mesure de distinguer ce que j'aurais vu s'il y avait eu de la lumière : des cendriers débordant de mégots et des bouteilles de bière à moitié pleines, dont certaines avaient été utilisées comme cendriers, d'où cette odeur qui flottait dans l'air, mélange nauséabond de bière aigre et de tabac humide. S'ajoutaient à cette puanteur âcre celles des chips de pommes de terre desséchées et de sauces en train de tourner, le tout dans des bols en plastique recyclable.

Mes sens étaient comme exacerbés, quand j'étais sur le point de tuer. Et, ce soir, ils étaient plus exacerbés que jamais, parce que cela faisait une éternité que je n'avais pas tué. J'en frissonnais ; j'étais ultraréceptif. Même le frottement de la combinaison noire sur ma peau m'excitait.

Je me déplaçais lentement, avec prudence. Je prenais mon temps, sachant que j'en avais à volonté. Le flic ne se réveillerait pas. Je ne me pressais donc pas, profitais de chaque seconde. Je songeai qu'en marchant ainsi sans bruit, dans sa maison plongée dans l'obscurité, je devais éprouver ce que ressent un chasseur quand il traque sa proie à travers une jungle épaisse. Mais pas *n'importe quelle* proie. Un éléphant ou un lion. Un gros gibier capable de tuer aussi facilement qu'on peut le tuer. Un animal dangereux.

On ne sera pas forcément d'accord avec moi, étant donné la nature de mes victimes, mais j'ai toujours pensé qu'il n'y avait pas d'animal plus dangereux qu'un être humain. Je le penserai toujours. C'est l'intelligence, la faculté de penser qui fait la différence — qu'il s'agisse d'une jeune et jolie femme ou, comme ce soir, d'un homme en pleine jeunesse.

Je me dirigeai vers la chambre, évaluant chaque pas. Je n'avais pas du tout l'impression qu'il s'était passé autant de temps — seize ans ! — depuis la première fois. Elle s'appelait Sara. Je me rappelais son visage dans les moindres détails — tout comme sa mort. Le souvenir était aussi net que si je l'avais tuée la semaine précédente. Ou la nuit dernière. Il était possible que les années aient apaisé ma nervosité et développé certaines facultés ; toujours est-il que je n'avais plus les problèmes de tremblement ou de transpiration que je rencontrais autrefois, quand j'entrais dans la chambre de l'élu du soir.

Je coupai le fil de mes pensées et, tendant l'oreille, je perçus une respiration lente et régulière qui s'élevait depuis un monticule de draps et de couvertures sur le lit. Les battements de mon cœur se firent un peu plus rapides. Quelque chose s'éveilla en moi, comme si un feu s'allumait dans mon sang. Je sentis, vivant, le jumeau sombre et affamé qui m'habitait. Je l'avais longtemps obligé à se taire, le gardant prisonnier d'une espèce de coma provoqué — jusqu'à cet instant. A présent, il était complètement éveillé. Fermant les yeux, je me rappelai — aussi bien pour lui que pour moi — que ce serait différent, cette nuit. Ce ne serait que pour une fois. C'était indispensable.

Nous n'avions vraiment pas le choix, il le savait. Ou du moins le pressentait-il.

Doucement, nous avons tiré les draps.

Et le terrible jumeau qu'abritait mon âme a poussé un rugissement de plaisir, alors même que je secouais la tête en signe de dénégation. Car la personne qui se trouvait dans le lit n'était pas l'homme que j'étais venu tuer.

A sa place, il y avait une jeune femme. Très belle, même si elle empestait la bière et dormait comme une souche. Elle avait une peau pâle et sans défaut. Ses cheveux longs brillaient. Ils étaient châtain clair, exactement de la couleur que j'aimais.

Forcément, me chuchota mon jumeau. C'est ta teinte favorite, hein ? Elle est là pour nous. Je le savais. Et toi aussi. Allez, ne le nie pas : tu le savais.

Ce que je *savais*, c'est que cette voix, celle de mon double, n'était pas réelle. Ce n'était qu'une partie de mon esprit, une part dérangée que j'avais tenté d'ignorer durant tout ce temps. Je n'étais jamais parvenu à réduire complètement au silence ce jumeau. Même lorsqu'il était au repos, je l'entendais dans mes rêves. Peut-être ne dormait-il que lorsque j'étais éveillé, et inversement. J'espérais vraiment qu'il allait se taire, en cet instant, parce que je ne voulais pas de cela. Pas maintenant.

Tu savais qu'elle serait ici, poursuivit-il d'un ton pressant. Tôt ou tard, cela devait arriver. C'est pour cette raison que tu as sorti la T-Bird. Pour cette raison aussi que tu as apporté le kit avec toi.

Il se trompait. J'avais pris le kit comme une espèce de pense-bête — un témoignage de ma volonté, mais aussi de ma capacité à contrôler mes pulsions. Et de le contrôler, *lui*.

Des salades ! C'est pour ça que tu l'as apporté : tu espérais que ce moment allait arriver — on savait tous les deux qu'il arriverait. C'est un vrai cadeau ! Seize ans que tu attends ça ! Sors-le. Vas-y, sors-le. Tu en crèves d'envie.

Non.

Si. Tu sais que, de toute façon, ça se fera. Qu'on le fera. Pourquoi lutter contre notre nature ?

Les mains tremblantes, je fis glisser mon sac à dos de mes épaules et, fouillant à l'intérieur, j'en sortis le sac en cuir. Un sac que je n'avais pas utilisé depuis seize ans, depuis que j'avais tué ma dernière victime et m'étais débrouillé pour qu'un autre homme soit accusé du crime. Le sac faisait environ la même taille qu'une trousse de rasage, avec une fermeture Eclair sur trois côtés. Je me sentis revivre en l'ouvrant, lentement, prenant garde à ne pas faire trop de bruit — conscient en même temps que l'idée d'être entendu m'excitait. Je me penchai sur elle. J'éprouvais une émotion d'une force que je n'avais pas ressentie depuis plus de quinze ans. J'entendais mon pouls battre à mes oreilles. J'avais la peau en feu et des picotements dans les doigts. J'eus l'impression que mon autre moi-même ne faisait qu'un avec moi tandis que je m'approchai, sur la pointe des pieds, de la tête de lit, pour me tenir entre elle et le mur. Je pouvais ainsi la voir de derrière et la contempler en même temps dans le miroir qui surmontait la coiffeuse, de l'autre côté de la chambre.

Je sortis le bas de soie noire de la trousse et le passai avec soin derrière son cou, sans troubler son sommeil alcoolisé. Sa peau était chaude sous mes doigts gantés. J'entendis mon jumeau qui gémissait d'impatience alors que nous mettions le bas en place. Puis quand nous commençâmes à serrer. A serrer un peu plus. Encore un peu plus.

Elle se réveilla d'un coup. Elle ouvrit les yeux en grand, et ses mains se portèrent vers sa gorge. Je serrai encore le bas, la soulevant en même temps du lit, de manière à ce qu'elle puisse, elle aussi, voir dans le miroir tout ce qui se passait.

Ainsi que je l'espérais, sa terreur augmenta encore lorsqu'elle me découvrit derrière elle, tout en noir, grand et puissant, en train de l'étrangler lentement. Il n'y avait aucun espoir, elle le savait. Elle se débattit dans le lit, la bouche grande ouverte, le visage virant à l'écarlate. Une sensation qui rappelait celle d'une dose d'ecstasy, mais en *beaucoup* mieux, déferla en moi comme une vague chaude et vibrante, écrasante, tandis que nous lui arrachions graduellement ce qui lui restait de vie. Elle n'était plus aussi jolie, avec sa langue toute gonflée qui sortait entre ses lèvres écartées.

Quand ses yeux se révulsèrent complètement, je laissai glisser le bas et revins à ma trousse. J'en sortis les deux verres à shot customisés, décorés de ce motif qui révélait si bien le prédateur en moi. Et les crimes que nous commettions ensemble. Je sortis aussi la flasque en étain et remplis les deux petits verres de whisky.

Au bout d'un moment, elle commença de se redresser. Ses paupières se mirent à trembloter, très vite, avant qu'elle ne les soulève et n'écarquille les yeux en s'apercevant que j'étais toujours là. Elle ouvrit la bouche pour parler et, d'une main, je lui attrapai le menton, l'obligeant à écarter les dents. Je lui vidai le verre à shot dans la gorge. Elle ne put avaler et se mit à tousser. Sans attendre, dans la foulée, je laissai tomber le verre et m'emparai de nouveau du bas noir. Cette fois, je serrai encore plus, tirai toujours plus fort, le tordant de toutes mes forces, lui broyant sans peine la gorge avec ce simple bout de soie.

J'entendis le gargouillement quand elle se mit à recracher le whisky. Je vis la salive mousseuse couler entre ses lèvres, sur son menton. Des larmes roulaient sur le côté de ses yeux, qui gonflèrent comme s'ils allaient éclater. Son corps tout entier tressaillait, secoué de spasmes violents. Sur son front, une veine presque violette gonfla et se mit à battre sous sa peau bleutée.

Elle s'arrêta soudain de battre.

Il y avait un changement palpable, quand elles mouraient. Je savais avec précision le moment où cela arrivait. Elles n'étaient plus conscientes de rien, elles ne luttaient plus, il n'y avait plus de peur. Il y avait juste une absence de... de *tout*, vraiment. Elle s'accompagnait chez moi d'une jouissance à côté de laquelle un orgasme semblait bien fade. Rien ne valait ce que j'éprouvais alors. *Rien.*

La vie s'échappait du corps de la fille, et je la *sentais* filer. Cette sensation stimulait toutes mes terminaisons nerveuses, elle enflammait la moindre parcelle de ma peau rendue délicieusement sensible. Elle m'illuminait, vibrait en moi. Je la percevais jusque dans les tressaillements de mon ventre et les ondes qui contractaient les muscles.

La tête renversée en arrière, les yeux fermés, je relâchai la tension du bas de soie en poussant un soupir, secoué d'un tressaillement de bien-être.

Ensuite, lentement, cellule par cellule, mon cerveau se reconnecta, comme un ordinateur qu'on relance. Les voyants se rallumèrent les uns après les autres. Le disque dur se remit à bourdonner. Le plaisir reflua en une onde de chaleur qui emplit mon corps et continuerait de m'habiter, je le savais, pendant des jours. La volupté s'estompa assez pour laisser la raison et les considérations pratiques accéder de nouveau au premier plan de mon esprit.

Ce soir, je n'avais pas accompli ce que j'avais prévu de faire. Pas exactement. Pourtant, je pouvais toujours atteindre le but que je m'étais donné. Il me faudrait juste suivre un sentier légèrement différent, et sans doute plus tortueux, pour atteindre le même objectif. Je pouvais toujours le faire. Et je savais comment.

D'ailleurs, cette façon de procéder était meilleure.

« Tu as raison, dis-je à mon double, que je sentais bien éveillé en moi. Ç'a été beaucoup mieux. Cela faisait si longtemps… »

Seize ans. Seize ans de trop.

Je hochai la tête. Pour cesser aussitôt. Cela ne se reproduirait plus. C'était sublime, paradisiaque, mais je ne pouvais pas laisser une telle chose arriver de nouveau.

Non, mais de qui est-ce que tu te moques ? Tu es de retour, mon ami. Tu es de retour, et tu en es très content. Ça t'a manqué, tu le sais très bien.

Je choisis d'ignorer celui qui en cet instant était mon plus cher et plus vieil ami — le seul qui m'ait jamais compris et me comprendrait jamais. Je libérai le bas qui avait déjà caressé tant de gorges, le fis glisser de son cou et le remis dans la trousse. J'avais autre chose à faire, ce soir, si je tenais à ce que tout aille comme je le voulais. Mais, auparavant, il y avait une dernière chose.

Je pris le second verre à shot là où je l'avais posé, sur la table de nuit, le portai à mes lèvres et le vidai d'un trait.

Le verre de la célébration.

Le dernier avant d'aller me coucher.

C'était une tradition, après tout.

1

Bryan Kendall se réveilla avec une gueule de bois carabinée, qui prit l'allure d'un vertige aveuglant quand il eut la mauvaise idée de rouler sur le côté. Au même moment, sa main entra en contact avec quelque chose de dur et froid, et il s'avisa qu'il ne se trouvait pas dans son lit.

Il était allongé sur le carrelage de la salle de bains.

— Bon sang…, maugréa-t-il. Ç'a dû être une sacrée fiesta…

Il tenta de convoquer quelques souvenirs, mais en fut incapable — et, de toute façon, ce n'était pas sa priorité, dans l'immédiat. Il avait la bouche plus sèche que de la pierre, et il ne pensait qu'à une chose : boire.

N'importe quoi. Et tout de suite.

Il ouvrit les yeux, pour les refermer aussitôt, crispant les paupières pour se protéger de la lumière qui tombait de la petite fenêtre de la salle de bains. Le soleil brillait beaucoup trop fort, ce matin. Agrippant le lavabo d'une main, il parvint à se redresser et, se penchant, il ouvrit les robinets. S'inclinant un peu plus, il mit ses mains en coupe et but. L'eau tiède humidifia sa bouche, sans pour autant apaiser sa soif. Il avait la tête qui tournait, son crâne semblait sur le point d'exploser, et il avait l'estomac affreusement barbouillé. Il prit conscience que sa gueule de bois n'était pas comme les autres.

Jamais il n'avait bu au point d'aller s'écrouler sans connaissance sur le sol de sa salle de bains.

Il leva péniblement la tête, jeta un coup d'œil à son reflet dans le miroir, et ferma de nouveau les yeux. Ce seul mouvement lui demandait trop d'effort. Ce dont il avait besoin, c'était de boire une bouteille d'eau, avec une poignée de comprimés d'aspirine, puis d'aller se fourrer au lit pour dormir au moins huit heures de plus. Après, il verrait bien.

Se tournant vers la porte, il s'avança en traînant les pieds. En quelques pas, il eut rejoint la chambre, puis le lit, et il se laissa tomber avec soulagement sur le grand matelas. Il remonta draps et couvertures sur lui en même temps qu'il se tournait sur le côté. Il se souvint de Bette quand son bras entra au contact de la jeune femme.

— Désolé, ma belle…, marmonna-t-il en posant sa tête sur l'oreiller et en fermant les yeux.

Elle ne répondit pas. Tant mieux : il ne l'avait donc pas réveillée. Pour se réchauffer un peu, il lui passa le bras autour de la taille et se rapprocha un peu plus d'elle. Elle ne bougea pas. Elle ne roula pas sur le côté pour presser son dos contre lui, ainsi qu'elle en avait l'habitude. Elle ne donna pas une petite tape sur l'avant-bras posé sur elle.

Et elle était froide.

Encore plus que lui.

Fronçant les sourcils, il souleva la tête pour la regarder dans la lumière du petit matin, qui commençait tout juste de s'insinuer par le petit interstice, entre les rideaux. Etendue sur le dos, elle avait les yeux grands ouverts et fixait le plafond. Quelque chose le frappa alors qu'il la regardait, et il eut l'impression d'avoir mis le doigt dans une prise de courant. De prendre une décharge électrique en pleine poitrine. Il se réveilla complètement. En même temps qu'il se redressait pour s'asseoir, il cligna les yeux pour chasser la brume qui voilait son regard. Un frisson lui courut dans le dos, comme si une part de lui-même savait ce qu'il voyait avant même que son cerveau ne l'ait compris.

— Bette ?

Il se pencha pour lui toucher la joue. Elle était anormalement froide. Pas froide comme si elle s'était trouvée dehors, en pleine tempête de neige... Froide comme un objet. Cela faisait une immense différence. A ce moment-là, son cerveau saisit ce que son instinct lui avait déjà soufflé.

Bettina Wright était morte.

Morte !

Bryan sortit à reculons du lit, plus réveillé qu'il ne l'avait jamais été. Il se tint là un instant, à la regarder, suffoquant.

— Bette ? appela-t-il de nouveau. C'est quoi, ça ? *C'est quoi ?*

Le policier en lui finit par reprendre le dessus. Il contourna le lit en courant, et se pencha pour chercher son pouls. Il s'arrêta en sentant de nouveau à quel point elle était froide. Son cerveau avait pris de l'avance, à présent, réfléchissant à toute allure, lui conseillant de la sortir du lit, de l'allonger par terre, de commencer une tentative de réanimation, d'appeler les secours... Mais il ne fit rien de cela, car la réalité l'emportait sur tous ses réflexes professionnels. Bette était morte depuis plusieurs heures. Personne ne pouvait plus rien pour elle, à présent, ni lui ni un autre. Elle se trouvait là, dans son lit, raide et froide, alors qu'il s'était trouvé à deux pas, dans la salle de bains. Dans les vapes et inutile.

Il fit tout son possible pour se rappeler ce qui s'était passé la veille au soir, en quête d'un indice susceptible de lui expliquer comment une chose pareille avait pu arriver. Elle ne lui avait pas paru malade ni particulièrement fatiguée. Elle ne s'était plainte de rien. Il savait qu'elle n'avait pas pris de drogues, et qu'il n'y en avait pas chez lui, de toute façon. La plupart des invités étaient tout de même des flics, bon sang !

Se pouvait-il que son cœur ait lâché, comme ça, sans prévenir ? Une de ces réactions allergiques foudroyantes, un empoisonnement à l'alcool ou…

— Oh, non !

Son regard s'était posé sur le cou de Bettina. Sur les marques de ligature. Elles étaient très visibles, malgré la lumière faible.

— Non, non, non…

Il recula et tira sur le rideau pour l'ouvrir en grand, laissant la lumière du soleil inonder le corps de la jeune femme. L'affreuse blessure qui lui ceignait le cou ne laissait aucune place au doute, tout comme la langue qui sortait encore de sa bouche et la salive séchée sur son menton. Bettina Wright avait été étranglée à mort dans le lit de Bryan tandis qu'il dormait, bourré, dans la pièce d'à côté. Elle avait été assassinée alors qu'il était à moins de trois mètres, trop soûl pour lui venir en aide.

Il était flic, bon sang, et il…

Merde ! Merde et merde !

Du regard, il fit de nouveau le tour de la chambre. Il repéra son téléphone portable, le prit et traversa la maison sans toucher à quoi que ce soit. Il était torse nu, en jean, mais il ne se soucia pas de récupérer autre chose. Sa maison était une scène de crime, à présent. Seigneur ! Il n'arrivait pas à y croire. Bette ! Morte.

Il ouvrit la porte d'entrée, à l'avant, à l'aide d'une chaussette ramassée par terre et en n'utilisant que deux doigts pour tourner la poignée, afin de ne pas effacer d'éventuelles empreintes. Laissant la porte ouverte, il alla s'asseoir sur les marches de la véranda. Il ouvrit son portable. Deux hommes comptaient plus que tous les autres, dans la vie de Bryan : son père et Nick Di Marco, un flic à la retraite, son mentor. Il avait envie de les appeler tous les deux, en même temps, mais il devait faire un choix… Des deux, Di Marco était géographiquement le plus proche et pouvait donc le rejoindre plus rapidement. La décision était donc facile à prendre.

Il composa le numéro de Nick et attendit qu'il réponde, se tenant la tête de sa main libre.

— On est samedi, il est 6 heures du matin, j'espère que vous avez une bonne raison de me réveiller !

— Nick ?

— Kendall ? Tu as une drôle de voix. Ça va ?

— Non. Je… C'est à cause de Bette.

— Qui ça ?

— La fille avec qui je… Enfin, avec qui je sors… sortais plus ou moins. Elle… elle est morte, Nick. Morte de chez morte, bordel !

Sa voix se cassa, mais il s'obligea à poursuivre.

— Je crois qu'elle a été étranglée. Dans mon lit. Bon sang, Nick, elle…

— Hé, calme-toi, O.K. ? Où es-tu, là ?

— Assis devant chez moi, sur les marches de la véranda. Elle est à l'intérieur. Morte. Comment est-il possible que je n'aie rien entendu ? Comme est-ce que j'ai pu… ?

— Tu es sûr qu'elle est morte ? Tu lui as bien cherché le pouls ?

— Elle est froide, Nick. Comme un glaçon !

Il entendit Nick étouffer un juron, puis demander :

— Tu as appelé quelqu'un — à part moi, je veux dire ?

— Non, je…

— D'accord, d'accord, on va faire les choses dans l'ordre. C'est la seule façon d'y arriver. Tu es flic… tu connais la chanson. Il faut que tu sois au-dessus de tout soupçon, pigé ?

— Des soupçons ? Merde, Nick, pourquoi est-ce que j'aurais… ?

— Tu étais là, non ? Tu t'es réveillé à côté d'elle. Tu es la dernière personne à l'avoir vue vivante, celui qui a découvert son corps. Tu es flic, tu sais mieux que personne comment ça se passe.

Bryan sentit son corps se tendre ; il eut l'impression étrange qu'il allait se briser.

— Raccroche et appelle ton père. De mon côté, je vais contacter le chef MacNamara, et je serai là à peu près en même temps que lui. Tu te contentes de nous attendre. Tu n'appelles personne — surtout pas sa famille, pour l'amour de Dieu. Juste ton père. Tu lui dis de se pointer dès que possible. J'arrive. Tu ne retournes pas dans la maison. Tu ne touches à rien. Tu ne prends pas de douche, tu ne te changes pas. Tu restes où tu es, compris ?

— Oui, oui. Je…

— Je sais, mon gars, je sais. Accroche-toi. Je suis sur le coup. Je serai là dans une poignée de minutes, d'accord ?

— D'accord.

— Respire, surtout. Tout va bien se passer.

— D'accord.

— Où est ton arme, Kendall ?

Bryan cligna les yeux, réfléchissant quelques secondes pour se rappeler où il avait mis son pistolet la dernière fois qu'il l'avait sorti. Cela faisait un moment. Il était en congé forcé depuis une récente prise d'otages, attendant que la psy de la police le déclare apte à reprendre le service.

— La petite armoire à clés, dans le placard de l'entrée.

— Tu es sûr qu'il n'y a personne d'autre dans la maison ?

Bryan leva la tête, lentement, et la tourna derrière lui, vers la porte toujours ouverte.

— Je n'ai pas vraiment vérifié…

— Laisse tomber. Tu restes à distance, mais tu gardes un œil sur la maison, au cas où.

— Entendu.

— Fais gaffe, mon garçon. J'arrive.

Bryan ferma les yeux, se coupant de la réalité. Il avait l'impression que tout son univers était sens dessus dessous. Il se leva et regarda à l'intérieur de la maison. Sa certitude qu'il n'y avait personne s'affermit. En même temps, si on l'avait interrogé, quelques minutes plus tôt, sur la possibilité de découvrir le cadavre d'une femme dans son lit, il aurait trouvé l'idée ridicule…

Il fit quelques pas jusqu'à l'allée. Mais il n'avait pas rejoint sa Mustang Shelby GT rouge pomme d'amour toute neuve, qu'il dut s'arrêter et se mit à vomir. Cela n'avait rien à voir avec l'alcool dont il s'était imbibé une bonne partie de la nuit. Bon sang ! Il n'arrivait toujours pas à croire que Bette était morte. Et étranglée, de surcroît. Etait-il possible qu'il se soit trompé ? Qu'il ait imaginé les marques sur son cou ? Le chef avait peut-être eu raison de le mettre sur la touche un moment ; il se trouvait en plein stress posttraumatique, ou quelque chose d'approchant, et il avait imaginé tout ça… S'il regagnait maintenant l'intérieur de la maison, il allait découvrir Bette tranquillement assise dans le lit, en train de râler parce qu'elle allait être en retard à un de ses cours du matin.

Il crut presque à sa fable. Il faillit se tourner pour rejoindre la maison. Mais quelque chose l'arrêta. Sans doute le poids du téléphone dans sa main. Il devait appeler son père.

Sauf que c'était Dawn qu'il avait envie d'appeler.

Il avait envie d'entendre sa voix, désespérément. Pourtant, il ne l'appellerait pas. Dawn et lui ne s'étaient pas parlé depuis plus de cinq ans. Ils s'étaient trop éloignés l'un de l'autre, à présent. Il y avait aussi trop de douleur, entre eux. Et aucune tentative pour y remédier ou même aborder le sujet. Il ne pouvait pas téléphoner à Dawn, même si le simple fait d'entendre sa voix le soulagerait plus que tout au monde.

Non. Même Dawn ne pourrait pas arranger cela.

Il ouvrit la portière de sa voiture, se glissa à l'intérieur, et il resta un long moment à contempler la forme sombre, imposante, qui se dessinait au loin, à l'endroit où la chute qui donnait son nom à la ville jaillissait d'une saillie rocheuse pour se précipiter dans le vide. Cet amas de roche escarpé était positionné de telle manière que la chute elle-même était toujours dans l'ombre, ce qui lui donnait une allure sombre et menaçante, et non joyeuse et scintillante comme l'étaient en général les chutes d'eau. Le site de Shadow Falls n'avait rien de magnifique. Il était même carrément sinistre. Mais c'était à Shadow Falls, la ville, que Bryan avait trouvé une opportunité de travailler dans la police, juste après la fac. Ce n'était qu'à une heure de chez lui : les conditions idéales.

C'était du moins ce qu'il avait cru.

Car la ville était loin d'être idéale, en cet instant. Quelque chose se cachait dans ses tréfonds. Quelque chose de malfaisant. Un tueur sans pitié rôdait. Dont il ne savait rien.

Bryan soupira. Puis il appela son père, à un peu moins de cent kilomètres de là, dans sa ville natale de Blackberry, au cœur du Vermont.

2

Nick Di Marco en imposait. Déjà, il y avait le physique. Il dépassait le mètre quatre-vingts, il avait les épaules larges et solides, avec un soupçon de ventre qui apparaissait depuis quelque temps. Ses cheveux, autrefois d'un noir corbeau, étaient striés d'argent ; des pattes d'oie soulignaient le regard intense de ses yeux marron et rendaient son sourire encore plus communicatif ; ses froncements de sourcils, eux, étaient impressionnants. Mais, par-dessus tout, c'était le meilleur flic que Bryan ait eu l'honneur de connaître. Le fait qu'il soit à la retraite n'y changeait rien.

Bryan n'était d'ailleurs pas le seul à penser cela. Di Marco était une espèce de héros, et tout le monde le savait, à Shadow Falls.

Il se sentit donc un peu plus léger quand il vit Nick descendre de sa vieille et massive Crown Victoria noire et venir à sa rencontre. Bryan quitta son propre véhicule, qu'il remboursait à coups de traites aussi élevées que son loyer, et il fit de son mieux pour cacher le tremblement de ses genoux. Le soleil diffusait déjà dans l'air une chaleur estivale.

Nick l'enlaça, mais cela n'avait rien d'une franche accolade entre hommes : il le prit dans ses bras et le serra avec force, vidant les poumons de Bryan de l'air qu'ils contenaient.

— Ça va, mon gars ?

— Je ne sais pas.

— Ça va aller, je te le promets, affirma Nick en lui donnant une petite tape sur l'arrière du crâne.

Il lui tint l'épaule un instant, puis il le lâcha et s'écarta pour scruter son visage.

— Tu as appelé ton père ?

— Oui. Il arrive.

— Tant mieux.

Nick tourna la tête alors qu'un autre véhicule apparaissait et s'arrêtait en dérapant légèrement le long du trottoir. C'était une des Bronco de la police de Shadow Falls, avec ses portières avant ornées du logo de la ville — une chute d'eau à l'intérieur d'un cercle formée des mots « Shadow Falls Police Department ». Le gyrophare, sur le toit, était éteint.

MacNamara sortit du véhicule. Des mèches folles de cheveux blancs s'agitèrent sur sa tête. Il avait le visage rougeaud et bouffi d'un vieil habitué de l'alcool, avec le ventre qui va de pair. Il était même si gros qu'il donnait l'impression de se balancer pesamment de droite et de gauche quand il s'efforçait de marcher vite — ce qui était le cas en cet instant.

— Quelqu'un pourrait-il me dire ce qui passe ici ? demanda-t-il d'une voix essoufflée.

Nick se tourna vers Bryan.

— Vas-y, Kendall. On t'écoute.

Bryan inspira profondément.

— Il y avait une fête à la maison, hier soir. Pour célébrer mon retour au boulot lundi. Tu étais là, dit-il à Nick. Tu peux confirmer…

Nick hocha la tête.

— C'était un petit truc, expliqua-t-il au chef. Quelques packs de bière et des chips. Essentiellement des flics, quelques visages que je ne connaissais pas. Entre quinze et dix-huit personnes, je dirais.

— Tu es parti tôt, précisa Bryan en baissant les yeux. D'autres invités sont arrivés un peu plus tard. Je crois pouvoir me rappeler la plupart d'entre eux — enfin, je ne sais pas… Je dois avoir bu bien plus que je ne le pensais. Quand je me suis réveillé, j'étais couché sur le carrelage de la salle de bains. Tout le monde était parti. Je suis revenu dans la chambre pour dormir encore un peu. Bette était là et…

Il leva les yeux, pour affronter le regard des deux hommes. D'abord Nick, puis Mac, son chef.

— … elle était morte, termina-t-il.

Bryan avait dû forcer le dernier mot à franchir ses lèvres. Sa voix se brisa quand il le prononça.

— Le corps était déjà froid. Et elle avait des marques de ligature autour du cou.

Son chef ouvrit la bouche en grand, comme si les muscles de sa mâchoire avaient cédé. Il fit un pas en arrière pour regarder vers la maison et il passa la main dans ses cheveux blancs. Puis il poussa un juron et s'élança vers la maison, avec ce mouvement de balancier caractéristique.

D'un petit coup sur l'épaule, Nick engagea Bryan à bouger et, malgré sa réticence, Bryan se mit à marcher avec lui à la suite de MacNamara.

— Vous n'avez rien entendu ? demanda ce dernier sans se retourner.

— Non.

Ils pénétrèrent dans la maison et filèrent en direction de la chambre.

— Faites attention à ne rien toucher, lança encore son chef, juste avant de franchir le seuil de la chambre.

Il s'arrêta net et, quand il reprit la parole, il avait baissé le volume de sa voix.

— En fait, ce serait mieux que vous n'entriez pas, Kendall. Di Marco, amène-toi. Mais fais attention.

Nick rejoignit MacNamara dans la chambre tandis que Bryan restait à la porte, incapable de détacher son regard du visage légèrement bleuté de Bette, de ses yeux rouges qui ne voyaient plus rien et du rictus grotesque de sa bouche.

MacNamara examina de près le corps, sans rien toucher.

— Etranglée. Ça ne fait aucun doute. Et elle… Putain de merde !

— Quoi ? demanda Bryan depuis la porte.

MacNamara avait agrippé le poignet de Nick Di Marco. De la tête, il lui désignait la table de nuit.

Bryan suivit la direction de leurs regards. Un verre à shot était posé sur la table. Il était orné d'une faux noire, avec, au-dessus, une rose rouge dont la tige était sectionnée par la lame. Des gouttes rouges s'en écoulaient.

Ce motif, les trois hommes l'avaient déjà vu.

— C'est pas possible, chuchota Di Marco d'une voix tremblotante. C'est impossible. Va renifler le verre, Mac…

— Du whisky, confirma MacNamara après s'être penché dessus.

Il se tourna vers Nick.

— Vérifie sa bouche.

Nick hocha la tête et se pencha sur la jeune femme ; son visage était si près du sien qu'un témoin extérieur aurait pu croire qu'il était sur le point de l'embrasser. Il inspira par le nez et se redressa aussitôt.

— Du whisky, annonça-t-il à son tour. Seigneur, ça ne va pas recommencer…

— Quoi ? demanda Bryan. Mais qu'est-ce qui se passe, bon sang ?

Il avait posé la question tout en ayant le désagréable sentiment de savoir.

— Il est à toi, le verre à shot, Bryan ? interrogea Nick.

— Non.

— C'est une signature, lui expliqua MacNamara.

Il quitta la pièce, sortit son téléphone portable et composa un numéro.

— La carte de visite de « l'Etrangleur du dernier verre ».

Bryan cligna les yeux, nerveusement, assimilant cette information en même temps qu'il réfléchissait à ce qu'il savait sur cette vieille affaire — et il en savait sans doute bien plus que ne le soupçonnaient les deux autres. Tous les dossiers et pièces à conviction se trouvaient dans son garage, bien rangés.

Ils quittèrent tous trois la maison et rejoignirent l'allée. Là, le chef demanda une ambulance et une équipe de techniciens de scène de crime.

— Comment est-ce possible, chef ? lui demanda Bryan dès qu'il eut raccroché. L'Etrangleur avait été arrêté, non ? C'était il y a seize ans… C'est même toi qui l'as eu, Nick, toi qui l'as fait mettre derrière les barreaux. La plus importante affaire de ta carrière. Il est toujours en prison.

— Non, il n'y est plus, mon garçon, lui répondit Nick.

Bryan fronça les sourcils, partagé entre effroi et incompréhension, avant de se rappeler que le tueur en série était mort en prison trois semaines plus tôt.

— Une bagarre à laquelle il n'a pas survécu, précisa MacNamara. Vous n'avez pas vu ça dans les journaux ? Ça ne peut donc pas être lui. A moins que…

Laissant sa phrase en suspens, il se tourna vers Nick, qui se défendit aussitôt.

— Impossible que je me sois trompé de gus, Mac. Absolument impossible !

— Tu es sûr de toi ?

Nick parut outré par la question. Il semblait même prêt à en venir aux mains, songea Bryan.

— C'était lui, le coupable. Et tu le sais aussi bien que moi !

Le chef hocha la tête, gardant son calme légendaire.

— Ce que je sais aussi, c'est que nous n'avons pas livré toutes les informations au public. Personne n'était au courant, pour le motif sur les verres, Di Marco. Personne n'avait de détails sur le whisky qu'il utilisait. Il n'y avait que toi et moi. A moins que tu en aies causé à ton protégé, conclut-il en désignant Bryan.

— Je ne lui ai jamais parlé de cette affaire, Mac.

— Ah, oui ? Il ne t'a jamais demandé ? Tu as écrit un livre sur le sujet, on en a même tiré un film, et tu voudrais me faire croire que tu n'as jamais abordé le sujet avec Kendall ? Toi, son mentor, tu ne lui aurais jamais parlé du fait de gloire de ta carrière ?

— C'est exactement ce que je te dis, oui.

Nick se tendit. Le menton levé, il se rapprocha de MacNamara, comme pour le défier.

— Mais toi, pourquoi tu ne dis pas précisément ce que tu as en tête ? Tu ne serais pas en train d'insinuer qu'un bleu est devenu le *copycat* d'un serial-killer parce qu'il aurait pris deux ou trois cours auprès du flic à la retraite qui a résolu l'affaire ? Je trouve ça un peu tiré par les cheveux — même venant de quelqu'un comme toi, Mac.

— Kendall a descendu un homme le mois dernier, Nick.

— Dans l'exercice de ses fonctions, bon sang ! répliqua Di Marco en criant presque. Il a été lavé de tout soupçon. Il n'a rien à se reprocher, tu le sais bien.

— C'est possible, mais il n'est pas sorti indemne de cette histoire.

— Ça, c'est *toi* qui le dis.

Pour appuyer son propos, Nick pointa l'index vers

MacNamara, et Bryan eut un instant la certitude qu'il allait lui tapoter le torse du bout de cet index. Il n'en fit rien, mais il s'en fallut de peu.

— La psy dit qu'il va bien, lui.

— *Maintenant*, souligna MacNamara.

Tout ça, songea Bryan, parce qu'il n'avait pas paru au mieux de sa forme, juste après la fusillade. Mais qui l'aurait été, à sa place ?

C'était la première fois qu'il abattait un homme. Il n'avait pas eu le choix. Le type avait le bras passé autour du cou de sa petite amie et pressait contre sa gorge un couteau qu'il était sur le point d'enfoncer. Bryan ne s'était même pas posé de question. La fille saignait déjà, quand il avait tiré. Il n'avait pas eu d'alternative. Mais Dieu sait s'il n'avait pas aimé ça.

— Oui, *maintenant*, répéta Nick. Et c'est *maintenant* que ce meurtre survient. Tu sais que le gamin n'y est pour rien.

— Vous pourriez arrêter de parler comme si je n'étais pas là, tous les deux ! intervint Bryan d'un ton égal. Je suis avec vous. Et je n'ai rien fait. Absolument rien. Je n'avais aucune raison. J'avais beaucoup d'affection pour Bette.

— Vous aviez de l'*affection* ? répéta MacNamara.

Il ravala ce qu'il était sur le point de dire. Il soupira et pinça les lèvres.

— Entendu, Kendall, vous aviez de l'affection pour elle. Vous la *fréquentiez*, cette Bette…

— Bettina. Bettina Wright.

MacNamara sortit un calepin sur lequel il inscrivit le nom.

— Vous la voyiez régulièrement ?

— Nous étions amis.

MacNamara jeta un coup d'œil à Nick.

— Si jamais il commence déjà à mentir, sur quelque chose d'aussi évident…

— Je ne mens pas, assura Bryan.

— Elle était dans votre lit, mon garçon.

Di Marco inspira profondément, puis expira, comme pour garder son calme.

— Allez, Kendall, sois réglo avec le chef. Il est clair qu'il y avait plus que de… l'amitié entre vous.

— Il n'y avait rien, vraiment. On était amis. On s'entendait superbien, mais aucun de nous ne voulait aller plus loin.

MacNamara cligna les paupières, mais resta impassible. Di Marco, lui, leva les yeux au ciel.

— Je dirais que c'est ce que les gamins appellent un plan cul, Mac…

— Je suis vieux, pas mort, Di Marco. Je connais l'expression. Mais je ne pensais pas que ça se passait vraiment de cette façon…

Di Marco haussa les épaules et reporta son attention vers Bryan.

— Donc vous ne vous êtes jamais battus, tous les deux ? Ou disputés ? Il n'y avait pas de jalousie ?

— J'ai toujours su qu'elle craignait un peu son ex — et c'est peut-être par là qu'on devrait commencer. Cet enfoiré *était* jaloux. Il ne la voulait pas pour lui, mais ça le rendait complètement dingue de la voir avec quelqu'un d'autre. Y compris avec moi, alors qu'on était juste…

— Juste amis, marmonna MacNamara.

Bryan hocha la tête, tout en ayant conscience de la faiblesse de ses explications.

— D'accord ! dit son supérieur avec un soupir exaspéré. Ecoutez, on a beaucoup d'autres choses à voir, Kendall. Vous allez venir avec nous, et on va prendre votre déposition. Il nous faudra une liste de toutes les autres personnes présentes à votre fête, vous nous donnerez le nom du fameux petit ami — et de toute autre personne qui, selon vous, aurait pu avoir un motif —, on préviendra la famille…

— Merde ! maugréa Nick. Le pire truc de ce foutu boulot.

— Quel « foutu boulot » ? laissa échapper MacNamara. Il y a une chose sur laquelle il faudrait être clair, Di Marco. Tu es à la retraite. Tu donnes des cours de droit criminel, mais tu ne le mets plus en pratique, ce droit.

— J'enseigne le profiling, corrigea Nick. Et je viens de décider à l'instant de ne plus être à la retraite.

— Ce n'est pas…

— Je t'en prie, Mac, ne le dis pas. Ne dis pas que ça n'est pas possible ; ça l'est, nous le savons, l'un comme l'autre.

— Tu es le mentor du gamin — une espèce de figure paternelle. On est en plein conflit d'intérêts, tu ne crois pas ?

— Cette affaire est à moi.

Les deux hommes s'affrontèrent du regard.

— Si cette affaire a un rapport avec l'Etrangleur du dernier verre, Mac, s'il s'agit d'un *copycat* qui aurait eu d'une manière ou d'une autre accès à des informations internes, c'est mon affaire. Personne ne la connaît comme moi. Personne n'aura la base d'informations dont je dispose. Et s'il s'avère que j'ai merdé et envoyé un innocent…

— Tu ne l'as pas fait, coupa MacNamara.

— Mais si jamais c'était le cas, c'est à *moi* de régler ça.

MacNamara hocha la tête.

— Bon, je devrais pouvoir arranger les choses…

— Oui, arrange ça. Et laisse de côté la procédure. Tu me désignes comme « consultant », « expert » ou une autre connerie de ce genre, mais tu me mets sur l'affaire. Et de manière *officielle*. Tu as dit que ton père arrivait ? demanda Nick à Bryan.

— Oui.

— Appelle-le et dis-lui de nous rejoindre au bureau. Moi, pendant ce temps, je vais contacter un avocat, et aussi ton délégué syndical, pour qu'on se retrouve tous là-bas.

— Allons, Nick, je n'ai pas besoin d'un avocat…

Bryan vit bien le coup d'œil sinistre qui flotta entre Nick Di Marco et le chef MacNamara ; et, pendant une fraction de seconde, un froid terrible l'envahit, bloquant les battements de son cœur.

— C'est aussi mauvais que ça ?

Son regard croisa celui de Nick ; il manquait d'assurance, tout comme le sourire qu'il s'efforça de plaquer sur ses lèvres.

— Probablement que non, mon garçon. Mais il vaut mieux se préparer au pire, au cas où. Tu ne penses pas ?

Une question obsédait Bryan. Il n'arrivait pas à la poser, et pourtant il le devait. Il fallait qu'il sache.

— Nick, tu ne penses pas que j'ai fait ça, n'est-ce pas ? Dis-le-moi.

— Je ne le pense pas, non.

Bryan tourna la tête vers le chef, espérant qu'il allait répondre : « Moi non plus. » Mais MacNamara se contenta de baisser les yeux. Il secoua la tête et partit en direction de son SUV.

Au moment il allait monter à bord du véhicule, Bryan se sentit tout près de vomir de nouveau.

Dawn se plaqua l'oreiller sur la tête, contre les oreilles, mais la sonnerie du téléphone était toujours là. La messagerie était programmée de manière à s'activer au bout de quatre sonneries. Elle ne voulait pas en entendre une de plus. Mais son correspondant avait raccroché en tombant sur la messagerie et avait rappelé aussitôt après. Et il venait de rappeler encore.

Au bout de la énième tentative, Dawn sortit la tête de sous l'oreiller. Grâce à l'identifiant d'appel qui s'affichait sur l'écran de sa télévision — qu'elle avait laissée allumée toute la nuit, comme toujours —, elle vit que c'était sa mère qui appelait. Sa mère biologique, pas celle qui l'avait magnifiquement élevée et qu'elle considérait comme sa mère, Julie Jones.

« Blackberry Inn », pouvait-on lire sur l'écran.

Elle avait eu de la chance de retrouver sa mère biologique, alors que, pendant quinze années, elles s'étaient crues mutuellement mortes. Dawn adorait Beth. Mais, malgré tout l'amour qu'elle lui portait, elle ne se sentait pas d'humeur à supporter une nouvelle conversation où il serait question toutes les deux phrases de la vie et l'œuvre de Bryan Kendall.

Bryan était le fils du mari de Beth, Josh. Il avait aussi été le premier amour de Dawn. Et elle lui avait brisé le cœur lorsqu'elle l'avait quitté et abandonné dans le Vermont, cinq ans plus tôt.

Et cette sonnerie qui s'entêtait ! C'était à croire que Beth allait s'entêter tant qu'elle ne répondrait pas. Elle songea à débrancher le téléphone, puis décida que ce ne serait pas correct. Avec un soupir, elle roula sur le côté, se saisit du combiné et le porta à son oreille.

— Salut, Beth.

— Dawn ! Je pensais bien ne jamais t'avoir ! Ça va ? A ta voix, on ne dirait pas…

Dawn leva les yeux au ciel, tout en attrapant le verre d'eau, sur sa table de nuit. Il était vide. Et la canette de Coca Light ouverte, à côté, contenait pour moitié de la vodka. Il était tout de même un peu tôt pour boire de la vodka.

Cela faisait longtemps qu'elle n'avait pas eu recours

à la vodka. Mais, la nuit dernière, elle avait eu cette impression — ce sentiment insidieux, accompagné de fourmillements — qui lui soufflait que quelque chose se préparait. Elle avait compris que la dose d'Ativan qu'elle prenait habituellement en se couchant ne serait pas suffisante.

A ce moment-là, elle avait cru que les morts étaient de nouveau sur le point de s'adresser à elle — pour lui demander son aide, la harceler, comme ils le faisaient juste avant qu'elle ne rompe brutalement avec son existence, son don et sa famille. Et avec Bryan.

A présent, elle se disait que ce qu'elle avait senti, ce n'étaient peut-être que les signes annonciateurs de ce coup de fil. Ce qui se révélait, après tout, presque aussi désagréable que le « don » auquel elle avait tourné le dos.

— Je vais bien, répondit-elle. Il se passe quelque chose ?

— Il faut que tu reviennes à la maison, Dawnie. Il faut que tu reviennes maintenant.

Dawn cligna les yeux et dirigea son regard vers son réveil, sur la table de nuit encombré. Avec la photo encadrée sur laquelle on la voyait en compagnie de Bryan, bras dessus bras dessous, tout au bonheur de leur amour adolescent, ce réveil était la seule chose ici qui soit vraiment à sa place. A côté, il y avait le verre d'eau vide, la cannette de coca-vodka à moitié bue, une bouteille d'Ativan vide et une autre qui ne l'était pas, le bol de nouilles chinoises qui lui avait tenu lieu de dîner et un sachet de M&M's ouvert.

Il lui fallut faire le ménage pour avoir accès à son réveil. Et quand elle vit l'heure, elle eut moins honte de ses réticences à répondre au téléphone.

— On est samedi, et il est vraiment tôt. Quelqu'un est mort ?

Elle plaisantait, évidemment, avec un mélange de

sarcasme et d'insolence. Elle s'en sentait le droit. Du moins, jusqu'à ce que Beth réponde :

— Oui. Quelqu'un est mort.

Dawn se redressa aussitôt dans le lit. Glacée, elle laissa échapper le premier nom qui lui vint à l'esprit.

— Bryan…

— Bryan va bien. Ou plutôt… non, il ne va *pas* bien. Son père est avec lui. Physiquement, je crois qu'il tient le coup.

— Seigneur, Beth, pourquoi ne me dis-tu pas qui est mort ? Je vais avoir une crise cardiaque…

— C'est une fille. Elle s'appelle Bette — enfin, Bettina quelque chose. Elle… elle a été assassinée la nuit dernière. Ça s'est apparemment passé chez Byran. Dans son… lit.

— Quoi ?

— Il avait organisé une soirée chez lui. Il avait dû beaucoup boire. Quand il s'est réveillé, ce matin, il a trouvé cette fille dans son lit. Morte.

— Une histoire de drogue, non ? Ça risque de compromettre la carrière de Bryan pendant un moment. A moins que…

— Elle a été assassinée.

Dawn jura, comme jamais elle ne l'avait fait devant l'une ou l'autre de ses mères.

— Ils ont emmené Bryan pour l'interroger, expliqua encore Beth. Josh vient de m'appeler. Il m'a dit que la situation n'était pas idéale.

— Pas idéale ? répéta Dawn en plissant les yeux. Tu veux dire qu'ils envisagent sérieusement qu'il ait pu faire une chose pareille ?

— Je ne sais pas. C'est… c'est possible.

— Mais ça n'a aucun sens ! Bryan est un flic, bon sang !

— Un flic qui est suspendu depuis plusieurs mois.

— Parce qu'il a abattu ce type, c'est ça ?

— Tout soupçon de bavure ayant été écarté, on lui a demandé de consulter la psychiatre de la police pour s'assurer qu'il ne souffrait pas de stress posttraumatique. Elle a donné son feu vert, et il devait reprendre le travail lundi. D'où la soirée d'hier soir.

— Il fêtait la reprise du travail…, commenta Dawn.

— Apparemment.

Dawn ferma les yeux et secoua la tête. Il fallait qu'elle discute, pour la forme, c'était plus fort qu'elle. Sans doute l'habitude.

— Je ne vois pas en quoi ma venue aiderait, Beth.

— Oh, si, tu vois, répondit Beth dans un murmure. Je suis sûre que tu vois très bien.

— Il… il m'a demandée ?

— Il a besoin de toi, Dawn. S'ils ne l'arrêtent pas…

— L'arrêter ?

— S'ils ne l'arrêtent pas, Josh va le ramener chez lui. Tu peux l'aider, Dawnie, tu le sais. Même sans faire appel au… au pouvoir que tu as hérité de ton père.

— Il n'y a pas de pouvoir, déclara Dawn d'un ton catégorique.

Beth savait que toute allusion à son père, décédé depuis longtemps, était interdite, mais Dawn ne crut pas nécessaire de le lui rappeler. Médium puissant, il avait aussi été un assassin. Son don et sa maladie mentale s'étaient tant et si bien confondus dans son cerveau qu'il n'avait pas été capable de distinguer les voix véritables des imaginaires. Celles qui lui ordonnaient de tuer. A l'agonie, il avait offert son don à sa fille, alors adolescente, en plus de la promesse de se manifester à elle. Promesse qu'il avait tenue, et qui avait poussé Dawn à fuir de l'autre côté du pays pour essayer de lui échapper.

Et elle lui avait échappé.

— Les morts ne me parlent plus, Beth. C'est… c'est terminé.

Grâce aux AA — qui, dans son cas, n'étaient pas les Alcooliques Anonymes, mais le duo Absolut et Ativan.

— Je n'y crois pas, insista Beth. Je sais que cette faculté a rendu ton père fou, et je sais aussi combien cela t'effraie, Dawn. Pour ton bien, j'espère sincèrement que c'est vrai. Mais tu n'as pas besoin de ça pour aider Bryan. Tous les deux, vous étiez comme… les frères Hardy et Nancy Drew.

— *Un* des frères Hardy, corrigea Dawn.

— La façon dont tu as découvert ce qui se passait à Blackberry, il y a cinq ans… quand ton père m'a retrouvée ici, persuadé que Dieu lui avait donné l'ordre de me tuer. Sans Bryan et toi…

— C'était il y a cinq ans, Beth. De l'eau, beaucoup d'eau, a coulé sous les ponts. Bryan a continué dans cette voie en devenant flic. Moi, je bricole juste des vieux tacots…

— Tu restaures des voitures anciennes pour des collectionneurs. Ne te dénigre pas, s'il te plaît.

— D'accord, mais on est loin de la résolution d'affaires criminelles.

— Il a besoin de toi, Dawn. Et *j'ai* besoin de toi, moi aussi. J'ai peur. Quand il m'a appelé, Josh avait une drôle de voix, au téléphone. Bryan est son fils. Je pense que cette histoire risque d'être terrible pour lui, quelle que soit la façon dont les choses se termineront. Moi aussi, je dois être là pour lui, Dawn, mais j'ai peur. J'ai vraiment besoin de toi. La famille doit affronter cette épreuve unie. Je t'en prie, ma chérie, je t'en prie. Tu dois revenir…

— Il y a… trop de fantômes.

— Il y en a un de plus, maintenant.

— Ecoute, je…

Beth la coupa, et le ton de sa voix avait changé : presque

suppliante un instant plus tôt, elle s'était soudain chargée d'une autorité absolue.

— Ce n'est pas moi qui t'ai élevée… J'ai attendu que sois pratiquement adulte pour me soucier de toi. Mais je *reste* ta mère, et c'est en tant que mère que je te parle, là. Un billet d'avion t'attend à l'aéroport. Ton vol part à 13 h 16, heure locale. Alors, tu te lèves, tu fourres quelques affaires dans un sac, tu préviens ton patron et tu rappliques. Je ne te le demande pas. Je te l'ordonne.

Dawn ferma les yeux.

— Je suis adulte, Beth. Tu n'as pas à me dicter ma conduite.

— C'est pourtant ce que j'ai fait. J'ai accepté le fait que tu te caches, que tu t'apitoies sur toi-même et que tu… Enfin, bref, j'ai toléré ta lâcheté pendant cinq années, mais c'est terminé, maintenant. Tu vaux mieux qu'un comportement de ce genre. Tu es plus forte. Ta famille a besoin de toi, et même si je n'aime pas dire ça, Dawn, sache que si tu me laisses encore tomber, je ne te le pardonnerai pas. Pas cette fois.

Dawn cligna les yeux et fixa le téléphone : Beth avait raccroché. Elle remit le combiné en place et repoussa ses draps et couvertures. Sa mère venait, ni plus ni moins, de la traiter de lâche. Jamais elle ne l'avait soupçonnée de penser une chose pareille. Elle croyait, au contraire, que Beth comprenait pourquoi elle avait dû fuir, prendre ses distances avec cet endroit où il était arrivé trop de choses. C'était là-bas que son père, malade mental, était mort après avoir commis une série de meurtres et d'agressions. Là-bas qu'en guise de derniers mots, alors qu'il expirait, il lui avait légué son don.

Un don… Qui pouvait parler de « don », pour une telle folie ?

Certes, il ne s'agissait pas simplement de folie. Les

morts parlaient bel et bien à Mordecai. Mais il était dans l'incapacité de distinguer les voix des morts de celles que lui soufflait son esprit malade ; et, au final, il avait presque détruit tous ceux qu'il avait aimés.

Y compris elle.

Elle descendit de son lit, fila jusqu'à la salle de bains et ouvrit en grand les robinets de la douche. Elle fit glisser les bretelles de sa chemise de nuit sur ses épaules et la laissa tomber jusqu'au sol, avant de s'avancer sous le jet. Elle se tint sous l'eau brûlante, la tête vers l'arrière. Dans son esprit, il n'y avait qu'une chose : le visage de Bryan. Il devait la haïr, après la façon dont elle avait disparu sans un mot, cinq ans plus tôt. Il devait la haïr d'avoir ignoré tous les efforts qu'il avait déployés pour l'amener à lui parler, lui expliquer au moins les raisons de son départ. Oui, il était obligé, à présent, de la haïr. Et comment lui en aurait-elle voulu ? Mais elle n'avait aucune envie de voir cette haine dans ses yeux. Pas en face, de trop près. Elle ne le supporterait pas. Ce serait trop douloureux.

Ils avaient été tellement amoureux, autrefois. Une passion pleine de nouveauté et de fraîcheur, mais aussi de joie et de plaisir. Elle avait fait sa connaissance quand son père était tombé amoureux de Beth ; ils avaient eu l'impression, alors, d'avoir été depuis toujours destinés l'un à l'autre. Ils étaient jeunes, sans expérience, et quand ils s'étaient finalement décidés à faire l'amour, pour la première et dernière fois, cela n'avait pas duré plus de cinq minutes.

Elle ne put s'empêcher de sourire en songeant à cette nuit, pleine de maladresse et d'insatisfaction, au cours de laquelle ils s'étaient fait mutuellement don de leur virginité. C'était de loin le souvenir le plus torride de toute sa vie.

Dawn n'avait pas envie de rentrer chez elle. Vraiment

pas. Pourtant, cela ne servait à rien de discuter. Elle irait. Dès aujourd'hui. Et au fond, maintenant qu'elle savait qu'elle n'avait plus le choix, elle brûlait d'impatience de revoir Bryan.

3

— Ce ne sont pas les trois heures d'interrogatoire qui m'ont le plus atteint, dit Bryan à son père.

Il avait un bras posé sur le manteau de l'immense cheminée de la Blackberry Inn et il regardait l'âtre, fixement, comme si les flammes d'un grand feu y brûlaient. Ce n'était pas le cas. On était en plein été, et il faisait encore trop doux pour allumer un feu, même dans le Vermont. Mais contempler ainsi le foyer, vide et noir de suie, lui permettait d'éviter les innombrables photos de Dawn, seule ou en sa compagnie, qu'on trouvait dans presque toutes les pièces de cet endroit.

Elle était en route. En ce moment même. Une heure plus tôt, Beth était partie la chercher à l'aéroport de Burlington. Elle serait bientôt là. Ce n'était qu'une affaire de minutes. Il avait du mal à croire qu'il allait la revoir pour la première fois depuis cinq ans — alors même qu'il se trouvait au milieu du pire bourbier qu'il ait eu à affronter. Il allait la revoir et, il le savait, il en serait déchiré.

— C'est quoi, alors ? demanda Josh.

— Hein ?

Bryan se tourna vers son père, assis dans le grand fauteuil à bascule. Une tasse de café à la main, il n'avait rien de cet hôtelier détendu et satisfait qu'il était devenu depuis son arrivée en ville. Avec son physique athlétique et ses traits séduisants, il n'avait jamais vraiment correspondu aux stéréotypes. Bryan tenait de lui, et il remerciait souvent la bonne étoile qui lui avait légué les gènes de son père.

Mais Josh s'était beaucoup adouci et détendu, depuis qu'il avait quitté ses fonctions à la Drug Enforcement Administration (DEA) et pris sa retraite pour venir tenir l'auberge aux côtés de sa femme. Ce soir, malgré tout, Bryan voyait bien les rides que la tension creusait entre ses sourcils. Josh s'inquiétait pour son fils. Toute cette histoire avait réussi à ébranler cet homme serein et facile à vivre, ce qui n'était pas pour rassurer Bryan.

— Tu disais que ce n'étaient pas les trois heures d'interrogatoire qui t'avaient le plus atteint, expliqua Josh. Et je te demandais ce que c'était, alors.

— L'avocat.

Le regard de Bryan glissa sur le côté, du visage rude et contrarié de son père à la photo qui se trouvait sur la table basse. Vêtue d'une salopette, Dawn était penchée sur une vieille Dodge Charger, une clé à la main. Elle avait une trace de cambouis sur la joue. Sans doute une des photos qu'elle leur avait envoyées de Californie. Il détourna les yeux et s'efforça de rester concentrer sur le sujet en cours : l'avocat que son père et Nick avaient envoyé à son secours.

— Je suis flic, dit-il. Je hais les avocats.

— C'est possible... jusqu'à ce que tu en aies besoin d'un.

— Le problème est là : je n'en ai pas besoin. Du moins, je ne devrais pas. Je n'ai rien fait.

— Tu t'es réveillé avec la victime d'un meurtre dans son lit, mon fils.

Bryan serra les lèvres.

— L'autre baratineur ne m'a rien laissé dire ou presque. Il m'a coupé alors que le chef m'interrogeait, me conseillant de ne pas répondre. Bon sang ! Il a réussi à me donner l'impression que j'étais coupable !

— Il connaît son boulot, Bryan. Tu dois te protéger.

— Je le sais. Je sais aussi ce que je pense, quand je vois un avocat demander à un suspect de ne rien dire. L'idée que mes collègues sont peut-être en train de penser la même chose sur moi m'est insupportable — et ça l'est d'autant plus avec Mac. Je préférerais tout lui raconter et lui demander de m'aider à sortir de ce merdier.

— Je sais…, répéta Josh.

La lumière de phares balaya les murs tandis qu'une voiture arrivait dans l'allée. Bryan ferma les yeux, se préparant à affronter tous les sentiments qui allaient l'assaillir lorsqu'il se trouverait devant Dawn. Quel genre de sentiments ? Il n'en avait aucune idée. Cela faisait si longtemps… Il brûlait de désir pour elle en même temps qu'il la détestait. Ce qu'il détestait par-dessus tout, c'était de savoir qu'elle ne serait pas venue ici si la situation n'avait été aussi grave. Devait-il lui être reconnaissant d'avoir fait le voyage parce qu'il se trouvait dans une position très difficile ? Reconnaissant, il ne l'était pas. Il était surtout en colère à l'idée qu'il avait fallu une telle catastrophe pour la ramener. Il ne lui en avait pas vraiment voulu de fuir sans un mot, après tout ce qui s'était passé ici. Se retrouver à faire la conversation à des morts devait être assez pénible. Mais c'en était trop quand votre père décédé, un tueur fou, menait la meute des fantômes jusqu'à votre porte.

Elle avait paniqué, et elle s'était enfuie. Sans prévenir ni dire au revoir. Rien. Elle était tout simplement partie. Et il aurait pu le lui pardonner, si elle avait appelé une fois que les choses s'étaient calmées. Sauf qu'elle n'avait pas appelé, pas écrit non plus. Elle parlait juste à Beth, sa mère biologique, et tout ce que Bryan savait de sa vie venait d'elle. Des nouvelles de seconde main sur la femme qu'il aimait. C'était insultant.

Aucune excuse ne pouvait justifier qu'on laisse durer une situation pareille pendant cinq longues années.

Sans bouger, il se tourna vers la porte d'entrée alors que des bruits de pas se faisaient entendre sur le plancher de la véranda. Il plissa les yeux en devinant une silhouette floue à travers les panneaux de verre dépoli de la porte. Puis celle-ci s'ouvrit et Dawn entra, Beth derrière elle.

Leurs regards se croisèrent, et il resta là, muet, à la regarder, persuadé que son cœur allait exploser. Allait-il s'écrouler sur le sol ? Son cœur cesserait-il de battre ?

Elle portait toujours les cheveux longs. Toujours la même teinte, entre miel foncé et ambre dorée, avec quelques reflets plus clairs probablement dus au soleil californien. Son visage, lui, avait changé. Il s'était affiné. Ses pommettes étaient plus saillantes qu'avant, sans doute parce qu'elle avait quelques années de plus ; mais aussi, pensa-t-il, parce qu'elle avait perdu du poids. Elle était vraiment très mince. Le dessous de ses yeux était rose et légèrement gonflé. Comme si elle avait pleuré.

A cause de lui ?

Quelle blague !

Il se demanda furtivement ce qu'elle voyait lorsqu'elle le regardait. Quels changements remarquait-elle ? Car il imaginait bien qu'il avait changé, lui aussi, au cours de ces cinq années.

Ce fut elle qui parla la première.

— Salut, Bryan. Tu tiens le coup ?

Juste ça. Alors qu'ils auraient eu besoin d'au moins une semaine de conversations avant de songer à un petit salut de ce genre.

— Je n'en sais rien. Je ne suis pas certain de bien réaliser ce qui se passe, pour être franc.

Il s'avança vers elle, assez près pour lui prendre sa valise des mains.

— Et toi ? demanda-t-il. Tu as l'air… fatiguée.

— Sympa, merci.

Il haussa les épaules, sans se préoccuper davantage du fait qu'il s'était montré offensant, d'une certaine manière. A ce compte, elle s'était bien plus mal conduite avec lui, non ?

— Le vol a été long, intervint Beth. Il est normal qu'elle soit fatiguée.

Bien qu'incapable de quitter Dawn des yeux, Bryan surprit le regard contrarié qu'échangèrent discrètement Beth et Josh.

— Tu as perdu du poids, lui dit-il.

— Je n'ai pas l'impression que ce soit un compliment non plus, répliqua Dawn.

— Ça n'en était pas un.

Avec un soupir, il baissa la tête et se tourna vers l'escalier.

— Tu n'avais pas besoin de venir, tu sais ? Je ne vois vraiment pas ce que tu peux faire…

— C'est bien ce que j'ai expliqué à Beth, mais elle n'a rien voulu entendre. Un refus de ma part était impensable. Me voilà donc. Il faudra t'y faire.

Il se retourna, alors qu'il avait gravi la moitié des marches.

— Il y a déjà pas de mal de choses auxquelles je dois me faire, merci.

Et il reprit son ascension, sourd au murmure indistinct qui s'élevait derrière lui. Ils devaient sans doute discuter de son état mental. Il se trouva enfin hors de portée de leurs voix et il se dirigea droit vers la chambre que Beth avait attribuée à Dawn. Il déposa sa valise juste dans l'entrée, puis il poursuivit jusqu'à la pièce voisine, *sa* chambre. Une fois à l'intérieur, il ferma la porte, alla s'asseoir sur son lit et se prit la tête dans les mains. Bon sang de bon sang ! Il n'avait pas voulu se montrer blessant. Il brûlait au contraire de la prendre dans ses bras, de la serrer contre lui, de la garder ainsi longtemps, très longtemps… Il avait envie de la sentir contre lui, chaude et vivante, et non plus comme un souvenir.

Cela rendait encore plus insupportable son apparente indifférence à son égard.

— Je suis désolée…, bredouilla Dawn. J'aurais peut-être dû…

Beth lui fit signe de se taire.

— Vous avez tant de choses à vous dire, tous les deux, tant de choses à éclaircir. Il est grand temps. Les adultes ne cessent pas de communiquer avec les gens auxquels ils tiennent. Ils parlent.

Dawn pressa les lèvres pour éviter toute parole blessante et pour contrer les répliques cinglantes qui lui venaient à l'esprit. Josh lui posa la main sur l'épaule.

— Il était heureux de te revoir, ma chérie, même si ce n'était peut-être pas évident. Mais je le connais mieux que quiconque, et je t'assure qu'il était heureux. Et, par-dessus tout, il a besoin de toi, plus que de personne d'autre. Donc je te le demande : ravale ta fierté et sois là pour lui.

Elle hocha la tête, même si elle n'en croyait pas un mot. Elle aurait aimé le faire, pourtant, tout en sachant que cela n'avait aucun sens. Bryan la haïssait. Comment lui en vouloir, alors qu'il avait les meilleures raisons du monde ? Mais, plutôt que d'argumenter sur cette question avec Josh, elle répondit simplement :

— Je ferai de mon mieux.

— Bien, approuva-t-il en souriant.

Il la serra contre lui et ajouta :

— Bienvenue à la maison, Dawn.

— Merci, Josh. Je suis heureuse d'être de retour.

— Vraiment ?

Elle s'écarta de lui.

— Il est peut-être trop tôt pour le dire, admit-elle. Mais, en cet instant précis, je me sens bien, oui.

— Voilà qui fait chaud au cœur, intervint Beth.

En réalité, Dawn ne se sentait pas bien du tout. Elle était consciente que son manque d'enthousiasme avait dû peiner sa mère, ce qui n'était absolument pas son but.

— Je vais monter, maintenant, annonça-t-elle. J'aimerais prendre une douche et me rafraîchir avant le dîner. Le vol a été long.

— Nous passerons à table dans une heure.

— Entendu, dit Dawn en serrant de nouveau sa mère contre elle. Merci d'être venue me chercher.

— Et merci à toi d'être venue ici. Promets-moi juste de prendre les choses comme elles viennent, d'accord ?

Dawn hocha la tête, sans trop comprendre à quoi sa mère faisait précisément allusion. Mais elle n'avait pas envie d'en savoir plus. Elle gagna donc l'escalier, qu'elle gravit lentement. A chaque marche, elle craignait presque de voir une apparition, spectrale, éthérée, ou d'entendre une voix désincarnée. Plus que tout, elle s'attendait à tomber sur son père, du moins son fantôme, lui demandant si elle acceptait enfin son don. Sa « vocation », comme il disait lui-même.

Elle n'avait pas communiqué avec une personne décédée depuis sa première nuit passée à San Bernadino. Il était possible que ce soit grâce à l'Ativan que lui avait prescrit le premier médecin en qui elle avait eu assez confiance pour tout lui raconter. Il était possible, aussi, qu'il y ait un lien avec l'éloignement, même si cela n'avait pas grand sens. Elle savait simplement qu'elle n'avait pas envie de revenir ici et d'affronter de nouveau les fantômes. Elle ne voulait pas de ce fichu don qui avait pourri le cerveau de son père, le transformant en assassin, convaincu qu'en tuant il accomplissait la volonté de Dieu.

Elle ne voulait rien de cela.

Elle entra dans sa chambre et s'arrêta juste après avoir franchi le seuil, pour regarder autour elle. Elle ne vit rien. Pas de fantômes.

— Si jamais j'entends ne serait-ce qu'un petit bruit, ou si j'entrevois une silhouette floue dans la nuit, je m'en vais d'ici. J'espère que c'est clair !

— Clair et net.

Elle sursauta violemment et fit volte-face. Bryan se tenait là, juste derrière elle, contre le chambranle de la porte. Une main sur le cœur, elle ferma les yeux et ordonna à son cœur de ralentir le rythme de ses battements.

— Désolé. Je ne voulais pas provoquer une crise cardiaque.

Elle inspira profondément.

— C'est bon, ça va. Entre, Bryan.

— Tu en es sûre ?

Elle hocha la tête et s'écarta pour le laisser passer. Il s'avança et regarda autour de lui.

— Tu… tu es seule ?

Elle sourit.

— Oui, je suis seule.

Bryan avait montré un grand détachement vis-à-vis de ses « pouvoirs », et ce depuis le jour où elle lui en avait parlé pour la première fois. Il n'avait pas douté d'elle. Il n'avait pas pensé qu'elle était folle. Il n'avait pas été totalement éberlué par son histoire. A peine dérouté, il s'était avant tout inquiété pour elle. Et, pour le remercier, elle avait fichu le camp du jour au lendemain, lui laissant un mot qui n'expliquait strictement rien.

— Donc… pas de… fantômes en Californie ?

— Pas pour moi, en tout cas. Je n'en ai pas entendu un depuis mon arrivée là-bas.

— Et pour quelles raisons, à ton avis ?

Elle baissa la tête, évitant son regard.

— Je ne sais pas. La distance. Le traitement que je prends. Et la vodka, quand le reste ne suffit pas.

Elle leva les yeux et vit qu'il avait froncé les sourcils, scrutant son visage avec attention. Sans doute s'apprêtait-il à commenter son traitement de lutte contre les fantômes. Mais il parut se raviser.

— Et maintenant que tu es revenue ici ?

— Rien pour l'instant. Je prie pour que ça continue.

Il hocha la tête et soupira.

— Tu as expliqué à Beth que ce n'est pas moi que tu avais fui… mais ces fantômes. Tu lui as dit que tu avais besoin de temps. Je ne pense pas que tu étais complètement honnête.

— Ecoute, Bryan, je n'ai pas envie de parler de ça… De nous, de ce qui s'est passé entre nous. C'est le passé. Je sais que je t'ai blessé, et j'en suis désolée. Mais j'ai fait ce que je devais faire. C'était il y a cinq ans. Je ne veux pas revenir là-dessus. Pas maintenant.

Il plissa les yeux. Elle crut y distinguer un éclair de colère, qu'il réprima rapidement.

— Ça n'a pas d'importance, de toute façon, répliqua-t-il.

Il mentait, elle le sentit.

— Et si on laissait ça de côté pour le moment ? suggéra-t-elle. Nous devrions plutôt nous concentrer sur ce qui se passe ici et maintenant. Tu es impliqué dans un meurtre : ce n'est pas rien. Cette vieille histoire entre nous peut attendre, tu ne penses pas ?

— Elle a déjà attendu cinq ans, dit-il en la fixant droit dans les yeux. *J'ai* déjà attendu cinq ans.

— « Attendu », c'est une façon de parler. Cette femme… cette malheureuse… elle est morte dans ton lit, non ?

Il haussa les sourcils et s'avança vers elle.

— Cela te contrarie, Dawn ?

— Bien sûr que non.

Elle avait évité son regard en répondant, se maudissant d'être aussi transparente.

— Tu pensais que j'allais rester célibataire pendant cinq ans ? Tu t'imaginais que le fait de coucher ensemble une fois, rien qu'une fois, de perdre en même temps notre virginité, allait nous unir pour les dix années suivantes ? Croire ce genre de choses est aussi dingue que de parler aux morts.

— Laisse tomber, Bryan. Je t'ai dit que je n'avais pas envie d'en parler. Pas encore.

Il resta un instant à scruter son visage, comme s'il attendait qu'elle ajoute autre chose ; mais, comme elle n'en faisait rien, il hocha la tête.

— J'ai attendu cinq ans, lui dit-il. Je peux patienter encore un peu.

D'un geste précautionneux, elle lui posa la main sur le bras. Elle s'étonna de sa musculature. Ses biceps s'étaient développés, ils étaient plus durs ; ses épaules s'étaient élargies, aussi. Autre changement, ses cheveux brun chocolat étaient plus longs qu'autrefois. Elle les aimait bien ainsi. Quel dommage qu'il doive les couper lorsqu'il reprendrait son travail dans la police… S'il avait la chance de retrouver un jour son travail.

Elle pensa un instant lui faire la remarque sur ses cheveux, avant de s'aviser qu'il y avait un peu trop de temps qu'elle se tenait là, silencieuse, la main sur son bras.

— Je veux t'aider, dit-elle. De quelque manière que ce soit.

— Je ne suis pas sûr que tu sois en mesure de faire grand-chose.

— Ah, oui ?

Elle retira sa main, puis baissa les yeux. Très vite, elle ramena son regard vers celui de Bryan.

— Tu ne te rappelles pas quel fameux duo de détectives amateurs on faisait, tous les deux ?

— J'avais cru comprendre que tu ne voulais pas parler du passé ?

Elle soupira.

— Si tu as envie de rendre les choses difficiles, c'est ton droit. Je resterai, de toute façon. Et j'ai bien l'intention de t'aider.

— Ça n'est plus le même refrain que tout à l'heure : « Beth n'a rien voulu entendre… »

— Oh, je t'en prie ! En apprenant ce qui se passe, je serais venue, de toute façon — qu'elle me le demande ou non. Tu me connais tout de même assez pour le savoir…

— Non, je ne suis pas certain de te connaître.

Elle sonda son regard, cherchant quelle émotion se cachait derrière ces paroles. Etait-ce juste de la colère, ou y avait-il aussi de la douleur, de la frustration, voire de l'inquiétude ? Ou bien encore une combinaison de tout cela ? Ce qui lui était arrivé ces dernières vingt-quatre heures avait de quoi rendre fou n'importe qui. Malgré tout, elle lui en voulait de rabrouer ainsi l'amie qui avait traversé le pays pour lui apporter son aide.

— Tu comptes être odieux pendant tout mon séjour ?

— C'est probable, oui.

— Me voilà prévenue, au moins. Maintenant, si tu veux bien m'excuser, j'aimerais prendre une douche…

— Très bien. Vas-y. Je sors.

Il se détourna pour quitter la chambre, mais elle le rattrapa et lui saisit l'épaule pour l'obliger à se retourner.

Elle ôta presque aussitôt sa main, comme si le contact l'avait brûlée. C'était le cas, d'une certaine manière. Les épaules de Bryan s'étaient encore plus modifiées que ses bras. Elles étaient plus larges, plus dures, et incroyablement différentes du souvenir qu'elle en avait gardé.

— Comment ça, tu sors ? Tu restes pour le dîner, n'est-ce pas ?

Le visage de Bryan, si dur l'instant d'avant, s'adoucit un peu. Dawn se demanda si le contact de sa main, si bref fût-il, l'avait touché comme il l'avait touchée, elle.

Il soupira.

— Oui, je reste. Et je vais essayer de ne plus être odieux *tout le temps*.

Il eut presque un sourire.

Un sourire qu'elle lui retourna presque.

— Tant mieux, parce que je veux tout savoir, Bryan. Tout ce qui s'est passé, tout ce que tu te rappelles — y compris ce que tu n'as pas dit à Josh, à la police ou à ton meilleur ami.

Elle pressa les lèvres, songea qu'*elle* avait été sa meilleure amie. Qui remplissait ce rôle, aujourd'hui ? Et pourquoi cette simple question lui faisait-elle l'effet d'un couteau en plein cœur ?

Il la fixa un moment, un long moment, et lentement quelque chose se modifia dans l'expression de son visage. Comme s'il avait pensé quelque chose de troublant. Une pensée qui ne l'avait pas effleuré jusque-là. Il se pencha légèrement et, à la grande surprise de Dwan, il fit courir ses doigts sur ses cheveux, jusqu'à ses épaules, sur lesquelles ils tombaient.

— Je ne sais pas s'il est prudent que tu te mêles de cette histoire. Ni que tu me fréquentes trop. Bon sang, je ne sais même pas si c'est une bonne chose que tu sois ici…

Elle fronça les sourcils.

— Pourquoi ?

Beth appela Bryan depuis l'escalier, et il hésita avant de répondre. Il finit par se décider.

— Il y a beaucoup de détails que tu ignores. Mais je te raconterai tout après dîner.

— Entendu.

Elle se serait presque laissée tomber par terre de soulagement. Pendant un instant, elle avait cru retrouver l'ancien Bryan. Il lui avait semblé que rien n'avait changé entre eux. Mais cela ne dura qu'un instant. Car il suffit qu'elle lui sourît pour qu'aussitôt elle vît dans son regard une porte qui se fermait. C'était fini : il était de nouveau tendu, sur la défensive.

Beth appela de nouveau.

— Bryan ? C'est Nick, au téléphone.

— J'arrive !

Il leva la main, et cette ébauche de geste aurait pu s'achever dans une caresse. Mais il se contenta d'un petit salut, de ceux que deux étrangers s'adressent.

— A tout à l'heure, Dawn.

Elle hocha la tête et le regarda partir. Fermant la porte de la chambre, elle se laissa aller contre le battant. Pourquoi son cœur semblait-il aussi contracté qu'une petite pierre ? Pourquoi sa gorge était-elle serrée au point qu'elle avait peine à respirer ?

Ce qu'elle ressentait était trop fort. Bien trop fort. Et beaucoup trop prématuré, aussi. Mais au moins avait-elle oublié de penser aux morts.

Ils semblaient d'ailleurs l'avoir également oubliée. Aucun n'était encore venu la déranger. Elle se demanda pourquoi, puis décida que le mieux était de ne plus y penser, et elle rejoignit la salle de bains.

*
* *

Bryan n'avait pas décidé à l'avance de se comporter comme un pauvre type. Mais c'était ainsi : se retrouver dans la même pièce que Dawn avait quelque chose d'exaspérant, sans que cela ait à voir avec le stress que lui causait sa situation de suspect.

Elle était en cet instant assise en face de lui à la table de la salle à manger, grignotant du bout de sa fourchette le contenu de son assiette. Elle semblait insensible à l'odeur appétissante qui s'en dégageait. Elle avait à peine touché à la tranche de rôti et aux légumes noyés de sauce. Elle paraissait vraiment ailleurs.

Pour la première fois, Bryan se demanda si elle fréquentait quelqu'un, sur la côte Ouest. Pour que l'éloignement avec cette personne la mette dans un tel état, il fallait qu'elle soit très amoureuse…

Brusquement, les effluves de nourriture lui furent insupportables. Manger était au-dessus de ses forces. Il s'écarta légèrement de la table.

— On est entre nous, ici, déclara alors Josh en brisant un silence pesant qui menaçait de s'éterniser. Tu peux tout nous dire. Ça ne sortira pas de cette pièce.

Bryan éprouva une impression désagréable.

— Tout vous dire ? Mais qu'est-ce que je ne vous dis pas, à ton avis ?

Josh écarquilla les yeux, avant de secouer la tête avec énergie.

— Non, non, je…

— Je t'en prie, papa. Tu ne pensais quand même pas que…

— Je sais bien que tu ne nous caches rien, fils. Je n'ai même pas envisagé le contraire. Voyons, Bryan, je te connais…

Il sentit la charge qui pesait sur ses épaules s'alléger un peu. Il avait désespérément envie de croire à la déclaration passionnée de son père.

— Ce que je voulais dire, reprit celui-ci, c'est que tu peux nous raconter tout ce qui s'est passé. Tout ce dont tu te souviens. Y compris des détails que ton avocat ne te laisserait pas répéter à tes collègues.

Bryan haussa un sourcil.

— Tu as un micro, ou quelque chose de ce genre ?

Un silence de mort tomba autour de la table. Tout le monde avait les yeux fixés sur Bryan ; les expressions étaient mortifiées, notamment celle de Dawn. Bryan secoua la tête et lâcha, dans un soupir :

— Je plaisantais, papa.

— Je ne suis pas certain que l'heure soit à la plaisanterie ! répliqua Josh d'un ton sec.

Malgré tout, son soulagement était évident.

— Tu as raison. Mais vous êtes tous d'un lugubre…

Le regard de Bryan fit le tour de la table.

— Je n'ai quand même pas été condamné, poursuivit-il. Il n'y a même pas de charge contre moi, d'ailleurs. Et il n'y en aura pas. Le système a toute ma confiance.

Josh planta sa fourchette dans un morceau de viande.

— Moi, j'ai passé la plus grande partie de ma vie dans ce système, et je lui fais moins confiance qu'à mon fils.

Il reposa sa fourchette, avec la bouchée de viande plantée dedans ; il posa aussi sa serviette en tissu sur la table, devant lui.

— Pour moi, la seule façon d'être certain qu'on ne va pas t'arrêter et t'accuser de ce truc, c'est de trouver nous-mêmes le coupable. Et pour ça, il nous faut un point de départ. Plus tu auras de détails à livrer, mieux ce sera.

Bryan hocha la tête. Son père connaissait son affaire. Il avait travaillé pendant des années à la DEA.

— Je sais, je sais. Sauf que le problème est justement là : je ne me souviens de rien. Il y a eu cette fête, hier soir. L'ambiance était assez… chahuteuse, je dirais. Mais tout le monde semblait passer un bon moment. J'ai bu — beaucoup bu. Plus que je n'aurais dû, sans doute, même si je n'ai pas eu l'impression d'aller si loin que ça.

— Ils t'ont fait une prise de sang, quand ils t'ont interrogé ?

— Oui. Ce crétin d'avocat ne voulait pas que j'accepte. Je ne l'ai pas écouté. Bon sang, j'avais déjà reconnu que j'étais bourré ; je ne voyais pas de mal à ce qu'ils aient une idée de mon taux d'alcoolémie. Et pour ce qui est de l'ADN, le crime a eu lieu chez moi. Mon ADN est partout. Là aussi, j'ai accepté le prélèvement.

— Bien, dit Josh en approuvant de la tête. Donc il y avait cette soirée chez toi, tu as bu et…

— Et c'est tout. Je me suis réveillé sur le carrelage de la salle de bains. La maison était vide, mais je n'avais aucun souvenir du moment où les gens étaient partis. J'avais une gueule de bois d'enfer et j'ai décidé d'aller me coucher. Je me suis traîné dans ma chambre et j'ai trouvé Betty dans mon lit. Déjà froide.

— Je… je suis désolée, Bryan, chuchota Dawn dans un souffle.

Ce ne furent pas ces mots qui touchèrent Bryan ; ce fut la manière dont elle se pencha sur la table pour lui prendre le poignet. Leurs regards s'accrochèrent, et il sentit sa peau grésiller sous la paume tiède de Dawn.

— Depuis le début, ajouta-t-elle, je n'ai pensé qu'à une chose : qu'on fasse de toi un suspect. J'avais complètement occulté le fait que tu as perdu quelqu'un de cher. Je suis vraiment désolée.

L'intensité de son regard confirmait chacun de ses mots. Elle pensait vraiment ce qu'elle disait. Il ne put que hocher la tête et maugréer des remerciements. Elle retira sa main, et il éprouva aussitôt une sensation de frustration. La toucher — mais aussi être touché par elle — lui avait manqué bien plus qu'il ne l'avait cru.

— Je suis sincère, insista-t-elle.

— Je sais.

— Nick t'a dit la même chose qu'à moi, au téléphone ? demanda Josh.

— On a trouvé du whisky dans la gorge et les poumons de Bette, acquiesça Bryan. Du Glasgow Gold.

— Exact. Tu ignores peut-être ce que ça signifie, mais…

— Je sais très bien ce que ça veut dire, coupa Bryan en croisant le regard de son père.

Josh se rembrunit.

— Et qu'est-ce que ça veut dire ? interrogea Dawn.

— *Comment* le sais-tu ? demanda Josh à son fils, comme si elle n'avait rien dit.

Bryan se doutait qu'elle ne devait pas comprendre de quoi il retournait, mais il lui fallait éclaircir ce point avec son père. Maintenant. Jouer cartes sur table était le moins qu'il pût faire avec sa famille. Il ne voulait pas que des bribes d'informations émergent plus tard et ébranlent la confiance qu'ils avaient en lui.

— Il y a deux semaines, dit-il en soupirant, j'ai signé un bon de sortie pour les archives de l'Etrangleur du dernier verre.

Dawn en laissa échapper sa fourchette.

— L'Etrangleur du dernier verre ? On… on dirait le nom d'un… tueur en série, ou quelque chose de ce genre.

— C'est exactement ça, confirma-t-il.

— Mais que se passe-t-il ? Qu'est-ce que cela signifie ?

Bryan posa ses couverts.

— Il y a beaucoup de choses que tu ignores.

— Comme le fait que Betty a été assassinée par un

tueur en série, c'est ça ? Et ils pensent que cela pourrait être toi ? Un *tueur en série* ? Enfin, Bryan !

— C'est plus compliqué que ça. L'Etrangleur s'appelait en réalité Johnny Lee Jackson. Il a été arrêté il y a seize ans — et cela fait seize ans qu'il n'y avait pas eu de meurtre perpétré selon son mode opératoire. Il est mort en prison le mois dernier. Selon moi, le crime est donc plutôt l'œuvre d'un *copycat*.

— Mais pourquoi ? s'exclama Dawn. Pourquoi ce… ce *copycat* irait-il tuer *ta* petite amie dans *ton* lit, alors que tu dors juste à côté ?

— Ça, je n'en sais rien.

— Mais si, tu le sais ! Qu'est-ce que tu faisais avec ces dossiers ? Ce n'est pas une coïncidence, si ce qui s'est passé chez toi arrive juste au moment où tu t'intéresses à cette vieille affaire ! En tout cas, la police le pensera. Qu'est-ce que tu me caches ?

— Rien.

Bryan se rendit compte que son père et Beth le fixaient d'un regard empli des mêmes questions qui agitaient Dawn. Ils ne le croyaient évidemment pas capable d'un meurtre, mais ils voyaient clairement un lien entre lui et ces crimes — ou ce criminel.

— Je pense que c'est à cause de Nick, leur avoua-t-il.

— Nick ? répéta Dawn. Tu veux dire *ton* Nick ?

— Nick Di Marco, oui. Je l'ai eu comme prof, à la fac. Il a été mon mentor. On était très proches. Après papa, je crois que c'est la personne à laquelle je fais le plus confiance au monde. Toujours est-il que c'est lui qui a résolu l'affaire de l'Etrangleur du dernier verre, il y a seize ans, avant de quitter la police et de se consacrer à l'enseignement.

— Je sais tout ça, intervint Dawn. J'avais simplement oublié le surnom qu'on avait donné au tueur.

C'était par Beth qu'elle avait appris l'existence de Nick le superflic, de son livre et du film qu'on en avait tiré. Si elle avait vécu ici, à Blackberry, elle aurait entendu parler de lui bien plus tôt. Il était une espèce de légende, dans la ville voisine de Shadow Falls.

— Je pense que Bette a été choisie en raison de son lien avec moi, et de *mon* lien avec Nick, expliqua Bryan. Quelqu'un essaye de me piéger — mais aussi d'atteindre Nick, d'une manière ou d'une autre, à travers moi. Une chose est sûre : ce quelqu'un n'est pas l'Etrangleur. Probablement un cinglé qui vivrait dans l'obsession ou le culte du héros — le pire des héros — et chercherait à l'imiter.

— Ton imitateur a trouvé le moyen d'obtenir des informations connues seulement de la police, souligna Josh.

— De la police *et* de l'Etrangleur lui-même, ajouta Bryan.

— Il a pu se confier à quelqu'un, un ami, un parent… peut-être même un compagnon de cellule.

— Et tu penses que ce *copycat* pourrait de nouveau tuer ? demanda Beth.

— Oh, oui, il va de nouveau tuer ! lança une voix derrière la porte moustiquaire de l'entrée.

Tous les convives se tournèrent tandis que l'homme qui venait de parler entrait.

— J'espère juste que Bryan sera derrière les barreaux, ou en compagnie de flics, quand cela arrivera.

Il esquissa un sourire qui se diffusa ensuite sur l'ensemble de son visage.

— Difficile de trouver un meilleur alibi que celui que tu as maintenant, tu ne crois pas, Bryan ?

4

Si Dawn était aussi surprise, c'était probablement à cause de l'impression désagréable qui l'avait envahie à mesure que la conversation du dîner avançait. L'Etrangleur du dernier verre… Un tueur en série… Un *copycat*… Une petite amie assassinée… Et Bryan était lié à tout ça.

Mais que se passait-il, bon sang ?

— Nick ! lança Bryan, dont le visage s'éclaira. Dawn, viens que je te présente Nick.

Comme il se levait, elle l'imita et ils quittèrent la salle à manger, traversèrent le salon et rejoignirent l'entrée. Beth et Josh étaient restés à table, et Dawn les entendit qui chuchotaient ; ils tentaient probablement de se rassurer l'un l'autre.

Nick attendait dans l'entrée, le sourire aux lèvres. Il avait des yeux bleus qui captivaient l'interlocuteur dès le premier regard. Ses cheveux faisaient penser à de l'onyx dans une tempête de neige. Et quand son sourire chaleureux se posa sur Dawn, il s'élargit encore un peu plus.

— Vous devez être la fille de Beth — Dawnie, c'est ça ? J'ai beaucoup entendu parler de vous. Je suis ravi de vous rencontrer enfin. Je suis Nick Di Marco, un vieil ami de Bryan.

Dawn ne put faire autrement que de lui rendre son sourire, contagieux. Son arrivée et sa manière d'être avaient réussi à dissiper la tension qui l'habitait quelques instants plus tôt.

— Moi aussi, j'ai beaucoup entendu parler de vous. Bryan dit que vous êtes la personne en qui il a le plus confiance, après son père, et ça n'est pas rien.

Elle tendit la main. La poigne était chaleureuse, amicale, mais on sentait derrière une force redoutable.

— Dommage que nous nous rencontrions dans des circonstances pareilles, remarqua-t-il, avant de se tourner vers Bryan. Tu ne m'avais pas dit à quel point elle correspondait…

Bryan fronça les sourcils.

— Je n'y avais pas pensé… avant qu'elle arrive.

— Elle ne doit surtout pas mettre les pieds à Shadow Falls, Bryan. Il se pourrait même qu'elle ne soit pas en sécurité ici, à Blackberry. Tu en es conscient, j'espère ?

Bryan hocha la tête.

— Hé, une minute ! intervint Dawn en les regardant tour à tour. De quoi parlez-vous ? Correspondre à quoi ?

— Elle a tout à fait le profil, dit Nick.

Il avait parlé doucement, comme s'il voulait éviter que Beth et Josh, toujours dans la salle à manger, ne l'entendent.

C'est à lui que Bryan répondit, ignorant la question de Dawn.

— Je sais. J'allais y venir.

— Venir à quoi ? s'exclama Dawn.

Elle le fixait, les sourcils froncés, à la fois agacée et intriguée d'être ignorée.

Il lui prit la main et la serra furtivement. Malgré les circonstances, elle sentit les battements de son cœur s'accélérer.

— Entre donc manger quelque chose, Nick.

Il croisa enfin le regard de Dawn.

— Tu m'accompagnes pour une petite promenade ?

Elle baissa les yeux sur leurs mains toujours unies. Un flot d'émotions mêlées l'inonda, au point qu'elle sentit ses yeux la brûler. Elle cligna les paupières et répondit d'un simple hochement de tête ; elle avait la gorge si serrée qu'elle n'était pas sûre de pouvoir parler. Les ennuis auxquels était confronté Bryan paraissaient bien plus sérieux qu'elle ne l'avait d'abord cru. Et elle se sentait aussi plus impliquée quelle n'avait voulu l'admettre.

Bryan conduisit Nick dans la salle à manger. Il lui désigna une chaise en même temps que Beth l'invitait à se joindre à eux pour le repas.

— Dawn et moi allons faire un petit tour, annonça Bryan. Nous n'en aurons pas pour longtemps.

— Ne va pas trop t'afficher avec elle, lui conseilla Nick. Moins les gens la verront, et moins ce sera risqué.

Risqué ? Quand Bryan revint dans l'entrée, elle lui jeta un regard qui signifiait : « Qu'est-ce qu'il raconte ? » Mais, au lieu de répondre, il lui prit de nouveau la main, la pressa, puis l'entraîna dehors. La porte à moustiquaire se ferma derrière eux avec un grincement, et Dawn sentit la chaude caresse d'une nuit d'été. Elle reconnut aussi le chant des criquets, qu'elle n'avait pas entendu depuis cinq ans. Le Vermont lui avait terriblement manqué.

Ils descendirent les marches de la véranda. Elle fixait Bryan et eut le sentiment qu'il évitait de la regarder.

Il lui lâcha la main quand ils commencèrent de marcher et, privée de ce contact, elle eut soudain froid, malgré la douceur de l'air.

— De quels risques Nick parle-t-il ? demanda-t-elle après qu'ils eurent fait quelques pas en silence.

Il soupira, et s'arrêta. Ils avaient suivi une allée qui serpentait à travers un jardin qui n'était pas là, cinq ans plus tôt. Il occupait une bonne partie du terrain sur le côté, et il était ponctué de statues et de bancs. L'air était lourd de parfums et, même s'il faisait déjà nuit, des abeilles étaient toujours occupées à butiner d'une fleur à l'autre.

Bryan s'arrêta devant un banc, s'y assit, et elle l'imita, prenant place à côté de lui.

— Dawn…, commença-t-il. Bette… Bette te ressemblait beaucoup.

— Vraiment ?

Elle pencha la tête de côté, et ses pensées s'éloignèrent des histoires de meurtres, de mort, de tueur en série. Elles se fixèrent sur Bryan — sur Bryan et elle.

— Tu sortais avec quelqu'un qui me ressemblait ? Qu'est-ce que cela signifie, Bryan ? Dois-je comprendre que tu n'as jamais…

— Ça n'avait rien à voir, Bette et moi. Nous étions amis.

Dawn haussa les sourcils.

— Amis ?

— Je ne dis pas cela pour que tu penses que… Ecoute, Dawn, la question n'est pas là. Tu es blonde, mince, plus grande que la moyenne. Tu as les yeux bleus et tu as entre dix-neuf et trente-cinq ans.

— C'est une drôle de façon de présenter les choses. Tu sais parfaitement que j'ai vingt-quatre ans.

— Bette en avait vingt-trois.

— Nous avions donc presque le même âge. Et nous nous ressemblions vaguement. Mais c'était une coïncidence, si tu sortais avec elle, n'est-ce pas ? Le fait qu'elle me ressemble n'y était pour rien ?

— Non.

— Pourquoi en parler, alors ?

Il hésita.

— Parce que… parce que cette description — la tranche d'âge, le type de silhouette, les cheveux longs, de châtain clair à blond — correspond au profil type de toutes les victimes de l'Etrangleur du dernier verre.

Ce fut comme si un doigt glacé descendait le long du dos de Dawn. Elle retint son souffle, voyant soudain très clairement où Bryan voulait en venir.

— Toutes ? Et combien… y en a-t-il eu ?

— Dix-sept, pour celles dont nous avons connaissance. Dix-huit si on ajoute Bette. Qu'on ait affaire à un *copycat* ou que Nick se soit trompé et n'ait pas arrêté la bonne personne, le fait est que tu ne seras pas en sécurité à Shadow Falls. Et Nick a raison quand il dit que tu n'es probablement pas en sécurité non plus à Blackberry, Dawn.

Elle hocha la tête, lentement, tout en réfléchissant intensément. Mais, avant que son cerveau ait pu entrevoir une conclusion pragmatique, ses lèvres s'étaient déjà mises en mouvement. C'était à croire que ses émotions lui dictaient toutes ses paroles, ce soir.

— Je ne pars pas, annonça-t-elle.

— Voyons, Dawn, je ne peux pas te laisser risquer ta vie pour…

— En t'écoutant, j'ai cru comprendre que tu ne pensais pas que ce fou allait de nouveau frapper.

— Nick est persuadé du contraire. Et crois-moi, Dawn, il est beaucoup mieux placé que moi pour parler de cette affaire.

— Je peux prendre des précautions, dit-elle précipitamment. Me teindre les cheveux. Me voûter pour paraître plus petite. Porter des lentilles colorées.

Bryan soupira. Elle sentit qu'il cherchait des arguments rationnels à lui opposer. Mais elle ferma la main sur la sienne, et il se figea. Elle avait espéré que ce contact aurait le même effet que sur elle. Visiblement, c'était le cas.

— Pas question que je te quitte, Bryan.

Il scruta son regard, longuement, et elle s'efforça de mettre un frein à ses pensées, à la tentation de se demander si ce qu'elle éprouvait en cet instant pour lui était seulement de l'amitié, ou davantage. Cela n'avait rien à voir, en tout cas, avec ce qu'elle avait ressenti auparavant. Elle était une gamine, alors. A peine sortie du lycée.

Les sentiments et les sensations qui l'agitaient aujourd'hui étaient différents. Mais il était trop tôt pour tenter d'y voir clair. D'autant que ce qui se jouait dans l'immédiat était autrement plus important.

— Je suis sérieuse, insista-t-elle en s'efforçant d'être convaincante. Je ne te laisserai pas tomber.

— Si, tu le feras. Ce n'est qu'une question de temps.

Elle fronça les sourcils, frappée par l'amertume de ces paroles, et parce que cela n'avait rien à voir avec leur sujet. Avant qu'elle ait eu la possibilité de se défendre, elle entendit des bruits de pas, derrière eux. Surprise, elle tourna vivement la tête.

Bryan se leva et se posta si vite devant elle qu'elle en fut suffoquée. Elle resta à fixer le dos de son T-shirt, remarquant l'équilibre harmonieux entre ses larges épaules et ses hanches étroites. Il était vraiment robuste, et n'avait plus rien du grand ado dégingandé de dix-neuf ans qu'elle avait laissé derrière elle. Les muscles des bras tendus, les poings serrés à ses côtés, il semblait prêt à affronter n'importe qui pour la protéger. Elle sentit son ventre se serrer, et son cœur se mettre à battre plus vite.

— Qui est là ? lança Bryan.

— C'est toi, Kendall ?

Les pas se rapprochèrent.

— Rico ?

Dawn vit les poings de Bryan se desserrer et elle l'entendit qui vidait d'un coup l'air qu'il avait contenu dans ses poumons. Tournant la tête, il lui lança par-dessus son épaule :

— Tout va bien. C'est mon coéquipier, Rico Chavez.

On l'appelle Rico Suave, parce qu'il est très doux avec les femmes…

Alors qu'il en finissait de ses explications, Rico arriva vers eux. C'était un beau garçon à la peau cuivrée, relativement petit, avec des cheveux noirs coupés très court. Quand il aperçut Dawn, il hésita.

— Oh ! Excuse-moi. J'espère que je ne te…

— C'est bon, lui dit Bryan. Rico, je te présente Dawn Jones.

— Oh…

Les épais sourcils de Rico se haussèrent et il la fixa avec un peu trop d'intensité.

— *La* Dawn ?

Bryan grogna une réponse indistincte et confirma d'un hochement de tête.

Rico s'approcha, comme pour mieux l'observer. Il sourit, de toute la blancheur de ses dents, et tendit la main à Dawn, adressant un signe de tête assez peu discret à Bryan, pour marquer sans doute son approbation.

Bryan avait donc parlé d'elle à son coéquipier. Cette idée l'échauffa bien plus qu'elle n'aurait dû.

— N'allez surtout pas croire ce qu'on raconte, lui dit-il en faisant allusion à Bryan.

Il se tourna vers lui, et son sourire se chargea de gravité.

— Je suis avec toi, Bryan. J'espère que tu le sais. Je n'ai pas le moindre doute.

— Merci, Rico. Cela compte beaucoup pour moi.

— Je pense qu'ils sont sur le point de… de…

Son regard glissa vers Dawn, revint sur Bryan.

— De m'arrêter ?

Dawn sentit un courant froid l'envahir. Elle n'arrivait pas à croire que les mots avaient franchi les lèvres de Bryan.

— Non, dit-elle dans un souffle. Ce… ce n'est pas possible.

— Désolé, mec, reprit Rico. Mais ce n'est pas pour ce soir — enfin, je ne pense pas. Peut-être demain, plutôt. On a retrouvé des fragments de ta peau sous les ongles, tes cheveux sur son oreiller…

Il se mordilla la lèvre.

— Désolé.

— Mais c'est absurde ! s'exclama Dawn. Il *dormait* avec elle. Il est normal qu'on trouve son ADN un peu partout sur elle.

Légèrement nauséeuse, soudain, elle se pressa la main sur le ventre, d'un geste instinctif, et leur tourna le dos. Ce n'était pas seulement l'idée que Bryan puisse se retrouver en prison, accusé d'un meurtre, qui la rendait malade ; c'était aussi la pensée qu'il avait fait l'amour avec une autre femme. Mais pourquoi cela la bouleversait-il autant ? Et pourquoi en cet instant précis ? Avait-elle sérieusement cru qu'il allait demeurer célibataire tout ce temps, pour la simple raison qu'elle-même l'était restée ?

— On n'a pas retrouvé d'autre trace d'ADN, expliqua Rico. Que ce soit dans le lit ou sur le corps.

— En quoi est-ce si étrange ? demanda Dawn.

Comme ils l'interrogeaient tous les deux du regard, elle ajouta :

— Je ne crois pas t'avoir entendu dire que l'Etrangleur violait ses victimes.

— Tu as raison. Il n'en a jamais violé aucune.

— Par conséquent, que ce soit lui ou un *copycat* qui ait assassiné cette malheureuse, pourquoi devrait-on s'attendre à trouver des traces de… enfin son…

Bryan leva la main pour l'arrêter. Mais Nico, lui, hochait la tête avec vigueur.

— Elle a raison. C'est ce que j'ai dit au chef il y a moins de deux heures. Mais autant parler à un mur, bon sang !

Il soupira, de dépit et de colère.

— J'imagine qu'il va te falloir un peu de temps pour trouver le moyen de réunir la caution. Sache que j'ai des économies, quelques milliers de dollars, au cas où tu en aurais besoin.

— Merci, dit Bryan en lui posant la main sur l'épaule. Merci de m'avoir prévenu, merci pour ton offre… et, surtout, merci de ta confiance. C'est beaucoup plus important que tu peux le penser.

Rico hocha de nouveau la tête.

— *De nada*, cher coéquipier. Dawn, j'ai été heureux de vous rencontrer. Enfin.

— Moi aussi, Rico.

Il se tourna et se dirigea vers la maison.

Dawn fit de nouveau face à Bryan, qui la fixait avec intensité. Elle avait les larmes aux yeux et espérait que la pénombre grandissante les cachait.

— Ils vont t'arrêter.

— Je paierai une caution, déclara-t-il. On découvrira qui a fait ça et…

— Je peux peut-être… aider, coupa Dawn. *Vraiment* aider, j'entends.

Bryan resta d'abord sans réaction. Puis il parut soudain saisir ce qu'elle avait dit et il secoua la tête, tout en reculant d'un pas.

— Est-ce que par hasard tu envisages de réveiller le pouvoir dont tu as essayé de te débarrasser pendant ces cinq dernières années ? Il n'en est pas question, Dawn !

— J'aimerais que tu m'écoutes. Connais-tu un meilleur moyen de savoir qui a tué Bette que de le lui demander ? Et connais-tu quelqu'un d'autre qui puisse s'en charger ?

Il secoua encore la tête.

— Tu mesures ce que tu racontes ? Cela fait cinq ans que tu essayes d'échapper à ce « don » que tu as toujours considéré comme une malédiction. Tu as laissé tomber pour ça. Et tu serais maintenant prête à l'accueillir les bras ouverts ?

— Pour t'éviter la prison ? Oui. Les bras *grands* ouverts.

Il lui passa la main dans les cheveux et lui releva légèrement la tête, vers les étoiles qui scintillaient dans le ciel, au-dessus d'eux.

— Tu es partie, Dawn. Tu as tout quitté. Moi compris.

Leurs yeux étaient à présent rivés les uns aux autres.

— Ne parlons pas de ça, répliqua-t-elle. Ne perdons pas notre temps ni notre énergie. Pas avec ce qui te tombe dessus, Bryan. On ne peut plus rien y faire, de toute façon. C'est le passé. Concentrons-nous plutôt pour découvrir qui a tué cette malheureuse fille.

— Le passé ? Mais ce n'est pas le passé ; en tout cas, pas pour moi. Tu m'as détruit, Dawn.

Elle resta un instant sans voix, son regard toujours accroché à celui de Bryan.

— Je… suis désolée, chuchota-elle.

Elle n'aimait pas ce qu'elle voyait dans les yeux de Bryan en cet instant. De la colère, restée inexprimée jusque-là, et qui s'était comme envenimée. Elle avait vraiment tout gâché, avec lui, et dans les grandes largeurs. Elle n'avait rien laissé intact pour espérer réparer les choses maintenant.

Elle préféra donc changer de sujet. Celui-ci était décidément trop douloureux.

— Tu ne m'as toujours pas expliqué pour quelles raisons tu as décidé de te plonger dans les dossiers de l'affaire de l'Etrangleur. Tu veux bien m'en parler, maintenant ?

— A la condition que tu n'en dises rien à Nick.

Elle hocha la tête, mais elle savait déjà à quoi s'en tenir.

— Tu as soupçonné que Nick n'avait pas arrêté la bonne personne, c'est ça ? Et, d'une manière ou d'une autre, le véritable assassin a eu vent de tes recherches.

Il a eu peur que tu le confondes et il a assassiné Bette pour te perturber — ou peut-être même pour que tu sois soupçonné. Alors, j'ai vu juste ?

Il scruta son regard en silence, avant d'esquisser un léger sourire qui parut absorber toute sa colère.

— Tu as gardé ton côté Nancy Drew en herbe, on dirait…

— Je suis trop vieille pour jouer les Nancy Drew, répliqua-t-elle en haussant les épaules. Mais c'est vrai, l'idée de résoudre une enquête me passionne toujours autant. Je n'y avais pas pensé, avant de revenir. Reconnais qu'on était bons. Deux adolescents qui aident une amie à se sortir d'une délicate affaire de meurtre… Alors, j'ai raison ?

— Non, chère Nancy, tu as tout faux. Mais ton hypothèse se défendait assez bien, cela dit.

Elle fronça les sourcils. Elle n'était pas certaine d'avoir bien entendu ou bien compris.

— Le mois prochain, reprit Bryan, Nick doit recevoir une récompense — une médaille pour l'ensemble de sa carrière, qui lui est remise par la Vermont Association Of Law Enforcement. Et ce n'est pas une petite affaire. Ils m'ont demandé de présenter la cérémonie, qui se fera à l'occasion de leur convention annuelle. Je suis censé prononcer un discours, avec les grands faits de sa carrière, tu vois le genre…

De nouveau, elle fronça les sourcils.

— Et c'est pour cette raison que tu t'étais plongé dans les dossiers ?

— C'est cette affaire qui l'a rendu célèbre. J'avais l'intention de faire une présentation multimédia, avec un grand écran sur lequel on aurait projeté la couverture de son livre, peut-être un extrait du film qui en avait été tiré. De Niro jouait son rôle, tu t'en souviens ?

— *Tout le monde* s'en souvient.

— Le fait est que j'ai dû aller chercher les copies numérisées du dossier aux archives. Ainsi que certaines des boîtes contenant les preuves matérielles. Je n'ai pas signé de bon de sortie, comme on est obligé de le faire, parce que je ne voulais pas que quelqu'un sache. Si j'avais cherché à accéder aux fichiers électroniques par internet, j'aurais dû me connecter, m'identifier, et cela aurait laissé des traces.

— Tu as risqué ta carrière pour une remise de médaille ?

— Mais non, répliqua Bryan.

Il leva les yeux vers le ciel comme s'il y cherchait de l'aide. Les criquets stridulaient toujours, et les étoiles étaient toujours aussi scintillantes. Mais ni les uns ni les autres ne pouvaient rien pour lui.

— Ma carrière n'a rien à craindre dans l'histoire, reprit-il. C'est un peu limite, je le reconnais, mais il s'agit d'une vieille affaire, et si je m'étais fait prendre, j'aurais expliqué mes raisons au chef. Il aurait laissé filer, il m'aurait même aidé.

— Pourquoi ne pas lui en avoir parlé tout de suite, dans ce cas ?

— Parce que le comité tenait absolument à ce que personne ne soit au courant. C'est le principe de cette récompense — personne ne doit savoir qui va la recevoir avant le grand soir. Le secret est aussi bien gardé que le nom des récompensés aux Oscars. Rends-toi compte : j'ai même dû signer une clause de confidentialité.

Elle hocha la tête.

— Quelqu'un sait-il que tu es venu prendre ces dossiers ?

— A part toi, personne. Et je serai obligé d'en parler à Josh et Beth avant la soirée. Je ne peux pas faire autrement.

— Tu avais toujours les documents, la nuit du crime, ou bien tu les avais rendus ?

— Le soir où je suis allé tout prendre, j'ai ramené Nick chez lui — sa voiture ne voulait plus démarrer. Je ne me doutais pas qu'il passerait précisément au bureau ce jour-là. Il est à la retraite, mais il continue de venir. De mon côté, j'étais toujours en congé forcé, et j'ai dû trouver une explication pour justifier le fait que j'étais au poste… Mais c'est hors sujet. Le plus important, c'est que je ne m'attendais pas à le voir, et encore moins à l'avoir comme passager dans ma voiture. Heureusement, j'avais la glacière que j'utilise pour les pique-niques, dans le coffre de la Mustang, et j'ai pu fourrer tout ce que j'avais pris aux archives dedans. Il n'a rien vu.

Dawn ferma les yeux, songeant que même en le faisant exprès, il n'aurait pas pu paraître plus coupable.

— Et où se trouvent les documents, maintenant ?

— Dans mon garage, avoua-t-il avec un soupir. La police concentre ses recherches sur la maison, pour l'instant, mais ils vont aller dans le garage, tôt ou tard, et ils trouveront les dossiers…

Il baissa la tête et la secoua, lentement.

— Cela va faire mauvais effet, commenta Dawn.

— Comme tu dis, oui.

Il plongea son regard dans le sien.

— Je ne veux pas que Nick sache, pour la récompense qui l'attend. Le secret doit être gardé jusqu'au bout. C'est important.

— Ta vie et ta liberté aussi, non ?

— Si, pour me sortir de ce guêpier, je suis obligé de révéler la vérité, je le ferai, je t'assure. Si les enquêteurs trouvent les dossiers dans mon garage — ou s'ils vont aux archives, pour obtenir des informations sur l'Etrangleur du dernier verre, et découvrent que les dossiers sont manquants —, je serai obligé de m'expliquer. Mais si et seulement si j'y suis contraint. Entendu ?

— J'ai compris, oui.

Leurs regards s'accrochèrent une nouvelle fois l'un à l'autre, et elle sentit une bouffée familière enfler en elle. Elle n'eut même pas la volonté de la réprimer.

— Nous allons résoudre cette affaire. Rien que toi et moi. Comme autrefois.

— Pas exactement comme autrefois, lui dit-il doucement.

Un court instant, la tension s'installa entre eux. Pour la briser, elle lui prit la main et l'entraîna dans l'allée, pour retourner vers l'auberge.

— Où m'emmènes-tu ?

— A ta voiture.

— Et pour aller où ?

— A Shadow Falls. Tu vas me conduire chez toi.

Il s'arrêta et résista de tout son poids alors qu'elle lui tirait sur le bras.

— La maison est ceinturée par un ruban de sécurité. Et pour ce qu'on en sait, il doit y avoir des flics là-bas, en ce moment même.

— On y va quand même, insista-t-elle en lui tirant toujours sur le bras. S'il y a des policiers, nous passerons devant la maison sans nous arrêter. Dans le cas contraire, nous en profiterons pour récupérer les documents dans ton garage.

— Il n'est pas question que je te laisse tripatouiller des preuves, Dawn. Ce serait prendre le risque que tu te retrouves dans la même cellule que moi.

Elle se figea.

— Il y aurait pire…, dit-elle.

Elle aurait préféré retenir ces mots avant qu'ils ne franchissent ses lèvres ; au lieu de quoi elle évita le regard de Bryan, et tenta d'ignorer la sensation de chaleur qui envahissait son visage.

— De toute façon, poursuivit-elle, nous n'allons pas

là-bas pour les dossiers. Nous avons besoin de rentrer dans la maison. Dans ta chambre.

— Bon sang ! Mais pourquoi veux-tu…

— Parce que l'endroit où Betty est morte est probablement le meilleur pour entrer en contact avec elle.

— Pas question que je te laisse faire ça pour moi, Dawn !

Malgré ses protestations, elle prit comme un encouragement le fait qu'il ne lui résiste plus et se laisse entraîner dans l'allée. Ils traversèrent le jardin et se retrouvèrent sur la pelouse, à l'avant, où l'allée continuait de sinuer jusqu'à la porte d'entrée. Ils étaient tout près des marches de la véranda quand une voiture déboucha à toute allure de la courbe que décrivait la rue. Dawn se tourna, alertée par le mugissement du moteur. Elle fut aveuglée par les phares. Le véhicule freina brusquement, arrachant une plainte de protestation aux pneus. Presque au même moment, quelque chose fila dans l'air, balancé par le conducteur, et vola droit à travers la fenêtre du salon de la Blackberry Inn.

Avec un juron, Bryan se rua en direction de la voiture, mais celle-ci faisait marche arrière dans un nuage, enchaînant deux tête-à-queue avant que les pneus ne retrouvent leur adhérence. Moins d'une seconde plus tard, elle disparaissait aussi vite qu'elle était apparue.

Bryan revint vers Dawn. Il lui attrapa le bras et se remit à courir avec elle en direction de la véranda, à l'avant de la maison. Ils survolèrent littéralement les marches et rentrèrent. Beth et Josh, Nick et Rico… ils se tenaient tous quatre dans l'entrée. Rico tenait son arme à la main. Il y avait des fragments de verre au sol, avec, au milieu, une brique enveloppée de papier.

— Tout le monde va bien ? cria Bryan.

— Oui, c'est bon, lui répondit Josh.

— Tu as pu voir quelque chose, Bryan ? demanda Nick.

— Véhicule noir, une Oldsmobile 88. Un modèle de

93 ou 94, je dirais. Des plaques du Vermont, mais trop sales pour que je puisse lire. Le feu arrière côté passager ne fonctionnait plus.

Dawn le fixait sans dire un mot, impressionnée.

— Dawn ? interrogea Nick.

Elle ne pouvait détacher son regard de Bryan. C'était un aspect de sa personnalité et de sa vie qu'elle découvrait. Mince, alors ! Il était vraiment policier. Elle le savait, mais n'avait pas pleinement mesuré ce que cela signifiait.

— Hein ? demanda-t-elle, encore un peu éberluée.

— Avez-vous vu quelque chose que Bryan n'aurait pas remarqué ?

— Eh bien… je crois que la voiture était noire, en effet. Mais même ça, je n'en suis pas sûre.

— Beth, tu pourrais m'apporter un sac plastique refermable et une pince à salade, s'il te plaît ? demanda Bryan.

Beth se précipita, pour revenir quelques instants après avec ce qu'il lui avait demandé. Bryan s'agenouilla à côté de la brique, et il utilisa le couvert pour retirer le papier et le déplier. Lire ce qui y était inscrit ne posa pas de problème. Il n'y avait qu'un mot.

« Assassin ».

Dawn vit qu'il frappa Bryan aussi sûrement que s'il avait reçu un caillou en pleine tête. Il s'écarta avec un tressaillement.

Nick vint s'agenouiller à côté de lui. Il lui prit la pince des mains et s'en servit pour déposer la feuille de papier dans le sachet en plastique. Il fit de même avec la pierre et ferma le Zip du sachet en même temps qu'il le tendait à Rico.

— Vous pouvez emporter ça au bureau, ou vous voulez que je m'en charge ?

— J'y allais, de toute façon, répondit Rico, qui s'empara du sac et adressa un coup d'œil chaleureux à Bryan.

Tiens bon, vieux. Ce n'est qu'un abruti qui ne serait pas fichu de reconnaître un bon flic, même s'il l'empêchait de se faire renverser par un bus. Tiens bon…

— J'essaye.

Bryan s'écarta du groupe, la tête baissée. Dawn le rejoignit aussitôt et lui posa la main sur l'épaule. Elle attendit qu'ils soient hors de portée des autres pour lui glisser :

— On va faire ce que je t'ai proposé. Je suis certaine que ça fera avancer les choses.

Bryan secoua la tête.

— Pas ce soir. Ce n'est pas prudent. En plus, c'est illégal, Dawn. Je pense que nous devrions agir de façon réglo. Si jamais je suis pris en train de trafiquer des éléments de preuves sur la scène de crime, cela ne servira qu'à renforcer les présomptions de culpabilité qui pèsent sur moi.

Selon Dawn, il était difficile pour lui de paraître encore plus coupable, mais elle n'en fit évidemment pas la remarque. Elle se contenta de hocher la tête, lentement, et d'ajouter :

— Entendu, Bryan, si tu en sûr…

— Je le suis. J'ai pensé aussi qu'il fallait que j'appelle les parents de Bette, ce soir. Ça risque d'être…

— Tu en as parlé à ton avocat ? Je pense qu'il te le déconseillerait.

— Je lui ai posé la question. Et tu as raison, il me l'a interdit. Mais je vais quand même le faire.

Il se tourna et gravit les marches de la véranda. Dawn le suivit du regard, plus déterminée que jamais à l'aider. Mais quand elle envisagea la possibilité d'aller chez lui, seule, elle se figea, glacée par une onde de peur.

Il avait raison : ce serait stupide de se rendre sur les lieux du dernier méfait d'un tueur en série, en pleine nuit, surtout quand on ressemblait comme elle à la dernière victime. C'était pour cette raison qu'elle n'irait pas chez Bryan — et non pour éviter de se retrouver dans les ténèbres face à une jeune fille morte.

Elle attendrait donc qu'il fasse jour.

Une main se ferma sur son épaule. Elle sut qu'il s'agissait de Nick avant de lui faire face.

— J'ai l'impression que cette fichue brique vous a toute retournée, Dawn. Ça va ?

Elle hocha la tête.

— Dites-moi juste que tout va s'arranger pour Bryan.

— On va faire notre possible pour ça, jeune fille. Tous. Il est heureux que vous soyez là. Vous en avez conscience, n'est-ce pas ?

Elle sourit. Elle aimait les manières simples et rassurantes de cet homme.

— Sur le moment, je n'en étais pas trop sûre. Ensuite, j'ai changé d'avis. Et voici que je doute de nouveau…

— Et moi, je vous dis qu'il est heureux.

— J'espère que vous avez raison, Nick.

— Je *sais* que j'ai raison.

— Je parlais aussi de l'aide que nous pouvons lui apporter. Il faut découvrir l'assassin de Bettina Wright.

— Tout à fait d'accord.

— Ne t'inquiète pas, Dawn, intervint Beth depuis la porte de la salle à manger. Nick est l'un des meilleurs flics qui soient. MacNamara n'a qu'à le réintégrer, afin qu'il ait l'autorité nécessaire pour aider Bryan. Et Josh n'a rien d'un empoté, lui non plus, ajouta Beth avec un coup d'œil vers son mari, qui débarrassait les assiettes et les portait dans la cuisine. Je ne parle pas de Rico. Ni de Bryan : tu ne le sais pas forcément, mais il est excellent, dans son travail. Avec tout ce petit monde, il est impossible que nous ne résolvions pas cette affaire.

Dawn soupira ; elle aurait aimé être aussi positive que Beth.

— Je vais monter dans ma chambre, annonça-t-elle. J'ai été ravie de faire votre connaissance, Nick. Vraiment. Je suis heureuse que Bryan puisse compter sur vous.

Elle lui adressa un sourire chaleureux et sentit qu'un lien s'était établi entre eux. Puis elle se tourna vers les autres.

— Et cela vaut aussi pour vous, Rico. Bonne nuit, Beth. Bonne nuit, Josh.

— Bonne nuit, Dawn ! lui lança Beth alors qu'elle était déjà dans l'escalier.

Une fois dans sa chambre, Dawn ferma les yeux et inspira profondément. Elle savait ce qu'elle avait à faire. Elle s'approcha de son sac, qu'elle n'avait toujours pas ouvert, et y récupéra les comprimés qu'elle prenait pour garder les morts à distance. Elle sortit aussi la bouteille de vodka, dont elle aurait pu avoir besoin si l'Ativan n'était pas suffisant. Elle emporta la bouteille et le flacon dans la salle de bains et vida leur contenu dans la cuvette des toilettes. Elle ne voulait pas les garder à portée de main ; si jamais les fantômes se manifestaient de nouveau, la tentation de les repousser à coup de médicaments serait trop forte. Le mieux était d'évacuer cette tentation une bonne fois pour toutes.

Elle leva les yeux vers le plafond.

— Bon, voici le marché. Je vais parler à la morte, Bettina Wright. Mais ce sera tout, on s'en tiendra là. Entendu ?

Elle attendit, vaguement consciente que la chair de poule couvrait ses bras. Mais rien ne se passa. Pas de voix désincarnée. Pas de photos dans leur cadre arrachées des murs. Pas de silhouette floue planant à dix centimètres au-dessus du sol.

« Il va sans doute falloir un peu de temps, se dit-elle. Je dois avoir des résidus d'Ativan dans le sang. »

C'était la meilleure explication. Et une raison supplémentaire d'attendre au moins le matin pour se rendre chez Bryan. Elle serait peut-être alors en mesure de voir Bette.

Elle se laissa tomber sur son lit et se plaqua les mains sur les yeux. Elle n'arrivait pas à croire qu'elle était en train d'*espérer* parler de nouveau aux morts. Et si son père avait eu raison, tout compte fait, en affirmant qu'on ne pouvait y échapper ? Avait-il essayé ? Sans aucun doute, et c'était pour cette raison qu'il se montrait si catégorique.

Elle étouffa un juron.

5

— Tu as une mine épouvantable, Bryan.

C'est sur ces paroles de bienvenue que Beth l'accueillit au pied du grand escalier. Elle lui tendit en même temps un mug de café brûlant.

— Merci bien.

La vapeur parfumée vint lui caresser les narines, et il lui sembla qu'elle réveillait quelques neurones supplémentaires. Il but une longue gorgée, s'accorda le temps d'en prendre une autre, puis il gagna la cuisine en compagnie de Beth.

— Tu n'as pas dormi, n'est-ce pas ?

— Je n'ai pas arrêté de me tourner dans mon lit jusqu'à 5 heures. Là, j'ai fini par sombrer.

— D'épuisement, j'imagine. Tu te sens d'attaque pour manger un peu ?

— Il se forcera ! lança Josh depuis la salle du petit déjeuner baignée de soleil.

— Il a raison, dit Bryan. Je dois garder toutes mes forces. Garder l'esprit vif. Ce serait trop facile de ne plus m'alimenter ou de ne plus dormir du tout.

— Va donc rejoindre ton père, Bryan. Je t'apporte une assiette.

Bryan hocha la tête et, tout en sirotant son café, il traversa la cuisine où flottait une bonne odeur de bacon — et celle plus tentatrice encore des roulés à la cannelle.

Il espérait ne pas trop ressembler à un zombie quand il fit son entrée dans la salle de petit déjeuner. La pièce, inondée de lumière, avait été ajoutée trois ans auparavant. L'armature était tout de bois, avec des poutres et solives vernies et courbées qui évoquaient la coque d'un bateau renversé. Entre les os de ce squelette, ce n'était que du verre.

Josh était assis seul à une des trois tables rondes. Bryan fut surpris. Non par l'absence de clients : il savait que Beth annulerait toutes les réservations et pousserait doucement vers la sortie les clients au moment où l'affaire exploserait, afin de concentrer toute son attention sur lui et ses problèmes. Ainsi que sur Dawn et son retour.

Mais il s'attendait justement à trouver Dawn en compagnie de son père.

— Elle n'est pas là, lui dit Josh sans qu'il ait eu à poser la question. Assieds-toi et détends-toi. Elle va revenir.

— Où est-elle ?

— Elle a emprunté la voiture, précisa Beth.

Elle le rejoignit dans la pièce ensoleillée, chargée de trois assiettes. Elle en déposa une devant chacun des deux hommes, avant de prendre la place restée vide entre eux.

— Elle m'a dit qu'elle avait envie de faire un tour, expliqua-t-elle. Pour aller acheter une ou deux choses en ville, peut-être.

Bryan fixa un instant son assiette.

— Et vous l'avez laissée partir ? Seule ?

Quand il leva les yeux, ce fut pour planter un regard perçant dans celui de son père.

— Nick ne t'a pas dit que… ?

Josh posa sa serviette tandis que Beth se figeait, sa fourchette à quelques centimètres de ses lèvres.

— S'il y a quelque chose que je dois savoir, selon toi, je préférerais que tu m'en parles toi-même, déclara Josh. De quoi s'agit-il ?

Bryan ferma les yeux.

— Bien sûr que Nick ne vous a rien dit — pour la même raison que je ne l'ai pas encore fait. Il voulait probablement ne pas vous effrayer. En particulier, Beth. Il est assez vieux jeu, dès qu'il s'agit de préserver le sexe faible…

— S'il pense que Beth et Dawn sont les maillons faibles de cette famille, c'est qu'il ne les connaît pas très bien, souligna Josh en adressant un regard débordant d'affection à Beth.

Mais cela ne réussit pas à apaiser à Beth, qui demanda à Bryan :

— Et de quoi Nick veut-il me préserver ?

— Il n'a pas jugé indispensable que tu saches que toutes les victimes de l'Etrangleur du dernier verre mesuraient entre un mètre soixante-sept et un mètre soixante-dix-sept, qu'elles étaient élancées, avaient de longs cheveux lisses, du blond au châtain clair, qu'elles avaient autour de vingt-cinq ans, qu'elles…

— Tu veux dire qu'elles ressemblaient toutes à Dawn ? s'exclama Beth en se levant soudain. Mais… tu ne penses pas qu'il s'agit du *même* tueur ? Tu as toi-même expliqué que… que c'était un *copycat*…

— Dans un cas comme dans l'autre, il n'est pas prudent qu'elle se promène toute seule, remarqua Josh. Est-ce qu'elle a dit, au moins, où elle allait ?

— Est-ce que par hasard elle aurait demandé des indications pour se rendre chez moi ?

Beth hocha la tête.

— Elle m'a raconté qu'elle voulait juste passer à côté, voir où tu vivais et où les choses s'étaient passées. Elle a dû penser que cela pourrait stimuler ses pensées, ou je ne sais quoi.

— Elle ne va pas se contenter de passer devant chez moi en voiture, déclara Bryan. Je ferais mieux d'y aller.

Il repoussa sa chaise de la table et se leva. Après une courte hésitation, il prit son roulé à la cannelle et son mug de café.

— Mais tu ne risques pas des ennuis en allant là-bas ? lui demanda Beth. C'est une scène de crime et…

— Mon but n'est pas d'aller toucher à des éléments de preuve. Il faut juste que je retrouve Dawn.

Il se baissa pour embrasser Beth sur le front. Elle n'était pas sa mère. Sa propre mère avait été tuée dans le crash d'un avion, alors qu'il était adolescent. Mais Beth le traitait comme s'il était son fils, et il l'aimait comme si c'était le cas.

— Ça va aller, lui glissa-t-il. Ne t'inquiète pas.

Dawn prit le virage et freina peu après pour s'arrêter. Devant, plus loin, elle apercevait une haute formation rocheuse coiffée d'un sommet plat. De l'eau jaillissait de ce sommet pour aller plonger tout en bas. A côté, un panneau vert annonçait :

« Bienvenue à Shadow Falls ».

La chute d'eau n'avait rien de classique ; en tout cas, elle ne ressemblait pas à ce que Dawn s'attendait à trouver : ce n'était pas une jolie cascade étincelant sous les rayons du soleil. La roche était sombre, presque noire, et sa masse imposante, dominée par les collines plus hautes qui l'entouraient, empêchait le soleil d'atteindre l'eau. Ce devait être le cas à d'autres moments de la journée, mais, tôt le matin, cette eau paraissait sombre et trouble.

Et les sentiments qu'éprouvait Dawn étaient à l'unisson : sombres et troubles. Elle s'obligea néanmoins à repartir.

Suivant les instructions de Beth, elle ne traversa pas le village par le centre, mais elle le contourna et se retrouva bientôt dans la petite rue où vivait Bryan. Les maisons étaient assez espacées, environnées par des jardins arborés. Elle repéra sans peine le numéro de Bryan et elle s'engagea dans l'allée. Elle resta un instant dans la voiture à observer les alentours. Devant elle, il y avait le garage. Et à côté, sur sa droite, trop proche, s'élevait la maison elle-même — cette maison où une femme avait été assassinée.

La maison de Bryan était une douillette petite bâtisse, dans le style ranch, tout en brique rouge. Les volets étaient noirs, assortis aux boiseries. Une idée de garçon, pensa-t-elle. Un petit perron en béton avec une rampe en fer forgé donnait accès à la porte d'entrée, sur le côté de laquelle une boîte aux lettres était accrochée, sous une lampe dépourvue d'ampoule.

— Franchement, Bryan, tu es flic, tout de même ! marmonna-t-elle. Pas de lumière extérieure ? Pas de buissons d'épineux sous les fenêtres ? Et même pas le panneau d'une société de gardiennage sur la pelouse ?

Il n'était évidemment pas là pour lui répondre ; c'était histoire de tromper sa peur. Car elle avait peur. Et elle n'avait pas honte de l'avouer. Du moins de se l'avouer à elle-même.

Elle devait mettre la main sur les dossiers de l'Etrangleur avant les enquêteurs. C'était la moins intimidante des deux tâches qu'elle s'était fixées, ce matin, à 5 h 30, quand elle s'était levée pour prendre une douche et s'habiller. Elle avait quitté l'auberge à 6 heures, espérant s'être acquittée de sa mission avant que Bryan ne s'aperçoive de son absence et n'en comprenne la raison.

Elle enfila les gants qu'elle avait dérobés dans un tiroir de la cuisine de Beth. Une fois sortie de la voiture, elle regarda autour d'elle. Il n'était que 7 heures, et la circulation dans la rue était inexistante. Pour un dimanche matin, cela n'avait rien d'étonnant. Ne voyant personne, elle décida que le moment était venu. Elle savait que, une fois sa décision prise, elle devrait agir très rapidement, sous peine de se faire prendre. Elle contourna à petites foulées le garage, essaya d'ouvrir la porte, sur le côté, et découvrit qu'elle n'était pas verrouillée. Elle l'ouvrit et rentra.

L'intérieur était parfaitement rangé. Et la glacière de pique-nique dont Bryan avait parlé était bien en vue, au fond, sur une étagère.

Elle se précipita pour aller la récupérer, s'en saisit et retourna aussitôt vers la porte. Elle marqua une pause, le temps de vérifier que personne ne pouvait la voir, et, avec sa télécommande, elle ouvrit son coffre. Elle alla déposer la glacière à l'intérieur et referma aussitôt le coffre. Puis elle se tourna, observant et écoutant.

Toujours personne. Pas de voiture ni de voisin en train de promener son chien ou de faire son jogging.

— Mission accomplie, chuchota-t-elle.

Elle s'installa au volant, fit démarrer le moteur et sortit de l'allée en marche arrière. Elle roula ensuite sur un peu plus d'un pâté de maisons et s'arrêta le long du trottoir, là où la voiture attirerait moins l'attention.

Elle en avait terminé avec la première partie de sa tâche. Si la suite ne donnait rien, ce serait toujours ça de fait. Elle avait récupéré les documents incriminants. Avec un peu de chance, Bryan et elle pourraient les rapporter aux archives avant que quelqu'un ne s'aperçoive qu'ils étaient manquants ou mal rangés.

Mais à présent… il lui fallait s'atteler à une besogne beaucoup plus éprouvante.

Entrer discrètement chez Bryan, avec l'espoir qu'une jeune femme morte l'y attendait pour parler.

Elle était tendue, ce qui n'avait rien d'étonnant. Elle était habituée à éprouver certaines sensations quand les morts commençaient à s'agiter, impatients qu'on leur rende visite. Les manifestations étaient toujours les mêmes. Ce petit frisson dans le dos. La chair de poule sur les bras. Ses cheveux qui se hérissaient dans sa nuque. Elle devenait nerveuse, agitée. Un poids se fit sentir au milieu de son ventre. Elle frissonnait, elle éprouvait une sensation de froid. Elle était parfois même prise d'un hoquet.

En cet instant, alors qu'elle marchait dans la rue, sa nervosité ne cessait de croître. Mais elle n'éprouvait aucune autre des sensations qui annonçaient en général une rencontre avec un mort.

Elle était arrivée à hauteur de l'allée de Bryan, sur sa gauche, quand elle se tourna pour faire face à la maison. Un ruban de sécurité jaune avait été tendu tout autour, soutenu par des tiges de bois plantées dans le sol, pareilles à des piquets de clôture en miniature. Le ruban lui arrivait à hauteur de genou, et passer par-dessus ne présentait aucune difficulté. Il n'était pas là comme une barrière physique, mais à titre d'avertissement : en franchissant cette limite, on violait la loi. Difficile de plaider l'ignorance, avec ces bandes jaune fluo. Plusieurs étaient fixées en travers de la porte. Dawn, qui portait toujours ses gants, essaya de tourner la poignée, mais la porte était fermée à clé. Elle décida de faire le tour de la maison pour trouver une autre issue.

Une fenêtre à guillotine était entrouverte de quelques centimètres. Elle poussa le châssis vers le haut et put se pencher suffisamment à l'intérieur pour écarter les rideaux et jeter un coup d'œil.

Il n'y avait évidemment personne. Mais il régnait

dans la maison un désordre complet. Personne n'avait nettoyé ni rangé, après la soirée à laquelle Bryan avait fait allusion. C'était étrange de penser qu'une nuit de joie et de célébration avait pu déboucher, au petit matin, sur la violence et la mort.

Elle déglutit péniblement. La mort était présente, ici. Une présence presque palpable, impossible à décrire, et en même temps intense.

— Je vais entrer, maintenant, Bette. J'espère que tu vas me parler.

Et elle enjamba la fenêtre, espérant qu'elle en aurait fini ici avant que quelqu'un ne vienne la surprendre.

L'endroit empestait la bière éventée et les chips rances. Elle eut le plus grand mal à ne pas s'arrêter pour nettoyer tandis qu'elle traversait le salon, faisant de son mieux pour se déplacer d'un pas léger et ne rien déranger. Elle craignait de « contaminer » des preuves, tout en ayant la quasi-certitude que les équipes scientifiques avaient déjà sondé l'endroit en profondeur. Il y avait de la poudre dactyloscopique un peu partout. Ce qui lui paraissait plutôt ridicule : une fête avait eu lieu ici, et on devait pouvoir trouver des dizaines d'empreintes différentes.

Si l'on faisait abstraction du désordre, l'intérieur de Bryan témoignait d'un certain goût. Plutôt dépouillé, mais de bon goût. Il avait un canapé d'un beau cuir marron, avec un fauteuil inclinable assorti, légèrement plus clair. Ses coussins étaient vert sauge, comme le tapis. Sans doute aurait-elle ajouté d'autres couleurs, pour trancher, mais c'était très bien ainsi. Pour un homme, en tout cas. Les rayonnages de la bibliothèque de bois massif étaient garnis d'ouvrages sur le maintien de l'ordre, sur des affaires criminelles, aux côtés de nombreux livres de souvenirs écrits par des flics, pour des flics et sur des flics.

Tiens donc…

Elle se rapprocha et examina les titres, jusqu'à ce qu'elle trouve ce qu'elle cherchait. *Le Dernier verre*, par Nick Di Marco. Se mordillant la lèvre, Dawn sortit le livre du rayonnage, sans rien toucher d'autre, et elle le fit passer dans son dos, dans la ceinture de son jean. Elle avait entendu assez de louanges sur le mentor de Bryan pour avoir envie de lire son livre, ou de voir le film qu'on en avait tiré ; cela n'avait pas été le cas. Mais, maintenant qu'elle l'avait rencontré, elle était terriblement curieuse. Nick Di Marco lui plaisait. Et si l'assassin de Bettina Wright s'inspirait bien de l'Etrangleur du dernier verre, il était préférable qu'elle s'informe autant que possible sur la première affaire.

Même si elle n'était pas spécialement d'humeur enjouée, elle ne put retenir un léger sourire. Jouer de nouveau les détectives amateurs était très excitant.

Elle aurait préféré mettre le livre dans son sac, mais elle avait laissé celui-ci dans la voiture. Sa voiture… L'avait-elle fermée à clé ? Mince ! Elle n'en était plus sûre, tout à coup.

Elle soupira et reprit sa traversée du salon, jetant au passage un coup d'œil dans la cuisine, sur sa droite, entièrement peinte en blanc. Elle poursuivit vers le couloir qui se trouvait sur la gauche et devait mener aux chambres. Elle marqua une pause devant une table basse en remarquant, posée dessus, une photo encadrée. Une photo très familière, puisque la même se trouvait sur sa table de nuit. On les y voyait, Bryan et elle, plus de cinq ans auparavant, alors qu'ils étaient immergés dans leur premier amour. Bras dessus, bras dessous, ils se regardaient dans les yeux en souriant. C'était Beth qui les avait photographiés ainsi, à leur insu. Elle avait envoyé à Dawn un tirage 20 x 25 six mois après son départ. Et Bryan avait apparemment eu droit à sa photo, lui aussi. Elle se trouvait dans le même cadre rétro en étain.

Avec un nouveau soupir, Dawn s'engagea dans le hall, mais alors qu'elle s'apprêtait à franchir le seuil de la chambre, elle se figea brusquement, trop effrayée pour avancer plus loin. La présence de la mort s'était intensifiée. En suspension dans l'air, dense, glacée, mais pas d'une manière physique. Elle aurait sans doute été incapable de décrire cette impression, si on le lui avait demandé, mais elle pouvait dire quand elle la ressentait.

Et là, elle la ressentait.

Si la mort était vraiment un être, tel que les gens se la représentaient, elle laissait une aura derrière elle, partout où elle passait. Dawn se demanda furtivement s'il avait l'apparence rassurante d'un ange rassurant ou celle, terrifiante, d'un faucheur. Elle se demanda également si tout ce qu'elle ressentait, ou croyait ressentir, n'était pas uniquement le fruit de son imagination.

Son regard se porta vers le lit défait et il y resta accroché. Elle eut l'impression que sa gorge se serrait au point de lui couper le souffle. Elle voulut déglutir, n'y parvint pas, recommença. Une goutte de transpiration roula entre ses sourcils. Elle ne transpirait *jamais*. Ses mains tremblaient, ses paumes étaient moites. C'était la peur, elle le savait. La peur de ce qui était sur le point d'arriver. La peur de faire face au fantôme d'une femme récemment assassinée. La peur aussi que son père ne se montre au côté de la malheureuse Betty, et qu'une fois cette porte ouverte il lui soit impossible de la refermer.

— Finissons-en avec ça, dit-elle à voix haute.

Elle leva le menton et regarda autour d'elle.

— Bette ? Tu es là ? Parle-moi. Dis-moi qui t'a tuée.

Elle se tenait là, les genoux de plus en plus faibles, tremblants, tout le corps crispé dans l'attente d'une réponse qu'elle espérait et redoutait en même temps. De nombreux fantômes lui étaient apparus, dans le passé. Ils étaient parfois si réels qu'elle les avait pris pour des êtres vivants, jusqu'à ce que, à la faveur d'un nouveau point de vue ou d'un changement de lumière, elle s'aperçoive qu'ils étaient translucides. Elle avait toujours plus de difficulté à les entendre qu'à les voir. Elle s'attendait donc d'abord à voir Betty, espérant qu'elle pourrait aussi l'entendre. Mais aucune apparition ne flottait dans l'air. Aucune réponse ne lui parvenait. Elle demeura ainsi, sans bouger, durant près d'une demi-heure, à attendre, sans que rien ne se passe. Et elle finit par comprendre, à l'absence des habituels signes révélateurs, que rien ne se produirait.

C'était incroyable.

Dawn secoua la tête et, du regard, elle fit une dernière fois le tour de la chambre, avant de la quitter. Dans le salon, elle enjamba la fenêtre par laquelle elle était entrée et la ferma, laissant un entrebâillement proche de ce qu'il était à son arrivée. Elle ôta ses gants, qu'elle fourra dans ses poches de jean, puis elle s'engagea dans l'allée.

Elle était à mi-chemin de la rue, les yeux baissés, immergée dans ses pensées, quand elle entendit une voix masculine appeler :

— Bette ?

Bon sang !

Elle leva la tête et croisa les yeux noirs, à l'intensité saisissante, d'un jeune homme au crâne complètement rasé. Assez beau, il portait un T-shirt qui ne cachait rien de sa musculature. Elle ne le connaissait pas. Et ce n'était pas un fantôme, de toute évidence.

Il la détailla de la tête aux pieds, avec une expression hostile.

— Qui êtes-vous ? lança-t-il d'un ton accusateur.

— Personne.

Et elle continua de marcher, refusant de se laisser intimider par la stature de l'inconnu ni par les tatouages qui lui couvraient les bras. Ne disait-on pas qu'un assassin retourne toujours sur le lieu de son crime ? Prête à toute éventualité, elle sortit son téléphone de sa poche, l'ouvrit et pressa la touche « 9 », puis la touche « 1 ». Son pouce resta suspendu au-dessus du « 1 » alors qu'elle arrivait au niveau du trottoir et virait sur la droite. Tournant le dos à l'inconnu, elle s'éloigna d'un bon pas.

Elle entendit qu'il la suivait et comprit qu'il n'abandonnerait pas si facilement. Il se pouvait même qu'il soit dangereux. Les prédateurs s'en prenant aux plus faibles, elle devait lui montrer à qui il avait affaire.

Elle s'arrêta et fit volte-face, son téléphone à bout de bras.

— Il me suffit d'appuyer encore une fois sur le « 1 », et la police sera ici dans la minute. Qui êtes-vous ? Que voulez-vous ? Vous cherchez à me faire peur ? C'est vous qui avez tué cette malheureuse ? C'est ça ? Et maintenant, vous voulez vous en prendre à moi ?

Elle le vit qui écarquillait les yeux. Puis il recula d'un pas, tendant les mains devant lui en signe d'apaisement.

— Hé, on se calme ! Ce n'est pas ce que vous croyez. Vous n'y êtes pas du tout.

— Vraiment ?

Elle se félicita en silence pour sa démonstration de force, qui avait visiblement porté ses fruits. Elle ne devait pas pour autant baisser sa garde.

— Qu'est-ce que vous faites ici, alors ? demanda-t-elle. Cette maison est une scène de crime, vous le savez.

— Vous… vous êtes flic ?

Sans répondre, par l'affirmative ou la négative, elle se contenta de brandir son téléphone. Elle en profita pour faire glisser son doigt vers le bouton déclencheur de l'appareil photo et le presser, photographiant son interlocuteur sans qu'il s'en rende compte.

— Dites-moi qui vous êtes, ou bien j'appelle la police, lança-t-elle.

— Jaycam, dit-il.

Elle fronça les sourcils.

— Jaycam ? Qu'est-ce que c'est que ça ?

— C'est moi. Bettina était ma petite amie. J'ai appris qu'elle…

Ses yeux se firent fuyants.

— Elle a été assassinée, reprit-il. Et j'ai cru comprendre que ça s'est passé ici, dans cette maison. Chez ce flic avec qui elle baisait. C'est lui qui a fait ça ! Si ce salaud avait été en prison, Bette serait toujours en vie…

— Pourquoi dites-vous cela ?

— Il a déjà abattu un homme, le mois dernier.

Elle secoua la tête.

— D'après ce que j'ai entendu, fit remarquer Dawn, il n'a pas eu le choix. Une enquête a eu lieu, et il a été innocenté…

— Quand il s'agit d'un des leurs, les flics sont plutôt coulants.

Du menton, il désigna la maison.

— Il va encore s'en tirer, cette fois. Ils vont étouffer l'affaire. Mettre le crime sur le dos de quelqu'un d'autre. Il s'en sortira, je vous dis, et il retrouvera son boulot comme si de rien n'était. Et, pendant ce temps, Bette sera en train de pourrir sous terre, elle. Vous verrez…

Emue par la façon dont sa voix s'était brisée sur ces derniers mots, elle éprouva presque de la sympathie pour lui. Il n'y avait pourtant pas la moindre lueur de larmes dans ses yeux. Jouait-il la comédie ?

— Je suis désolée de ce qui vous arrive, répondit-elle. Mais je n'y suis pour rien, sachez-le.

— Je n'ai pas dit ça. C'est lui qui va devoir payer. Cette ordure ne s'en tirera pas comme ça, croyez-moi. Pas après ce qu'il a fait à Bette.

Dawn avait la gorge très sèche, soudain. De deux choses l'une : soit il était vraiment accablé par le deuil et plein de rage, soit il dissimulait sous sa détresse le fait que c'était lui l'assassin. Dans un cas comme dans l'autre, il était dangereux. Essayer de le raisonner ne servirait à rien.

— Je dois y aller, dit-elle.

Se raidissant, elle lui tourna de nouveau le dos, espérant qu'il n'en profiterait pas pour lui donner un coup sur la tête ou lui passer un bras autour du cou.

— Vous lui ressemblez ! lança-t-il alors qu'elle s'éloignait. Vous feriez mieux de rester à distance de ce type, ou c'est vous qu'il tuera, la prochaine fois.

— Merci pour le conseil…

Elle tenait toujours son téléphone à bout de bras. De sa main libre, elle tapota ses poches de jean à la recherche de ses clés, avant de comprendre qu'elle les avait laissées dans la voiture, que celle-ci n'était donc pas fermée à clé et qu'elle aurait de la chance si le véhicule était toujours là.

Elle porta son regard dans sa direction. L'Audi de Beth n'avait pas bougé. Si la chance ne l'abandonnait pas, son sac serait toujours à l'intérieur. Elle n'entendait plus les pas du petit ami de Bette, derrière elle. Pourtant, elle ne se retourna pas pour vérifier s'il était toujours là, à la regarder.

Jusqu'à ce qu'elle voie la Mustang de Bryan s'arrêter juste derrière l'Audi. Elle ne put alors s'empêcher de jeter un coup d'œil furtif par-dessus son épaule.

Jaycam n'avait pas bougé. Ce n'était plus elle qu'il fixait à présent, mais la Mustang.

Dawn se mit à courir vers l'Audi, droit vers la portière du conducteur. Elle l'ouvrit, se glissa derrière le volant et démarra sans tarder. Elle s'écarta aussitôt du trottoir, sachant que Bryan allait la suivre.

Elle jeta un œil dans le rétroviseur et constata que c'était bien le cas. Elle regarda sur le côté, et vit aussi que Jaycam s'avançait vers la chaussée. Très vite, ils le laissèrent derrière eux.

Elle laissa échapper un soupir de soulagement. Elle s'étonna néanmoins de ne pas voir un troisième véhicule. Jaycam était-il venu chez Bryan à pied ? Habitait-il dans le voisinage ? Il faudrait se pencher sur la question.

Elle baissa machinalement les yeux sur le siège passager. Son sac était là mais, sans doute à cause de son démarrage brusque, le contenu s'était répandu. Tout en conduisant, elle récupéra le livre de Nick Di Marco et le fourra dans son sac, avant de remettre aussi quelques-uns des objets qui s'en étaient échappés.

Elle roula jusqu'à ce qu'elle ait mis deux ou trois kilomètres entre elle et le prétendu petit ami de Betty. Elle chercha alors un endroit pour s'arrêter. Elle tremblait, elle avait besoin d'une pause, que ce soit prudent ou non. Elle repéra un café-restaurant, juste à la limite du village.

Elle s'engagea sur le parking du Cascade Diner, situé sur le côté du bâtiment, et Bryan vint se ranger peu après sur sa gauche. Avec un soupir de soulagement, elle posa le front contre le volant et tenta de décontracter ses muscles tendus.

L'instant d'après, Bryan était là, qui lui ouvrait sa portière. Elle sentit sa main sur sa nuque, une main qui parut délicieusement fraîche sur sa peau. Un nouveau soupir, plus profond encore, lui échappa. Il avait suffi qu'il la touche, rien qu'une fois, pour que toute la tension qui l'habitait disparaisse. C'était à peine croyable.

— Qu'est-ce que tout ça signifie ? lui demanda-t-il doucement.

Elle inspira en même temps qu'elle levait la tête, regrettant aussitôt ce mouvement, car Bryan retira sa main.

— Tu as dit que Bette et toi étiez… amis. Que vous aviez des relations occasionnelles. Vous n'étiez pas… amoureux ? Ou bien…

— Nous n'étions pas amoureux.

Elle hocha la tête.

— Elle ne t'était pas fidèle. A moins qu'elle ait trompé quelqu'un d'autre avec toi…

En le voyant froncer les sourcils, elle sortit son téléphone portable et afficha sur l'écran la photo qu'elle avait prise.

— C'est lui. Il s'appelle Jay Quelque chose. Jaycam, je crois.

Bryan fixa la photo et hocha la tête.

— C'est son surnom. Il s'appelle en réalité Jeremy Cameron. Il doit trouver que Jaycam fait plus cool. C'est un voyou. Bette est sortie avec lui pendant six mois, et elle l'a largué en mars. Il ne l'a toujours pas digéré.

Elle le fixa un instant, puis demanda :

— Il a un casier ?

— Recel, agression et une condamnation pour cambriolage. Il en a pris pour cinq ans.

— Et l'agression ? De quoi s'agissait-il ?

— Il ne s'en est pas pris à sa copine, si c'est à ça que tu penses. Ce n'était même pas une femme, d'ailleurs, mais un abruti de son genre, tatoué, avec un beau casier, qui l'avait énervé dans un bar, un soir.

— Si je comprends bien, il est un peu irritable et peut se montrer violent. Cela ferait un bon suspect pour l'assassinat de Bette, tu ne trouves pas ?

— Encore faudrait-il qu'il ait assez de neurones pour faire une chose pareille. L'assassin de Bette est entré et sorti de chez moi sans même que je le sache. Il l'a tuée sans laisser le moindre indice. Et il a réussi à copier le mode opératoire d'un tueur en série qui sévissait il y a seize ans, en utilisant des détails inconnus du public. Pour les obtenir, il aurait fallu qu'il soit diablement malin. Il t'a donné l'impression d'être brillant ?

— Les gens sont parfois plus intelligents qu'ils n'en ont l'air. Où habite-t-il ? Près de chez toi ?

— A plus de quinze kilomètres. Un appartement merdique au-dessus d'un bar, dans un quartier miséreux.

— Il y a des quartiers « miséreux » dans le Vermont ? Je l'ignorais…

Il eut un sourire.

— Il y en a très peu.

— Il a une voiture ?

— Ça, je n'en sais rien, avoua Bryan, les sourcils froncés. Mais je compte bien le découvrir.

— Dix contre un que c'est une vieille Oldsmobile 88 avec un feu arrière cassé.

— Tu as de bonnes chance de gagner ton pari…

Il jeta un coup d'œil vers le café-restaurant.

— Tu as pris ton petit déjeuner ?

— Non. Je voulais partir de l'auberge avant que tu ne te réveilles et puisses m'empêcher de sortir. Et toi ?

— Pas vraiment. Je passais à table quand j'ai compris ce que tu mijotais. Tu veux qu'on prenne quelque chose ici ?

Elle lui sourit et hocha la tête.

— Entendu. Nous en profiterons pour travailler et essayer d'avancer un peu.

Il leva les yeux au ciel, mais elle savait qu'il ne tenterait pas de la dissuader. Il alla prendre une casquette de base-ball sur le siège passager de sa voiture et la lui tendit.

— Cache tes cheveux là-dessous, mets des lunettes de soleil, et évite à l'avenir de te promener dans Shadow Falls comme si tu avais une pancarte « Victime idéale » autour du cou.

— Si tu insistes…

Elle s'exécuta, éprouvant alors un sentiment de bien-être qu'elle n'avait pas ressenti depuis cinq longues années.

On s'occupait d'elle. On veillait sur elle.

A force de se prendre en main, elle avait presque oublié combien il pouvait être agréable de s'abandonner à quelqu'un d'autre.

Il était encore tôt, et de nombreux clients étaient encore là, à prendre leur petit déjeuner. La plupart des regards se posèrent sur Bryan, à son passage, mais se détournèrent aussitôt. Il avait l'impression d'être devenu un paria.

Il n'y en eut qu'un pour croiser son regard.

— Bonjour, Kendall.

— Bonjour, Nate, répondit Bryan. Ces vacances estivales se passent bien ?

— Je préfère travailler. J'ai hâte d'ouvrir le chalet dès qu'il y aura de la neige.

— Je m'en doute. J'espère que ce sera un bon hiver, pour vous et le Sugar Tree.

— Vous n'êtes pas le seul. Et j'espère aussi que vos… problèmes se… enfin, qu'ils se résoudront.

— Merci.

C'était tout de même un peu blessant que le ronchon numéro un de la ville, Nate Kelly, soit le seul à le saluer ce matin. Mais il fut touché par cette attention. Il s'avança avec Dawn jusqu'à une table libre, et ils y prirent place.

Elle se pencha vers lui et lui glissa :

— J'ai récupéré les dossiers du garage.

De la sentir aussi près de lui l'ébranla. Malgré la table qui les séparait, il avait l'impression qu'une intimité s'était créée entre eux — en tout cas, il l'espérait.

— Tu n'aurais pas dû faire ça, chuchota-t-il. Prendre

ce risque, je veux dire. Je n'ai aucune envie de te voir accusée de complicité, Dawn.

— Pour ça, il faudrait d'abord que tu sois accusé de meurtre. Et cela n'arrivera pas.

Il baissa les yeux.

— Je pense pourtant que c'est imminent…

Quand il affronta de nouveau son regard, il découvrit qu'elle semblait affligée. C'est du moins ce qu'il crut voir derrière les verres de ses lunettes de soleil.

La serveuse vint prendre leur commande et remplit leurs tasses : du café pour lui, et du thé pour Dawn. Puis elle s'éloigna.

— Nous allons revoir des dossiers ensemble, déclara Dawn. Ce soir. Pour moi, ce Jaycam est un suspect tout trouvé. Et il doit y en avoir d'autres. Pas forcément des gens qui auraient quelque chose contre Bette. Plutôt contre toi.

— J'y ai pensé.

— Et ?

Il s'humecta les lèvres et promena son regard à travers la salle. Il plissa les yeux en s'arrêtant sur un homme qui avait pris place au comptoir. Le type était penché sur son journal, mais il n'avait pas changé de page depuis qu'il l'avait ouvert.

— Et ? répéta Dawn.

Bryan reporta son attention sur elle.

— Et cela ne fait pas si longtemps que ça que je suis dans le métier. J'avais un boulot plutôt pépère et routinier… jusqu'à cette prise d'otage, il y a deux mois. Je n'avais jamais eu à sortir mon arme, encore moins à l'utiliser.

Elle hocha la tête et but une gorgée de thé, attendant comme lui, en silence, que la serveuse apporte leurs commandes.

Une fois son omelette devant elle, elle attendit qu'ils soient de nouveau seuls pour reprendre la conversation.

— Et alors ? demanda-t-elle.

— Mange un peu, et je te dirai.

Elle le fixa derrière ses lunettes de soleil.

— Hein ?

— Mange ton omelette, et je te dirai, répéta-t-il en désignant le contenu de son assiette. Tu n'as pas l'air au mieux de ta forme. Manger te fera le plus grand bien…

Elle soupira et prit sa fourchette, coupant un gros morceau d'omelette qu'elle enfourna d'un coup.

Il approuva d'un signe de la tête.

— L'homme que j'ai tué avait une famille. Des parents trop délabrés pour être une menace. Des amis qui se foutaient bien de savoir s'il était vivant ou non. Pour tous, ce n'était qu'un connard. Il avait aussi un frère. Il n'a pas de casier, mais il a clairement laissé entendre qu'il n'allait pas laisser tomber, quand la presse a annoncé que j'avais été blanchi de tout soupçon de bavure, pour la mort de son frère. Il m'a menacé à plusieurs reprises juste après — trois coups de fil, deux lettres. J'ai gardé des preuves de tout. Il a été mis sous surveillance ; on a même envoyé chez lui deux flics pour lui dire de se calmer, en lui faisant comprendre qu'il risquait la prison s'il continuait de harceler un policier. Je n'ai plus entendu parler de lui depuis.

— Comment s'appelle-t-il ?

Il lui désigna sa fourchette. Elle prit une nouvelle bouchée, et la façon qu'elle eut de lever les yeux au ciel, en même temps, le fit sourire.

— Everette Stokes. Son frère, l'homme que j'ai tué, s'appelait Merle.

— D'accord, nous avons donc deux suspects, maintenant. Stokes et Cameron. Il va me falloir un calepin.

Bryan leva la main pour lui ordonner le silence, et il

fit un signe de tête vers la gauche. Elle se tut en voyant ce qu'il avait lui-même remarqué.

L'homme du comptoir. Il avait fini par descendre de son tabouret et se dirigeait vers eux. Le cerveau de Bryan passa aussitôt en mode flic. Un mètre soixante-quinze pour quatre-vingt-dix kilos. Costaud et solide, cheveux blond-roux coupés court et hérissés avec des tonnes de gel, les yeux bleus, pas de cicatrice sur le visage, une oreille percée. Un costume qui tentait de se faire passer pour plus cher qu'il ne l'était. Le type avait du goût, mais pas les moyens. Aucune arme apparente.

Tout cela, il le vit d'un coup d'œil.

L'instant d'après, l'homme s'adressait à lui.

— Pardon de vous déranger. Vous êtes Bryan Kendall, n'est-ce pas ?

— Ça dépend de qui me pose la question…

— Aucune importance. Je sais que vous êtes Bryan Kendall. Et vous ? interrogea l'inconnu en se tournant vers Dawn.

— Je…

— Ça ne vous regarde pas.

— Pourquoi vous êtes-vous déguisée, mademoiselle ?

Bryan tendit la main pour intimer le silence à Dawn.

— Ne dis rien. C'est un journaliste.

Il interrogea l'homme du regard pour avoir confirmation. L'autre soupira.

— Mitch Brown, annonça-t-il. *Burlington Gazette.*

— Voilà pourquoi je ne vous ai pas reconnu, dit Bryan. Mais si vous avez fait tout le trajet depuis Burlington, c'est qu'il y a du lourd.

— Du très lourd, même. Je sais déjà que le meurtre qui a eu lieu chez vous est une copie conforme de ce que faisait l'Etrangleur du dernier verre. Une affaire élucidée par votre ami — votre meilleur ami, disent certains, ou votre mentor — Nick Di Marco. J'ai aussi entendu dire qu'on allait peut-être vous arrêter aujourd'hui. Il y a du vrai, dans tout ça ?

— A vous entendre, on croirait qu'ils m'ont donné rendez-vous. Ce n'est pas le cas, Mitch.

— Et vous, mademoiselle ? Que faisiez-vous chez l'officier Kendall ? C'est une scène de crime, vous le savez, non ?

Dawn cligna les yeux.

— Qu'est-ce qui vous fait penser que… ?

— Je vous ai vue : vous alliez chez lui à pied. Puis je vous ai vue rejoindre votre voiture. Qui était l'homme à qui vous avez parlé ?

Elle s'humecta les lèvres. Son regard glissa vers Bryan et revint vers le journaliste. Bryan n'eut pas besoin de lui conseiller de nouveau la réserve ; il la savait assez intelligente pour ne pas trop en dire, et il savait aussi qu'elle aurait mal pris qu'il agisse comme s'il pensait le contraire.

— Je n'ai aucun commentaire à faire là-dessus, déclara-t-elle. Mais je ne voudrais pas non plus vous laisser penser que j'ai quelque chose à cacher. Je m'appelle Dawn Jones et je suis une vieille amie de Bryan. J'habite la côte Ouest. C'est la curiosité, et rien d'autre, qui m'a amenée devant chez lui. Pour ce qui est de l'homme que vous avez vu, c'est un inconnu. Il me draguait et je l'ai envoyé promener.

— Ah, oui ? Pour être franc, mademoiselle, j'ai eu l'impression que vous aviez peur de lui…

Elle haussa les épaules.

— Si vous avez eu cette impression, je n'y peux rien, moi. En tout cas, merci de vous être porté à mon secours, c'est très chevaleresque… Vous êtes resté là, à regarder une femme seule importunée par un homme plutôt baraqué — à l'endroit même où une femme avait été assassinée quelques jours plus tôt. C'est admirable de votre part. A présent, nous aimerions terminer tranquillement notre petit déjeuner, si cela ne vous ennuie pas.

Le journaliste fut ébranlé par le coup qu'elle venait de lui porter. Il lui fallut quelques secondes pour se remettre. L'admiration de Bryan pour Dawn augmenta encore, et il eut le plus grand mal à contenir son envie de sourire.

Puis le journaliste s'éclaircit la gorge et reprit :

— J'aimerais d'abord vous poser une question. Bryan Kendall, avez-vous tué Bettina Wright ?

— Non.

— Savez-vous qui est l'assassin ?

— Pas encore. Je n'ai rien d'autre à déclarer. Donc, si cela ne vous ennuie pas de…

L'homme se tourna de nouveau vers Dawn.

— Juste une question que je vous ai déjà posée, la dernière. Pourquoi ce déguisement, mademoiselle Jones ?

— Je vous l'ai dit : je ne suis pas déguisée.

Avec un soupir de frustration, elle ôta ses lunettes, retira la casquette de base-ball et secoua doucement la tête pour faire tomber ses cheveux sur ses épaules.

— Ça vous va, comme ça ?

— Je fais juste mon travail…

— Eh bien, à moins que votre travail ne consiste à faire en sorte que mon omelette refroidisse, je pense que vous pouvez nous laisser, maintenant, non ?

Il eut un léger sourire, les salua d'un hochement de tête et s'éloigna. Son comportement était soudain amical. Bryan n'était pas dupe, il savait précisément ce qui avait suscité ce changement. Il s'était opéré à la seconde où le journaliste avait vu Dawn sans son accoutrement.

Elle était belle. Assez belle pour ne pas laisser un homme de glace et modifier le fil de ses pensées.

Elle lui avait manqué, bon sang !

— Je n'aime pas ce type, Bryan, lui glissa-t-elle.

— Je crois que tu lui as plu, pourtant…

— Je m'en fiche ! Comment s'appelle-t-il, déjà ? Mitch Brown… On dirait un faux nom. Nous… nous devrions peut-être nous renseigner sur lui.

— A condition que tu termines ton omelette. Je demanderai à Rico de s'en charger, aujourd'hui.

Elle sourit et enfourna une grosse bouchée d'omelette, qu'elle mastiqua sans cesser de sourire.

Il savait pourquoi elle souriait ainsi. Tout cela rappelait de plus en plus le bon vieux temps, et il était heureux qu'elle en soit visiblement aussi ravie que lui. Il savait évidemment que le passé était révolu, et qu'ils ne pouvaient pas revenir en arrière. Il en restait pourtant quelque chose, notamment le tandem de détectives qu'ils avaient formé, et qui semblait toujours aussi efficace. Peut-être même meilleur. Il avait refusé de se réjouir du retour de Dawn… et voilà que, malgré lui, il en était vraiment heureux. Malgré lui, et malgré le fait que toute sa vie en avait été bouleversée.

Ils formaient toujours une belle paire. Il en était sacrément heureux… en même temps qu'il sentait poindre en lui une inquiétude réelle.

— Cache-moi vite ces cheveux sous ta casquette. Nous allons finir notre petit déjeuner et te mettre en lieu sûr.

— Tu penses que l'Etrangleur écume tous les cafés à ma recherche ?

— Je pense surtout que si tu continues à attirer l'attention de tous les types à sang chaud de Shadow Falls, tu vas trouver quelque chose de bien plus intéressant à faire que m'aider à résoudre un meurtre.

Penchant la tête de côté, elle sourit, et il comprit qu'elle n'était pas insensible au compliment. Il allait devoir faire attention, et garder en tête qu'elle était précisément le genre de femme que l'Etrangleur, lui ou son fan numéro un, recherchait.

Il ne devait pas oublier non plus qu'elle le quitterait de nouveau. Sitôt cette affaire terminée. Ou dès qu'elle recommencerait à voir des fantômes. Ce serait l'un ou l'autre.

6

Sept heures plus tard, le père de Bryan déposait un exemplaire de la *Burlington Gazette* tout juste sorti des presses sur la table de la salle à manger. Ils étaient sur le point de passer à table. Ce qui attirait l'œil, plus que tout, c'était une photo — ancienne — de Dawn. Elle se trouvait juste au-dessous de la manchette.

L'ETRANGLEUR DU DERNIER VERRE DE RETOUR D'ENTRE LES MORTS.

« La police en serait-elle réduite à se tourner vers la parapsychologie ? »

— Qu'est-ce que c'est que ça ? maugréa Bryan.

Dawn vint se pencher par-dessus son épaule pour lire.

— Oh, non !

Bryan entreprit de lire à voix haute, pour tout le monde.

— « Dawn Jones a été vue aujourd'hui sur les lieux du crime. Il y a cinq ans, Mlle Jones avait joué un rôle prépondérant dans une autre affaire, sauvant la vie de Cassandra Jackson, le chef de la police de Blackberry. Selon certains, cela fut possible grâce à sa faculté de communiquer avec les morts, un talent que son père défunt, Mordecai Young, affirma posséder durant toute son existence criminelle. »

Elle leva la tête.

— Où a-t-il eu cette photo de moi ? Elle est ancienne, mais…

— Il se l'est probablement procurée sur internet, suggéra Josh.

— Ça va être dur de te laisser en dehors de cette histoire, maintenant, marmonna Bryan. Je n'aime pas ça.

— Nous devons vraiment nous intéresser de près à ce journaliste, répondit Dawn. Comment en sait-il autant sur moi ?

— Aucune idée.

Bryan mit la main sur la sienne, toujours posée sur son épaule.

— Il ne faut pas trop lui en vouloir, reprit Josh. Il énumère les suspects comme il le ferait avec les plats d'une carte de restaurant. Il ne livre aucun nom, sans doute de crainte d'être poursuivi, mais il déstabilise l'édifice des prétendus éléments que la police a contre toi.

— Ah bon ?

Fronçant les sourcils, Bryan regarda plus attentivement l'article.

Le téléphone sonna au même moment, et Beth alla répondre.

— C'est Nick, annonça-t-elle. Il me demande de mettre le haut-parleur. Vas-y, Nick, dit-elle après avoir pressé un bouton.

— Tu as un sursis, Kendall, annonça Nick.

Bryan fixa le téléphone.

— Comment ça ?

— Tu as vu l'article du journal de Burlington ? Mitch Brown, c'est le nom du journaliste…

— J'étais justement en train de lire le papier.

— D'après lui, il faudrait blanchir certaines personnes avant de procéder à la moindre arrestation. Il cite l'ancien petit ami de Bettina, le frère du type que tu as abattu, et un prof de littérature anglaise qui connaissait chacune des victimes de l'Etrangleur, ainsi que Bettina.

Bryan entendit le soupir de soulagement de Dawn ; et il sentit sa main se resserrer sur son épaule.

— Cela fait un suspect de plus sur notre liste, chuchota-t-elle.

Il acquiesça d'un hochement de tête, sans se laisser emporter par l'espoir.

— Je ne suis pas pour autant complètement blanchi.

— Exact, répondit Nick. Mais il n'est plus question de t'arrêter aujourd'hui. Tu lui dois une fière chandelle, à ce journaliste — même si les présomptions qui pèsent sur toi sont toujours là, et que tu restes en tête de la liste des suspects. Mais le chef n'a pas envie de se mettre la presse à dos, dans cette histoire. Il te laisse donc un jour ou deux, le temps pour lui de protéger ses arrières. Ce qui ne l'empêche pas de penser que ce journaliste mériterait un bon coup de pied où je pense, pour avoir étalé la photo de Dawn en première page.

— Je ne crois pas courir le moindre danger, Nick, intervint Dawn.

— Vous n'étiez pas à Shadow Falls à l'époque où l'Etrangleur du dernier verre traquait des jolies filles qui vous ressemblaient comme des sœurs. Les femmes vivaient dans la peur, Dawn ; je ne l'ai pas oublié, croyez-moi. Vous devez être extrêmement prudente et rester à l'écart jusqu'à ce qu'on ait arrêté ce type.

Elle hocha la tête, puisant du réconfort dans l'attitude protectrice de Nick. C'était, de toute évidence, quelqu'un de droit et de fiable.

— Merci, Nick. Je ferai attention.

Bryan, qui s'était retourné, la vit froncer les sourcils, et il sut précisément ce qu'elle allait demander.

— Nick ?

— Oui ?

— Qui est ce prof de fac dont il est question dans l'article ?

— La piste est une impasse. En fait, il s'agit d'une femme, quelqu'un de très bien, Olivia Dupree. Je me suis intéressé à elle, à l'époque du premier épisode de cette affaire, et chacune des victimes la connaissait, en effet. Cela n'est pas étonnant : la plupart des victimes étaient étudiantes, comme elle. C'était le cas aussi pour Bette. Cela ne signifie pas grand-chose, sinon le fait que le tueur évoluait dans les mêmes cercles qu'elles, ou bien qu'il choisissait ses victimes parmi les étudiantes.

— Oh…

En voyant Dawn soudain plongée dans ses pensées, Bryan prit le relais.

— Merci d'avoir pris la peine d'appeler, Nick.

— Pour une fois que j'ai une bonne nouvelle… Bonne soirée à tous.

— Bonne soirée à toi. Et merci encore.

Nick raccrocha, et Bryan soupira en même qu'il se tournait vers Josh et Beth.

— Qu'est-ce que vous diriez si je vous proposais de commander des pizzas et de louer des films, histoire de se changer les idées et de passer une soirée comme les autres ?

Son père croisa son regard et hocha la tête. Lui seul comprenait pourquoi Bryan tenait à une soirée normale. Il savait que son sursis n'était que provisoire. Il se pouvait que les heures à venir soient les dernières qu'il pourrait passer tranquillement avec les siens.

J'ai saisi le journal sur le siège avant de la Thunderbird et entrepris de le lire à la lumière du tableau de bord.

Ce fouille-merde de Mitchell Brown… S'il s'entêtait à se mettre sur mon chemin, il allait se retrouver en tête de ma liste.

Pas question, a fait la voix du tueur, désapprobateur comme à son habitude. Tu ne trouves pas ça amusant ? Il balance des noms de suspects à ses lecteurs, pour la bonne et simple raison que c'est plus vendeur qu'une affaire où le nom du coupable est évident. C'est tout.

— Je vais le buter, ce salaud !

Tu vas la *buter*, a répliqué mon jumeau. Il a dirigé en même temps mon regard vers la une du journal, avec cette photo d'une jolie fille. La photo ne lui rendait pas justice. Je l'avais *vue*, et elle était bien plus sexy que sur ce cliché en noir et blanc.

J'ai dégluti et détourné les yeux vers la maison que j'étais en train de surveiller.

Je t'ai prévenu que ça ne serait pas juste un coup isolé.

— Je n'ai pas le choix. Il faut que le flic disparaisse. C'est la seule manière. Et pour ça, il faut qu'il y en ait encore une.

Encore une ? Son rire emplit l'habitacle, assourdissant au point que j'ai dû me plaquer les mains sur les oreilles. Evidemment, cela n'a servi à rien. *Encore une ? Non, mais écoute-toi ! Il va y en avoir beaucoup d'autres, mon ami ! Beaucoup d'autres.*

— Mais pas elle !

Mon regard a glissé de nouveau vers la une du journal.

Oh, l'ami, tu ne comprends donc pas ? Ce sera la meilleure de toutes. Maintenant, bouge-toi. Inutile de s'attarder — quelqu'un pourrait voir la voiture.

— Impossible de faire le lien avec moi, ai-je dit.

Malgré tout, j'ai ouvert la portière et suis sorti dans la fraîcheur de la nuit. Je me suis mis à marcher sans bruit vers la maison plongée dans le silence. J'ai enfilé la cagoule de ski. J'avais déjà mes gants, et le kit était accroché à ma ceinture.

Mon double avait apparemment décidé de se taire. Mais il était toujours là, en moi. Je le sentais qui m'accompagnait, au comble de l'excitation. Il se caressait pendant que moi, je me tapais tout le boulot. Est-ce que c'était vraiment juste ?

Moi aussi, j'étais excité ; je bandais, sans rien pouvoir y faire. Je m'occuperais de ça plus tard, loin d'ici, en privé, sans risquer de laisser mon ADN.

Les fenêtres étaient toutes bien fermées ; les portes étaient verrouillées. Mais c'était tout sauf un obstacle, pour moi. J'ai gagné l'arrière de la maison et me suis agenouillé devant l'un des deux petits soupiraux. J'ai fixé sur le verre de la petite fenêtre plusieurs bandes de ruban adhésif, puis j'ai donné un coup dedans. Quelques morceaux du carreau sont tombés à l'intérieur. Je savais qu'elle ne pouvait rien entendre, deux étages plus haut, dans la chambre où elle dormait. J'adore ces maisons avec des caves. Et plus elles sont grandes, mieux c'est.

J'ai retiré le verre qui restait sur le châssis de la fenêtre, le déposant par terre, à côté de moi, jusqu'à ce que j'obtienne une ouverture assez grande pour m'y faufiler sans me couper. Toujours ces histoires de traces d'ADN. Il fallait vraiment être prudent, avec ça. J'ai passé les pieds en premier et atterri sur le sol de la cave.

Il n'y avait là rien d'intéressant. C'était un sous-sol comme les autres, avec son odeur d'humidité, sa chaudière, et des empilements de caisses ici et là. Tout ce qui m'intéressait, c'était un escalier pour monter, et je l'ai trouvé sans la moindre difficulté.

Au sommet des marches, la porte n'était pas fermée à clé. Evidemment.

J'ai toujours été surpris de la peur qu'inspirent les

caves à la plupart des femmes ; rares sont celles qui, en cas de panne électrique, s'aventurent dans un sous-sol plongé dans l'obscurité pour aller vérifier le disjoncteur. Pourtant, elles sont encore plus rares, celles qui pensent à verrouiller la porte d'accès à leur cave. A croire que ce qu'elles craignent se trouve seulement en bas, à attendre. Comme si rien ni personne ne pouvait émerger des niveaux inférieurs de la maison…

Eh bien, nous voilà, ma jolie !

— La ferme ! ai-je dit en chuchotant.

Mais j'étais aussi excité que lui, impossible de le nier. J'avais des picotements sur toute la peau, le rythme de mes battements de cœur s'accélérait à chaque pas. Je voyais déjà ses mains fines se crisper sur les miennes ; je voyais son corps qui se débattait, se tournait en vain dans tous les sens tandis que je lui ôtais la vie. Ce serait si bon… Et j'avais beau savoir que je faisais uniquement ça par nécessité, à cause de ce fichu journaliste, je savais aussi que j'allais y prendre du plaisir. Peut-être même plus que la fois précédente.

Mais pas autant que la prochaine !

— Il n'y aura pas de prochaine fois. Là, c'était inévitable, mais…

Il y aura une prochaine fois. Et tu le sais très bien. Bon sang, tu aimerais bien que ça soit elle, ce soir, hein ? Et pourquoi on ne ferait pas comme si ? Dans le noir, ce sera facile. Ensuite, on laissera ce qu'on a apporté, juste pour l'effrayer — parce que c'est encore mieux qu'elle sache que ce sera bientôt son tour. Elle va avoir peur… Miam ! On en mangerait, de cette peur, cette délicieuse peur qu'elle va éprouver jusqu'au moment où on s'occupera d'elle. Elle sera notre chef-d'œuvre, mon ami. Le couronnement de notre œuvre commune.

Je me suis aperçu que j'avais posé la main sur l'entrejambe de mon pantalon, sur l'étoffe tendue par mon sexe en érection. La caresse m'a arraché un frémissement de plaisir, mais je me suis arrêté aussitôt. J'ai gravi les marches de l'escalier qui menait à l'étage, je suis rentré dans sa chambre et l'ai regardée un instant dormir.

J'étais bien déterminé à ignorer mon jumeau, mon double. Mais, alors que je la contemplais, le visage que j'ai vu n'était pas le sien.

Et quelques secondes plus tard, tandis que je serrais le bas de soie noire autour de son cou, ce n'est pas elle que j'ai vue se réveiller, terrifiée, les yeux écarquillés, le corps aussi agité que celui d'un poisson qui se retrouve sur la terre ferme. Ce n'est pas elle que j'ai vue mourir, abandonner sa vie au pouvoir de mes mains.

Ce n'était pas elle, non, c'était la magnifique Dawn Jones.

Dawn s'était levée tôt, bien avant tous les autres dans la maison. En vérité, elle avait à peine dormi. La soirée de la veille avait été comme… comme une déflagration venue du passé. Bryan et elle avaient regardé quelques épisodes de *Magnum* en DVD, leur série préférée, même si sa diffusion avait commencé avant leur naissance. Bryan l'avait découverte grâce à son père. Il avait ensuite partagé cette trouvaille avec Dawn, et la série était devenue un de leurs fétiches.

Ils s'étaient donc replongés dans *Magnum*. Ils s'étaient amusés des scènes où l'on voyait Tom Selleck avec son short trop court et ses longues jambes poilues ; ils avaient apprécié l'intelligente utilisation de la voix off dans la narration ; et ils avaient aussi relevé toutes les failles dans la résolution des énigmes. Si Beth et Josh étaient partis se coucher assez tôt, Bryan et Dawn avaient veillé, se confectionnant des brownies qu'ils avaient mangés avec de la glace vanille. Et ils avaient parlé, parlé, parlé…

Ils avaient parlé du Blackberry Inn, de certains des clients les plus marquants. Ils avaient parlé des véhicules *hot rods* sur lesquels Dawn avait travaillé à San Bernardino, certains appartenant à des personnalités célèbres. Ils avaient parlé de base-ball et de restaurants, de vacances et d'amis communs. Ils avaient parlé de tout, sauf des meurtres et de leur relation. Bryan avait interdit ces deux sujets dès le départ. Cette restriction avait d'abord paru insupportable à Dawn, alors qu'ils avaient sorti du coffre de la Mustang les dossiers. Elle brûlait d'impatience de les examiner, de se plonger dans cette affaire. Mais elle comprenait aussi le besoin que pouvait avoir Bryan de prendre une nuit de recul. Et comme Nick semblait penser qu'il avait gagné un peu de temps grâce au journaliste, cela ne la gênait pas.

Mais, alors que la soirée avançait, les choses avaient pris un tour… de nouveau intime, tandis que le générique du dernier épisode défilait sur l'écran. La pièce était devenue silencieuse, et quand elle s'était tournée vers Bryan, assis à côté d'elle sur le canapé, elle avait déchiffré tout de suite son expression : il était en train de penser à l'embrasser. Elle savait que si jamais il le faisait, elle l'emmènerait dans sa chambre, où ils passeraient le reste de la nuit ensemble. Et il le regretterait.

Elle avait envisagé malgré tout cette possibilité. Avant de baisser la tête en fermant les yeux.

— Je ne sais pas ce qui m'arrive, Bryan. Pas encore.

— Comment ça, ce qui t'arrive ? Tu prends des médicaments, tu bois trop et tu manges trop peu. Tu ne prends absolument pas soin de toi. Mais, au moins, tu t'es débarrassée des fantômes. Tu es revenue pour m'aider à me sortir du pétrin où je me trouve : c'est l'unique raison de ta présence. Sitôt que l'affaire sera terminée, tu rentreras chez toi. Je me trompe ?

Elle avait inspiré profondément.

— Si je… prends des médicaments, c'est… c'est pour éloigner les fantômes.

Il avait haussé les sourcils.

— On fait des comprimés pour ça, maintenant ?

— Mon psy est persuadé qu'ils sont le fruit de mon imagination. Il les attribue à l'anxiété et au stress provoqués par la mort de mon père. Ironiquement, les cachets fonctionnent aussi bien pour les vrais fantômes que pour les imaginaires.

— Et la vodka ?

— Je n'ai jamais beaucoup bu. J'ai simplement pensé qu'en revenant ici, je pourrais avoir besoin d'un petit extra. Je m'attendais vraiment à ce qu'ils me tombent dessus de tous les côtés…

Il eut une moue sceptique.

— Et le fait est qu'il ne s'est rien passé, avait-elle poursuivi. Je n'ai pas vu un seul fantôme depuis mon retour.

— C'est sûr qu'entre les médicaments et l'alcool…

— J'ai arrêté l'un et l'autre. Je n'ai pas pris un comprimé ni bu une gorgée de vodka depuis mon arrivée ici.

— Tu n'en as peut-être plus besoin.

— Mais tu ne comprends pas, Bryan ! Je *voulais* en voir un. Je voulais que Bette me dise qui l'a tuée. Malheureusement… même chez toi, assise sur le lit où elle est morte, je n'ai pas…

— Tu es rentrée ! Bon sang, Dawn, je t'avais pourtant demandé de ne pas faire ça ! C'est une scène de crime.

Elle avait levé les yeux au ciel.

— Décidément, tu ne comprends rien à rien. Je pense que je ne l'ai plus… que je l'ai perdu, Bryan.

Elle s'était levée du canapé, avait marché jusqu'à la

télévision, se penchant pour récupérer le DVD dans le lecteur et le remettre dans sa boîte — n'importe quoi pour l'empêcher de chercher sur son visage des réponses qu'elle n'avait pas.

— J'ai passé les cinq dernières années à fuir une malédiction dont je ne voulais pas et dont je ne savais même pas quoi faire. C'est l'unique raison pour laquelle je suis partie si loin de mon père et de ses amis les morts.

— Et maintenant ? Si tu ne peux plus parler aux morts, cela signifie que tu n'as plus aucune raison de fuir sur la côte Ouest, non ?

Il était venu se tenir derrière elle, lui posant les mains sur les épaules, l'obligeant à se tourner vers lui.

— Es-tu en train de me dire que tu envisagerais de rester, Dawn ?

En le fixant, elle avait presque été effrayée de voir la lueur d'espoir qui éclairait ses yeux. Elle ne voulait surtout pas le blesser encore une fois.

— Je… je ne sais pas. En fait, il me serait difficile de revenir ici. J'ai un nouveau travail…

— Tu es un génie des voitures anciennes. Tu n'aurais aucun mal à trouver un bon boulot où que ce soit, y compris ici.

— Cela pourrait revenir, avait-elle expliqué avec un soupir. C'est parti, maintenant, mais cela pourrait revenir…

— Ou pas.

— Sauf que je le *veux*.

Bryan avait froncé les sourcils. Il semblait ne plus rien comprendre. Un peu comme elle, en vérité.

— Tu as dit toi-même que tu avais ce don en horreur !

— J'en ai besoin pour t'aider, Bryan, avait-elle déclaré, avant de baisser les yeux. Je suis désolée — désolée d'avoir tourné le dos à ce pouvoir. Mon père m'avait prévenu qu'il y aurait des conséquences, si je le faisais, mais j'ai pensé qu'il s'agissait d'une divagation de plus, de la part d'un fou meurtrier.

— C'était bien le cas.

— Je ne sais plus, à présent. Je veux que cela revienne.

Il avait hésité une fraction de seconde, inspiré profondément et demandé :

— Juste pour moi ?

— Honnêtement, je l'ignore. J'ai envie de retrouver cette faculté juste une fois, puis qu'elle disparaisse à tout jamais. Je suis incapable de dire si c'est possible, ou si je l'ai perdue pour toujours. De la même façon, je suis incapable de dire si je vais rester ici ou retourner en Californie. Je ne sais rien de tout ça. C'est pour cette raison que je ne peux… que je ne peux pas…

— Que tu ne peux pas goûter de nouveau au lien magnifique qui nous unissait ?

C'était une drôle de façon de formuler les choses. Pourtant, ce qu'ils avaient vécu était bel et bien *magnifique*. Marqué du sceau de la jeunesse, de l'innocence, de la perfection. Et elle souhaitait, au fond d'elle-même, que cela recommence.

— Ce ne serait pas juste.

— Pour toi ? Ou pour moi ?

Elle s'était humecté les lèvres et avait baissé de nouveau la tête.

— J'ai besoin de temps, Bryan.

— J'aimerais pouvoir te dire de prendre tout le temps qu'il faudra. T'assurer que je peux attendre. Or, ce n'est pas le cas, tu le sais très bien. J'aimerais vraiment éclaircir les choses entre nous avant qu'il ne soit trop tard. J'ai dit que je ne voulais pas parler de nous, du passé, mais…

— J'ai besoin de croire que nous aurons du temps pour réfléchir à tout cela, en parler. Et nous l'*aurons*. Je te le promets.

Il avait plongé son regard dans le sien, si profondément qu'elle avait eu l'impression qu'il touchait presque son âme.

— Je ferai en sorte que tu tiennes cette promesse.

Hochant la tête, elle s'était haussée légèrement sur la pointe des pieds et lui avait écarté les cheveux du front. Ses doigts tremblaient ; il lui semblait que tout son corps était attiré vers le sien. Plus que tout au monde, elle avait envie de se laisser aller et de l'embrasser.

Mais ce geste n'aurait pas été honnête. Ni vis-à-vis de lui ni avec elle-même. Le prétendu « don » de son père avait été au centre de son existence pendant cinq ans. Tout ce qu'elle avait fait, elle l'avait fait en fonction de cette malédiction. Elle avait de quoi être ébranlée à l'idée qu'elle s'en était débarrassée — et peut-être depuis un moment, ce qui rendait inutile et absurde tout ce qu'elle avait accompli. Elle n'était même plus certaine de savoir précisément qui elle était.

— Merci d'être revenue, Dawn, lui avait dit Bryan. Je suis vraiment heureux que tu sois là.

— Moi aussi. Bonne nuit, Bryan.

Et malgré tous les avertissements que lui envoyait son bon sens, elle s'était haussée un peu plus sur la pointe des pieds et avait pressé les lèvres contre les siennes. Des lèvres chaudes, douces, légèrement humides. Le baiser avait été rapide. Trop rapide. Elle s'était détournée et avait filé vers l'escalier pour rejoindre sa chambre, sans un regard derrière elle.

Ensuite, il lui avait été impossible de trouver le sommeil.

Elle se prépara du café et alla le boire sous la véranda. Il était 6 h 30, et le soleil se levait sur les collines verdoyantes de Blackberry.

Elle s'assit sur la balancelle de la véranda, enveloppée dans un des peignoirs chauds et douillets que les clients de sa mère pouvaient acheter. Celui-ci était violet, avec le logo de la Blackberry Inn sur la poitrine, à gauche. Elle portait des chaussons assortis. Deux cadeaux de bienvenue qu'elle avait trouvés dans sa chambre.

Elle était là, à écouter le chant des oiseaux, satisfaite d'avoir essayé la crème noisette-vanille pour son café, quand elle vit une Crown Victoria familière s'engager dans l'allée. Elle reconnut Nick Di Marco, derrière le volant, et lui fit un signe de la main alors qu'il coupait le moteur et descendait de voiture. Il sourit, mais elle sentit aussitôt que quelque chose n'allait pas. Lorsque Nick souriait, d'ordinaire, c'était tout son visage qui s'éclairait. Cette fois, il étira tout juste les lèvres. Les mains plongées dans les poches de son pantalon, il gravit les marches de la véranda et vint s'adosser à la rambarde, lui faisant face.

— Salut, Dawn, dit-il.

Il désigna sa voiture, derrière lui.

— Vous croyez que vous pourriez en faire quelque chose ?

— Eh bien… oui, répondit-elle en observant la Crown Victoria. Je commencerais par un petit travail de carrosserie pour arrondir l'angle des phares. Ensuite, une peinture customisée. Et des vitres teintées. J'abaisserais le châssis et changerais les pare-chocs. Vous pourriez vraiment en faire une voiture de collection, si vous vouliez, Nick.

Elle haussa un sourcil et ajouta :

— Mais ce n'est pas vraiment votre truc, n'est-ce pas ?

— Vous plaisantez ? Autrefois, sur le campus, c'est moi qui avais la voiture la plus connue !

— Ah bon ? Qu'est-ce que c'était ?

— Dites-moi d'abord ce que vous conduisez, chez vous.

— Une Corvette Stingray de 74. Rouge metalflake — un rouge profond, comme du vin, vous voyez ?

— Décapotable ?

— Toit ouvrant. Elle est impeccable. Un collectionneur n'en voudrait pas forcément, mais je l'aime vraiment.

— Je m'en doute.

Il secoua la tête.

— Quel joli sourire vous avez… Je m'en veux vraiment de venir le chasser pour la matinée. Mais je n'ai pas le choix.

Dawn se prépara à de mauvaises nouvelles.

— Je m'en doutais. Il est très tôt, pour une visite. D'autant qu'il y a une heure de route. Vous devez être levé depuis l'aube.

— Je n'ai pas vraiment fermé l'œil. Les autres dorment toujours ?

— Oui. L'auberge n'accepte plus de clients jusqu'à ce que cette… Enfin, vous comprenez. Du café ? proposa-t-elle en levant son mug.

— Je n'ai pas le temps.

— Dans ce cas, annoncez-moi vite la mauvaise nouvelle, qu'on en finisse. Je transmettrai aux autres, et vous pourrez retourner travailler.

Il hocha la tête, sans même chercher à discuter.

— Il est préférable que Bryan l'apprenne de vous, de toute façon.

Il marqua une pause, inspira, puis se lança.

— On a trouvé une autre victime.

Elle se leva. Elle avait eu le temps d'imaginer quel genre d'informations Nick était venu apporter, mais elle n'avait pas pensé à celle-ci.

— Même description, même mode opératoire. Jusqu'au détail du whisky.

— Oh… mon Dieu !

— On va l'arrêter aujourd'hui, Dawn. Pour moi, ça ne fait aucun doute. Il reste le suspect numéro un, et aucun juge n'ira prendre le risque de laisser un tueur en série en liberté. Peu importe ce que racontent les journaux.

— Mais Bryan n'est pas un tueur en série ! Vous le savez aussi bien que moi.

Elle baissa les yeux sur ses chaussons, puis releva la tête.

— Il a passé la nuit ici. Il était avec Josh, Beth et moi. Cela prouve qu'il est innocent.

— Des familles mentent pour protéger les leurs, souligna Nick. Les jurys en sont bien conscients. Rien ne dit qu'il n'est pas sorti pendant la nuit, fera-t-on remarquer. Mais votre témoignage n'est pas complètement sans valeur. Je vous crois. J'ai confiance en Bryan. C'est la raison pour laquelle j'ai apporté ça.

Il sortit une enveloppe en papier kraft de sous son blouson.

— Des photos de la scène de crime, le rapport initial et le témoignage du mari ; il travaille au cimetière, et il était un petit peu plus de minuit quand il l'a trouvée.

Elle tendit la main, mais il fit le geste de reprendre l'enveloppe.

— Je préfère que vous ne regardiez pas ça. Du moins, pas toute seule.

Elle hocha la tête.

— Je vous le promets. Merci de m'avoir prévenu, Nick.

Il lui posa sur son épaule une main ferme et chaleureuse.

— On va s'en sortir, ma belle. J'en prends l'engagement.

— Je n'en doute pas. Allez-y, maintenant, dit-elle en désignant sa voiture de la tête. Je… je préviendrai tout le monde.

— On se tient au courant. Je repasserai plus tard, quand… quand ils viendront le chercher. Pour le soutien moral et le reste.

Elle sentit des larmes lui brûler les yeux, et sa gorge se serrer.

— Merci. Je lui dirai.

Nick descendait déjà les marches de la véranda et revenait vers sa voiture. Quelques secondes plus tard, il était parti.

Un sentiment terrible montait en elle. C'était même plus qu'un sentiment, c'était une *certitude.* Quelque chose de terrible arriverait si Bryan allait en prison. Quelque chose d'irréversible. Quand la voiture de Nick eut complètement disparu, elle se rua vers l'intérieur de la maison, monta l'escalier en courant et ouvrit la porte à la volée, s'engouffrant sans attendre dans sa chambre.

— Bryan !

Mais il n'était pas là.

Elle resta un instant tétanisée, légèrement essoufflée. Jusqu'à ce qu'elle entende le bruit de la douche.

Elle rejoignit la penderie et l'ouvrit, jeta un rapide coup d'œil et en sortit un sac de voyage. Elle s'approcha ensuite de la commode, qu'elle commença à vider en partie de son contenu pour le fourrer dans le sac. Deux jeans, des sous-vêtements, des chaussettes, des T-shirts. Revenant à la penderie, elle prit des chemises et un sweat à capuche qui rejoignirent le reste.

Elle finissait de remplir le sac quand Bryan sortit de la douche. Elle sentit qu'il se figeait et la regardait sans un mot tandis qu'elle en terminait. Il prit enfin la parole.

— Dawn ? Mais qu'est-ce que tu fais ?

— Je prépare un sac.

— Ça, je vois bien, mais…

Il la rejoignit et lui posa les mains sur les épaules, comme pour l'apaiser. Elle avait les larmes aux yeux, et il s'en rendit forcément compte.

— Dawn, tu veux bien te calmer et m'expliquer ce qui se passe ?

Elle secoua la tête.

— On n'a pas le temps. Il faut s'en aller. Partir tout de suite.

— Je n'irai nulle part tant que tu ne m'auras pas expliqué ce qui t'arrive.

Elle se tourna machinalement vers la porte, affolée, comme si des policiers allaient la franchir d'une seconde à l'autre. Puis elle revint à lui.

— Une femme a été assassinée, Bryan. Une autre femme. Nick vient de passer, il a apporté le dossier.

D'un mouvement de tête, elle désigna le lit, sur lequel elle avait posé l'enveloppe.

Bryan la lâcha aussitôt, pour aller prendre l'enveloppe et en tirer les photos.

— Pour Nick, cela ne fait aucun doute : tu vas être arrêté aujourd'hui. Il faut partir, Bryan. Quelque chose de terrible va arriver si tu te retrouves en prison. Je le sens.

— Je pensais que tu avais perdu ton… don. Et si je me rappelle bien, tu faisais dans la communication avec les morts, pas dans la perception extrasensorielle.

— Je ne vois plus les morts, c'est vrai, mais ce que j'éprouve est bien réel. Je le ressens au plus profond de moi. Partons ! Nous nous cacherons et nous résoudrons cette affaire.

— Je ne fuis pas, Dawn. Je suis un flic. Disparaître reviendrait à dire : « C'est moi le coupable. » Tu comprends ?

— Non.

— Il faut faire les choses dans les règles. Si jamais on m'arrête, mon avocat négociera une caution et je serai libre dès le lendemain…

— Même si le juge pense que te laisser dehors pourrait coûter la vie à une autre femme ? Je crois que non, Bryan. Il faut partir. Fuir.

Elle fila vers la salle de bains et attrapa les objets à

mesure qu'ils lui tombaient sous la main, les fourrant dans le sac. Après-rasage, rasoir, déodorant, dentifrice.

— Je t'ai dit que je ne… Oh ! Mon Dieu !

— Quoi ?

Elle revint aussitôt dans la chambre. Elle s'attendait presque à trouver des policiers à la porte de la chambre. Mais il n'y avait que Bryan, le visage d'une pâleur effrayante. Son regard épouvanté passa de la photo qu'il tenait à Dawn, puis revint à la photo.

— Qu'y a-t-il ? demanda-t-elle.

Ses lèvres s'entrouvrirent, se fermèrent, comme s'il avait du mal à parler. Il dut les humecter.

— Tu as raison, dit-il enfin. Il faut qu'on file. Allons chercher tes affaires dans ta chambre et…

D'un geste vif, elle lui arracha la première photo des mains.

La jeune femme était allongée sur un lit, nue, sans rien pour la couvrir. Elle avait les yeux grands ouverts, la langue qui sortait affreusement de sa bouche et des marques dans le cou. A côté d'elle, sur la table de nuit, un verre à shot, avec pour motif une faux qui tranchait la tige d'une rose. Il lui fallut un instant pour voir ce qui avait pu secouer Bryan à ce point.

Un petit médaillon en or, en forme de cœur, était délicatement, presque artistement, posé sur la poitrine de la victime. Il avait une fine chaîne assortie, et il était douloureusement familier à Dawn.

Les sourcils froncés, elle prit les autres photos à Bryan et les passa en revue, oubliant presque l'horreur du spectacle, en quête d'une vue plus nette du médaillon.

Elle en trouva une. Un gros plan sur lequel le bijou se détachait sur la peau pâle de la victime.

Elle déglutit avec peine. Les initiales gravées sur le bijou étaient parfaitement lisibles.

DJ & BK.

— C'est le mien, chuchota-t-elle. Tu me l'avais offert pour mon anniversaire, l'été où nous nous sommes rencontrés…

Il hocha la tête.

— J'avais mis une mèche de cheveux à l'intérieur, précisa-t-il.

— Elle y est toujours.

— Quand l'as-tu vu pour la dernière fois, Dawn ?

— Je… je ne sais pas. Je le gardais dans mon sac, dans une petite bourse en velours, de façon à toujours l'avoir avec moi, où que je… *Mon sac* !

Elle se rua hors de la chambre et dévala les marches de l'escalier. Elle récupéra son sac au portemanteau, dans l'entrée, et remonta aussitôt. Une fois dans la chambre de Bryan, elle vida le contenu sur le lit.

— Je l'ai laissé dans la voiture, quand je suis passée chez toi. J'avais oublié de verrouiller les portières. Quand je suis revenue, le contenu était répandu sur le siège passager.

Tout en parlant, elle tria rapidement les objets qui lui tombaient sous la main — baume à lèvres, clés, bonbons à la menthe, reçus de carte bancaire, stylos, chéquier et portefeuille.

— Il n'est pas là, annonça-t-elle.

Elle leva la tête et croisa le regard de Bryan.

— Il n'est pas là, Bryan. Pas même la bourse. Quelqu'un l'a pris… Ce Jaycam, peut-être. Ou bien le journaliste, Mitchell Brown — il était lui aussi là-bas. Ou n'importe qui d'autre. Ça peut-être n'importe qui !

— Sauf que ça n'était pas *n'importe qui*. Celui qui a fait ça est un assassin.

La rejoignant, il entreprit de remettre dans le sac les objets étalés sur le lit, l'un après l'autre.

Une évidence s'imposa alors à Dawn, qui lui coupa

presque le souffle, comme une gifle. Elle s'était trouvée tout près d'un assassin. Un tueur en série. Qu'il soit ou non *copycat*, cet homme était officiellement un tueur en série, maintenant. Et il s'était suffisamment approché d'elle pour lui subtiliser un objet qui se trouvait dans son sac.

— Pourquoi ne m'a-t-il pas tuée ? S'il était tout près de moi, il n'avait qu'à... Bryan ?

Il avait fermé son sac à main, dont il lui passa la bandoulière sur l'épaule.

— Qu'est-ce que tu... ?

— Tu as raison. Il faut qu'on s'en aille d'ici.

Il ramassa le sac de voyage qu'elle avait rempli pour lui, fit glisser la fermeture Eclair, et lui prit la main. Juste avant qu'il ne l'entraîne vers la porte, Dawn eut le temps d'attraper les photos et l'enveloppe kraft. Elle le suivit dans le couloir jusqu'à sa chambre. Les rôles s'inversèrent soudain. C'était Bryan, maintenant, qui attrapait des affaires de Dawn pour les mettre dans sa valise, bien que celle-ci fût à peine déballée. Dawn avait hésité à le faire ; pour elle, c'était admettre qu'elle allait rester un certain temps, ce qui n'était pas son intention, du moins au début. Elle avait changé d'avis. A présent, elle ne savait plus quoi penser, encore moins quoi faire.

— Habille-toi, lui ordonna Bryan. Dépêche-toi !

Elle hocha la tête et attrapa le jean et le T-shirt qu'elle portait la veille. Tournant le dos à Bryan, elle les enfila, puis lui tendit la chemise de nuit. Elle rejoignit ses autres vêtements.

A part la petite boîte de médicaments, qu'il ignora, toutes les affaires de Dawn se retrouvèrent dans la valise. Il la ferma après avoir posé l'ordinateur portable sur le tout.

Il lui prit de nouveau la main et l'entraîna dans le couloir, puis dans l'escalier.

— Et Josh ? Beth ? demanda-t-elle. Nous devrions peut-être les réveiller et leur dire que…

— Nous les appellerons plus tard. Avant que la police mette leur ligne sur écoute, j'espère.

Ils traversèrent l'entrée sans s'arrêter, sortirent, et ils se retrouvèrent à bord de la Mustang avant que Dawn ait pu dire un mot. La valise et le sac étaient à l'arrière. Le moteur de la voiture gronda, et Bryan quitta l'allée en marche arrière pour s'engager dans la rue.

— Où allons-nous ? demanda-t-elle.

— Je n'en sais rien. Tout ce que je sais, c'est que je n'ai pas l'intention de me réveiller un jour avec ton cadavre à côté de moi. Je mourrai avant qu'un truc pareil arrive !

— Parce que c'est le sens du collier retrouvé sur le corps, selon toi ? Que je suis la prochaine sur la liste ?

Il croisa son regard. Dans les yeux de Bryan, il y avait une expression dure, froide et intense qu'elle n'y avait jamais vue. En cet instant, le tendre petit ami de sa jeunesse semblait presque dangereux.

— Il faudra d'abord me tuer. Et laisse-moi te dire quelque chose, Dawn. Si je tombe, ce salaud tombera avec moi. Pas question que je le laisse t'approcher. *Jamais.*

7

Ils roulèrent pendant près d'une heure, mettant une centaine de kilomètres entre Shadow Falls et eux. Ils échangèrent à peine quelques mots pendant le trajet. Dawn savait que Bryan était plongé dans ses pensées, à bâtir des hypothèses, à échafauder des scénarios ; elle jugea préférable de respecter son silence, qui n'avait d'ailleurs rien d'embarrassant. Ils n'avaient jamais eu besoin de parler ou de communiquer en permanence pour se comprendre.

Des chansons se succédaient sur le lecteur MP3. Certaines, anciennes, ramenaient Dawn vers le passé. Les plus récentes étaient souvent des morceaux qu'elle appréciait bien et qui figuraient dans sa propre discothèque. Visiblement, ils étaient toujours sur la même longueur d'ondes.

Vint néanmoins le moment où elle décida qu'ils devaient évoquer leur situation.

— On ne peut pas aller trop loin, Bryan, lui dit-elle.

— Bien sûr qu'on peut. Plus on mettra de distance entre l'assassin et nous, mieux ce sera.

— Mais ce n'est pas à distance que nous serons en mesure de résoudre cette affaire.

Il tourna la tête vers elle.

— Résoudre cette affaire ? Tu crois toujours que je

vais te laisser jouer les Nancy Drew ? Ta *vie* est en danger, Dawn, tu ne l'as pas encore compris ?

Elle pinça les lèvres, essayant de trouver un moyen de le raisonner. Elle savait qu'elle avait peu de chances d'y parvenir. Dans cette histoire, il y avait trop de questions, trop de possibilités, trop d'informations, aussi. Elle regarda devant elle, à la recherche d'une inspiration, et aperçut bientôt le panneau d'un établissement de la chaîne Dunkin' Donuts.

— Tourne là, tu veux bien ? Il faut que je mange. Et j'ai besoin de café.

— Pas question que je m'arrête.

— Si tu ne t'arrêtes pas, j'ouvre la portière et je saute.

Il fronça les sourcils. Elle tenta d'adoucir la menace avec un sourire timide.

— J'ai peur, Bryan. Pour toi *et* pour moi. J'ai aussi terriblement envie de café, et j'aimerais bien que tu ne discutes pas là-dessus, d'accord ?

Les émotions qui assombrissaient son regard, depuis qu'il avait vu le médaillon sur la photo, perdirent soudain de leur intensité. Ses yeux retrouvèrent un peu de douceur. Une douceur qu'elle était habituée à y voir chaque fois qu'il la regardait. Comme cela lui avait manqué…

Cinq ans. Cinq longues, trop longues, années.

Il mit son clignotant et quitta la route. Il suivit ensuite les panneaux qui balisaient le chemin. Par discrétion, pour éviter qu'on ne les voie, il roula directement jusqu'à la fenêtre de service du drive-in. Il demanda deux *breakfast sandwichs*, deux grands cafés, quatre bouteilles d'eau et une demi-douzaine de beignets assortis. Il se tourna vers Dawn, qui avait haussé les sourcils en entendant cette commande pantagruélique.

— Au cas où on roulerait encore longtemps, expliqua-t-il. On va avoir besoin de s'alimenter.

— Si on mange tout ça, on va surtout avoir besoin de s'arrêter pour acheter des vêtements d'une ou deux tailles plus larges.

Il se mit à rire, et son visage se détendit. Ses fossettes se creusèrent. Dawn, elle, s'alanguit, sentant la même chaleur qu'autrefois se diffuser en elle.

— Voilà un moment que je ne t'avais pas entendu rire, remarqua-t-elle. C'est agréable.

— Je suis désolé de m'être comporté comme un crétin pendant toute la matinée. Mais ça m'a secoué de penser que cette ordure pourrait s'en prendre à toi.

— Je comprends. Moi aussi. Et ça m'a secouée de penser que tu risquais d'être arrêté aujourd'hui. Que ce soit toi ou moi, aucun de nous n'a vraiment réfléchi avec lucidité. En un sens, c'est… révélateur, tu ne crois pas ? De… Enfin, du fait que nous… nous tenons toujours l'un à l'autre.

— Je dirais plutôt que c'est le fait de tenir *trop* l'un à l'autre qui pose un problème.

Il haussa les épaules, et ils gardèrent le silence tandis que Bryan récupérait les deux sacs que lui tendait l'employée à la fenêtre du drive-in. Il les fit passer à Dawn, puis ils contournèrent le bâtiment et quittèrent le parking. Ils roulèrent quelques instants, jusqu'à ce que la voiture arrive à hauteur d'un petit supermarché. Il y avait de nombreuses voitures sur le parking. Bryan se glissa dans un emplacement libre et coupa le moteur.

Dawn avait déjà glissé les deux gobelets de café entre eux, dans les emplacements prévus à cet effet dans la console. Elle récupéra les sandwichs, en tendit un à Bryan et commença d'ôter l'emballage du sien.

— Je ne sais pas quoi faire, avoua Bryan. Même si mon instinct ne me répète qu'une chose : aller te mettre dans le premier avion pour la Californie.

Elle mordit dans son sandwich et mâcha lentement. Elle fit passer sa bouchée avec une gorgée de café trop chaud pour être agréable. Pendant tout ce temps, elle garda les yeux fixés sur Bryan.

— Mais tu sais que je ne partirai pas, n'est-ce pas ? lui dit-elle enfin.

— Dawn…

— Je ne partirai pas.

— Et s'il te tue ?

— Qu'est-ce qui l'empêche de me suivre jusque chez moi et de me tuer là-bas ? Pourquoi veux-tu que je sois vraiment plus en sécurité sur la côte Ouest ? Il sait qui je suis. Il a fouillé dans mon sac. Il connaît probablement mon adresse, mon numéro de Sécurité sociale, celui de ma carte de crédit et de mon compte en banque. On peut même aller jusqu'à imaginer qu'il a fait un moulage de mes clés — de voiture et de maison. Dans ces conditions, je ne vois pas comment tu peux dire que je serais plus en sécurité là-bas.

— Il ne te suivrait pas jusqu'en Californie.

— Rien ne te permet de l'affirmer.

Il soupira, secoua la tête et se remit à manger. Elle aussi mangea un peu.

— D'un autre côté, reprit-elle au bout d'un moment, imaginons qu'il s'en prenne à moi alors que je suis toujours ici — mais alors que nous nous y sommes préparés, que nous l'attendons…

Elle hocha la tête tandis qu'une idée germait en elle et commençait à croître.

— C'est ça ! On pourrait tendre un piège à ce monstre. Pour le capturer et te blanchir du même coup.

— Lui tendre un piège et l'avoir par surprise… Oui, c'est une bonne idée, à un détail près : le fait que tu serves d'appât. Ce qui me gêne, aussi, c'est qu'il tenait à ce que nous sachions qu'il projette de s'en prendre à toi.

Elle fronça les sourcils.

— Réfléchis un peu, poursuivit Bryan. Pour quelle autre raison aurait-il posé le médaillon sur la victime ?

— Pour attirer un peu plus l'attention des enquêteurs sur toi. Je te rappelle qu'il y a aussi tes initiales dessus.

— Il lui suffisait d'acheter n'importe quel objet et de faire graver des initiales dessus. Non, il te l'a pris, Dawn. Il *veut* que nous sachions qu'il t'a dans sa ligne de mire. On peut donc soupçonner qu'il s'est aussi préparé à un piège. C'est peut-être même précisément ce qu'il attend de nous.

Dawn examina cette idée, tout en mangeant.

— Il lui aurait été difficile de se procurer une mèche de tes cheveux, tout de même. Peut-être cherche-t-il à ce que tu me renvoies chez moi, afin d'avoir le champ libre.

Elle inclina la tête sur la gauche et ajouta :

— Il est possible aussi qu'il tente de m'effrayer pour me pousser à partir. Il aurait alors toute latitude pour te faire porter encore plus facilement la responsabilité de ses crimes.

— Il doit craindre tes talents de détective, rapportés de troisième main par un journaliste de Burlington…

Elle lui adressa un regard faussement offensé.

— Un journaliste qui a *aussi* mentionné le fait que je serais en communication avec les morts. Cela rendrait fou n'importe quel assassin, de savoir que quelqu'un est capable de dialoguer avec ses victimes… Si je retourne chez moi, il se sentira un peu plus à l'aise. J'ai la certitude qu'il est prêt à tout pour me faire quitter la région.

— Bon, admettons qu'il te croie en mesure de converser avec les fantômes. Tu es en train de me dire qu'un type qui tue les femmes pour le plaisir, puis décide qu'une femme en particulier est une menace pour lui, va s'amuser à l'effrayer pour lui faire quitter la ville ? Ça n'a aucun sens.

— Si tu es un peu dur d'oreille, tu n'as qu'à lire sur mes lèvres, Bryan : *Je. Ne. Pars. Pas.*

— D'accord, d'accord. Mettons de côté l'hypothèse de ton retour.

— Merci bien.

— Que fait-on, alors ?

D'une bouchée, elle termina son sandwich.

— On enquête. On découvre qui il est et on met la main sur lui. On en est capables, Bryan. A condition que tu ne sois pas derrière les barreaux. Selon Nick, le dernier meurtre a éliminé toute possibilité de caution.

— Il a probablement raison.

— C'est donc la première certitude que nous ayons. Il faut t'éviter la prison…

— … et te garder en vie.

— Et me garder en vie. Nous devons donc rester cachés, tout en menant notre enquête. On est d'accord là-dessus ?

Il hocha la tête.

— Je ne vois pas d'autre choix. Si je me retrouve dans une cellule, rien ne pourra m'assurer que tu es en sécurité.

— Oh, mon héros…

Il eut un regard vaguement offusqué, mais, d'un sourire, elle effaça sa petite pique.

— Je ne suis pas une pauvre petite chose vulnérable, expliqua-t-elle. Et puis il y a ton père, Rico et aussi Nick, si on a besoin de renforts.

Il hocha de nouveau la tête.

— Je sais, je sais. C'est juste que…

— Cela te rendrait fou de ne pas pouvoir veiller toi-même sur moi.

Elle baissa les yeux.

— Je suis surprise et… touchée que tu… enfin, que tu tiennes encore un peu à moi, après ce que je t'ai fait vivre.

— Je ne suis pas complètement bouché, tu sais ? J'ai compris que tu as fui parce que tu avais peur. Je crois que si j'avais eu des fantômes qui sortaient de la charpente de la maison pour me harceler jour et nuit, j'aurais probablement eu le même réflexe : me sauver en courant.

Pour une raison ou une autre, il s'efforçait de soulager la conscience de Dawn. Mais elle savait combien il était blessé, plein d'une colère qu'il n'avait jamais surmontée.

— On dirait que je me suis enfuie pour rien, remarqua-t-elle. Ils ne me parleront plus, maintenant, même si je le leur demande.

Il haussa les épaules.

— Ils ont beau être morts, ce sont des gens comme les autres, d'une certaine façon. Ils essuient des refus, insistent, jusqu'au moment où ils laissent tomber…

Elle lui jeta un coup d'œil, consciente du caractère personnel de cette remarque. C'était de lui qu'il parlait. Entendre un tel aveu, dans sa bouche, n'avait rien d'agréable.

Il prit un beignet dans la boîte et commença de le manger en silence, signifiant clairement qu'il ne voulait pas poursuivre sur le sujet. Elle s'amusa de la manière dont il tenait une serviette en papier sous son menton, afin de récupérer la moindre miette et protéger sa précieuse Mustang.

Aux yeux de Dawn, les voitures récentes n'avaient aucun intérêt. Seuls les véhicules anciens avaient droit à son attention.

— Combien as-tu payé cette chose ? demanda-t-elle.

— Quarante mille dollars, à prendre ou à laisser. Du vol, pour une Shelby !

Elle réprima un léger rire, et il lui décocha un coup d'œil acéré.

— J'ai payé cinq mille dollars pour ma Corvette, expliqua-t-elle. Et aujourd'hui, elle est comme neuve.

— Je ne donnerais pas cinq dollars pour une Chevrolet.

— Oui, je sais. Tu as toujours été très Ford. Mais tu n'as aucune chance d'avoir le dessus, dans ce genre de conversation.

— J'ai du soutien, maintenant. Nick est totalement d'accord avec moi.

— Dans ce cas… J'imagine que si Nick est de ton côté, c'est que je *dois* avoir tort. Même si c'est *moi* qui travaille dans les voitures.

Il lui adressa un sourire auquel elle répondit. Cette discussion était un terrain familier pour eux ; et elle avait eu le mérite de désamorcer la tension qui s'était installée.

Dawn soupira et revint à des considérations plus immédiates.

— Il faut prévenir les parents que nous allons bien et les avertir un peu de nos projets. Sans quoi, ils risquent de se faire un sang d'encre.

Il approuva d'un hochement de tête.

— Nous avons aussi besoin de retirer de l'argent liquide. Ensuite, nous ferons de la route pour nous trouver le plus loin possible, quand la police commencera à mettre le nez dans mes comptes.

Il s'interrompit et avoua :

— Tout ça ne me plaît pas.

— Je sais. Et il y une autre question à régler : ta voiture. Nous devons nous en débarrasser.

Bryan avait fini le beignet. Il avait fait une boulette avec sa serviette en papier et était en train de la fourrer dans le sac qui avait contenu leurs sandwichs. Il interrompit net son geste pour regarder Dawn, une expression horrifiée sur le visage.

— S'en débarrasser ?

— C'est une façon de parler.

Il ferma les yeux.

— Cette voiture est mon bébé, dit-il en donnant une tape légère sur le tableau de bord. Il faut la laisser dans un endroit sûr.

— Le parking de l'aéroport ? Non… Il y a des caméras de surveillance partout.

— Et c'est le premier endroit que la police ira vérifier. S'ils la trouvent, ils la saisiront et se mettront à la dépecer pour trouver des indices. Je ne peux la laisser nulle part, c'est évident.

Il fixa Dawn et soupira.

— Et ne fais pas comme si tu ne comprenais pas.

— Je comprends *absolument*. C'est une supervoiture, d'ailleurs. Enfin, pour une voiture *neuve*… Et si j'appelais mon patron ?

— Quel intérêt ? Il est à l'autre bout du pays. Et d'abord, tu es certaine de pouvoir lui faire confiance ?

— Oui. Il faudrait déjà que la police pense à le contacter, ce qui n'a rien d'évident. Mais il est en relation avec des garages à travers tout le pays, tu sais, et il en connaît peut-être un, dans le coin, qui pourrait planquer la voiture et même nous louer un véhicule sans trop poser de questions.

— Je dois reconnaître que c'est une excellente idée, Dawn. C'est toi qui aurais dû devenir flic.

— J'ai bien trop de mal avec les lois et les règlements pour ça. On m'aurait fichue dehors dès la première année.

— Ça vaut toujours mieux que de se retrouver confronté à une sale affaire de meurtre dès la seconde.

Elle lui posa la main sur l'épaule, mais la chaleur qui circula soudain entre leurs deux corps, par la grâce de ce simple contact, l'amena à se demander si c'était une bonne idée. Elle prit garde de ne pas retirer sa main trop vivement, de façon trop évidente, et laissa cette impression passer de la peau de Bryan à la sienne. C'était si délicieux qu'elle en ferma presque les yeux.

— Ils vont aussi surveiller les communications de nos portables, dit-elle en ôtant enfin sa main. Enfin, dès qu'ils se seront aperçus de notre disparition. C'est peut-être déjà fait, d'ailleurs.

— Tu as raison. Tu as éteint ton téléphone ?

Elle hocha la tête.

— Bien. Pour commencer, trouvons-nous une cabine de téléphone publique et une banque. Ensuite, nous reviendrons vers Shadow Falls. C'est là qu'on va se planquer. Il y a de fortes chances pour qu'ils nous cherchent partout sauf là…

Elle haussa un sourcil.

— Bien vu.

— C'est un peu ma partie…

Bryan reprit la route, et ils cherchèrent un endroit possédant encore une cabine téléphonique. Il leur fallut du temps pour trouver. Cela n'avait rien d'évident, à une époque où tout le monde ou presque possédait un téléphone portable. Ils finirent par repérer une cabine à l'extérieur d'une station-service.

— Fais attention à ce que tu dis, lui recommanda-t-elle alors qu'ils s'arrêtaient à côté.

Le conseil était inutile, elle le savait, mais elle n'avait pas pu s'en empêcher.

— Il est possible que les lignes de tes parents soient déjà sur écoute, ajouta-t-elle.

— C'est sûr qu'à la minute où les autres comprendront qu'on leur a faussé compagnie, ils tomberont de tous les côtés sur Beth et Josh.

— C'est dommage. Si on avait eu besoin d'aide…

— Ils nous auraient aidés… et se seraient retrouvés eux aussi sur le banc des accusés.

Il lui caressa les cheveux, fit glisser sa main sur sa nuque et la pressa doucement.

— Ce qui va probablement finir par t'arriver.

Elle riva les yeux aux siens, pour être certaine qu'il la regardait et ne manquait rien de son expression.

— Peu m'importe.

— Ça devrait, pourtant.

— Eh bien, non. Maintenant, appelons vite Josh et Beth pour les rassurer. Plus nous attendrons, plus il y aura de risques que la police soit déjà là-bas.

— Il faudra aussi contacter ton patron, pour la voiture. Puis trouver une banque et tirer autant d'argent liquide que possible.

— Hé, tu vois ? s'exclama Dawn en essayant de prendre un ton enjoué. Je t'avais bien dit qu'on formait une superéquipe, toi et moi. On a déjà l'esquisse d'un plan !

— *L'esquisse*. Parce qu'on n'a toujours pas d'endroit où aller, ni la moindre idée de ce qu'on fera ensuite.

— Ne t'inquiète pas pour *ça*. Des idées, je n'en manque pas…

Au coup d'œil qu'il lui lança, elle comprit qu'il avait saisi les sous-entendus dont elle avait chargé ses mots. Elle fut heureuse de voir qu'il gardait son sens de l'humour. Heureuse aussi de constater qu'il était d'humeur un peu moins sombre, à présent.

Etait-ce dû à la peur, à l'excitation de se trouver en cavale ? Etait-ce le fait d'être sur la piste d'un tueur ?

A moins que ce changement ne soit dû, plus simplement, à leurs retrouvailles. Parce que c'était ce qui lui arrivait, à elle. Elle était comme un désert qui reçoit ses premières gouttes de pluie après cinq ans de sécheresse. Elle avait l'impression de revenir à la vie, de s'épanouir comme une fleur.

Et, curieusement, cela l'effrayait.

*
* *

Bryan sut que quelque chose ne tournait pas rond à la seconde où Beth lui répondit. Son habituelle formule — « Blackberry Inn, je vous écoute… » — avait quelque chose de faux et de contraint.

— Beth, c'est moi, lui dit-il. Ne prononce pas mon prénom. La police est là ?

— Oui, Melissa. Je me souviens très bien de vous. Vous comptez revenir nous voir ?

Bryan entendit des voix, derrière elle. L'une de ces voix, qui ressemblait à celle de MacNamara, demanda :

— Qui est-ce ?

— Je voulais juste te prévenir que nous allons bien. Mais Dawn est en trop grand danger, et j'ai dû l'éloigner.

— C'est en effet ce que nous pensions.

— J'essaierai de reprendre contact aussi vite que possible.

— Ça n'est pas forcément une bonne idée.

Bryan cligna les yeux en s'avisant qu'ils étaient peut-être déjà en train de mettre sur écoute la ligne de téléphone de l'auberge. Il devait faire vite.

— Nous ne sommes pas très loin. Nous cherchons des indices. Ne t'inquiète pas.

— Ma foi, c'est plus facile à dire qu'à faire. En tout cas, nous sommes impatients de vous revoir.

— Dis à papa que je l'aime.

— Donnez-moi ce téléphone ! s'écria quelqu'un.

Bryan reconnut alors, sans le moindre doute, la voix bourrue de MacNamara. Quelque chose, dans l'expression de Beth, avait dû la trahir.

— C'est vous, Kendall ? entendit-il à l'autre bout de la ligne. Si c'est le cas, vous avez intérêt à revenir tout de suite. Vous ne faites qu'aggraver votre cas en partant comme ça. Alors, au nom du…

Dawn, qui avait dû comprendre ce qui se passait, prit le combiné des mains de Bryan et raccrocha.

— Ça ne sert à rien de l'écouter.

— Je sais. Mais c'est… c'est mon supérieur, et quand il se met à crier, j'ai l'habitude d'écouter et *d'obéir.* Ça n'est pas facile d'aller contre certains réflexes.

— Je comprends.

— Je n'en suis pas si sûr. Normalement, je suis du bon côté de la loi, Dawn. Là, je me sens comme un criminel. Je m'enfuis, je me cache, je suis obligé d'utiliser une cabine téléphonique… Comment est-ce que j'en suis arrivé là ? On dirait un fugitif !

— Tu es innocent. Et tu fais ton possible pour le prouver. Mais si tu préfères revenir, c'est le moment ou jamais. Nous inventerons une explication : nous étions partis faire une virée en voiture, sans nous douter qu'ils avaient décidé de t'arrêter aujourd'hui. Il est encore possible de rentrer sans que ta situation s'aggrave… Mais il faut le faire *maintenant.*

Durant un instant, leurs regards restèrent scellés l'un à l'autre et, dans l'esprit de Bryan, les yeux de Dawn laissèrent soudain la place à ceux de Bette.

Des yeux sans vie, froids, morts.

— Non, c'est hors de question ! lança-t-il.

Il décrocha de nouveau le combiné et le lui tendit.

— C'est *toi* qui vas appeler *ton* patron.

Elle hocha la tête.

Une heure plus tard, Bryan engageait sa Mustang chérie en marche arrière dans un garage plein de voitures, en piètre état pour la plupart. Cela n'avait rien d'étonnant : ils se trouvaient dans un atelier de carrosserie où les gens n'amenaient que des véhicules sérieusement amochés. Et, ici, ils ne manquaient pas.

Quand le type en salopette lui fit signe, Bryan s'arrêta. Il coupa le moteur et soupira, ouvrant et fermant les mains sur le volant gainé de cuir.

— Si mon patron affirme qu'on peut lui faire confiance, c'est qu'on peut lui faire confiance, assura Dawn. Stan Murphy est un gars réglo, Bryan. Ton « bébé » sera bien traité.

Il l'espérait. Il descendit de sa voiture et, se tournant vers le propriétaire de l'endroit, lui tendit ses clés.

— N'oublie pas le coffre, Bryan, lui lança Dawn.

Il pressa un bouton sur le porte-clés, et le coffre de la Mustang s'ouvrit. Et, cette fois, il remit les clés de la voiture à l'homme en salopette. Celui-ci avait un grand sourire et une impressionnante barbe poivre et sel. D'une large main pleine de cambouis, il s'empara des clés.

— Vous inquiétez pas, mon gars. Elle sera aussi en sécurité que dans les bras de sa maman. Je vous le promets.

Il empocha les clés et tendit la main.

— Dane Babcock, ravi de vous rencontrer. Tous les amis de Stan Murphy sont mes amis.

Tout en lui serrant la main, Bryan chercha un faux nom à lui donner.

— Pas besoin de ça entre nous, dit l'autre comme s'il avait lu dans ses pensées. « Pas de noms », a dit Stan. Sauf que je lis les journaux et je sais qui vous êtes… Stan m'a assuré que vous étiez des gens bien et que je pouvais avoir confiance en vous. Donc j'ai confiance. Quand j'ai monté mon affaire, il m'a aidé, Stan. Il m'a envoyé plus de clients que j'aurais pu espérer en trouver tout seul. Je lui dois beaucoup. Alors, si vous avez besoin de quelque chose, y a qu'à demander…

— Merci, dit Bryan. C'est déjà énorme, ce que vous

faites. On vous doit une fière chandelle — et même plus. On ne vous remerciera jamais assez.

— Peuh !

Dane Babcock se tourna et traversa le grand atelier, au milieu de carcasses qui attendaient d'être réparées et de voitures sur lesquelles on travaillait visiblement déjà. Il s'arrêta devant une Ford Taurus 2015 bleu turquoise, comme neuve, sans la moindre éraflure.

— Désolé si ça n'est pas vraiment le genre de tacot auquel vous êtes habitué, dit-il en la désignant.

— Mais c'est exactement ce qu'il nous faut, assura Bryan. Merci !

— Elle roule parfaitement. Vous avez même un réservoir plein.

— Je vous la rendrai avec le plein.

— Les clés sont à l'intérieur. J'ai pensé que… que vous alliez être pressés…

Dawn lui sourit.

— Merci, vraiment. Je dirai à Stan à quel point vous nous avez aidés. Nous ne l'oublierons pas. Si jamais vous avez besoin de quoi que ce soit… Mais on reparlera de tout ça plus tard, quand cette histoire sera réglée.

— Entendu. Gardez la voiture aussi longtemps que vous voudrez. Et… faites attention à vous, hein ?

Bryan retourna à la Mustang, pour récupérer tout ce qui se trouvait dans le coffre et sur la banquette arrière, dont la glacière contenant les dossiers sur l'Etrangleur. Il donna les clés de la Taurus à Dawn, qui alla ouvrir le coffre. Il y déposa les affaires, puis s'installa au volant, Dawn prit place à son côté. Alors qu'elle se tournait vers lui avec un regard compatissant, il haussa les épaules.

— Bon, au moins, c'est une Ford.

Babcock se tenait sur le côté de la porte basculante

quand ils quittèrent l'atelier. Il leur fit signe de la main et, quelques secondes plus tard, ils étaient partis.

— Fin de la phase un de notre plan, annonça Dawn. Nous avons une nouvelle voiture, en bon état, avec un réservoir plein. Nous avons aussi de l'argent liquide et nous avons prévenu Beth et Josh que tout se passait bien. Nous pouvons donc maintenant passer à la phase deux : trouver un endroit où nous cacher.

Bryan hocha la tête, sans quitter la route des yeux.

— J'ai réfléchi à la question. Je pense que nous devrions aller de l'autre côté de Shadow Falls et nous trouver un motel.

— Et changer d'établissement *et* de ville tous les jours ? suggéra Dawn.

Il approuva.

— Exactement ce que j'avais en tête ! Je n'ai pas l'intention de jouer trop longtemps les fugitifs, tu sais ?

— Et je suis résolument optimiste, pour ce qui me concerne. Donc on roule jusqu'à ce qu'on trouve un hôtel où se poser et…

— Et on passe l'après-midi à examiner les dossiers, termina Bryan. Il faut dresser une liste des suspects possibles il y a seize ans et les passer en revue, l'un après l'autre. On commencera par mettre les informations à jour.

— J'ai mon ordinateur portable dans ma valise, rappela Dawn. Cela nous aidera.

— Très bien. Ensuite, nous contacterons ces gens.

— Ce n'est pas… risqué ?

— Si. Mais nous n'avons pas le choix, si nous voulons résoudre cette affaire. Il faut tout tenter. Sinon, ce n'était pas la peine de nous enfuir. De toute façon, on nous repérera tôt ou tard.

— Les policiers ou… l'Etrangleur ?

— Les deux, répondit-il.

Dawn baissa la tête et se frictionna les bras, comme si elle avait soudain froid.

— J'ai peur, Bryan.

Il lui prit la main.

— Je sais. Mais je suis là. On va l'avoir, ce salaud, je te le promets. Tu me crois ?

— Tu as toujours tenu les promesses que tu m'as faites. Donc, oui, je te crois.

— Bien.

— Mais il y a une priorité plus importante que tout le reste, Bryan. Et tu ne peux pas dire non, d'accord ?

Il tourna la tête vers elle, intrigué.

— Quoi donc ?

— Il faut que nous mangions, déclara-t-elle avec gravité, avant de sourire. Je meurs de faim !

Il ne put s'empêcher de répondre à son sourire. Il avait presque oublié ce don qu'avait Dawn de détendre l'atmosphère, surtout dans des moments comme celui-ci, quand il lui semblait que tout le poids du monde pesait sur ses épaules.

— Tu sais quoi ? Je me demande comment j'ai pu me passer de toi, ces cinq dernières années…

Son sourire chavira un peu.

— Toi aussi… toi aussi, tu m'as manqué, Bryan.

Le silence tomba, intense. Ce fut lui qui finit par le briser.

— Trouvons-nous un motel abordable, achetons de quoi manger dans le magasin le plus proche, histoire de ne pas laisser notre estomac nous parasiter le cerveau pour travailler.

— C'est du jargon policier ?

— Sauf erreur de ma part, c'est toi qui as dit ça il y a des années, quand nous jouions les détectives amateurs. Ça m'est resté. Chaque fois que j'y pense, cela me fait sourire. C'est assez bêta.

— J'étais assez bêta, autrefois.

— Autrefois ? Il ne t'arrive jamais de te sentir un peu stupide ?

Elle fronça les sourcils, comme si elle réfléchissait intensément à la question.

— Eh bien… non, je ne crois pas. Pas depuis que je suis partie.

— Ça semble te revenir un peu, alors, dit-il. En même temps que ton appétit !

Il repéra la bretelle d'accès, et ils s'engagèrent de nouveau sur l'autoroute.

8

— Il est 22 heures au motel Bates, dans un coin perdu du Vermont, annonça Dawn dans un micro imaginaire. Il ne reste absolument rien des pizzas et des ailes de poulet. Mon partenaire et moi sommes plongés dans un travail d'enquête des plus sérieux, utilisant notre célèbre méthode dite « on éparpille des papiers à travers toute la pièce, en espérant qu'un détail finira bien par attirer notre attention ».

Bryan leva la tête et croisa son regard, faisant de son mieux pour sourire à sa tentative de détendre l'atmosphère. Mais il paraissait fatigué. Contrarié, aussi. La bonne humeur qui l'avait gagné plus tôt dans l'après-midi avait peu à peu cédé la place à un certain découragement. Résoudre une affaire criminelle sans pouvoir utiliser les ressources auxquelles il était habitué n'avait rien d'évident.

Chaque fois ou presque qu'il tombait sur un élément intéressant, il avait le geste de prendre son téléphone portable pour appeler un service en mesure de lui apporter des confirmations. Mais c'était impossible, bien sûr. Il était seul, totalement seul, dans cette histoire, même si l'aide et le soutien de Dawn n'étaient pas négligeables.

Il avait les yeux gonflés, soulignés de cernes sombres. Il avait besoin de se raser, aussi. Son aspect suscitait l'inquiétude et la compassion de Dawn en même temps qu'il la troublait. Cette barbe de deux jours, ce côté un rien négligé... Jamais elle n'avait vu Bryan ainsi. Et c'était diablement sexy.

Il posa à côté de lui les documents qu'il était en train de lire. Il était assis par terre, parmi les papiers, photos, boîtes en carton et chemises, ainsi que des petits blocs-notes qu'il avait récupérés dans le couloir, sur le chariot d'un employé du personnel de chambre.

Dawn scruta de nouveau son visage.

— Tu as l'air lessivé. Nous pourrions nous en tenir là et nous coucher, non ?

— Pas encore. Pas avant que j'aie déterminé un plan de bataille pour demain. Nous sommes d'accord sur l'idée qu'il faut commencer par voir les personnes dont nous avons établi la liste, n'est-ce pas ?

— Tout à fait.

— Pour commencer, il y a l'ancien petit ami de Betty, Jeremy Cameron, *alias* Jaycam, le mastodonte tatoué et buté qui est retourné sur les lieux du crime.

Il hocha la tête et poursuivit :

— Nous avons aussi Everette Stokes, le frère de Merle Stokes, l'homme que j'ai abattu le mois dernier alors qu'il avait pris une femme en otage. Il m'a menacé de façon répétée.

— Et il y a encore Olivia Dupree, qui enseigne dans le Vermont. Elle connaissait toutes les victimes de l'Etrangleur — celles d'il y a seize ans comme les plus récentes. Y compris Nadine Burmeister, dont on a trouvé le corps ce matin.

— On a pu l'établir ? demanda Bryan.

— Le journaliste l'a fait. Mais attends que je te montre les clichés que Nick m'a remis ce matin...

Elle fouilla parmi les documents et retrouva les photos de la dernière victime en date de l'Etrangleur. Elle les passa en revue, s'efforçant de ne pas regarder le visage de la jeune femme morte, jusqu'à ce qu'elle tombe sur celle qu'elle cherchait.

— Tiens, dit-elle en tendant le cliché à Bryan. L'étagère, à droite du lit. Jette un coup d'œil aux titres des livres rangés dessus.

Les sourcils froncés, il prit la photo et se pencha dessus.

— Ce sont des livres de cours.

— Des livres de littérature anglaise. Ce n'est pas ce que ta prof enseigne, à l'université du Vermont ?

— Si, répondit Bryan en regardant fixement l'image.

— Une sacrée coïncidence, non ?

Bryan hocha la tête, les yeux toujours rivés sur la photo.

— Il faut découvrir si l'un de nos suspects a pu avoir connaissance de l'illustration qui se trouve sur les verres à shot — la connaître assez pour la copier, même. Sans parler de la marque de whisky.

— Ça ne serait pas la première fois que quelqu'un pirate le système informatique de la police, remarqua Dawn. On peut aussi avoir affaire à des personnes qui auraient purgé une peine dans la même prison que l'Etrangleur, et qui auraient obtenu ces détails, et d'autres, de sa bouche même... Toujours est-il que ce sont nos trois principaux suspects. Il y en a sûrement d'autres, que nous ajouterons à notre liste au fur et à mesure, mais nous pouvons commencer avec ceux-là.

— Nous allons d'abord rencontrer le Pr Dupree.

— Pourquoi elle en premier ?

Dawn vit bien que Bryan évitait son regard.

— C'est la moins dangereuse, c'est ça ? lança-t-elle. Tu ne veux pas que je t'accompagne quand tu iras voir les autres.

— Ce n'est pas la moins dangereuse s'il s'avère que

c'est bien elle l'assassin. Pour être franc, je préférerais que tu ne t'approches d'aucun d'eux, Dawn.

Il soupira et commença de rassembler des papiers.

— Donc, demain, on fait un tour à l'université et on essaye de la voir quelques minutes, entre ses cours.

— Il y a un souci, en plus du risque que nous courons d'être repérés. Nous sommes en juillet, Bryan. Les cours sont terminés. Il faudrait que le Pr Dupree enseigne durant l'université d'été, ce dont je doute.

— Il se trouve que la session estivale attire peu d'étudiants et qu'Olivia Dupree est au nombre des enseignants présents l'été.

— Comment le sais-tu ? demanda Dawn. Tu la connais ?

— Je sais un certain nombre de choses sur elle. J'ai fait mes études à l'université du Vermont, ne l'oublie pas. C'est là que j'ai rencontré Nick. Bien sûr, elle saura qui je suis, si elle lit les journaux, et elle risque d'avoir peur. Elle pourrait même appeler la sécurité du campus.

Dawn rangeait les documents, les remettant en place dans leurs dossiers respectifs.

— Nous avons son adresse personnelle quelque part, dit-elle. Nick avait fait les choses à fond, lors de son enquête.

— C'était il y a seize ans : elle a peut-être déménagé. Je pense vraiment qu'il vaut mieux commencer par l'université. Elle se sentira plus en sécurité, là-bas. Tu imagines ta réaction si un tueur en série présumé se présentait chez *toi*, à *ta* porte ?

— Un point pour toi…

— En plus, je connais assez le campus pour savoir comment s'y déplacer sans se faire remarquer. Si elle n'est pas là-bas, nous essaierons d'obtenir un numéro de téléphone au secrétariat. Nous l'appellerons avant de nous montrer chez elle.

— Mais que comptes-tu faire exactement ? demanda

Dawn. Lui dire bonjour et lui demander où elle se trouvait les nuits des deux derniers meurtres ?

— On réfléchira à ça demain matin. Tu as raison : je suis crevé.

— Entendu.

En silence, ils finirent de ranger tous les documents. Alors qu'ils en terminaient, elle jeta un coup d'œil à sa valise, posée dans un coin. Il y avait deux lits, dans la chambre. Elle n'avait aucune raison d'être nerveuse. Durant la journée, Bryan n'avait pas fait le moindre geste suggestif, pas la moindre remarque.

Elle l'avait craint, pourtant, un peu de la même façon qu'elle avait craint de revoir des fantômes à la minute où elle poserait le pied dans cet Etat. Rien de tel ne s'était réalisé.

Dans les deux cas, elle avait été surprise. Et, dans les deux cas, elle avait éprouvé une étrange déception. Il était surprenant de regretter ainsi quelque chose dont on pensait ne plus vouloir du tout.

— Tu prends la salle de bains en premier ? proposa-t-il.

— Je veux bien, merci.

Elle récupéra sa trousse de toilette, ainsi que le grand T-shirt qui lui tenait lieu de chemise de nuit, et rejoignit la salle de bains. Elle avait soudain hâte de s'isoler pour réfléchir. Que dirait-elle, si Bryan venait à elle cette nuit ? Comment réagirait-elle ?

Ils n'avaient quasiment pas abordé la question de leur rupture. Ils n'avaient pas parlé du lien qui les avait unis, et encore moins de ce qui existait peut-être encore entre eux. Elle n'était pas certaine de désirer rester ici, dans la région, même si les fantômes ne constituaient plus un problème. Elle savait pertinemment qu'ils pouvaient réapparaître à tout moment ; en revanche, elle ne savait pas si elle avait envie de les revoir. Etait-elle prête à renouer avec son ancienne vie et à connaître ce que lui réservait l'avenir ?

En réalité, elle n'avait pas la moindre idée de ce qu'elle souhaitait.

Comment pourrait-elle lui donner une réponse, s'il lui en demandait une ? Que ferait-elle s'il l'enlaçait ? S'il l'embrassait avec douceur, sans la brusquer, guettant sa réaction pour savoir s'il devait ou non aller plus loin ? De quelle façon allait-elle réagir ?

Elle prit sa douche, et une dizaine de scénarios se formèrent dans son esprit. Elle s'imagina en train de sortir de la salle de bains, vêtue de son T-shirt, les cheveux défaits et encore humides. A moins qu'elle ne les sèche d'abord. Dans les deux cas, il la fixait d'un regard brûlant qui la détaillait lentement, s'attardait sur ses seins, sous le coton du T-shirt, et descendait encore. Il se demandait alors si elle portait ou non une culotte.

Elle s'arrêtait à mi-chemin de son lit, pétrifiée par le regard intense posé sur elle, et il se levait pour venir à elle ; il lui chuchotait quelques mots sur sa beauté, lui avouait combien il avait envie d'elle. Il avait réprimé son désir pendant toute la journée, mais il était soudain incapable de le cacher plus longtemps, incapable de se priver du plaisir de l'embrasser encore, rien qu'une fois. Il lui avouait qu'il n'avait rêvé que de cela ces cinq dernières années. Qu'il n'avait rien connu de comparable avec aucune autre femme.

Il la rejoignait et l'attirait à lui ; il l'embrassait avec force, avec passion, comme à la fin d'un grand film romantique. Et alors qu'il lui donnait ce baiser, elle était un peu raide, se demandant si elle ne commettait pas une erreur. Puis elle se laissait emporter par la passion, s'abandonnait à lui, à son étreinte, et répondait à son baiser.

Ils finissaient sur un des lits, dans lequel ils faisaient

l'amour, presque sauvagement, pendant près de deux heures, avant de s'arrêter, épuisés. Leurs corps en sueur entrelacés, ils tombaient dans un sommeil bienheureux, rassasié.

Ça, c'était la façon dont elle imaginait que les choses se passeraient. Elle ne s'y opposerait pas. Elle ne ferait aucune promesse, n'offrirait aucune explication, mais elle ne s'y opposerait pas. Elle avait trop envie de lui.

Elle ôta la serviette qu'elle avait enroulée autour d'elle et se demanda si cela valait la peine qu'elle enfile le T-shirt. A quoi bon faire comme si elle ignorait ce qui allait se passer entre eux ? Quel intérêt de se prêter à ce petit jeu ? Pourquoi ne pas sortir de la salle de bains vêtue seulement de la serviette, pour la laisser glisser par terre quand il la regarderait ? Et d'ailleurs, pourquoi même s'ennuyer à garder la serviette ?

Elle ferma les yeux et enfila le T-shirt, se reprochant son manque d'audace. Elle se sécha rapidement les cheveux, les peigna, se brossa les dents, avant de remettre un peu d'ordre dans la salle de bains. Enfin, elle se tourna vers la porte. Inspirant profondément, elle se dit qu'elle attendait ce moment depuis trop longtemps. Ce serait merveilleux, et en aucun cas une erreur. Pour aucun d'eux. Peu importait la façon dont tout se terminerait.

Elle leva le menton, ouvrit la porte et s'avança. Elle marqua une pause, le temps de poser sa trousse de toilette. Elle ne regardait pas en direction de Bryan ; elle attendait qu'il parle. Elle ferait mine d'être surprise. Elle s'approcha du lit, persuadée qu'il la suivait des yeux, ne perdait aucun de ses mouvements. La même chaleur les embrasait un peu plus à chaque seconde.

Quand elle s'assit au bord du matelas, elle se demanda pourquoi il n'avait toujours rien dit. Incapable d'attendre plus longtemps, elle leva la tête et la tourna vers lui.

Il était allongé sur son lit, qu'il n'avait même pas pris la peine de défaire. Les yeux fermés, la bouche entrouverte, il semblait dormir. Et alors qu'elle le fixait avec une déception cuisante, il se mit à ronfler légèrement.

Elle se mordit la lèvre à s'en faire mal. Entre les fantômes et lui, elle commençait à se sentir totalement indésirable.

— Garde la tête baissée ! ordonna-t-elle pour la énième fois.

Bryan portait une casquette de base-ball et des lunettes de soleil. Il semblait penser que cela suffisait à le rendre totalement méconnaissable.

Ce n'était pas le cas.

— Tu aurais dû mettre ton sweat à capuche, ajouta-t-elle.

— Pour me faire encore plus remarquer ? C'est l'été...

La chose n'avait rien d'évident, quand on promenait son regard à travers le campus, songea Dawn. On était en pleine université d'été. Les étudiants se déplaçaient par groupes de trois ou quatre, parfois beaucoup plus. Les dortoirs étaient vides, mais des ouvriers en combinaison de travail entraient dans les bâtiments et ent sortaient. Ils les remettaient en état pour la rentrée d'automne.

— Je pensais qu'il y aurait moins de monde, maugréa-t-elle en s'arrangeant les cheveux.

Elle les avait réunis en un chignon serré et s'était couvert la tête d'un joli foulard de soie noué d'un côté. Elle portait de grosses lunettes de soleil, comme Bryan. Malgré tout, elle avait l'impression que tous les étudiants qu'ils croisaient les observaient avec insistance, qu'ils les reconnaissaient et poursuivaient leur chemin jusqu'à ce qu'ils soient assez loin pour sortir leur téléphone portable et appeler la police.

— Détends-toi, Dawn. Tu as l'air tout à fait à ta place, sur un campus.

— Tu parles ! Je suis plus âgée que tous les étudiants présents ici. Et ça se voit, je le sais. Les cinq dernières années n'ont pas été tendres avec moi.

Il haussa les épaules.

— Ah bon ? Une maison près de la plage, un boulot bien payé, un patron qui semble aux petits soins pour toi — si j'en crois ce qu'il a fait pour nous… Je dirais, moi, que ces cinq années n'ont pas été si dures que ça.

Elle lui décocha un coup d'œil acéré, totalement inutile à cause des lunettes de soleil qu'ils portaient l'un et l'autre.

— J'ai en effet un boulot super. Pareil pour la maison. Mais je n'ai jamais mené la vie d'une surfeuse ni côtoyé les people de la région. Je me cachais, Bryan. Je vivais dans un état de… peur permanente. Et cela se voit sur mon visage.

— Je te trouve un peu susceptible, ce matin. Que se passe-t-il ?

Il s'arrêta juste devant les portes de verre d'un bâtiment. « Miller-Freidman Building, Département d'anglais », était-il précisé.

— Tu en penses ce que tu veux, mais je crois que ce sont les médicaments que tu as pris qui ont laissé leur trace sur ton visage. Ainsi que le stress, l'inquiétude. Et le fait de rester trop loin de ta famille pendant si longtemps.

— Tu es en train de me faire un sermon ?

— Je tenais juste à souligner que tu me sembles aller beaucoup mieux chaque jour. Ce retour t'est bénéfique.

Bénéfique ? Cela la rendait folle, d'être rentrée. Mais elle préféra garder cela pour elle.

Il haussa les épaules, lui prit les bras et la guida pour franchir la porte du bâtiment.

— Je pense que tu devrais faire plus attention à toi.

— Je n'ai jamais eu l'impression de me négliger.

— Depuis ton retour, oui. Mais que va-t-il se passer, si les fantômes reviennent ? Que comptes-tu faire ?

Elle le regarda en fronçant les sourcils, consciente que cette dernière question était bien plus lourde de sens qu'il n'y semblait. Elle soutint le regard de Bryan, incapable de répondre. Elle ignorait ce qui se passerait si les fantômes se manifestaient de nouveau — tous, et pas simplement celui de Bettina.

Elle détourna les yeux.

— S'ils reviennent, je commencerai par demander à ta petite amie qui l'a assassinée.

— Ce n'était pas ma petite amie.

— Emploie les mots que *tu* veux, mais je peux t'assurer, moi, qu'*elle* se considérait comme ta petite amie.

— Bien vu, le changement de sujet…, commenta Bryan.

Il accéléra l'allure et la distança pour rejoindre le panneau d'informations installé au mur, en face de la porte d'entrée, entre deux ascenseurs. Il fit courir son index le long de la première colonne, s'arrêtant sur le nom qu'il cherchait.

— Pr Olivia Dupree. Salle 317.

— Je n'ai pas changé de sujet.

— Que croyais-tu ? Que j'allais mener une existence monacale durant tout le temps que tu resterais de l'autre côté du pays ? Tu pensais que j'allais mettre ma vie en suspens et attendre, avec l'espoir que tu reviendrais peut-être un jour ?

— Bien sûr que non.

C'était pourtant ce qu'elle avait fait, elle. Et elle commençait seulement à comprendre pourquoi. Elle s'était préservée pour lui. Bryan était le seul homme qu'elle ait jamais désiré. Il était possible, aussi, qu'elle ait cherché à se punir elle-même, pour expier le mal qu'elle lui avait fait en partant. Lui, pendant ce temps, avait des relations sexuelles avec des femmes auxquelles il ne tenait visiblement pas beaucoup.

Elle pressa le bouton d'appel des ascenseurs.

— Chaque fois que tu fais allusion à Bette, je trouve que tu as l'air… fâché, remarqua-t-il.

Les portes de l'ascenseur s'ouvrirent.

— Sans doute parce que je le suis un peu.

Elle pénétra dans la cabine, se retourna et attendit qu'il la rejoigne.

Il la fixa du regard alors que les portes commençaient de se refermer. Il les bloqua du pied et entra à son tour. Elle appuya sur la touche du troisième étage, et la cabine s'éleva lentement.

— Et pourquoi es-tu fâchée ? demanda-t-il.

— Je ne sais pas.

— Serais-tu jalouse ?

— Possible.

— C'est peut-être pour cette raison qu'elle ne te parle pas, Dawn. Y avais-tu pensé ?

Elle leva la tête et croisa le regard de Bryan, songeant à ce qu'il venait de dire alors que la cabine s'immobilisait et que les portes s'ouvraient.

— Non, ça ne peut pas être ça. Le problème est le même avec tous les fantômes. Je n'en ai pas vu un depuis mon retour.

Quelqu'un s'éclaircit la gorge, et ils se tournèrent tous les deux, surpris. Une femme se tenait devant l'ascenseur, attendant visiblement qu'ils quittent la cabine pour monter à son tour.

— Oh… Excusez-nous, dit Dawn, qui prit Bryan par le bras et l'entraîna avec elle.

— Je vous en prie.

Dawn avisa la salle 317, qui se trouvait juste en face de l'ascenseur, de l'autre côté du couloir.

— On dirait qu'elle n'est pas là, observa-t-elle.

Le numéro était inscrit en lettres dorées sur la porte, avec une plaque nominative au-dessous. Mais la porte était fermée et aucune lumière n'était visible derrière le panneau de verre sombre.

— C'est parce qu'elle est ici, répliqua Bryan en désignant l'ascenseur.

La femme qui venait d'entrer dans la cabine tendit le bras pour empêcher les portes de se fermer.

— Est-ce moi que vous cherchez ? demanda-t-elle.

— Si vous êtes le Pr Dupree…

— C'est bien moi.

Elle laissa échapper un soupir et jeta un coup d'œil à sa montre, puis sortit de l'ascenseur pour les rejoindre.

— J'ai dix minutes à vous accorder. Pas une de plus. A condition que je puisse vous aider. C'est à quel sujet ?

— Bettina Wright, répondit Bryan.

Le visage de la femme s'affaissa. Mais il ne trahissait aucune expression : il s'était figé. Comme sur une photo. Olivia Dupree était une brune aux yeux marron, avec les cheveux tirés en arrière et retenus par un chignon. Elle devait avoir un peu de sang latin, décida Dawn. Si elle était en troisième cycle universitaire seize ans plus tôt, à l'époque des premiers meurtres, elle ne paraissait pas son âge. On lui donnait à peine trente ans.

Elle se reprit et hocha la tête. Revenant vers son bureau, elle se débattit un instant avec son trousseau de clés, puis finit par ouvrir la porte. Elle pressa le bouton d'un interrupteur pour donner de la lumière dans la pièce et leur fit signe d'entrer.

C'était un bureau, mais il y flottait l'odeur d'une classe. L'encre, le papier, la craie. Il y avait aussi dans l'air un léger parfum de café. Elle passa derrière son immense bureau et s'assit dans un fauteuil en cuir fatigué. Dawn jugea cela un rien formaliste. A quoi bon s'installer ainsi, vu qu'ils n'avaient que dix minutes pour parler ?

Bryan et Dawn prirent place sur les chaises confortables disposées devant le bureau. Des rayonnages de livres, bien garnis, occupaient les murs. Dawn parcourut les volumes du regard, remarquant sur une étagère plusieurs volumes d'Aaron Westhaven. Elle avait entendu parler de cet auteur qui vivait coupé du monde, reclus, mais elle ne l'avait jamais lu. Un peu plus loin, son regard s'arrêta sur un titre familier. Le livre de Nick. Olivia avait acheté la première édition, joliment reliée.

— Vous êtes de la police, j'imagine ? demanda Olivia Dupree.

— Il l'est. Je me contente de l'aider.

Le regard d'Olivia Dupree croisa celui de Dawn.

— J'ai entendu dire qu'on avait fait venir un médium. Je n'ai jamais cru à ces histoires.

— Mais je ne suis pas…

— Vous avez lu l'article de la *Burlington Gazette* ? coupa Bryan.

— Je me tiens informée des nouvelles sur mon iPhone. Je n'ai pas le temps de lire les journaux. En fait, c'est un bruit qui circule sur le campus. Et je vous ai entendus parler de fantômes…

Elle haussa les épaules.

— Mais, dites-moi, vous êtes venus ici *incognito*, en cherchant à passer inaperçus ? Si c'est le cas, vos accoutrements sont un désastre !

— Nous avons juste besoin de vous poser quelques questions. Ce ne sera pas long, déclara Bryan. Connaissiez-vous Bettina Wright ?

Avec un soupir, leur interlocutrice se laissa aller contre le dossier de son fauteuil.

— Bien sûr que je la connaissais. C'était une de mes étudiantes…

Elle se passa la langue sur les lèvres.

— Ecoutez, j'ai longuement parlé de tout cela avec Nick Di Marco. Vous le connaissez, n'est-ce pas ?

Bryan hocha la tête.

— J'ai bien conscience qu'il vous a longuement interrogée sur la première série de meurtres, mais pour les nouveaux…

— *Les* nouveaux ?

Elle s'était levée d'un bond.

— Vous voulez dire qu'il n'y a pas eu que Bette ?

Bryan et Dawn échangèrent un rapide coup d'œil.

— Un autre meurtre a eu lieu avant-hier soir. Nadine Burmeister.

Olivia Dupree se plaqua les mains sur la bouche, comme pour retenir un cri. Dawn se leva et contourna le bureau pour lui poser une main sur l'épaule.

— Je suis désolée. Nous ne serions pas venus si nous avions su que vous n'étiez pas au courant.

— J'ai pris ma journée, et j'étais juste passée chercher quelques papiers. Je ne me suis pas intéressée aux informations. Je… j'ai du mal à croire que ça recommence.

— Et vous connaissiez donc également Nadine ? demanda Dawn.

Olivia Dupree hocha la tête. Ses yeux brillaient de larmes contenues. L'une d'elles se mit à rouler sur sa joue, mais elle la fit aussitôt disparaître d'un geste de la main.

— Elle a suivi un de mes cours, au second semestre. Mais pourquoi Nick ne m'en a-t-il pas parlé ?

— Nick et vous êtes… proches ? demanda Bryan.

— Pas comme vous semblez l'entendre.

S'humectant de nouveau les lèvres, elle ouvrit un tiroir de son bureau et en sortit une bouteille de whisky. Sans s'expliquer ou s'excuser, elle se remplit un petit verre à shot qu'elle vida d'un trait sous les regards ébahis de Dawn et Bryan.

— J'enseigne la psychologie en même temps que l'anglais, expliqua-t-elle. Lui donne des cours de criminologie et de profilage criminel. Nos domaines se recoupent en de nombreux points. Surtout pour son cours sur les tueurs en série, qui est très couru, ici. Nous organisons ensemble des conférences et des ateliers. Il aurait dû se douter que cette nouvelle me toucherait. Lui aussi connaissait Nadine, d'ailleurs. Je…

Elle cligna les yeux et les interrogea du regard. Ils fixaient tous les deux le verre à shot vide qu'elle avait toujours en main.

— Qu'y a-t-il ?

— D'où vient ce verre ? demanda Bryan.

Sa voix avait changé.

— Je… je ne sais pas. Cela doit faire des années que je l'ai. Non, je ne m'en souviens pas. Mais pourquoi…

Elle regarda aussi le verre, et ses yeux s'écarquillèrent quand elle découvrit la faux et la rose sanglante peintes dessus. Elle se leva d'un bon et le laissa échapper.

— Il n'est pas à moi ! Ce n'est pas le mien !

Le verre tomba sur la moquette, sans se briser. Olivia Dupree fit un pas en arrière.

— Il y un cactus et un Bip Bip sur le mien, murmura-t-elle.

Elle n'arrivait pas à détacher ses yeux, hagards, du petit verre.

— *Il* est venu. Il est venu dans mon bureau, c'est ça ?

Bryan se leva à son tour. Il saisit un crayon dans le

pot posé sur le bureau et vint s'accroupir pour prendre le verre à l'aide du crayon.

— Vous auriez un petit sac en plastique ou…

— Oui, oui…

Elle tira d'un coup sec un tiroir après l'autre, jusqu'à ce qu'elle trouve une grande enveloppe qu'elle ouvrit en la tendant vers lui. Il déposa le verre à l'intérieur.

— Qu'est-ce que cela veut dire ? demanda-t-elle.

— Je n'en sais rien.

— Vous pensez que je suis en danger ? Vous croyez que je pourrais être la prochaine sur la liste de ce fou ? Vous…

— Je n'en sais rien, répéta Bryan. Mais je serais curieux de savoir d'où vous tenez que l'Etrangleur laisse des verres comme celui-ci derrière lui, à la manière d'une carte de visite ? Le livre avait volontairement laissé ce détail dans l'ombre. La police et les journaux n'en ont jamais parlé.

Leurs regards restèrent un instant scellés, puis elle parut regarder autre chose, derrière lui.

Ils tournèrent tous trois la tête vers la porte. Nick Di Marco venait d'entrer.

— Bryan, Dawn… Ça me fait plaisir de vous revoir.

Dawn était si tendue qu'elle crut que ses dents allaient se mettre à claquer.

— Nick ! Qu'est-ce que vous faites ici ?

— J'étais venu prévenir Olivia de ce qui est arrivé. Nadine…

Il tendit la main.

— Je peux prendre ça ?

Olivia Dupree contourna le bureau d'une démarche mal assurée et elle lui donna l'enveloppe qui contenait le verre à shot.

— Nick, je jure devant Dieu que je ne l'avais jamais vu. La dernière fois que j'ai utilisé un verre ici, c'était le *mien.* Je ne sais pas comment il est arrivé dans mon bureau.

Nick hocha la tête, comme s'il n'avait même pas envisagé une autre hypothèse.

— Et quand t'en es-tu servi pour la dernière fois ? demanda-t-il.

— Le jour où j'ai appris que Bette avait été assassinée — et que ce meurtre semblait porter la signature de l'Etrangleur. Sauf qu'il est mort. Il est bien mort, Nick ?

— Oui. Il doit s'agir d'un *copycat*.

— Tu penses qu'il me vise ?

— Non, c'est *elle* qu'il vise, indiqua-t-il en désignant Dawn du menton. Et c'est sur *lui* qu'il fait porter les soupçons, ajouta-t-il en désignant Bryan. Cela explique leurs déguisements grotesques. Tu ne cours aucun danger, Olivia.

— Comment peux-tu en être sûr ?

— Tu ne corresponds pas, physiquement. C'était le cas, autrefois, quand tes cheveux étaient plus clairs ; mais plus maintenant qu'ils ont retrouvé leur couleur naturelle. Aucune des victimes n'avait la peau mate. Et elles avaient toutes entre vingt et vingt-cinq ans. Franchement, tu es trop vieille, Liv.

— C'est bien la première fois que je suis contente d'entendre une chose pareille dans la bouche d'un homme ! Mais les deux victimes avaient suivi un de mes cours. Le tueur s'en prend à des filles que je connais.

— Des filles que *je* connais, corrigea Nick. Il se trouve juste que tu les connais *aussi*.

— Je les connaissais également toutes la première fois, insista Olivia. Toi, tu ne travaillais même pas ici, à l'époque. Et tu n'enseignais pas. Pourquoi s'attaque-t-il à des filles de mon entourage, Nick ?

— La première fois, l'Etrangleur s'en est pris à des étudiantes d'ici, et tu étudiais ici.

— Je sais.

— La première victime était…

— Je sais ! coupa-t-elle en tendant la main pour l'empêcher d'aller plus loin. Je t'en prie.

— Si nous avons affaire à un autre homme, un *copycat*, il va respecter à la lettre le mode opératoire du premier Etrangleur. Tu n'as donc rien à craindre. Et si jamais c'est le même homme…

— Ou bien son fantôme, chuchota-t-elle en glissant un drôle de regard vers Dawn.

Nick fit une moue qui signifiait clairement : « C'est ridicule. » Il poursuivit :

— Si c'était le même homme — et je ne vois pas comment ce serait possible —, il t'aurait tuée depuis belle lurette, s'il l'avait voulu. Il ne l'a pas fait. Donc, encore une fois, tu n'as rien à craindre.

— Mais pourquoi a-t-il laissé ce verre à shot ici ?

— Je l'ignore. Je vais le faire examiner, et nous verrons s'il y a des empreintes. Je te tiendrai au…

Il fut interrompu par des coups légers donnés à la porte du bureau.

— Olivia, je… Oh ! Excusez-moi, je ne voulais pas vous déranger.

C'était un homme petit et rond, chauve, avec des lunettes à double foyer et à monture métallique.

— Salut, Nick.

— Salut, Jim.

Le regard de Nick effleura Dawn et Bryan, mais il décida visiblement de faire l'économie des présentations avec le nouveau venu.

— Il faudrait ramener Olivia chez elle, dit-il à ce dernier. Tu n'as qu'à le faire dans cette monstruosité que tu appelles un SUV. Liv, j'enverrai quelqu'un devant chez toi, ce soir, entendu ? Je vais me débrouiller pour qu'il y ait toujours un homme qui veille sur toi, que tu sois à la maison ou dehors, jusqu'à ce qu'on ait mis l'autre malade hors d'état de nuire. En attendant, il me faut la clé de ton bureau et… Tu ne pourras sans doute pas l'utiliser pendant plusieurs jours. Il est indispensable qu'une équipe vienne ici, pour tout passer au peigne fin. Tu connais la procédure…

Elle hocha la tête.

— Merci, Nick. Juste le temps de prendre quelques affaires.

Elle s'empara d'un sac en toile, accroché au portemanteau fixé derrière la porte du bureau, et rassembla des chemises, livres et papiers divers. Elle disparut dans une pièce contiguë, sur le côté, qui devait servir de cabinet de toilette, ou de penderie, et quand elle en sortit, elle semblait prête à partir. Elle tendit la main pour saluer Dawn.

— Désolée de ne pas pouvoir vous aider davantage.

Dawn lui serra la main et sentit le petit morceau de papier plié caché dans la paume d'Olivia. Elle le récupéra discrètement, fermant le poing pour que personne ne le voie.

— Et moi, je suis désolée de vous avoir annoncé une aussi mauvaise nouvelle.

— Soyez prudente, ajouta Olivia. Faites attention à vous.

Elle prit sa sacoche, en plus du sac en toile, et quitta le bureau en compagnie de Jim.

Nick attendit qu'ils aient rejoint l'ascenseur, puis il fit face aux deux fugitifs.

— J'étais certain que vous viendriez ici interroger Liv.

— Et pourquoi ? lui demanda Bryan.

Nick inclina légèrement la tête sur la droite.

— C'est ce que j'aurais fait. Tu es un bon flic. Tu as trouvé un dénominateur commun : Olivia. Et donc tu es venu lui parler.

— Pourquoi les autres n'y ont-ils pas pensé ?

— Ils travaillent en te considérant comme un suspect

en fuite. Pour moi, tu es un flic qui essaie de résoudre une affaire. Ça fait une grosse différence.

— Nous ne pouvons pas revenir, Nick, intervint Dawn. Bryan serait arrêté.

— Encore plus maintenant.

— Que voulez-vous dire ?

Nick haussa les épaules.

— Bryan et la carte de visite du tueur qui se retrouvent ici, ça n'est pas bon.

— Mais vous n'êtes pas obligé d'en parler !

Nick grimaça et détourna les yeux une fraction de seconde.

— C'est *elle* qui va leur en parler, déclara-t-il en leur faisant de nouveau face. Et si on lui demande de t'identifier, elle le fera, Bryan. Pareil pour vous, ajouta-t-il à l'intention de Dawn. Pourquoi est-ce que vous ne vous peignez pas une cible au beau milieu du front, pendant que vous y êtes ?

Elle baissa la tête. Elle se sentait soudain coupable.

Bryan, lui, ne se laissait pas aussi facilement affoler.

— Jusqu'à quel point es-tu sûr de cette Olivia Dupree ?

— Je réponds d'elle.

— Elle les connaissait pourtant *toutes*.

— Certaines mieux que d'autres. La première était même sa colocataire.

Cette remarque sortit Dawn du désarroi où elle menaçait de sombrer. Elle s'avisa, soudain, qu'ils n'avaient pas encore examiné les affaires assez à fond pour tomber sur ce genre de détail.

— Elles étaient en troisième cycle universitaire et venaient de déménager pour prendre un appartement en dehors du campus, expliqua Nick. Une nuit, Olivia est rentrée et elle a trouvé sa nouvelle colocataire, Sara

Quinlan, morte dans son lit. Il y avait un verre à shot sur la table de nuit.

Il baissa les yeux sur l'enveloppe qui contenait un petit verre identique.

— Ça doit réveiller de terribles souvenirs. La pauvre…

— Mais si c'est elle ? demanda Bryan. Imaginons qu'elle ait assassiné sa colocataire, avant de tuer d'autres femmes…

— Avec une interruption de seize ans ? remarqua Dawn.

Nick secoua la tête.

— Elle avait un alibi indiscutable, pour ce soir-là. Et puis… je l'ai vue. J'ai été le premier flic à me trouver sur les lieux. Elle était dévastée. On ne simule pas aussi bien un choc pareil… Tu peux tout revérifier si tu veux, Kendall. Tu as ma bénédiction. Mais tu perds ton temps.

— Je peux, vraiment ? Ça ne t'ennuie pas ?

— Je sais que tu le feras, de toute façon.

— A condition que je ne me retrouve pas derrière des barreaux.

— Et ça risque de t'arriver, si tu t'attardes ici. Je suis obligé de faire un rapport. Je raconterai que tu m'as échappé. Alors, tire-toi, maintenant. Mais à une condition…

— Laquelle ? demanda Bryan.

— Tu m'appelles.

Nick sortit de sa poche un petit téléphone portable qu'il tendit à Bryan.

— Il est clean, intraçable, avec un forfait prépayé. J'ai exactement le même dans la poche — le numéro est déjà programmé dans le répertoire du tien. Donc appelle-moi. Je veux savoir où tu es et ce que tu fais. Et si je te dis qu'il est temps de revenir, tu reviens. Sans poser de questions. Je veux bien travailler avec toi, à condition de faire les choses comme je l'entends. Je joue très gros, dans cette histoire… On est d'accord ? Tu feras ça pour moi ?

— Entendu. Merci, Nick.

— Fous-moi le camp, maintenant. Et veille bien sur ta copine, tu m'entends ?

Bryan hocha la tête. Dawn sentit son bras sur son épaule tandis qu'il la poussait vers la porte. Mais elle lui échappa et revint derrière le bureau d'Olivia Dupree.

— Qu'est-ce que vous faites, Dawn ? lui demanda Nick. Ne touchez pas à…

Tirant sa manche sur sa main pour la recouvrir, elle ouvrit le tiroir et en sortit la bouteille de whisky. Elle la montra aux deux hommes.

— Je pense que vous l'avez rayée de la liste des suspects un peu trop vite, dit-elle.

L'étiquette, sur la bouteille, était celle du Glasgow Gold.

— Une nouvelle pièce à conviction pour vous, Nick.

Elle posa la bouteille sur le bureau. Puis elle quitta le bureau en compagne de Bryan.

9

Quand ils rejoignirent la voiture, Bryan n'avait pas dit un mot. Dawn respecta son silence tandis que la Ford Taurus suivait les allées qui sillonnaient le campus. Mais, lorsque Bryan quitta celui-ci pour s'engager dans la rue, elle n'y tint plus.

— Bryan ? Ça va ?

— Ça va, ça va, oui. Mais parfois, il… il me donne vraiment l'impression que je suis un amateur. Et tu t'y mets aussi : je n'avais pas remarqué l'étiquette de cette fichue bouteille.

— Tu regardais ailleurs, et elle était bizarrement orientée. Je ne suis même pas sûre que tu pouvais la voir. Pour ce qui est de Nick, il est flic depuis bien plus longtemps que toi.

Elle lui tapota la main, sur le volant.

— Malgré tout, je ne suis pas d'accord avec lui, au sujet d'Olivia Dupree. Cela vaut le coup de nous intéresser un peu plus à elle. Nous découvrirons peut-être quelque chose qui lui a échappé.

— Si Nick n'a rien trouvé, c'est qu'il n'y a rien à trouver.

— Ah, oui ? En tout cas, il n'a pas trouvé *ça*.

Elle avait plongé la main dans sa poche et l'avait ouverte en la sortant.

Les sourcils froncés, Bryan jeta un coup d'œil sur le petit morceau de papier plié posé sur sa paume.

— Qu'est-ce que c'est ?

— Je ne sais pas encore. Olivia me l'a fait passer en me serrant la main.

Elle déplia le papier, sans se presser, et découvrit ce que quelqu'un, sans doute Olivia Dupree, avait écrit dessus. Elle lut à voix haute :

— « Je vous en prie, appelez-moi. N'en parlez à personne. C'est important. »

— C'est tout ?

— Il y a un numéro de téléphone fixe. Et c'est tout, oui.

Bryan sortit le portable que lui avait donné Nick pour le tendre à Dawn. Elle secoua la tête.

— Laissons-lui déjà le temps de rentrer chez elle, non ?

— Tu as raison. Nous la contacterons dès que nous aurons nous-mêmes trouvé notre nouveau point de chute.

Deux heures plus tard, Dawn fourrait des emballages de fast-food dans la minuscule corbeille à papier d'une chambre de motel à peine différente de la précédente. Combien de temps allait encore durer leur fugue forcée ? Elle ne pouvait refouler cette interrogation lancinante.

Bryan lui tendit le téléphone que Nick leur avait remis.

— Vas-y. Appelle-la. Je voudrais savoir ce qu'elle a à nous dire.

Elle prit le téléphone, sortit le morceau de papier qu'elle avait fourré dans sa poche et composa le numéro.

Olivia Dupree répondit dès la deuxième sonnerie.

— J'ai lu votre petit mot, déclara Dawn sans même se présenter.

— Oui, je… il faut que je vous revoie. Enfin, si c'est possible.

Dawn croisa le regard de Nick. Il était assis sur la chaise de la chambre et la fixait avec curiosité.

— C'est possible, oui. De quoi vous voulez me parler ?

Olivia Dupree observa un court silence.

— D'après Nick, vous… vous êtes une cible potentielle. Est-ce vrai ?

— J'aimerais vous répondre que non. Malheureusement, c'est en effet le cas.

— Je suis désolée. Et je sais combien cela peut être terrifiant, croyez-moi. Parce que malgré toutes les paroles rassurantes de Nick, je pense aussi être une des cibles du tueur. Sinon, pourquoi aurait-il laissé ce verre dans mon bureau ?

« Ou mon bracelet sur le corps de sa dernière victime », pensa Dawn.

— Dans tous les cas, il me fait subir une vraie torture psychologique.

— Pareil pour moi, répliqua Dawn.

— Peut-être que nous avons le moyen de nous soutenir mutuellement. Je… j'aimerais vraiment vous rencontrer et parler. Je vous en prie, dites-moi que vous acceptez.

Dawn se mordit la lèvre. Cette femme pouvait très bien être l'Etrangleur en personne… Mais, au fond, elle n'y croyait pas, même si elle avait insisté auprès de Nick pour qu'il envisage cette possibilité. Elle avait à présent la conviction intime de son innocence.

— Il faudrait un endroit assez fréquenté. Où nous serions toutes les deux en sécurité.

— J'ai aussi peur que vous, assura Olivia. Un endroit public, oui, c'est une bonne idée. Mais pas trop fréquenté non plus… Il y a un jardin public, sur Beckham Boulevard, à environ huit kilomètres au sud de l'université.

Dawn hocha la tête. Ils étaient passés devant en cherchant le motel.

— Celui avec le petit lac, les cygnes et le pont ?

— Exactement. Il n'est jamais désert, mais pas trop

envahi non plus. Retrouvons-nous là-bas. Sur un des bancs autour du lac.

— Quand ?

Dawn jeta un coup d'œil au réveil électronique posé sur une des tables de nuit de la chambre. Il était 15 h 27. Bryan et elle projetaient d'interroger encore au moins un des suspects cet après-midi.

— Je peux être là-bas à 21 heures.

— Entendu. J'y serai. Mais venez seule. Sinon, j'annule tout.

Dawn promit qu'elle serait au rendez-vous et elle raccrocha. Elle rendit le téléphone à Bryan.

— Où est-ce que tu seras à 21 heures ? demanda-t-il.

— Ce grand parc devant lequel nous sommes passés, au sud de l'université. C'est là qu'elle veut me rencontrer. Seule. Je pense que je vais y aller.

— Et moi, je pense que tu n'as pas toute ta tête ! répliqua-t-il en se levant de sa chaise. Qu'est-ce qui te prouve qu'elle n'est pas le tueur, la petite amie du tueur, ou même, malgré tout ce que peut dire Nick, sa prochaine victime ? Tu peux très bien te retrouver en pleine ligne de feu. Ou tomber droit dans un piège. 21 heures ! Il fera *nuit*, bon sang !

Elle se passa la langue sur les lèvres. Elle était secrètement ravie de le voir s'inquiéter ainsi pour elle. Car cela signifiait forcément quelque chose…

— Voyons, Bryan, si l'Etrangleur avait l'intention de me…

— Arrête-toi tout de suite ! coupa-t-il en tendant la main. Je ne veux même pas entendre des choses pareilles. Si je pouvais t'accompagner, je serais d'accord, mais là…

— Elle a dit qu'elle ne me parlerait pas si quelqu'un venait avec moi. Voici ce que je te propose : je vais rappeler Olivia et lui proposer d'avancer notre rendez-vous.

Maintenant, par exemple. Tu me laisses au jardin public et, pendant ce temps, tu t'occupes d'une des personnes que nous avions prévu d'interroger. Le frère de Stoke. Ou l'ancien petit ami de Bette, Jaycam.

— C'est hors de question.

— Mais réfléchis, Bryan ! Elle peut très bien nous aider à te disculper. Pourquoi perdre cette chance en cherchant à me protéger ?

Il soutint un instant son regard.

— Pourquoi fais-tu ça, Dawn ? Alors que tout est fini…

Elle cligna les yeux, abasourdie par cette question. C'était complètement hors sujet.

— Je… je ne sais pas, bredouilla-t-elle.

Il hocha la tête.

— Eh bien, réfléchis-y, veux-tu ?

Il la fixa encore un instant en silence.

— Nous allons passer l'après-midi ici, reprit-il. Sans sortir. Et, ce soir, je t'accompagnerai à ton rendez-vous. Je te déposerai et je chercherai un endroit d'où je puisse te surveiller sans être vu. Au cas où.

— Mais si jamais elle t'aperçoit…

— N'oublie pas que je suis flic. Elle ne me verra pas.

Il attendit sa réponse, et comme elle n'en trouvait aucune, il haussa les épaules.

— C'est à prendre ou à laisser, Dawn.

Elle hocha la tête.

— C'est bon, je prends.

— Bien.

Il abaissa les yeux sur sa tenue.

— Nous devrions nous changer. Avoir une allure différente de celle que nous avions à l'université, tout à l'heure.

— Tu as raison. Mais, à part le petit supermarché

devant lequel nous sommes passés en venant ici, je ne vois pas où acheter des déguisements.

— On se débrouillera nous-mêmes, alors.

Le jardin public était joliment éclairé, le soir. Dawn attendait sur son banc, jetant des miettes de pain aux cygnes. Elle se sentait ridicule, avec ses cheveux acajou et ses lunettes à grosse monture noire. Heureusement, la teinte que lui avait donnée le shampoing colorant était temporaire, et, d'après le mode d'emploi, il lui suffirait de se rincer les cheveux pour retrouver sa couleur naturelle. Elle était méconnaissable, mais elle détestait sa nouvelle apparence.

Bryan était à distance, sur un rocher, faisant mine d'être absorbé dans la lecture d'un journal. Un foulard rouge sur la tête lui cachait complètement les cheveux. Même s'il faisait nuit, il portait des lunettes de soleil. Avec son short et son T-shirt sans manches, il donnait l'impression de se détendre après son jogging du soir, et pas de faire le guet.

Dawn éprouva un pincement au cœur en songeant à ce qu'elle avait abandonné et aux raisons qui avaient motivé sa fuite. En songeant aussi au fait qu'elle avait tout gâché pour rien.

Bryan lui avait manqué bien plus qu'elle ne s'était autorisée à l'admettre — et même à l'éprouver.

Et maintenant… Maintenant, elle se débattait dans les eaux sombres du regret. Il attendait qu'elle lui dise quelque chose, elle le savait. Il voulait savoir avec certitude si elle comptait rester ou s'en aller dès que cette affaire serait terminée. La question n'était pas honnête, selon elle. Comment décider, quand elle ignorait si *lui* voulait qu'elle reste ? S'il éprouvait encore quoi que ce soit pour elle ? S'il n'allait pas se retrouver en prison ? Si les fantômes allaient de nouveau se manifester ou rester définitivement à l'écart ?

La brise du soir se leva, chuchotant entre les branches proches et faisant frissonner la surface du lac.

Elle avait besoin de répondre à ces questions, à *toutes* ces questions, avant de pouvoir décider si elle resterait ou non. Bryan était injuste de lui demander de prendre une décision maintenant, alors que tant de pièces du puzzle manquaient.

Un bruit de pas attira son attention. Dawn leva la tête et vit Olivia Dupree, qui marchait dans sa direction, sur l'allée en béton qui faisait le tour du lac. Celle-ci regarda brièvement dans sa direction, détournant aussitôt les yeux pour poursuivre son chemin.

Elle ne l'avait pas reconnue, de toute évidence.

— C'est moi, Olivia.

Celle-ci releva brusquement la tête et fronça les sourcils. Son visage se détendit aussitôt.

— Ça alors ! Je serais passée sans m'arrêter !

Dawn se leva.

— Désolée pour ce déguisement, mais je me suis dit que…

— Que vous seriez plus en sécurité si l'Etrangleur ne pouvait pas vous reconnaître. Cette idée m'a aussi traversé l'esprit, pour tout vous avouer.

Elle s'approcha et s'assit sur le banc.

— Je n'arrête pas de penser qu'on n'a peut-être pas condamné la bonne personne… C'est horrible, non ? Ils ont peut-être condamné et tué un innocent.

— Il n'avait rien d'un innocent. D'après son casier, Johnny Lee Jackson battait sa femme. Il avait été interpellé à six reprises pour violences conjugales, avant qu'elle ne se décide à le quitter. Mon opinion, c'est que le monde se passe très bien de lui, qu'il ait été ou non un tueur en série. Ça n'est pas une grosse perte.

Olivia eut un léger sursaut.

— Je connais des professeurs de droit qui ne seraient pas du même avis que vous.

Elle marqua une pause, secouant la tête.

— Vous pensez vraiment qu'un *copycat* a décidé de prendre sa suite ?

— Je l'ignore, avoua Dawn. Mais j'aimerais bien le savoir.

— Je suis partagée, pour ma part. D'un côté, je me dis qu'il n'y a pas d'autres explications. Et, d'un autre côté, je serais prête à croire à l'hypothèse d'un fantôme… Le fantôme de l'Etrangleur qui viendrait perpétrer son horrible forfait. Vous trouvez cela ridicule ?

— J'ai eu la même idée. Les meurtres ont repris juste un mois après la mort de Jackson, comme par une étrange coïncidence. C'est effrayant.

Olivia hocha la tête.

— Vous… vous êtes vraiment voyante ?

Dawn affronta les yeux de son interlocutrice.

— « Médium » est le terme technique approprié. Je… je vois des morts. Enfin, j'en *voyais*.

— Ce n'est plus le cas ?

— Il y a quelques années, j'ai fui le Vermont et, par la même occasion, mon… *don*. J'étais persuadée que partir, me cacher, était le seul moyen de m'en débarrasser. J'ai aussi pris des calmants ; il m'est même arrivé de boire quand j'avais l'impression que cela ne suffisait pas, et ç'a marché. A présent, je suis revenue, et alors que je cherche à entrer en contact avec eux, les fantômes m'échappent.

Olivia scruta un instant son visage.

— Alors… vous n'avez pu parler à aucune des… victimes ?

— Non. Et ce n'est pas faute d'avoir essayé, croyez-moi. Mais c'est comme si mon pouvoir s'était… évaporé.

— Non, je ne pense pas, affirma Olivia en secouant la tête. Ce genre de don s'apparente à un muscle : si vous cessez de le solliciter, il s'affaiblit. Mais faites un peu d'exercice, et il reviendra… Attention, je ne vous le recommande pas. Vous avez fui cette chose, et vous en êtes débarrassée. Vous avez retrouvé une vie normale. N'allez surtout pas menacer cet équilibre. Vraiment.

A l'entendre, on aurait pu croire qu'elle cherchait à revenir sur ce qu'elle avait dit auparavant.

— Comment connaissez-vous tout cela ? demanda Dawn.

— J'enseigne la psychologie. La voyance, la médiumnité et le sixième sens m'ont toujours fascinée. Je les étudie un peu. J'essaie par exemple de trouver comment donner un sens aux deux extrêmes du spectre psychologique. Le normal et le prétendu paranormal.

— Prétendu ?

Elle hocha la tête.

— Si cela existe bien, c'est normal. Naturel.

— Et vous pensez que cela existe ?

— Absolument. C'est la raison pour laquelle je souhaitais vous parler. Afin de savoir si une des victimes vous… vous aurait dit quelque chose.

Dawn serra les lèvres. Etait-ce un effet de son imagination, ou bien Olivia craignait-elle vraiment ce qu'une des victimes aurait pu lui révéler ? C'était en tout cas l'impression qu'elle donnait.

— Pas un mot, assura-t-elle. Je pensais qu'elles le feraient.

Olivia hocha la tête.

— Cette rencontre est une perte de temps, dans ce cas, murmura-t-elle en faisant mine de se lever.

— Non, attendez ! Je suis venue ici, j'ai répondu à vos

questions. Le moins que vous puissiez faire, maintenant, c'est de répondre aux miennes.

— Entendu, répondit Olivia en se rasseyant. Que voulez-vous savoir ?

— Parlez-moi de Sara Quinlan. Elle était votre colocataire, n'est-ce pas ?

— En quoi cela vous intéresse-t-il ?

Drôle de question, songea Dawn en fronçant les sourcils. Elle ne s'attendait pas à cette réaction.

— Elle a été la première victime, rappela-t-elle en scrutant avec attention le visage d'Olivia.

Quelque chose clochait, dans son attitude. Elle s'était raidie, brusquement, et semblait sur ses gardes.

— Je suis persuadée que la clé de cette affaire est à chercher dans ce premier meurtre. Vous la connaissiez bien ?

— Non, je ne la connaissais pas. Pas du tout, même.

— Mais vous partagiez un appartement !

— Nous venions à peine de nous rencontrer. J'avais emménagé depuis quelques semaines…

— Plusieurs semaines de cohabitation, c'est déjà beaucoup. Je vous en prie, Olivia, vous avez sûrement appris des choses sur elle. D'où elle venait, où habitait sa famille, n'importe quoi…

Cette fois, Olivia se leva pour de bon.

— Sara avait juste le physique qu'il ne fallait pas. Le même que toutes les autres victimes. Et c'est tout. Je ne peux pas parler d'elle.

Elle fit remonter la bandoulière de son sac sur son épaule.

— Je dois y aller, maintenant, dit-elle en commençant à s'éloigner.

— Vous cherchez à éviter cette conversation, je le sens bien, lui lança Dawn. Pour quelle raison ? Auriez-vous quelque chose à cacher, Olivia ?

Celle-ci s'immobilisa. Puis elle tourna la tête pour regarder Dawn par-dessus son épaule.

— Je n'ai pas envie de parler d'une femme que j'ai trouvée morte chez moi il y a seize ans, et vous pensez que j'ai quelque chose à cacher ? Ce qui serait vraiment suspect, Dawn, ce serait que je *veuille* parler d'elle. J'espère qu'il ne vous arrivera rien.

— J'espère qu'il ne vous arrivera rien non plus, répondit Dawn.

Cette fois, Olivia partit pour de bon. Dawn attendit sur le banc qu'elle soit hors de vue, puis elle regarda autour d'elle, s'assurant que personne ne l'observait ; elle se leva et se dirigea vers l'endroit où ils avaient laissé la voiture, dans la rue.

Elle ouvrit la portière, côté passager, s'installa et attendit.

Moins de cinq minutes plus tard, Bryan prit place à côté d'elle. Il démarra et lui jeta un coup d'œil, le regard plein de curiosité.

— Alors ? Qu'est-ce qu'elle voulait ?

Dawn s'accorda une poignée de secondes avant de répondre.

— Je pense qu'elle cherchait à savoir si j'avais pu communiquer avec sa coloc assassinée, Sara Quinlan, et ce que je savais d'elle.

Il haussa les sourcils.

— Vraiment ?

— Je lui ai dit que je n'étais entrée en contact avec aucun mort, que je ne savais rien, et quand j'ai commencé à lui poser des questions sur Sara, je l'ai sentie aussitôt sur la défensive. Elle a refusé de me livrer la moindre information. Et elle a coupé court à la conversation.

— Etrange…

— Elle cache quelque chose, Bryan. Quelque chose en rapport avec Sara Quinlan, j'en ai la certitude. Je pense que c'est là-dessus que nous devrions concentrer nos recherches : sur la première victime, Sara.

Il hocha lentement la tête.

— Entendu.

Dawn soupira.

— Elle a tout de même laissé échapper une remarque intéressante. Elle a aussitôt fait son possible pour revenir sur ce qu'elle avait dit, et je pense que ça lui a échappé…

— Quoi donc ?

— Elle a comparé mon don à un muscle : il s'affaiblit quand on ne l'utilise pas. Mais qu'on le fasse de nouveau travailler, et il retrouve toute sa force.

Il se tut pendant quelques secondes.

— Tu comptes essayer, c'est ça ? Tu vas chercher à faire en sorte que les fantômes entrent en contact avec toi ?

— Je n'ai pas le choix, Bryan.

— Bien sûr que si !

Elle eut une courte inspiration, expira longuement, puis changea de sujet.

— Retournons au motel. Nous nous plongerons vraiment dans le dossier Quinlan. Il contient le rapport d'autopsie, n'est-ce pas ?

— Ils y sont tous. Mais je ne vois pas ce qu'ils pourraient nous apprendre. Toutes les victimes sont mortes de la même façon : étranglées, avec les poumons remplis de Glasgow Gold.

— Nous devons quand même étudier le sien avec attention, au microscope, comme le reste de son dossier. C'est la première victime. Elle est en quelque sorte notre « Ground Zero ».

Il hocha de nouveau la tête.

— Entendu.

— Alors, quel est le programme, pour ce soir ? demanda Dawn. On cherche tout ce qu'on peut trouver sur la victime numéro un, ainsi que sur Olivia ? Et on achète de quoi manger dans la chambre avant de rentrer ?

— Ça me semble un excellent programme. Mais attention : pas de pizza ni de fast-food pour le dîner, cette fois. Mon estomac réclame du consistant.

— Je crois que nous sommes sur la même longueur d'ondes…

— C'est vrai ?

— Absolument ! Sauf erreur, le petit supermarché où nous nous sommes déjà arrêtés vendait des plaques de cuisson électriques.

— Je m'en souviens, oui. Quelle est ton idée ?

— Eh bien, avec ça, le four à micro-ondes de notre chambre, une poêle et quelques emplettes au rayon frais, on peut s'offrir pour le dîner des steaks accompagnés de pommes de terre sautées à la crème.

— C'est une entreprise de séduction ? demanda Bryan avec un grand sourire.

Leurs regards s'accrochèrent brièvement l'un à l'autre. Dawn resta silencieuse. Une part d'elle lui soufflait de ne rien répondre. L'autre, plus dangereuse, lui ordonna de répondre :

— Et si c'était le cas ?

Le sourire de Bryan s'évanouit d'un coup.

— Je… euh, je ne pense pas que ce soit une… une excellente idée, Dawn.

— Oh…

Toute sa douleur s'exprima dans cette simple interjection. Elle n'avait pu la retenir. Quel chagrin, quelle souffrance, de découvrir qu'il n'éprouvait plus rien pour elle…

— Ce n'est pas ce que tu penses, assura-t-il.

— C'est bon, ça ne fait rien.

— Dawn, je…

— Je t'en prie ! coupa-t-elle en tendant la main.

N'ajoute rien, surtout. Dépêche-toi plutôt de nous amener au supermarché.

Dans le Caddie, Bryan avait déjà mis deux magnifiques pommes de terre reinettes grises de l'Idaho, les deux plus gros T-bones qu'il avait pu trouver, et une bouteille de crème aigre. Il ajouta quelques extra : deux salades du chef toutes prêtes, un paquet de cookies Freihofer aux pépites de chocolat, les meilleurs qu'on puisse trouver sur terre, et un pack de douze canettes de bière Old Milwaukee.

Dawn déposait aussi des articles dans le chariot, mais il y prêtait à peine attention. En vérité, il essayait de faire aussi peu attention que possible à elle. C'était difficile. Il était conscient de l'avoir meurtrie en rejetant ce qui n'était ni plus ni moins qu'une proposition. Elle ne l'avait même pas laissé s'expliquer. Mais il n'avait pas le choix, bon sang ! Le désir qu'il éprouvait pour elle n'était pas en cause — Dieu sait s'il la désirait, au contraire ! —, c'était une question d'autopréservation. Avec le recul, il savait qu'il avait eu raison. Si elle avait soupçonné l'envie qu'il avait eu de répondre favorablement à son invite, sans se soucier des conséquences, elle ne l'aurait pas lâché jusqu'à ce qu'il cède.

Or, il ne pouvait pas se permettre.

Il ressentait encore trop de choses pour elle. Beaucoup trop. Bien plus qu'avant, même. Adolescents, ils étaient dingues l'un de l'autre et pensaient qu'ils étaient amoureux, bien sûr. Mais là… Cette fois, c'était différent. Plus fort, plus profond. On était passé de Mossburg Creek, le minuscule ruisseau qui traversait Blackberry, au grand canyon du Colorado.

Quoi qu'il fasse, quoi qu'il dise, il était persuadé que Dawn rejoindrait directement la côte Ouest si un autre fantôme entrait en contact avec elle. Ce qui pouvait fort bien se produire. En vérité, il était même à peu près certain que cela allait arriver. Il y avait dans ses yeux la lueur d'une détermination nouvelle : elle ferait tout pour y parvenir. Et il était mieux placé que quiconque pour savoir que lorsque Dawn Jones avait décidé de faire quelque chose, elle arrivait toujours à ses fins.

Il me fallait une nouvelle victime.

Je l'avais repérée une douzaine d'heures auparavant, et j'avais su qu'elle serait la prochaine. En cet instant, elle marchait sur le trottoir de Main Street. Elle venait de quitter le petit café, au coin. Ce n'était pas un coffee-shop de chaîne, genre Starbucks, Dunkin' Donuts ou Tim Hortons. C'était ce qu'on appelle une petite affaire familiale, tenue par un couple de lesbiennes qui avaient gagné assez d'argent à Manhattan pour pouvoir fuir la mégapole new-yorkaise.

J'aime le Vermont. J'aime Shadow Falls. Il n'y a pas une boutique franchisée. Pas une seule. Chaque commerce appartient à un propriétaire indépendant. Tout est unique, ici, et non régi par l'idée qu'une entreprise se fait de la manière dont nous devons vivre. Il n'y a pas d'endroit plus idyllique sur Terre. Vraiment, j'adore cet endroit.

Elle s'appelait Sally. Elle était plus grande que Dawn Jones, un peu plus mince et bien plus sophistiquée. Ses chaussures, ses lunettes de soleil et son sac étaient assortis, noirs, avec le même petit liseré acier, laissant apparaître en des endroits stratégiques les initiales de leur créateur. Ses cheveux avaient une raideur totalement artificielle. Elle avait un teint de peau régulier qui trahissait une importante séance de maquillage ; sans doute une marque hors de prix, car il était invisible. Je la soupçonnais de venir d'une grande ville et d'être arrivée récemment. New York, Chicago ou Los Angeles. Oui, ça devait être Los Angeles. Ses cheveux marron clair avaient des mèches dorées ; ses bras et ses jambes étaient très bronzés.

C'était une faveur que je lui accordais. Dans quelques années, une adoratrice du soleil dans son genre ressemblerait sans doute à un vieux gant de base-ball.

Elle n'est pas ce que tu cherches, et tu le sais très bien. Elle n'est pas assez combative ; il n'y a pas assez de vie en elle pour que ça vaille le coup de la tuer. Cherches-en une autre. Elle est fatiguée. Elle est contente d'elle. Blasée. Elle traverse sa vie en pilotage automatique.

J'ai froncé les sourcils.

— Peu importe ce que je veux, ai-je répondu à la voix. Ce n'est pas pour le plaisir, cette fois.

Tu parles !

— Je le fais parce que ça doit être fait. Les meurtres se poursuivront tant que le flic sera en liberté. C'est le seul moyen de s'assurer que tout se passe correctement. Le seul moyen.

Elle n'a aucun lien avec l'université. Ça n'est pas conforme avec le modèle. Avec les règles.

— Ça va les prendre au dépourvu, ils vont se poser des questions.

Le tour de Dawn Jones viendra ; il viendra avant que tout ne soit terminé. Tu le sais bien.

— Je ne veux pas la tuer.

Tu veux la tuer. Tu en as bien plus envie que moi. Ça t'empêche même de dormir.

— Non, c'est toi qui en as envie. Et c'est à cause de toi que je ne dors pas. C'est toi qui essaies de faire de cette chose ce qu'elle n'est pas. Mais écoute-moi bien : je n'ai pas besoin de tuer. Je n'en ai *plus* besoin. C'est terminé. Tu ne me contrôles plus comme autrefois.

C'est ça… Tu as recommencé à tuer, pourtant. A un rythme que tu n'avais jamais approché. Trois en une semaine ! Tu prends ton pied chaque fois, mieux qu'avec une bonne pipe. Et à part ça, monsieur est guéri, bien sûr…

— Je ne tuerai pas Dawn Jones.

Tu la tueras en dernier. Tu t'y prépares, de toute ton âme, en t'excitant avec les pauvres succédanés que tu supprimes à sa place. Tu la gardes pour la fin, parce que tu sais que ce sera le meilleur. Tu vas la tuer lentement, t'amuser peut-être à la ranimer pour la tuer de nouveau, et recommencer, encore et encore, jusqu'à ce que tu ne puisses plus la récupérer. Ce sera merveilleux. Elle sera l'apogée de ta carrière, mon ami.

— Absolument pas ! Tu as tout faux.

Nous savons tous les deux que non. Mais arrêtons ces bavardages. Ton gibier pourrait devenir nerveux, si elle s'apercevait que tu la suis en parlant tout seul à voix haute. De toute façon, elle a déjà pris beaucoup d'avance. On a besoin de savoir où elle habite, pour lui rendre visite ce soir. Rien que d'y penser, je suis tout excité ! Tout ce plaisir que tu me donnes… Je t'aime, tu sais ?

— Et moi, je te hais, répondis-je dans un murmure, tout en accélérant le pas.

— C'était délicieux, commenta Bryan en ramassant les assiettes en carton.

— Oui, c'était très bon.

Dawn savait qu'il n'avait dit cela que pour l'apaiser. Les steaks étaient durs et la crème un peu trop aigre. Quant aux pommes de terre cuites au four à micro-ondes, elles ne ressemblaient pas à grand-chose. Les bières avaient été le seul point positif de ce dîner. Elle en était à sa troisième canette.

Elle se reprochait d'être irritable et méchante. Si Bryan ne voulait pas d'elle, c'était qu'il ne voulait pas d'elle, un point c'est tout. Etre furieuse contre lui ne servait à rien. Le désir et les sentiments ne se commandaient pas. Il éprouvait ce qu'il éprouvait — ou, plus exactement, ce qu'il n'éprouvait pas… Mais pourquoi, dans ce cas, avait-il tant insisté pour savoir si elle comptait ou non rester ? Quelle importance, s'il n'était pas intéressé ? Pourquoi même le demander ?

Il ne s'agissait peut-être que de curiosité — une question qu'il aurait posée de la même manière à un ami ou à un membre de sa famille. Elle avait surinterprété certains signes. Cette expression, dans son regard. Ces sensations, lorsqu'il la touchait…

En vérité, elle était surtout en colère contre elle-même ; elle avait laissé ses sentiments s'exprimer et permis à Bryan d'y lire à livre ouvert. Elle essayait à présent de feindre le détachement, mais échouait lamentablement. Cacher ses sentiments n'avait jamais été son fort.

Elle le laissa ranger, consciente que c'était sa façon de faire la paix, et elle tenta de se concentrer sur le rapport d'autopsie. Il y avait beaucoup de photos. Un malaise l'envahit tandis qu'elle regardait les clichés sur lesquels figurait la victime. Quelqu'un pourrait faire la même chose avec elle — même s'il faudrait, pour cela, que le meurtrier la trouve.

Un frisson glacé la parcourut. L'impression était si forte qu'elle en resta bouche bée et tourna brusquement la tête, comme si elle s'attendait à découvrir quelqu'un derrière.

Pas n'importe qui. *Lui*. L'Etrangleur.

— Dawn ? Ça va ?

Elle porta une main à sa poitrine, au niveau du cœur. Il battait à tout rompre.

— Il est sur le point de venir, Bryan. Je le sens. Et c'est pour moi qu'il vient.

Bryan traversa la pièce et lui posa la main sur l'épaule.

— C'est pour cette raison que nous sommes ici, lui glissa-t-il. Pour qu'il ne puisse pas te trouver.

Elle hocha la tête et, fermant les yeux, elle prit une longue et profonde inspiration.

— Je sais.

— Et le rapport d'autopsie ? Tu as trouvé quelque chose ?

— Rien jusque-là.

Elle se tourna légèrement, juste ce qu'il fallait pour faire tomber de son épaule la main de Bryan. Elle s'efforça de se concentrer sur les photos, les listes et l'ensemble de ce que le rapport avait à lui proposer.

— Il y a de tout, ici, y compris ce que contenait son sac et ce qu'elle portait. Un maillot des Giants de New York. Une… Attends un peu !

— Quoi ? demanda Brian en se penchant.

Elle sentit son souffle dans son cou et, d'un geste machinal, passa la main sur sa peau, à l'endroit où son haleine l'avait effleurée. En même temps, elle examinait rapidement les photos, écartant les clichés de l'autopsie pour ne garder que ceux de la scène de crime.

— Là aussi, il y a des objets new-yorkais, observa-t-elle. Une casquette des Yankees sur la colonne de lit. Et regarde, là, le fanion au-dessus du lit sur lequel on a trouvé son corps… Les Orangemen de Syracuse.

— Et alors ?

— Alors, selon le rapport de police, Sara Quinlan était de Chicago.

Il regarda la photo, hocha la tête, puis répéta :

— Et alors ?

— Quoi, alors ? Ça me paraît évident, non ? Pourquoi

n'y a-t-il aucun produit dérivé des Bears, des Bulls ou des White Sox ?

Il haussa les épaules.

— Elle allait peut-être à l'université de Syracuse. Elle avait une licence, non ?

Il se pencha un peu plus, frôlant de son épaule celle de Dawn, et se mit à chercher dans les papiers, jusqu'à ce qu'il tombe sur les recherches d'antécédents effectuées sur la victime.

— Etat de l'Illinois. Mouais…

— Il n'y a pas ici le moindre lien avec Syracuse, Bryan.

— C'est un peu curieux, je reconnais, mais…

— Qui a identifié le corps ?

Bryan s'empara d'un paquet de documents et il alla s'asseoir sur le lit, contre le chevet, les jambes étendues et les papiers posés sur ses cuisses. Dawn suivit son exemple : prenant une partie des archives qui restaient, elle s'installa à son côté, dans la même position.

— C'est sa colocataire qui a appelé le 911, dit-elle après avoir trouvé l'information qu'elle cherchait. Olivia Dupree.

— Le corps a été réclamé par une cousine, une certaine Natalie Quinlan, qui n'habitait pas l'Etat, ajouta Bryan. Sara a été incinérée.

Levant la tête, il croisa son regard.

— A quoi penses-tu ? demanda-t-il.

— Je… je ne sais pas trop. En tout cas, c'est suffisamment étrange pour qu'on creuse un peu plus, tu ne crois pas ?

— Ça n'est probablement qu'une fausse piste.

— Si c'est le cas, nous passerons à autre chose. Mais il faut creuser.

— Creuser quoi, au juste ?

Il était persuadé qu'elle avait tort, c'était évident, et elle avait le plus grand mal à l'accepter.

— J'ai comme une intuition, d'accord ? Il y a quelque

chose qui cloche, avec ce corps. Trouvons quelqu'un qui se trouvait là, interrogeons-le et voyons si tout est normal… ou non.

— Qu'est-ce que tu entends par « quelqu'un qui se trouvait là », Dawnie ?

— Quelqu'un qui était présent à la morgue. Lors de l'autopsie. Quand le corps a été amené, puis rendu à la famille. C'est important, Bryan. Je le *sens*.

— D'accord, d'accord… Calme-toi. Je vais arranger ça.

Il se tourna et passa au-dessus d'elle pour récupérer son téléphone portable, sur la table de nuit. Alors qu'il se redressait, elle lui prit la main.

— La ligne de Beth et Josh doit être sur écoute, maintenant. Et si tu appelles qui que ce soit d'autre, il contactera la police dans la minute, au lieu de répondre à nos questions.

— Pas Nick.

Elle ferma les yeux et soupira.

— Pas Nick, tu as raison. C'est bon, vas-y.

Elle attendit, sans bouger, tandis que Bryan, installé au petit bureau de la chambre, téléphonait et entrait des codes sur l'ordinateur de Dawn. Elle ne pouvait se débarrasser de l'impression pénible qu'une ombre planait au-dessus d'elle. Se rapprochait d'elle, même. Pour s'occuper, elle entreprit de rassembler tous les documents et de les ranger dans la glacière à pique-nique.

Quelques minutes plus tard, Bryan en avait fini avec ses coups de fil. Il revint vers le lit, sur lequel elle était toujours assise, et écarta le contenu d'une vieille chemise pour s'installer à côté d'elle.

— Mission accomplie ? demanda-t-elle.

— J'ai les noms des facs où a étudié Sara Quinlan. Tout est numérisé, aujourd'hui, et dans les archives des deux universités, j'ai cherché des copies des annuaires de promotions. C'est ce qui a pris tant de temps. Ce n'était pas évident de trouver les bonnes années. Nous avons de la chance. J'en ai laissé tombé un parce qu'il n'était communiqué que par courrier, mais l'autre, celui de l'Illinois, peut être téléchargé directement sur internet. Nous allons recevoir un e-mail avec un mot de passe dès que la banque aura accepté le paiement par carte.

— Tu as utilisé une carte bancaire ?

— Ne t'inquiète pas, ce sont les coordonnées de celle de papa. Il m'en a laissé l'accès jusqu'à ce que j'obtienne mon poste dans la police. Je m'en suis si souvent servi que je connais les numéros par cœur.

— Et pour l'ordinateur ? insista-t-elle. Que va-t-il se passer si les policiers découvrent que tu as effectué ce paiement ? Ils n'ont pas le moyen de remonter jusqu'à nous ? De nous localiser ?

— Et après ? Si jamais ils s'en rendent compte, nous ne serons plus ici, de toute façon. Tout ce qu'ils sauront, c'est qu'un vieil annuaire de promotion a été téléchargé sur ton ordinateur. Je ne vois pas en quoi ça pourrait nous inquiéter…

Elle hocha la tête, lentement, mais elle avait la gorge sèche. Tout cela était si effrayant…

— Et Nick ? insista-t-elle. Qu'est-ce qu'il t'a dit ?

— Il est en train de nous organiser un rendez-vous avec le médecin légiste qui travaillait là-bas à l'époque. Il lui cachera qui nous sommes, évidemment — même si elle risque de comprendre, quand nous la rencontrerons. Mais…

— Quand ça ? coupa-t-elle.

Elle avait dans la main un morceau de métal chromé, découpé en forme de « T », qu'elle avait trouvé parmi les indices et pièces à conviction. D'un geste machinal, elle le faisait tourner à droite et à gauche pour accrocher la lumière des lampes de la chambre.

— Demain matin s'il parvient à la joindre, lui répondit Bryan. Et cela se fera probablement à la morgue du comté.

— C'est risqué. Il y a des flics qui traînent en permanence dans cet endroit.

— Nick sera là pour nous aider.

De la tête, Bryan désigna l'objet qu'elle tenait.

— Qu'est-ce que c'est ?

— Une pièce de garniture d'une Ford Thunderbird. Un modèle des années 1960 — 65 ou 66.

Il la fixa un instant et sourit.

— Je me rappelle avoir lu quelque part qu'il a fallu trois semaines et pas moins de cinq experts en automobiles pour découvrir ça !

Elle lui rendit son sourire, puis redevint aussitôt sérieuse.

— Et ?

— On l'a découvert dans la rue, à proximité d'une des scènes de crime. Mais impossible de savoir si c'était lié ou non à l'affaire. Ça pouvait aussi bien être là depuis plusieurs jours.

— Pourquoi l'a-t-on conservé, alors ?

— Ils ont absolument tout ramassé, y compris les mégots de cigarettes et les capsules de bouteilles qui se trouvaient par terre, près des scènes de crime. Tout ce qui avait l'air assez récent, en tout cas.

— Un témoin aurait-il vu une T-Bird de 65 près d'une de ces scènes de crime, à l'heure supposée des meurtres ?

Il hocha la tête.

— Un témoin a affirmé avoir aperçu une… Attends que je me souvienne des mots exacts : « Une vieille voiture, comme celles qu'on voit dans les salons automobiles. » C'était près du domicile de la victime numéro cinq, je crois. Mais, à part ça et ce morceau de métal chromé, on n'a aucun lien avec une voiture ancienne.

— Dommage… C'est vraiment mon domaine d'expertise. J'aurais pu être plus utile que jusque-là.

— Mais tu as été utile !

Elle inspira, puis soupira.

— Je suis fatiguée, dit-elle.

— Il est tard. Nous avons besoin de repos.

Elle ferma la boîte contenant les indices et la déposa à l'intérieur de la glacière à pique-nique, dont elle remit le couvercle en place. Elle évitait de se tourner vers Bryan, trop consciente de la douleur que cela lui causait chaque fois.

Elle avait d'abord pensé, un peu malgré elle, qu'il était inévitable qu'ils finissent par être de nouveau réunis. Ils régleraient tout ce qu'il y avait à régler entre eux et finiraient dans les bras l'un de l'autre. Après tout, elle avait attendu cela pendant cinq longues années.

Mais, à présent, le simple fait de regarder Bryan lui était presque pénible. Elle ne croyait plus au caractère inéluctable de leurs retrouvailles. Plus le temps passait, plus il lui semblait impossible qu'ils soient de nouveau réunis. Ses illusions et ses fantasmes de la veille au soir s'étaient évanouis.

Elle remit la glacière à sa place et rejoignit la petite salle de bains. Elle y fit un brin de toilette et se brossa les dents, enfila son grand T-shirt et revint dans la chambre pour se glisser au lit.

— C'était rapide, commenta Bryan tandis qu'elle ramenait drap et couverture sur elle.

— Oui. Bonne nuit, Bryan.

Elle tendit le bras pour éteindre la lampe de chevet. Une autre lampe était toujours allumée, de l'autre côté de la pièce. L'ignorant, elle ferma les yeux, les couvrit d'un bras et se dit qu'elle était suffisamment fatiguée pour s'endormir.

C'était un mensonge, mais elle fit mine d'y croire.

10

Il était 10 heures, et Bryan était assis dans une des salles de la morgue du comté, derrière une porte vitrée aux panneaux de verre armé. En plus du fin grillage qui le quadrillait, le verre était légèrement dépoli, mais pas suffisamment pour le cacher aux policiers en uniforme qui passaient de temps à autre dans le couloir.

Dawn était à côté de lui. Ses yeux, légèrement écarquillés, semblaient incapables de se fixer. Elle n'avait pas bien dormi, la nuit dernière. Lui non plus. Il n'avait cessé de penser à ce qui arriverait s'il la rejoignait dans le lit, la prenait dans ses bras et l'embrassait comme il en rêvait depuis son retour.

Il n'en avait naturellement rien fait. Il se sentait incapable de la toucher sans tomber aussitôt amoureux, follement amoureux. Or, il n'était pas question que cela arrive sans qu'il ait la certitude qu'elle resterait. Lui-même ne pouvait d'ailleurs pas lui promettre qu'*il* allait rester : il courait toujours le risque de se retrouver en prison jusqu'à la fin de ses jours.

La seule solution était donc d'instaurer une certaine froideur entre eux. Pas de sexe. Pas de baiser. Pas de passion ni d'amour.

Il ne pouvait évidemment ignorer la petite voix intérieure, moqueuse, qui lui rappelait que tout cela, le sexe, les baisers, était déjà arrivé dans son imagination. Et dans celle de Dawn aussi, il était prêt à le parier.

Il souffrait de la voir si mal à l'aise ; et cet endroit ne faisait visiblement qu'ajouter à sa nervosité. Six tiroirs réfrigérés étaient alignés sur un des murs en deux rangées de trois. Il était impossible de deviner s'ils étaient occupés. Mais au moins n'y avait-il pas de corps dans la pièce, allongés sur une table, sous un drap. Les tables étaient d'ailleurs toutes débarrassées.

Dawn était effrayée, pourtant. Bryan la connaissait assez pour le savoir. Il devait y avoir beaucoup de fantômes, dans un endroit comme celui-ci. Que se passerait-il s'ils se mettaient soudain à communiquer avec elle ? Elle semblait prête à jaillir de son tabouret pour se précipiter vers la porte.

— Ça va ? lui demanda-t-il dans un murmure.

Elle croisa son regard, et hocha la tête.

Nick se tenait devant la porte, adossé au panneau vitré du haut, comme pour empêcher qui que ce soit d'ouvrir. Il les avait fait discrètement entrer par l'arrière du bâtiment ; ils avaient ensuite descendu un escalier et traversé un couloir à peine éclairé jusqu'à cette salle. Il leur avait auparavant donné rendez-vous sur un parking situé à un pâté de maisons de l'endroit. Cinq minutes, pas plus, lui avaient été nécessaires pour organiser ce rendez-vous et rappeler Bryan pour lui communiquer les détails.

Il avait ses entrées partout.

Installée devant un ordinateur, le Dr Rita Westcott regardait Nick.

— Je prends un risque en vous donnant cette information.

— A moi ? s'exclama-t-il en faisant mine d'être choqué. Quel risque ? Vous n'êtes pas au courant, Rita ? On m'a réintégré, le temps de cette affaire. Il n'y a aucun risque à parler à un flic sérieux.

— Et parler à un suspect sérieux ? répliqua-t-elle.

Elle posa les yeux sur Bryan, un regard peu aimable qui le confirma dans sa certitude qu'elle le reconnaîtrait au premier coup d'œil.

— Une personne mise en cause, corrigea Bryan. On ne dit plus « suspect », docteur.

Le médecin resta impassible, avant d'esquisser un sourire qui passa de ses lèvres à ses yeux.

— Ça tombe bien, parce que je vous ai toujours apprécié, Kendall.

C'était réciproque, mais Bryan le garda pour lui. Assez âgée pour être sa mère, le Dr Westcott avait un cerveau encore plus impressionnant que celui d'Albert Einstein à la puissance dix. Elle était intelligente, vive, sérieuse, irrévérencieuse et drôle. Elle dirigeait les services de médecine légale de plusieurs comtés du Vermont en feignant de suivre les règles instituées par les autorités supérieures. Nick avait la certitude qu'elle les aiderait.

Il ne s'était pas trompé.

— Je suis allée chercher mes notes sur la victime juste après votre appel, Nick, dit-elle en pressant une touche de son clavier. Que les choses soient claires : ce n'est pas moi qui ai pratiqué l'autopsie. C'est la légiste locale, un médecin de Shadow Falls, Carrie Overton, qui s'en est chargée. Comme elle venait d'être recrutée à l'hôpital général de Shadow Falls, je pense même que c'était son premier poste après l'école de médecine, et j'ai suivi les choses d'assez près.

— Pigé. Mais j'étais là, vous savez…, rappela Nick.

Elle leva les yeux au ciel, puis reporta son attention sur l'écran.

— Sara Quinlan, vingt-deux ans, étudiante de Chicago, aucune famille…

— Je pensais que son corps avait été identifié par une cousine, intervint Bryan.

Westcott hocha la tête.

— J'allais y venir. Cessez de m'interrompre, voulez-vous ?

Elle reporta son regard sur l'écran.

— Aucune famille dont nous ayons trouvé trace, jusqu'à ce que cette cousine vienne réclamer le corps.

Dawn était toujours assise sur son tabouret haut, les jambes croisées. Bryan avait l'impression que sa nervosité se dissipait à mesure qu'elle se laissait immerger dans les détails de l'enquête. Elle prenait un plaisir si évident à résoudre les affaires criminelles qu'il se demandait presque pourquoi c'était lui portait l'uniforme — ou du moins qui l'*avait* porté.

— Vos notes sont précieuses, docteur Westcott, mais les souvenirs personnels sont encore plus intéressants. Vous souvenez-vous d'elle ?

— De la victime ?

— Non, de la cousine.

Le Dr Westcott fronça les sourcils. Une porte claqua, quelque part dans le couloir, et Dawn sursauta. Elle descendit de son tabouret, le souffle court.

Westcott inclina la tête sur le côté.

— La proximité des morts vous rend nerveuse, on dirait, fit-elle remarquer.

Ce n'était pas une question.

— Pas du tout, répondit Dawn. J'adore les cadavres et les morgues. Je m'y rends dès que j'ai un peu de temps libre…

Nick se redressa, et il se pencha derrière lui pour fermer le store vénitien qui masquait la porte.

— Elle a de bonnes raisons d'être nerveuse, Rita. Ne le prends pas personnellement.

Il ponctua sa phrase en adressant à Dawn un coup d'œil qui se passait de paroles.

— Il a raison, dit-elle. Je suis désolée. Je ne voulais pas être désagréable avec vous. La vérité, c'est que… les morts et moi, nous ne nous entendons pas si bien que ça. J'ai cru, à l'instant, que l'un d'eux allait jaillir d'un de ces tiroirs et s'adresser à moi.

Elle secoua la tête en esquissant une grimace.

— Croyez-moi, je sais à quel point cela peut sembler ridicule… Mais ça va aller.

Elle se rassit et recroisa les jambes, inspirant profondément. Bryan voyait bien qu'elle était toujours à cran.

Le médecin hocha la tête. Bryan, lui, n'avait pas bougé. Il n'avait rien dit non plus. Il écoutait.

— Le corps a été amené ici après avoir été autopsié par le Dr Overton à l'hôpital général de Shadow Falls. La cousine qui s'est présentée est venue me réclamer la dépouille, et pour autant que je me rappelle, il n'y avait rien de particulier chez elle. Mince, taille moyenne, longs cheveux bruns. J'aurais dit qu'elle devait avoir un peu de sang méditerranéen — grec, peut-être, ou italien.

— Est-ce qu'on a des images d'elle ? intervint Bryan. Prises par des caméras de sécurité ou autres…

— On a vérifié cela par la suite, expliqua Westcott, mais elle a pris soin de se tourner de façon à ne pas faire face aux caméras. C'était si systématique que nous avons pensé que ce devait être volontaire. Elle a montré des pièces d'identité, mais il n'a été procédé à aucune vérification. Ses papiers pouvaient très bien être faux. On a été un peu négligents, sur ce coup…

— Pourquoi avoir jeté un coup d'œil aux images des caméras de sécurité, dans ce cas ? Vous aviez des raisons de la soupçonner ?

Le Dr Westcott soupira. Elle ôta ses lunettes à double

foyer et se massa l'arête du nez, qu'elle avait fin et légèrement retroussé. Elle leva les yeux vers Nick.

Il fit un léger signe de tête.

Westcott laissa échapper un nouveau soupir et se lança.

— Nous avons tenté de recontacter la cousine une fois que le corps lui a été restitué. Avant de fermer le dossier Sara Quinlan pour l'archiver, j'ai jeté un dernier coup d'œil au rapport d'autopsie, comme je le fais toujours, et j'ai trouvé tout à la fin, presque caché, un détail qui m'avait échappé. J'ai eu le sentiment que la cousine devait le savoir.

Des voix se firent entendre, dans le couloir, et elle marqua une pause. Baissant le ton, elle reprit :

— La morte avait accouché quatre à six semaines avant sa mort.

Bryan se tourna aussitôt vers Dawn et vit sa réaction. Sous le choc, elle cligna les yeux, croisa son regard, avant de revenir à Rita Westcott.

— Sara Quinlan avait donc un bébé, quand elle a été tuée ?

— En tout cas, elle avait accouché quelques semaines plus tôt. Ce sont les faits. Nous voulions trouver sa cousine, sa seule parente en vie, pour lui apprendre qu'il y avait peut-être un enfant, quelque part, mais il a été impossible de trouver sa trace. Nous avons même fini par avoir la certitude qu'elle n'existait pas.

— Merde ! s'exclama Bryan.

Cette fois, il jeta un coup d'œil vers Nick, derrière lui. Son ami ne semblait pas surpris. Il le fixa un instant et lui dit :

— Tu savais, toi.

— Evidemment ! C'était mon affaire. Elle était la première victime, et à ce moment-là je ne pouvais pas me douter qu'il y en aurait d'autres. Je devais envisager la possibilité que ce bébé constitue un mobile. Mais cette piste était une impasse. On n'a trouvé trace d'aucune inscription de Sara dans les hôpitaux, pas de rapports de police sur des enfants abandonnés, il n'y a pas eu de découverte de corps de nourrisson… Rien, pas le moindre indice. Il a suffi de creuser un peu plus pour s'apercevoir que la fille qui avait réclamé le corps n'était pas ce qu'elle disait être. Le numéro de téléphone et l'adresse qu'elle avait donnés étaient bidons.

Il haussa les épaules.

— Au début, j'ai pensé qu'elle avait un lien avec le crime. Et puis d'autres filles sont mortes, et on s'est retrouvé avec un tueur en série sur les bras. Aucune des autres victimes n'avait accouché récemment ; aucune cousine imaginaire n'était venue réclamer leur corps. Ça n'avait donc aucun lien et on a laissé tomber.

— Vous avez laissé tomber alors qu'un nourrisson avait disparu ? s'étonna Dawn en descendant lentement de son tabouret. Comme est-ce possible ?

— Il n'existait aucune preuve qu'elle ait donné naissance à un bébé *vivant*, expliqua Nick. J'ai essayé d'obtenir des infos sur cet enfant, croyez-moi, mais c'était vraiment sans issue. Rendre l'affaire publique n'aurait servi à rien. Ça n'aurait même fait qu'exciter encore un peu plus la presse.

— Vous avez donc abandonné ce bébé…

Nick parut chercher de l'aide du côté de Bryan, avant de revenir à Dawn. Il écarta les bras, mains ouvertes.

— Je reconnais que la piste paraît intéressante, les amis, mais je vous assure que ça n'est pas le cas. J'ai tourné et retourné ce truc dans tous les sens, sans tomber sur le moindre élément. Elle ne voulait pas qu'on trouve son enfant. Il est possible qu'il soit mort-né et qu'elle l'ait enterré quelque part. Mais si c'était le cas, on l'aurait sans doute retrouvé, maintenant. Je me raccroche à l'idée qu'elle l'a confié à quelqu'un d'autre, qui l'a élevé…

— Sans qu'il y ait la moindre trace administrative ? demanda Bryan, étonné.

— Je n'ai pas dit qu'elle aurait fait ça dans les règles ou de façon réfléchie. J'émets juste une hypothèse. Un bon avocat peut arranger une adoption légale, avec toute la discrétion requise pour que personne ne soit au courant. Je vous le répète, je n'ai pas trouvé le moindre indice permettant de relier cette histoire de bébé au meurtre de Sara Quinlan. Pour moi, l'Etrangleur ne devait même pas savoir qu'elle avait eu un enfant. Et, de toute façon, il s'en fichait.

— Nick a raison, intervint le Dr Westcott. Il y a de grandes chances pour qu'elle se soit débarrassée de l'enfant par le biais d'une adoption privée, ou par un moyen encore moins légal. Quoi qu'il en soit, le fait est que ça n'a apparemment aucun rapport avec le meurtre.

— Mais sa colocataire aurait dû savoir qu'elle avait eu un enfant, non ? insista Dawn. Depuis combien de temps Olivia Dupree vivait-elle avec Sara Quinlan ?

— Quelques semaines, répondit Bryan.

— Si elle s'est bien débarrassée du bébé, il a donc fallu qu'elle le fasse au moins trois semaines avant sa mort. D'après vous, docteur, elle avait accouché environ six semaines auparavant. Cela nous laisse une fenêtre de trois semaines…

Bryan hocha la tête.

— Si on pouvait revenir en arrière, savoir qui elle a vu et où elle est allée, entre le moment de la naissance et l'arrivée de sa colocataire, nous aurions peut-être la possibilité de trouver du nouveau.

Nick leva les yeux au ciel.

— C'est probable. Mais je vous le répète : ce serait une perte de temps. Cela n'a rien à voir avec les meurtres.

— Ça, c'est ta conviction, et tu as probablement raison, lui dit Bryan. Pourtant, sans vouloir contester ta...

Dawn l'interrompit.

— Je ne vois pas comment on pourrait être sûrs à cent pour cent, Nick. Pas sans des informations complémentaires.

— Vous n'avez rien de mieux à faire, de toute façon. A moins que vous ne soyez tombés sur un élément que je ne connais pas.

Du regard, Nick interrogea Dawn et Bryan, qui secouèrent la tête dans un même mouvement.

— Si cela peut vous rassurer, allez-y, creusez la piste du nourrisson. Mais je vous le répète, vous perdez votre temps. J'ai passé des semaines à essayer de faire entrer cette pièce dans le puzzle de l'affaire. Ça ne marchait pas, et ça ne marche toujours pas. Malgré tout, il est possible qu'en fouinant vous dégotiez quelque chose de plus intéressant.

Rita leva les yeux vers la porte de la salle alors que le bruit, dans le couloir, augmentait soudain de volume. Nick, qui se tenait près de la porte, fit volte-face pour jeter un coup d'œil entre les lamelles du store vénitien.

— Quelqu'un vient, dit-il. Planquez-vous. *Vite* !

Bryan saisit la main de Dawn et il l'entraîna à travers la salle, cherchant des yeux un endroit où se cacher. Il la poussa contre le mur en même temps qu'il attirait un chariot vers lui, pour les dissimuler.

— Accroupis-toi.

Elle lui obéit, et Bryan déplia rapidement le drap qui couvrait le dessus du chariot, le disposant de manière à ce qu'il pende jusqu'au sol, sur l'avant. Puis il s'accroupit à côté de Dawn.

Rita Prescott se leva pour arranger un peu mieux le drap et, au même moment, la porte s'ouvrit à la volée. Plusieurs personnes entrèrent, poussant un autre chariot. La main de Dawn se ferma sur celle de Bryan. Il se tourna vers elle, pour lui adresser un sourire rassurant, et il se rendit compte qu'il pouvait voir à travers le coton du drap ; il y voyait en tout cas assez pour distinguer vaguement des employés de la morgue qui soulevaient un sac mortuaire d'un chariot et le laissaient tomber sur une table d'autopsie. Il devina que Dawn avait entrevu ce qui se passait, elle aussi, car il sentit son léger tressaillement.

Il lui pressa la main, la caressant d'un léger mouvement du pouce.

— Qu'est-ce que vous nous amenez ? demanda le Dr Westcott. Pourquoi n'avez-vous pas livré ça à l'hôpital, ou appelé avant de passer ? Je n'attendais pas…

— MacNamara a ordonné le silence radio et il a dit de l'amener ici, répondit un employé.

— Mais pourquoi… ?

— C'est à lui qu'il faut demander.

L'employé poussa son chariot vide devant lui, à travers la porte, pour rejoindre le couloir à la suite de ses collègues. Avant que le battant ait eu le temps de revenir en place, MacNamara fit irruption dans la salle. Il découvrit Nick et lança :

— Qu'est-ce que vous foutez, Di Marco ? J'ai cherché à vous joindre toute la matinée !

Nick prit son téléphone portable, à sa ceinture. Il l'observa et fit mine de découvrir avec surprise qu'il était éteint. Bryan le soupçonnait d'avoir pris cette précaution pour être certain que personne ne pourrait le localiser.

Il secoua la tête.

— La batterie de ce machin se vide de plus en plus vite. Il va falloir que je pense à remplacer cette relique. J'ai manqué quelque chose ?

— Trois fois rien. Une nouvelle victime, c'est tout.

— Une nouvelle victime ? répéta Nick en tournant la

tête vers le sac mortuaire sur la table. Et vous avez fait emporter le corps avant que j'aie eu le temps de… ?

— Laissez votre portable allumé, si vous voulez être sur le coup. C'est sa colocataire qui l'a trouvée en rentrant, vers 6 heures du matin. Les techniciens scène de crime ont déjà terminé leur boulot.

Le Dr Westcott fit glisser la fermeture Eclair du sac.

— Sortons-la, dit-elle. Donnez-moi un coup de main.

Nick et MacNamara se rapprochèrent et, à trois, ils soulevèrent le cadavre, juste assez pour tirer le sac par en dessous. Ils reposèrent ensuite le corps sur la table en acier inoxydable.

Dawn se cacha le visage contre l'épaule de Bryan. Il la serra contre lui, sans mouvement brusque, afin de ne pas faire bouger le drap qui les dissimulait. Il lui chuchota à l'oreille :

— Est-ce que tu vois des… des morts ?

Elle secoua la tête.

— Juste celle qui est sur cette table. Mais regarde-la, Bryan. Regarde-la…

Il ne faisait rien d'autre. Depuis son poste d'observation, et à travers le mince écran du drap, c'était le corps sans vie de Dawn qu'il avait l'impression d'apercevoir sur cette table. La même taille, les mêmes cheveux, le même visage. Par chance, à cause du drap, ils ne distinguaient pas de couleurs, mais seulement une silhouette.

— Elle a été trouvée dans son lit ? demanda Nick.

— Comme les autres, oui, répondit MacNamara. Le verre à shot à côté d'elle, la bouche imprégnée de whisky. Et les marques de ligatures laissent penser qu'elle a été étranglée.

Westcott avait déjà allumé la lampe suspendue au-dessus de la table, et elle s'était penchée sur le cadavre. Bryan se dit qu'il fallait absolument qu'il sorte Dawn d'ici.

Elle n'avait pas besoin de voir ça. Malheureusement, ils étaient prisonniers de cette salle. Il la sentit qui se mettait à trembler et il la serra un peu plus contre lui. Il détestait la voir souffrir ainsi.

— Tiens bon, lui chuchota-t-il à l'oreille. Ce ne sera pas long.

Elle hocha la tête et leva les yeux, se tournant légèrement de façon à voir la table, à travers le drap. Elle se raidit, puis il la vit qui plissait les yeux en se concentrant sur le corps de la morte.

Il avait une idée très précise de ce qu'elle était en train de faire. Elle essayait de communiquer avec cette femme. Et Bryan ne savait pas s'il devait espérer la voir y parvenir ou prier pour qu'elle échoue. Si elle obtenait une réponse, il avait une chance de pouvoir renouer avec une vie normale. Mais si elle entrait de nouveau en relation avec les morts, elle quitterait sans doute de nouveau la région, sitôt cette affaire terminée. Direction la côte Ouest.

L'alternative le laissait perdant, dans un cas comme dans l'autre.

Le Dr Westcott déplaçait ses mains gantées sur le cadavre, à présent ; elle palpait le cou, les épaules, les bras. Elle souleva l'un deux, et, malgré le drap, Bryan distingua des contusions — du moins ce qui ressemblait à des contusions.

En sentant Dawn se crisper, il comprit qu'elle aussi avait vu.

— Il l'a frappée…, chuchota-t-elle.

— Non, c'est le sang qui se concentre en certains points du corps. C'est un effet de la gravité. Il ne l'a pas battue.

— Pourquoi est-ce qu'elle porte une montre ? demanda soudain le Dr Westcott en interrompant son examen presque silencieux.

MacNamara haussa les épaules.

— Elle l'avait quand on est arrivés sur place.

— C'est quand même un peu bizarre de porter sa montre au lit, non ? s'exclama Westcott avec agacement.

Son soudain accès d'humeur surprit Nick et MacNamara, qui levèrent tous les deux la tête avec surprise. Elle se mordit la lèvre.

— Excusez-moi. Mais je commence à me lasser de devoir charcuter des filles magnifiques, en pleine jeunesse, à cause de ce malade. Il faut l'arrêter, l'empêcher de faire ça…

— On l'aura, promit Nick en se rapprochant du cadavre. Alors, jeune dame, pourquoi portiez-vous votre montre au lit, hein ?

Il se pencha, regarda la montre de près, puis il se redressa.

— A mon avis, elle ne la portait pas.

Les autres l'interrogèrent du regard, et il désigna le poignet de la morte.

— Elle n'est pas dans le bon sens. Elle aurait été incapable de lire l'heure, comme ça. C'est donc que quelqu'un la lui a mise. A dix contre un que c'est notre Etrangleur. Donnez-moi un sachet, Rita.

Le Dr Westcott s'était déjà éloignée de la table. Elle revint un instant plus tard avec une pochette en plastique et une pince coupante qu'elle tendit à Nick.

— Vous n'avez qu'à couper le bracelet, dit-elle. C'est le meilleur moyen de ne pas détruire des éléments de preuve.

Il hocha la tête, prit le bracelet de la montre entre les mors de la pince et le coupa. Il en saisit l'extrémité avec la pince et souleva la montre, qu'il fit lentement tourner sur elle-même pour l'examiner. Depuis leur cachette, Bryan et Dawn firent de même.

Nick laissa tomber la montre dans le scellé improvisé,

posant la pince coupante sur le plateau d'un chariot à instruments.

— Prenez ça avec vous, chef, voulez-vous ? dit-il en tendant le sachet.

Il fit en même temps deux pas vers la porte, comme pour attirer MacNamara vers lui.

— Je vais rester encore un peu ici, ajouta-t-il.

— Ne soyez pas trop long. Je vous veux sur la scène de crime aussitôt que possible.

Il sortit un calepin de sa poche, griffonna dessus et déchira la page pour la donner à Nick.

— Voici l'adresse. Soyez-y dans une heure maximum.

— J'y serai.

MacNamara salua le Dr Westcott et quitta la salle. Nick ne bougea pas, guettant pendant un moment ce qui passait dans le couloir. Puis il se tourna et fit un signe de tête à Bryan, qui écarta le chariot et se redressa. Il aida Dawn à se lever.

Elle était pâle, très pâle, et il crut même distinguer des gouttes de transpiration sur son front.

— Je sais, lui dit-il. C'était moins une.

— Oui. Mais ça n'est pas ça, le problème, Bryan.

Il fronça les sourcils et scruta son visage. Etait-ce la morte ? se demanda-t-il. La défunte, ou du moins son fantôme, avait-elle cherché à entrer en contact avec Dawn ?

Rita Westcott et Nick la regardaient avec une telle intensité qu'il ne put faire autrement que lui poser la question. Elle serra les lèvres, déglutit avec peine, puis répondit :

— Ce n'est pas ça non plus, Bryan. C'est… la montre. La victime portait *ma* montre.

Dawn n'étant pas en état de conduire, Bryan avait pris le volant. Elle était à côté de lui, les yeux fermés, la nuque contre l'appuie-tête, cherchant à se persuader qu'il était stupide de se laisser ainsi envahir par la peur.

— Que penses-tu de l'offre de Nick ? lui demanda Bryan.

— Ce n'est pas mon problème, répondit-elle, avant de nuancer un peu son propos. Tu le connais mieux que moi, et c'est toi qui risques de finir en prison, si jamais on nous retrouve.

— Parce que toi, tu ne risques rien, dans l'affaire ? Tu…

Il interrompit sa phrase, mais elle savait très bien ce qu'il avait en tête. Elle risquait la mort, ni plus ni moins.

— Tu penses qu'on peut lui faire confiance ? Il nous a prêté son cabanon, mais c'est peut-être pour mieux nous envoyer ses collègues ensuite.

Les yeux fermés, elle attendit la réponse.

— Il a toute ma confiance, insista Bryan. Nick Di Marco est un homme de parole. Quand il dit qu'il ne nous balancera pas, c'est qu'il ne nous balancera pas.

Elle hocha la tête, songeuse.

— Et ce cabanon, tu l'as vu ?

— Oui.

— A quoi ressemble-t-il ?

Il haussa les épaules.

— Il est très isolé. Près des chutes et à bonne distance de tout le reste.

— Ce qui peut se révéler un atout autant qu'un danger, non ?

— Si personne ne sait que nous nous y trouvons, ce sera un atout, affirma Bryan. C'est petit, mais il y a tout ce qu'il faut. Une cheminée, une cuisine équipée et deux vérandas, à l'avant et à l'arrière.

Elle ouvrit les yeux.

— Téléphone, internet, sanitaires ?

— Il y a sur le toit une parabole satellite qui permet

d'avoir la télévision et de se connecter à internet. En revanche, pas de réseau pour les téléphones portables. Mais il y a une ligne téléphonique classique. Et pour répondre à ton autre question, oui, il y a des sanitaires.

Elle soupira.

— Je commence à être fatiguée de ne me nourrir que de plats à emporter. Et ces patates cuites au micro-ondes étaient déprimantes. Je n'aurais rien contre une vraie cuisine…

— Alors ?

— Je vais y réfléchir pendant que nous rendons visite à Olivia Dupree.

— Entendu.

Il lui jeta un bref regard, et le silence s'installa de nouveau entre eux.

— La montre était dans mon sac, murmura-t-elle au bout de quelques instants.

— Mais tu en avais vérifié le contenu lorsqu'on avait retrouvé le médaillon sur le dernier corps, non ? Tu n'avais rien remarqué d'anormal, alors…

— Je ne tiens pas un inventaire précis du contenu de mon sac à main, Bryan. Ne m'accable pas. Je n'ai pas vraiment fait attention à ce qui manquait, à part le médaillon. En tout cas, je peux t'assurer que j'ai fourré la montre dans mon sac, il y a quelques jours. La pile était morte. J'ai pris ma montre de secours. Avec tout ce qui s'est passé, j'avais un peu oublié ça. D'autres objets ont très bien pu disparaître sans que je m'en rende compte… Un sac à main, c'est juste un fourre-tout, pour moi, tu le sais.

— Donc, la montre était dans ton sac, et d'autres objets ont pu disparaître sans que tu t'en aperçoives. Pigé.

— Ce qui renforce encore mes soupçons à l'égard de Jaycam, déclara Dawn. Il était là le jour où j'ai laissé la voiture sans la fermer à clé. Et, à mon retour, le contenu du sac était répandu sur le siège.

Bryan soupira, et arrêta la voiture sur le bas-côté.

— En même temps, ça n'a aucun sens. Il ne te connaissait pas. Pour quelle raison irait-il te persécuter de la sorte ?

— Je n'en sais rien.

— Cette histoire est plus… personnelle. Nous devrions peut-être nous intéresser à *tes* ennemis, Dawn. Imaginons que toute cette histoire soit dirigée contre *toi*. La première étape aurait été de me piéger avec l'espoir que cela te ferait revenir ici.

Elle fronça les sourcils. Une peur, sombre et pesante, s'insinua un peu plus en elle.

— Mais… qui voudrait me faire une chose pareille ?

— Ça, c'est à toi d'y réfléchir. Tu as eu avec quelqu'un une aventure qui aurait mal tourné ?

— En dehors de toi ?

Elle avait lancé cela comme une boutade, une tentative vaseuse destinée à détendre l'atmosphère, mais au coup d'œil acéré que lui lança Bryan, elle comprit qu'elle avait manqué sa cible.

— Je suis désolée, Bryan. Je sais très bien que tu n'es pour rien dans tout cela.

Il hocha la tête. Elle sentit pourtant que l'effet de sa plaisanterie subsistait, alors qu'elle n'avait pas eu l'intention de le blesser.

— Je n'ai été cruelle avec personne comme je l'ai été avec toi, insista-t-elle. J'espère ne plus jamais l'être.

Il la regarda.

— Serais-tu en train de me présenter tes excuses ?

— Non. Les voici, mes excuses : je suis désolée, Bryan. Je suis désolée de t'avoir autant blessé par ma lâcheté.

— Tu n'es pas lâche, Dawn. Enfin, pour autant que je sache…

— Je me suis enfuie. J'avais bien trop peur d'affronter celle que j'étais.

— Ce don a rendu ton père fou. Il est aussi devenu un assassin.

Elle garda un instant le silence. Puis elle se tourna de nouveau vers Bryan.

— Tu penses qu'il pourrait être mêlé à tout ça, d'une manière ou d'une autre ?

— Qui ? Mordecai ?

Elle ne put s'empêcher de regarder autour d'elle, pour vérifier que la simple évocation de son nom n'avait pas fait apparaître Mordecai. Mais il n'y avait aucun signe. Pas la moindre trace de fantôme.

— Il est mort, Dawn, lui dit Bryan avec douceur. Il ne peut plus te faire de mal.

— Il en était capable, avant mon départ. Qu'est-ce qui a changé ?

— Je ne sais pas. Mais je pense que s'il pouvait encore t'atteindre, d'une manière ou d'une autre, il le ferait. Tu ne crois pas ?

Elle fronça les sourcils, puis acquiesça d'un hochement de tête.

— Peut-être est-il finalement… en paix, ou quelque chose de ce genre.

— A moins qu'il soit en train de brûler en enf…

Il se mordit la lèvre.

— Excuse-moi. Je suis désolé. Je n'aurais pas dû dire ça.

Elle haussa les épaules.

— J'ai eu cette pensée, moi aussi. Mais…

— Mais ?

Elle inspira profondément.

— C'est comme si je craignais de la formuler. Comme si j'avais peur que cela ne donne une réalité aux choses. C'est stupide, n'est-ce pas ?

— Il y a plein de manières de te qualifier, Dawn, mais l'adjectif « stupide » ne fait pas partie de la liste. Qu'est-ce que tu as en tête, exactement ?

— Il est possible qu'il… qu'il puisse toujours m'atteindre. Et de cette façon. Il n'a peut-être pas un autre moyen.

— Dawn…

— C'est moi qu'il veut, Bryan. Il est revenu pour moi, et il va assassiner d'autres jeunes femmes innocentes, jusqu'à ce que ce soit mon…

La fin de sa phrase buta contre le sanglot qui lui obstruait la gorge. Elle fondit brusquement en larmes, se cachant le visage dans les mains.

— Seigneur…

Bryan ralentit et s'arrêta près du trottoir. Il attira Dawn contre lui.

— Allons, allons… Tu sais très bien que ce n'est pas ça.

— Mais comment… comment en être sûre ? demanda-t-elle d'une voix étouffée, dans l'épaule de Bryan.

Il lui passa la main dans les cheveux, repoussant les mèches tombées devant ses yeux noyés de larmes.

— Je ne le laisserai pas te faire de mal. Je ne laisserai *personne* te faire du mal, Dawn — que cette personne soit morte ou vivante. Je te le jure.

— Mais si c'est lui…

— Ce n'est pas lui.

— Mais *si* c'est lui, insista-t-elle, nous ne pouvons rien. Tu le sais, Bryan. Tu le connais.

— Oui, je le connais. N'oublie pas que nous l'avons déjà vaincu une fois…

Etrangement, l'évocation de ce souvenir la rassura aussitôt.

— Nous l'avons déjà vaincu, répéta Bryan, et nous pouvons très bien recommencer. Et laisse-moi t'assurer que si nous affrontons de nouveau ton père et que nous l'emportons sur lui, personne n'aura la moindre chance contre nous. Y compris le monstre qui tue ces malheureuses.

Elle soupira. Toute la tension qui l'habitait un instant plus tôt avait disparu d'un coup.

— Merci, Bryan. Je… je ne te mérite pas.

— C'est vrai. Tu mérites quelqu'un de beaucoup mieux.

Elle leva les yeux vers lui.

— Mais il n'y a personne de mieux.

Il eut un léger sourire, puis son regard se posa sur les lèvres de Dawn. Elle ferma alors les yeux, dans l'attente du baiser qui allait inévitablement venir.

Au lieu de quoi, les bras de Bryan desserrèrent leur étreinte, et elle le sentit qui s'écartait. La seconde suivante, la voiture se remettait à rouler.

Elle était la seule à blâmer, dans l'histoire. C'était elle qui avait fui un homme comme il en existait peu. Jamais elle n'aurait dû l'abandonner.

S'il lui était possible de revenir en arrière, elle ne ferait probablement pas les mêmes choix. Pas en sachant ce qu'elle savait maintenant. Elle affronterait les fantômes — tous les fantômes —, et elle affronterait Mordecai Young, si cela pouvait lui permettre de conserver l'amour de Bryan.

Mais il était impossible de revenir sur le passé. Ce qui était fait ne pouvait être défait. L'amour qu'il avait éprouvé pour elle était mort. Elle y avait mis fin. Et il ne lui reviendrait plus, pas même sous l'apparence d'un fantôme.

11

Bryan remarqua aussitôt qu'Olivia Dupree ne semblait pas particulièrement ravie de les trouver sur le pas de sa porte. En général, les gens avaient une bonne raison de ne pas être contents de voir la police. Sauf qu'en l'occurrence il n'était pas là en tant que policier. A défaut d'être soupçonneuse, l'expression qui s'était brièvement affichée sur son visage n'avait rien d'avenant.

Malgré tout, il s'attendait à ce qu'elle se montre un peu plus accueillante avec Dawn. C'était elle qui avait insisté pour qu'elles se revoient.

Dawn…

Il avait failli l'embrasser, dans la voiture. Il s'en était fallu d'un rien. Dieu seul savait ce qui allait se passer, si leur échappée se poursuivait trop longtemps.

Le problème n'était plus simplement d'avoir la certitude qu'elle risquait de fuir à la seconde où elle apercevrait un fantôme — et des fantômes, il y en aurait d'autres ; cela aussi, il le savait avec certitude. Il y avait également la possibilité qu'il se retrouve en prison pour le reste de ses jours ; ou qu'il y échappe, mais à la faveur d'un point juridique si douteux que sa carrière s'en trouverait ruinée. A moins qu'il ne soit contraint de poursuivre sa cavale pour se dérober à la police et à la justice. Tant que son sort demeurerait aussi incertain, il n'était pas question d'envisager une aventure avec elle ni avec aucune autre femme. Et, de toute façon, il ne pouvait y avoir d'autre femme qu'elle.

Ce qu'il pouvait faire de mieux pour Dawn, en cet instant, c'était la pousser à partir d'ici. Elle devait retourner sur la côte Ouest, fuir aussi loin que possible de lui. Elle risquait sa vie, en restant.

Un baiser, il le savait, et elle aurait encore moins envie de le quitter. En tout cas jusqu'à ce que les fantômes reviennent.

Olivia Dupree avait ouvert la porte de sa pimpante maison blanche de style Cape Cod. Figée, le visage impassible, elle les effleura l'un et l'autre du regard, avant de demander :

— Comment avez-vous eu mon adresse ?

— L'annuaire, répondit Dawn en prenant la direction des opérations. Nous avons juste deux questions à vous poser, Olivia. Ensuite, nous vous laisserons, c'est promis.

Olivia Dupree n'ouvrit pas la porte en grand. Elle ne dit pas : « Oui, bien sûr, entrez. » Elle secoua la tête et murmura :

— Je ne dois pas vous parler.

Elle recula et fit le geste de fermer la porte.

— Je vous en prie ! intervint Bryan. C'est ma vie qui est en jeu. Nous ne vous demandons que cinq minutes, pas plus. Vous n'avez même pas besoin de nous laisser entrer. Si vous préférez, nous resterons sur le pas de votre porte.

Elle le dévisagea et dut voir dans son regard la tension qui l'habitait. Sans doute avait-elle questionné Nick à son sujet. Il savait qu'elle appréciait et respectait Nick ; ce dernier avait probablement réussi à la rassurer. Elle aurait été effrayée, si elle avait pensé qu'il existait la moindre chance pour qu'il soit un tueur en série. Et le laisser entrer dans de telles conditions aurait été stupide.

Avec soulagement, il la vit s'adoucir.

— Allons derrière, dans le jardin, dit-elle. Il y a une table et des chaises sur la terrasse. Je vous y retrouve.

Elle ferma la porte avant que l'un ou l'autre ait pu dire quoi que ce soit.

Bryan soupira et se tourna vers Dawn.

Celle-ci lui adressa un sourire rassurant. Lui prenant le bras, elle descendit avec lui les marches du perron et l'entraîna sur le côté, dans l'allée qui traversait une pelouse parfaitement entretenue. Ils durent ouvrir un petit portail pour rejoindre l'arrière de la maison, où ils découvrirent une terrasse en demi-cercle de bois de séquoia. Des portes-fenêtres communiquaient avec l'intérieur de la maison. Sur un côté, une table à plateau de verre était ombragée par un parasol. Bryan embrassa le tableau du regard et commenta :

— Charmant.

— Tout à fait d'accord, acquiesça Dawn alors qu'ils rejoignaient les marches de la terrasse. Mais fais attention où tu mets les pieds…

Il fronça les sourcils, ne sachant trop ce qu'elle entendait par là, jusqu'à ce qu'elle désigne de la tête la chatière qui se trouvait juste sur la gauche des portes-fenêtres. Il comprit alors pourquoi un portail protégeait l'accès au jardin.

Les portes-fenêtres se mirent à trembler, et il s'immobilisa en découvrant derrière un petit poney à la robe mouchetée, qui les observait.

Ce n'était évidemment pas un poney. Cette bestiole devait être un chien.

Le souffle qui sortait de ses narines embuait les vitres. Soudain, l'animal bondit sur le côté et passa par la chatière, s'y faufilant à une vitesse telle que ni Dawn ni lui n'avaient la moindre chance de pouvoir fuir.

Bryan fit à Dawn un rempart de son corps et commença à rebrousser chemin.

— Du calme, le chien. Gentil, gentil…

Mais le monstre continuait d'approcher à vive allure. Alors qu'il arrivait sur eux, il sauta soudain sur le côté pour ne pas percuter Bryan. Haletant, remuant joyeusement la queue, il se frotta et se pressa contre lui de tout son poids, qui devait approcher les cent kilos.

Bryan dut rester bien campé sur ses jambes pour ne pas tomber à la renverse.

— Je pense qu'il ne nous mangera pas, dit-il.

— Il semblerait que non, approuva Dawn.

Elle baissa la main, pour la faire renifler à l'animal. Il ne s'en tint pas là et la lécha de trois grands coups de langue.

— Quel chien ! s'exclama-t-elle. Sa tête est aussi grosse que celle d'un ours !

— C'est un mastiff anglais, répondit une voix féminine. La race qui donne les plus grands chiens du monde.

Ils levèrent tous deux les yeux vers la terrasse. Olivia Dupree les observait en souriant. Elle portait un plateau chargé de trois verres pleins d'un liquide sombre et de glaçons. Elle le posa sur la table.

— Ce que le lion est au chat, le mastiff l'est au chien, poursuivit-elle. C'est du moins ce que j'ai lu quelque part. Viens ici, Freddy.

L'énorme animal s'élança vers elle, et elle lui tapota le cou sans avoir besoin ou presque de se pencher. Puis elle tira une chaise et s'assit.

Dawn et Bryan gravirent les trois marches qui permettaient d'accéder à la terrasse et se joignirent à elle. Le chien entreprit alors de passer de l'un à l'autre, en quête de gestes affectueux, tandis qu'Olivia disposait un verre devant chacun.

— Rhum-Coca, dit-elle. J'en aurai peut-être besoin.

— Je sais que ça ne doit être très agréable de voir tout cela resurgir, assura Dawn. Nous tâcherons d'être brefs.

Olivia hocha la tête. Bryan nota qu'elle avait dans sa poche un téléphone portable qui ne s'y trouvait pas auparavant. Elle devait prendre ses précautions, au cas où il se montrerait menaçant. Mais il avait toutes les raisons de penser qu'en cas de problème son chien lui apporterait toute la protection voulue.

Ce fut Dawn qui posa la première question.

— Vous connaissiez bien votre colocataire, Sara Quinlan ?

Olivia baissa les yeux sur son verre.

— Pas très bien, non, je vous l'ai dit. Pas bien du tout, même. Je n'ai emménagé que quelques semaines avant sa mort.

— Vous saviez qu'elle était enceinte ?

Olivia leva brusquement la tête, les yeux écarquillés. Bryan pensa que sa réaction, quasiment réflexe, n'avait rien de feint.

— D'après le rapport d'autopsie, elle aurait accouché quatre à six semaines avant sa mort, précisa Dawn. Elle ne vous en avait jamais parlé ?

— Non. Mon Dieu ! Et il n'y avait pas de bébé. Aucune affaire d'enfant…

Elle fronça les sourcils.

— Qu'est-il arrivé à cet enfant ? Il est mort-né ?

— Personne ne le sait.

— Quelqu'un le sait, intervint Bryan.

— Le corps de Sara a été réclamé par une femme qui affirmait être sa cousine, expliqua Dawn. La police a tenté de la joindre, pour la prévenir de l'existence possible de cet enfant, mais il a été impossible de la retrouver. Le nom et l'adresse qu'elle avait donnés étaient faux.

Olivia se tourna vers son chien pour lui embrasser le museau et lui tapoter le crâne.

— C'est de plus en plus étrange… Qui voudrait récupérer le corps d'une personne avec laquelle il n'a aucun lien de parenté ?

— Nous aimerions bien le découvrir. Aviez-vous entendu parler d'une cousine ?

— Non.

— Auriez-vous quelque chose à nous dire sur elle, Olivia ? N'importe quoi ?

Après l'avoir évité un long moment, elle croisa le regard de Dawn, secouant la tête.

— Je peux déjà vous assurer, vous jurer, même, que j'ignorais tout de cette histoire d'enfant. Que va-t-il se passer ? demanda-t-elle en s'adressant à Bryan. Maintenant que la police est au courant, je veux dire…

— Elle l'a toujours été. Mais les enquêteurs n'avaient aucune piste, personne à contacter. Ils ont laissé tomber.

— Pourtant, il y a quelque part un enfant disparu ?

— Un enfant qui a aujourd'hui seize ans, souligna Bryan. A moins qu'il ne soit mort-né et qu'elle ne l'ait enterré ou s'en soit débarrassé d'une manière ou d'une autre.

— Qui ferait une telle chose ?

Il haussa les épaules.

— Ce genre de choses arrive, hélas.

Olivia vida le fond de son verre, puis inspira profondément et demanda :

— Pourquoi m'interroger là-dessus maintenant ?

— Parce que je viens de le découvrir. Nick ne vous en a jamais parlé ?

— Non.

— Je me demande pourquoi.

— Je l'ignore. Posez-lui la question. Je le ferai, de mon côté.

Elle leva les yeux vers le ciel.

— La nuit va bientôt tomber…

Dawn hocha la tête et fit mine de se lever.

— Attendez ! s'exclama aussitôt Olivia. Est-ce que vous accepteriez de rester pour le dîner ? Je… j'ai du poulet qui est en train de mariner dans une sauce barbecue. Et une belle salade, aussi. Et beaucoup de questions, pour être franche. Alors ? Vous êtes d'accord ?

Bryan interrogea Dawn du regard, et ils comprirent qu'ils pensaient la même chose. En restant, ils avaient la possibilité de glaner des détails qu'Olivia aurait omis de leur livrer et, qui sait, de découvrir une piste intéressante.

Bryan avait le sentiment qu'Olivia Dupree leur demandait de rester parce qu'elle aussi cherchait quelque chose. Mais quoi ?

— C'est bon. Nous acceptons votre invitation.

C'était carrément surréaliste, songea Dawn. Ils sirotaient du rhum-Coca sous les étoiles, pendant que du poulet grillait sur un barbecue au gaz. Des grillons chantaient, quelques vers luisaient, et le gros chien, allongé sur la terrasse, avait un ronflement aussi discret que le moteur d'une tronçonneuse.

Une soirée idyllique. A ceci près que Bryan était recherché par la police, et qu'elle était traquée par un tueur en série.

Oui, surréaliste, c'était bien le mot.

— Je n'arrive pas à croire que la police ne m'en ait jamais parlé… du bébé, je veux dire, déclara Olivia.

Elle déposa sur la table de verre le plat de poulet, à côté de pommes de terre cuites dans du papier d'aluminium et d'un grand saladier.

— Allez-y, servez-vous.

La fourchette de Bryan se planta dans une cuisse du poulet avant même qu'elle n'ait posé la main sur la sienne. Elle réprima un sourire. Il ne perdait jamais l'appétit, quelles que soient les circonstances. Il prit également une pomme de terre. Il ouvrit son emballage avec précaution, dans un nuage de vapeur, et versa dessus une généreuse cuillerée de crème, avant de revenir à la conversation.

— Vous n'étiez pas de la famille, répliqua-t-il. On n'avait donc pas à vous informer de tout. Ils ont tenté de trouver l'enfant, mais cela n'a rien donné — rien que des impasses. Qu'est-ce qu'ils pouvaient faire ?

Olivia haussa les épaules.

— Je ne sais pas, moi. Envoyer quelqu'un dans la ville d'origine de Sara… Chicago, c'est ça ?

— C'est ce qu'on nous a dit, oui, répondit Dawn.

— Est-ce qu'ils l'ont fait ? demanda Olivia. Ils ont envoyé quelqu'un là-bas pour en savoir plus sur elle ?

— Selon Nick, oui, mais discrètement, expliqua Bryan. Cela n'a donné aucun résultat.

Olivia soupira et mordit dans sa cuisse de poulet.

— Et vous, lui demanda alors Dawn, vous avez un lien avec Chicago, non ?

Olivia s'étrangla. Les yeux soudain emplis de larmes, elle se tapota la poitrine.

Bryan s'était levé et il était passé derrière elle, prêt à l'aider. Mais elle leva la main et lui fit signe de retourner à sa place. Clignant les yeux, elle s'essuya les lèvres avec une serviette et prit une gorgée de rhum-Coca.

— Eh bien…, marmonna-t-elle.

— Ça va ? demanda Bryan.

Olivia hocha la tête.

— Ça va, oui. Un morceau de poulet qui n'est pas passé.

— Ce ne serait pas plutôt ma question ? s'enquit Dawn en l'observant avec attention.

Sans savoir exactement quoi, elle était certaine qu'Olivia leur cachait quelque chose.

— Bien sûr que non. Et pour répondre à votre autre question, je n'ai jamais mis les pieds à Chicago.

Dawn hocha la tête.

— J'aurais pensé, pourtant. En fait, j'ai constaté sur les photos de la scène de crime qu'il y avait à proximité du lit des objets dérivés d'équipes new-yorkaises de base-ball, y compris celle de la Syracuse University. Mais rien de Chicago. Tout se trouvait dans *votre* partie de l'appartement.

Les yeux plissés, Olivia s'humecta les lèvres.

— Vous êtes très observatrice et très perspicace, Dawn. Aucun policier ne l'avait remarqué. Personne ne m'a interrogée là-dessus.

— Vraiment ?

— La vérité, c'est que Sara se trouvait dans mon lit. J'étais sortie avec des amis, cette nuit-là, et quand je suis rentrée, le matin, c'est là que je l'ai découverte. Dans mon lit. Morte.

— Vous avez une idée de la raison pour laquelle elle était dans votre lit ?

— Elle se plaignait souvent de son matelas et disait qu'il aurait eu besoin d'être remplacé. Le mien était neuf, ou presque. Peut-être voulait-elle passer une bonne nuit.

— Elle vous avait demandé la permission ?

— C'était inutile, elle le savait.

— Vous ne vous connaissiez que depuis quelques semaines, pourtant…, insista Dawn.

Olivia soupira.

— Très bien… Je n'aime pas parler de ça. C'est une partie douloureuse de mon enfance, une enfance difficile… Toujours est-il que j'avais déjà rencontré Sara auparavant. Des années plus tôt, nous avions partagé la même famille d'accueil.

Bryan et Dawn échangèrent un regard surpris.

— A Chicago ? demanda Dawn.

Olivia secoua la tête.

— A New York. Nous étions adolescentes. Cela n'a duré que quelques semaines. Je n'ai aucune idée de la façon dont elle s'était ensuite retrouvée à Chicago. Mais, quand je suis arrivée à Shadow Falls, je suis tombée sur son annonce de recherche d'une colocataire, et j'ai reconnu son nom. La suite…

Elle haussa les épaules.

— La suite, vous la connaissez. En tout cas, elle savait que cela ne me gênerait pas qu'elle prenne mon lit. Dans la famille d'accueil, nous partagions le même lit.

Dawn fronça les sourcils.

— Où étiez-vous, la nuit de sa mort ?

— Avec des amis, je vous l'ai dit, répondit Olivia d'un ton sec. Et, auparavant, j'étais dans le jardin public, près du lac, pour lire le nouveau roman d'Aaron Westhaven.

— Voilà qui est précis…

— C'est un auteur très important pour moi, expliqua Olivia. Chacun de ses nouveaux livres est un événement. J'ai besoin de solitude et de silence pour le lire — d'un trait, en une seule fois. Mais tout cela doit figurer dans le rapport de Nick.

— En effet, admit Bryan. Pratiquement mot pour mot. Et les amis en compagnie desquels vous étiez sortie ont confirmé votre histoire.

— Où sont passées les affaires de Sarah ? demanda Dawn. Je veux dire, ses vêtements, ses photos, tout ce qui se trouvait dans l'appartement…

Olivia soupira de nouveau.

— J'ai attendu six mois, et puis j'ai tout mis dans une

caisse et j'en ai fait don à l'Armée du salut. Je ne savais pas quoi en faire d'autre.

— Vous n'avez rien conservé, pas même un petit souvenir ?

— Il est possible que j'aie gardé quelques objets, mais je les ai laissés derrière moi quand j'ai quitté l'appartement et déménagé six mois plus tard.

Son regard glissa vers Bryan.

— Je ne pouvais pas rester.

— Je comprends, assura-t-il.

Dawn décida de changer momentanément de sujet.

— C'était délicieux, dit-elle en parlant du dîner.

— Merci. La police va-t-elle de nouveau fouiller dans le passé de Sara ?

Dawn la fixa sans répondre. Ce fut Bryan qui s'en chargea.

— Je ne pense pas, non. Nick m'a plus ou moins affirmé que c'était une perte de temps. Mais j'avais besoin d'en savoir un peu plus avant d'abandonner cette piste.

— Et maintenant ? Vous allez laisser tomber ?

Il soutint son regard en silence un court instant, puis but une gorgée de rhum-Coca.

— Je ne pense pas non, répondit-il en posant son verre. Je n'en sais toujours pas plus qu'avant.

— Et si on changeait de sujet ? proposa alors Dawn en posant la main sur la sienne. Ça ne doit pas être agréable pour Olivia, et j'avoue que je ne serais pas contre une petite pause, moi-même.

Il hocha la tête.

— Mon avis vaut ce qu'il vaut, mais je ne pense pas que vous ayez quoi que ce soit à craindre du tueur. Et si jamais il essayait…

Il baissa les yeux sur le chien.

— Si jamais il essayait, reprit-il, j'ai le sentiment que vous avez un allié solide.

— Freddy semble docile et gentil, comme ça. Il est capable de mettre en charpie quiconque s'en prendrait à moi.

— Tant mieux.

— Est-ce que Freddy aurait un frère, par hasard ? demanda Dawn.

Ils rirent tous les trois, d'un rire un peu forcé, puis Dawn se leva.

— J'aimerais me rafraîchir, si cela ne vous ennuie pas. Je peux utiliser votre salle de bains ?

— Vous traversez la cuisine et vous suivez le couloir. C'est la deuxième porte sur la droite.

— Merci.

Elle franchit les portes-fenêtres, adressant un regard entendu à Bryan avec l'espoir qu'il saisirait le message.

Juste avant de refermer derrière elle, elle l'entendit qui demandait :

— Je suis certain que Freddy a quelques numéros à son répertoire et qu'il serait ravi de m'en montrer un ou deux…

Exactement ce qu'elle désirait. Qu'il distraie l'attention d'Olivia.

Dawn ne se rendit pas dans la salle de bains. Elle ouvrit toutes les portes, très vite, jusqu'à ce qu'elle trouve celle de la chambre d'Olivia. Elle n'avait pas beaucoup de temps, elle le savait. Elle se précipita vers le lit et s'agenouilla pour regarder en dessous. Rien. L'armoire, ensuite. Elle fit coulisser les grandes portes vitrées et parcourut des yeux la penderie, les étagères ; elle prit la chaise de la coiffeuse pour examiner les plus élevées.

Si Olivia avait des objets qu'elle souhaitait garder à l'abri des regards indiscrets, c'était probablement là qu'elle les gardait. En haut de l'armoire de sa chambre, sur l'étagère la plus haute. Et dans une boîte, poussée bien au fond.

Quand elle trouva la boîte à chaussures, Dawn eut la certitude que c'était ce qu'elle cherchait. Comme si elle avait *su*, d'une certaine manière. Elle la récupéra, sans même prendre le temps de regarder à l'intérieur. Elle descendit de la chaise et la remit à sa place. Elle ferma les portes de l'armoire puis, la boîte sous le bras, elle quitta la pièce en la laissant telle qu'à son arrivée. Elle retourna dans la cuisine, marquant une pause pour jeter un coup d'œil sur la gauche, vers les portes-fenêtres.

Bryan et Olivia n'étaient plus à table. Cela signifiait qu'ils ne la verraient pas lorsqu'elle passerait dans la cuisine ; cela signifiait aussi qu'elle n'avait aucune idée de l'endroit où ils étaient en cet instant.

Mais le moment était mal choisi pour hésiter ou se dégonfler. Légèrement penchée en avant, elle traversa la cuisine comme une flèche, puis gagna la porte d'entrée, devant, et l'ouvrit. Elle regarda de tous côtés, sans remarquer personne, et fila jusqu'à la voiture. Elle ouvrit la portière côté passager et déposa la boîte sur le plancher, la recouvrant avec les quelques objets qui lui tombèrent sous la main. Elle referma sans bruit la portière et revint en courant vers la maison, qu'elle traversa de nouveau jusqu'à la cuisine.

Là encore, elle jeta un coup d'œil à travers les portes-fenêtres. Cette fois, elle aperçut Bryan et Olivia, qui revenaient vers la terrasse. A côté d'eux, le gros chien trottait d'un pas lourd sur l'herbe, un Frisbee dans la gueule.

Elle sortit avec une expression aussi innocente que possible.

— Tu aurais dû le voir, celui-là ! s'exclama Bryan en se laissant tomber sur sa chaise. Il n'a pas manqué une seule fois le Frisbee. Il saute plus haut que ma tête !

Le visage souriant, Olivia caressait la tête de son chien et, s'asseyant, elle leva la tête vers Dawn, comme si elle avait oublié sa présence.

— Vous avez trouvé ? demanda-t-elle.

— Oui, merci.

Elle s'assit à son tour, évitant le regard de Bryan. Elle risquait de se trahir, et Olivia pouvait s'apercevoir de quelque chose. Cette dernière semblait déjà assez nerveuse : elle jetait des coups d'œil incessants vers les portes-fenêtres.

— Le dîner était excellent, Olivia, merci, dit Bryan. Et je suis ravi d'avoir fait la connaissance de votre… euh… de votre chien.

L'expression d'Olivia se détendit aussitôt. Elle était une femme comme les autres : elle craquait pour Bryan. Ou, du moins, elle était tombée sous son charme. Bryan ne l'avait pas forcément cherché ; il n'avait pas conscience de l'effet qu'il produisait. Mais son côté « gars du pays », déjà séduisant, avait pris une couleur nouvelle avec l'accusation injuste qui pesait sur lui. Difficile de résister au nouvel homme qu'il était devenu.

Olivia, qui devait avoir quinze ou seize ans de plus que Dawn, restait très séduisante. Dawn sentit aussitôt la morsure de la jalousie. C'était absurde, vu qu'elle n'avait aucun droit sur Bryan. Il ne lui appartenait plus.

— Merci de m'avoir tenu compagnie, leur dit Olivia. Je dois avouer que je… que j'ai un peu peur. Tout le monde cherche à me rassurer en me répétant que je n'ai rien à craindre de ce fou, mais comment en être certaine ? Qui pourrait prévoir de quoi est capable un monstre pareil ?

— Je pensais que Nick enverrait quelqu'un pour surveiller votre maison, lui répondit Bryan. J'ai été un peu surpris de ne voir personne en arrivant.

— Surpris et soulagé, j'imagine, répondit Olivia.

En fait, Nick a bien envoyé une voiture, mais juste pour vérifier. Ils doivent repasser plus tard.

Elle jeta un coup d'œil à sa montre.

— Ils ne vont pas tarder, du reste. Vous feriez mieux d'y aller.

Bryan fronça les sourcils. Il baissa les yeux sur la table, cherchant quelque chose. Il saisit une serviette en papier et se tourna vers Dawn.

— Tu as de quoi écrire ?

— Oui… dans mon sac.

Celui-ci était accroché au dossier de sa chaise. Elle le récupéra et trouva à l'intérieur un stylo qu'elle tendit à Bryan.

— Merci.

Penché sur la table, il commença d'écrire sur la serviette.

— Je comprends que vous ayez peur, Olivia. Vous avez raison : rien ne permet d'être certain à cent pour cent qu'il ne s'en prendra pas à vous. Surtout si ce n'est pas le même homme.

— Si vous cherchiez à me rassurer, c'est raté, répliqua-t-elle en s'efforçant de sourire.

— Vous allez appeler cette personne. Il s'appelle Rico. C'est mon coéquipier — enfin, à condition que je retrouve mon poste. J'ai une confiance totale en lui. Vous lui expliquerez que c'est moi qui vous ai dit de le contacter. Il travaille de jour, comme vous, et il lui est donc possible de passer le soir, et même de nuit, pour garder un œil sur vous jusqu'à ce que cette histoire soit terminée.

— Vous pensez que c'est vraiment nécessaire ?

— Je pense qu'il vaut mieux prévenir que guérir.

Tandis que Bryan et Dawn se levaient, elle hocha la tête, prit la serviette et la fourra dans une de ses poches.

— Merci. J'aurais aimé vous aider un peu plus.

— Vous le pouvez toujours. Si jamais quelque chose vous revient…

— Comment est-ce que je vous préviendrai ?

Dawn la fixa un instant avant de répondre.

— Nous vous contacterons dans un jour ou deux, pour vérifier.

— Et pour me dire si vous avez appris quoi que ce soit d'autre… sur Sara ? Ou… son bébé ?

— Bien sûr.

Bryan tendit la main à Olivia.

— Au revoir. Et merci encore.

— Je vous en prie.

Il lui sourit. Dawn salua Olivia et le suivit sur le côté de la maison, pour la contourner. Olivia s'était rassise, seule, et tendait la main vers son verre.

— Alors, on roucoule ? demanda Dawn alors qu'ils se dirigeaient vers la voiture.

— Quoi ? Mais je…

— Elle te mangeait dans la main. A une ou deux reprises, j'ai même cru que tu allais la demander en mariage.

— Oh, je t'en prie…

Elle ouvrit la portière de la Ford Taurus et s'assit, veillant à ne pas poser les pieds sur la boîte. Bryan s'installa au volant et démarra. Il quitta la petite allée en marche arrière et rejoignit la rue.

— Tu penses sérieusement que je la draguais ? demanda-t-il.

— Tout à fait.

— Eh bien, tu te trompes.

— Tu la trouves séduisante, non ?

— Oui, beaucoup. Mais, encore une fois, je ne la draguais pas. Je m'efforçais d'être agréable, pour qu'elle comprenne bien qu'elle n'avait rien à craindre de moi.

— Tu draguais…

Elle se pencha et récupéra la boîte, à ses pieds. Ils étaient déjà à deux pâtés de maisons de chez Olivia Dupree.

— … et je travaillais, *moi*.

— Qu'est-ce que tu as fait, Dawnie ?

— J'ai jeté un coup d'œil dans les deux endroits où j'aurais mis un objet que je souhaitais cacher. Les cachettes classiques, quoi. Sous le lit et sur la plus haute étagère de l'armoire, bien au fond. C'est là que j'ai trouvé cette boîte à chaussures.

— Tu sais ce qu'il y a dedans ?

— Non, mais je ne vais pas attendre plus longtemps pour le découvrir.

Et elle se mit à fouiller dans la boîte.

12

Ils roulaient en direction de leur motel, et Bryan partageait son attention entre la conduite et Dawn, qui fouillait dans la boîte à chaussures « empruntée » chez Olivia Dupree.

Il n'en attendait rien. Et il ne fut donc pas surpris quand Dawn déclara :

— Rien que des petits souvenirs... Des tickets de concerts ou de matchs. Il y a aussi deux photos de groupe. Pas de date ni de nom sur aucune des deux... Sans doute des photos d'amis.

— Ils ont quel âge ?

— Le lycée. Peut-être même la fac. A moins que ce ne soit une réunion d'anciens élèves.

— Des anciens élèves qui sont morts... ou des anciens élèves qui sont vivants ? remarqua Bryan.

Elle tourna la tête vers lui.

— Je n'y avais pas pensé. Nous n'avons pas quelque part une... une planche contact avec les photos de toutes les victimes — celles de la première campagne de l'Etrangleur ?

— Si, dans la glacière, au motel. Du moins les victimes dont on a eu connaissance.

— Alors, je mets les photos de côté et je poursuis.

Elle trouva une rose séchée, brunie par le temps, aux

feuilles cassantes, réduite à l'état de poussière ou presque. Elle la déposa avec douceur près d'elle.

— Je me sens coupable d'avoir pris ça, avoua-t-elle. J'espère qu'on pourra remettre la boîte en place, avant qu'elle ne remarque sa disparition.

— Si nous découvrons quelque chose qui permette de résoudre cette affaire, ou de retrouver le bébé de Sara, ou même les deux, blesser les sentiments d'Olivia ne sera qu'un petit prix à payer.

Elle acquiesça d'un hochement de tête.

— Nous devrions arrêter de penser à cet enfant comme au « bébé » de Sara, non ? Il doit avoir maintenant seize ans.

— Tu as raison. Sinon, quoi d'autre dans la boîte ? demanda Bryan.

Elle haussa les épaules.

— Des petites cartes, du genre de celles qu'on te glisse avec les fleurs. Attends un instant…

— Quoi donc ?

Il se tourna vers elle et vit qu'elle tenait une des petites cartes en question et la fixait, les sourcils froncés.

— Qu'y a-t-il ?

— « Pour Sara — Félicitations de Shelly ».

— Sara ? Comment se fait-il qu'Olivia ait conservé cela ?

— Elle voulait garder un souvenir.

— Elle nous aurait menti, alors ? Pour quelles raisons ? Elle a dit qu'elle avait tout jeté.

Dawn remit la carte dans la boîte et reprit un des tickets.

— Il vient de Wrigley Field. C'est le stade de base-ball de Chicago, d'où était originaire Sara.

Posant le ticket, elle reprit une des photos.

— Un des garçons, ici, porte un T-shirt « Illinois State »… Bryan, je pense que tout le contenu de cette boîte appartenait à Sara. Ce sont ses souvenirs, pas ceux d'Olivia.

Il hocha la tête, sans rien dire.

— Pourquoi les aurait-elle gardés ? poursuivit Dawn. Et pourquoi nous mentir, surtout ? Je ne comprends pas.

— Je ne suis pas certain qu'il y ait quelque chose à comprendre, remarqua Bryan. On ne saura d'ailleurs peut-être jamais, à moins qu'elle ne décide de nous l'expliquer. Mais je me demande si cela a la moindre importance…

— Il y a forcément une signification.

— Je ne vais pas remettre ton instinct en question…

Il jeta un bref regard dans sa direction.

— Quoi ? demanda-t-elle.

— Tu as quand même su tout de suite où trouver cette boîte.

— Je te l'ai dit : j'ai simplement vérifié les endroits habituels.

— Je pense qu'il y a un peu plus. Cela s'est déjà produit plusieurs fois, depuis ton retour. C'est comme si… comme si tu étais sur une meilleure longueur d'ondes que moi. Et que la plupart des gens, du reste.

Elle le fixa sans répondre, avant de reporter son attention sur la boîte.

— Je suis sérieux, Dawn, insista-t-il. Il est possible que ton don n'ait pas disparu. Il aurait juste… évolué.

— Tu veux dire que les morts me parleraient toujours, mais plus… doucement.

Elle leva les yeux ciel et ajouta :

— A moins que je n'aie attrapé un méchant virus de perception extrasensorielle.

— Ça te semble aussi tiré par les cheveux que ça ? Tu as connu dans le passé des expériences encore plus étonnantes, non ?

— Tu viens de prononcer le mot, Bryan : « dans le passé ». C'est du passé, tout ça. Je t'assure que je le saurais, si mes intuitions ne m'étaient pas soufflées par mon cerveau. Ce n'est pas le cas.

— D'accord.

Elle se tourna vers lui.

— Ce n'est pas le cas, Bryan.

— J'ai dit : d'accord.

Elle hocha la tête.

— Quels sont les projets, pour ce soir ?

— Je pensais retourner au motel récupérer toutes nos affaires et rejoindre le cabanon de Nick. Nous commencerons à nous y installer.

— Pas trop confortablement. Je n'ai pas l'intention d'y rester des mois.

— Tu as raison. En plus, je ne voudrais pas que Nick soit accusé de complicité… Nous allons nous donner une semaine. Pas un jour de plus. Je déciderai alors soit de me constituer prisonnier soit de m'enfuir pour le Sud.

— Le Sud ?

— Le Brésil. L'Argentine. Des pays avec lesquels l'extradition est compliquée. Je me procurerai des faux papiers et… Bon sang ! Tout ça va prendre du temps. J'aurais intérêt à m'en préoccuper maintenant, alors que…

— Merde, à la fin, Bryan ! s'exclama Dawn. Tu ne pourrais pas être un peu moins négatif ?

Il sursauta presque, surpris par cet accès d'humeur.

— Ce que je veux dire, expliqua-t-elle, c'est que nous allons trouver ce qu'il faut pour mettre le tueur derrière les barreaux et t'innocenter. Nous pourrons alors renouer avec nos vies. Tâche de garder un peu l'espoir, d'accord ?

Il parvint à lui sourire.

— Excuse-moi. Tu as raison. Je vais essayer.

— Tu as intérêt !

Elle reposa délicatement la rose dans la boîte, puis remit le couvercle en place.

— Est-ce qu'on parle de ça à Nick ?

— Pas encore, répondit-il en secouant la tête. Olivia et lui sont amis. Je n'ai pas très envie d'avouer que nous avons fouillé chez elle, pris des objets personnels sans sa permission, sans un mandat ni même une raison valable. Nick serait très en colère.

— Mais si nous découvrons quelque chose…

— Si nous découvrons quelque chose et que c'est pertinent, nous le lui dirons, oui. Mais en prenant garde à ne pas ficher en l'air une belle amitié.

Il soupira.

— Je me suis plusieurs fois demandé s'il y avait plus que de l'amitié, entre Olivia et lui.

— Ils le cachent bien, dans ce cas. Elle est très belle. Et il est loin d'être décati, même s'il a un peu de ventre…

— Il te dirait qu'il l'a mérité, ce ventre.

Elle se mit à rire.

— C'est une façon de présenter les choses ! Ah… On est arrivés.

Bryan hocha la tête et engagea la voiture sur le parking du motel. Une fois dans la chambre, Dawn ouvrit la boîte. Elle y prit les photos et s'approcha de l'armoire dans laquelle ils avaient caché la glacière à pique-nique. Bryan remarqua que le lit était toujours défait ; par la porte ouverte de la salle de bains, il aperçut les serviettes suspendues à la tringle de la douche.

— On dirait que la femme de chambre a respecté le panneau « Ne pas déranger » que nous avions laissé à la porte.

Il récupéra le panneau pour l'accrocher au bouton de porte, mais à l'intérieur, cette fois.

— Oui, on dirait, répondit distraitement Dawn.

Elle avait sorti la planche contact de la glacière et

scrutait les visages photographiés pour les comparer à ceux des photos de la boîte. Elle finit par secouer la tête.

— Aucune des victimes ne figure sur ce cliché, murmura-t-elle. Même pas Sara. Mais viens jeter un coup d'œil. J'ai un peu plus de lumière et j'ai l'impression qu'il y avait une inscription au dos. Malheureusement, elle s'est effacée avec le temps.

— Laisse-moi voir ça…

Il traversa la pièce et vint lui prendre la photo, qu'il approcha de la lampe la plus proche.

— Je ne dirais pas qu'elle s'est effacée, plutôt qu'on l'a effacée. Ou même grattée. Tu vois ces marques, là ?

Elle se pencha.

— Oui, ça ressemble à des éraflures. Et juste à l'endroit où il y avait quelque chose d'écrit…

— Tu as un crayon ?

Elle s'approcha de la table de nuit et ouvrit le tiroir. Elle y récupéra un crayon qu'elle tendit à Bryan.

Il posa la photo sur la petite table en même temps qu'il s'asseyait au bord du lit. Tenant le crayon incliné, il entreprit de griser le dos de la photo. Il prit tout son temps.

— Elle se rendra forcément compte qu'on lui a « emprunté » ces affaires, observa Dawn.

Il leva la tête.

— Tu l'apprécies, n'est-ce pas ?

— Je crois, oui.

Elle haussa les épaules.

— On ne peut qu'apprécier quelqu'un qui possède un chien comme Freddy…

Bryan, qui avait repris son crayonnage, se redressa.

— Et voilà !

— Qu'est-ce qu'il y a d'écrit ?

Elle s'assit sur le lit et se pencha pour voir. Elle se

retrouva pressée contre lui, et son parfum le grisa brutalement. Difficile d'être aussi près d'elle et de ne pas…

— « Joey, Laura, Becky, Sara, Glenn », lut-elle à voix haute. Il y a aussi une date. C'était il y a… dix-sept ans.

Leurs regards se croisèrent.

— Donc elle figure sur cette photo, murmura Dawn.

Bryan retourna le cliché. Il posa le doigt sur le visage masculin, à droite, le nomma, et fit de même avec les autres.

— Joey… Laura… Becky… et Sara ?

— Mais non ! Ce n'est pas Sara. C'est… Je crois bien que c'est Olivia !

— Je pense plutôt qu'il s'agit d'une autre Sara.

— Observe-la bien, Bryan.

Il obéit et approcha la photo de ses yeux, tout en ayant présents à l'esprit les traits d'Olivia Dupree. Ses cheveux bruns. Ses yeux marron. La petite saillie de ses pommettes.

— Qu'est-ce que ça signifie, bon sang ?

— Prenons un peu de recul, suggéra Dawn. Essayons d'abord de voir ce que ça nous dit, sans faire de suppositions hasardeuses…

— Il y a dix-sept ans, Olivia Dupree s'appelait Sara.

— Pourquoi s'appellerait-elle Olivia, maintenant ? Tu ne penses pas qu'elle…

— Allume ton ordinateur. Il nous faut absolument une photo de Sara Quinlan — une photo prise il y a seize ans. Je devrais pouvoir télécharger l'annuaire de promotion pour lequel j'ai payé, maintenant.

Dawn alla prendre son ordinateur portable dans l'armoire où elle l'avait caché. Elle l'alluma et chercha la connexion Wi-Fi du motel.

— C'est bon, annonça-t-elle. Où as-tu reçu l'e-mail de confirmation ?

Il lui donna le nom du site sur lequel il avait créé un

compte, et elle se rendit sur la page permettant d'accéder aux messages.

— C'est bon, il y a bien l'e-mail de confirmation, avec le mot de passe.

Elle copia la suite de chiffres et de lettres, puis retourna sur le site de l'université de l'Illinois. Une fois sur la page qui les intéressait, elle copia le mot de passe. Elle attendit ensuite que le chargement du document se fasse sur l'ordinateur.

— Il est en PDF, indiqua-t-elle en tapotant nerveusement des doigts sur le côté du portable.

Une fois le document chargé, il s'ouvrit automatiquement, et elle tapa aussitôt deux mots sur le clavier.

— Je fais juste une recherche sur son nom, dit-elle.

Elle cliqua sur l'onglet qui était apparu, un portrait datant de l'année de la promotion. Il s'afficha en plein écran. Aucun doute n'était permis : c'était le visage d'une Olivia plus jeune. Et le nom indiqué au-dessous était celui de Sara Quinlan.

Bryan leva les yeux de l'écran, et son regard resta rivé sur celui de Dawn.

— Olivia Dupree est en réalité Sara Quinlan.

— Mais qui l'Etrangleur a-t-il assassiné, il y a seize ans ? demanda Dawn d'une voix à peine audible.

— Elle était dans le lit d'Olivia, avec, au mur, les souvenirs d'Olivia. C'était forcément la vraie Olivia Dupree.

— Tu penses donc qu'Olivia… enfin, Sara, a procédé à un échange d'identité ?

— Ça me paraît difficile, mais pas impossible.

Bryan se leva et se mit à arpenter la chambre en même temps qu'il réfléchissait à voix haute.

— C'était sa colocataire. Elle était la mieux placée pour identifier le corps et effectuer un tour de passe-passe.

— Mais quelqu'un aurait pu s'en rendre compte. Un parent ou…

— Rappelle-toi : Olivia nous a avoué avoir rencontré Sara dans une famille d'accueil. L'une comme l'autre, elles n'avaient peut-être plus aucune famille pour s'apercevoir de l'échange. Olivia Dupree le savait, et elle s'est présentée pour réclamer le corps en affirmant être une cousine. Et elle l'a fait incinérer afin de couper court à toute enquête ultérieure.

— Il ne peut pas y avoir quelque part des documents archivés ? demanda Dawn. Un permis de conduire, un numéro d'étudiant ?

— Aucun permis de conduire n'a été délivré au nom de Sara Quinlan, assura Bryan. En revanche, elle a forcément eu sa carte d'étudiante.

— Avec une photo dessus. Personne ne s'en est soucié ?

Songeur, il hocha la tête.

— Le meurtre a eu lieu en juillet. Les cours ne reprenaient qu'en août. Elle n'avait peut-être pas encore sa carte. Ou, si c'était le cas, la vraie Sara l'a cachée, puis a affirmé l'avoir perdue pour en obtenir une autre — avec une nouvelle photo.

— La police aurait pu obtenir de la fac une copie de l'ancienne avant ça. Tout est informatisé.

— Deux personnes avaient déjà identifié la morte — deux personnes qui n'en étaient qu'une —, et il n'y avait aucune raison de procéder à d'autres vérifications. Et tu penses bien que si jamais il y avait une copie de cette carte dans les archives informatiques de l'université, Olivia Dupree a eu tout le temps de trouver un moyen de la faire disparaître, maintenant.

Bryan secoua la tête.

— Si c'est le cas, je ne suis pas sûr qu'elle aurait pu

entreprendre ça toute seule. Il lui a fallu de l'aide, pour réussir. Quelqu'un qui ait pas mal de pouvoir.

— Tu as une idée ?

Il haussa les épaules.

— Non… non, rien de précis.

— Mais qu'est-ce qu'elle peut avoir à cacher ? demanda Dawn. Est-ce que…

Elle s'interrompit, écarquillant les yeux.

— Mon Dieu ! Tu penses qu'elle pourrait être le tueur, en définitive ? Que ce serait elle, l'Etrangleur ?

— Elle aurait commencé par tuer sa colocataire, à qui elle aurait volé son identité, avant de poursuivre ses crimes — dix-sept meurtres de jeunes femmes d'affilée. Elle se serait arrêtée pendant seize ans, avant de recommencer soudain…

Dawn sentit son estomac se nouer.

— Il faudrait contacter les gens du laboratoire — enfin, demander à Nick de s'en charger —, pour qu'ils revoient les indices récupérés sur les lieux des crimes les plus récents, et vérifient s'il y avait ou non des poils de chien chez l'une des victimes.

— Je n'arrive pas à saisir l'intérêt pour elle de changer de nom, fit remarquer Bryan d'un ton songeur. Si elle était recherchée, cela se serait su, d'une manière ou d'une autre. On est allé très loin dans les investigations concernant la famille, le passé, avec l'espoir de trouver quelqu'un qui aurait eu un mobile pour la tuer. A ce moment-là, on ne savait pas qu'on avait affaire à un tueur en série.

Il secoua la tête.

— Ils n'ont pratiquement rien trouvé. Juste un ancien petit ami qui dealait de la drogue. Mais il était en taule au moment du crime — l'alibi parfait. Je ne vois pas, vraiment.

— Moi non plus. A moins que…

Elle s'interrompit et se mordit la lèvre.

— Quoi ? demanda Bryan. Tes intuitions ont été bonnes, jusque-là. A quoi penses-tu ?

— Imaginons que Sara Quinlan ne soit pas non plus son nom véritable ? Imaginons qu'elle ait tué la vraie Sara et lui ait pris son nom, comme elle l'a fait ensuite avec Olivia Dupree — la vraie ?

— Et Sara — du moins, Olivia — ne serait donc pas la première victime ?

Bryan prit le temps de réfléchir à cette hypothèse.

— Oui, ça vaut le coup de suivre un peu cette piste... Mais pourquoi tuer les autres ?

— Elle y a pris goût. Elle est devenue incapable de s'en empêcher. Il y a eu ensuite l'arrestation et la condamnation de Johnny Lee Jackson pour des crimes qu'elle avait commis. Il est possible aussi qu'elle ait cru avoir réussi à dompter cette force qui la poussait à tuer.

— Jusqu'au jour où quelque chose a tout réactivé, enchaîna Bryan. Et elle a recommencé.

Il baissa la tête.

— Ce que tu viens de dire pourrait s'appliquer à l'Etrangleur, quelle que soit son identité — dans l'hypothèse où Johnny Lee Jackson n'était pas le bon coupable.

Dawn ferma les yeux un court instant.

— Que faisons-nous, maintenant ? demanda-t-elle.

Il soupira, sachant qu'elle allait détester sa proposition.

— Il faut aller raconter tout ça à Nick. Il le faut, Dawn.

— Ne pourrait-on pas d'abord en parler avec elle ? Lui demander pourquoi elle a menti pendant toutes ces années ? Voir si elle n'a pas une excellente explication à donner à tout ça ?

— Tu voudrais retourner chez une tueuse en série supposée, lui dire que nous savons qui elle est et attendre tranquillement qu'elle s'explique ? Elle le fera, c'est certain. Elle nous servira une fable de sa composition, pour gagner un peu de temps, puis elle nous tuera pendant notre sommeil avant que nous n'ayons pu vérifier quoi que ce soit. Ou alors, elle disparaîtra, pour mieux resurgir ailleurs et se lancer dans une nouvelle carrière meurtrière, sous une nouvelle identité. Non, on ne peut pas prendre ce risque, Dawn.

— J'avoue que j'ai du mal à croire qu'Olivia soit capable de tuer qui que ce soit.

— *Sara*. Son vrai prénom est Sara. Tu sais, les tueurs n'ont pas tous des têtes de monstres sanguinaires.

— Je suis bien placée pour le savoir. Regarde mon père. Il était charmant, charismatique, et même séduisant, selon certains. Mais Olivia… enfin, Sara… Je ne sens pas chez elle un tempérament d'assassin.

Elle regarda Bryan avec une soudaine intensité.

— Et le bébé ? C'est donc Olivia Dupree qui a accouché avant sa mort, pas Sara Quinlan. La police ne cherchait pas du bon côté. Il n'est pas impossible qu'Olivia ait de la famille éloignée, qui aimerait en savoir plus sur l'existence de cet enfant. Sans compter qu'il y a forcément un père, quelque part…

Il marqua une pause.

— Cela expliquerait pourquoi le professeur a paru si bouleversée par la nouvelle. Elle a dû penser à la même chose. Qu'il y avait quelque part un enfant sans famille, en partie à cause de son mensonge.

— Nous devons retourner lui parler, Bryan.

— C'est Nick qu'il faut voir en priorité.

— Après elle.

— Au cas où tu ne l'aurais pas compris, tu figures sur sa liste, si jamais elle est bien l'Etrangleur. Elle a laissé sur chacun des corps un objet qui t'appartenait. C'est une façon de te prévenir, de jouer avec toi comme le chat avec la souris. Plus question que tu t'approches d'elle, désormais. On laisse ça à Nick.

Les mains sur les hanches, Dawn le défia du regard.

— Comment a-t-elle pu récupérer les objets dans mon sac ? Nous ne l'avions jamais rencontrée, avant.

— Elle était peut-être là sans que tu la voies. C'est valable aussi pour Everette Stokes, qui fait toujours partie des suspects.

— Allons lui parler, Bryan, insista Dawn. Il est possible qu'elle ait eu de bonnes raisons de changer d'identité... je ne sais pas, moi, pour échapper à une situation dangereuse. A quelqu'un. Cela n'aurait aucun lien avec l'Etrangleur et...

— Mais imagine qu'elle te tue ! coupa-t-il. Imagine que je te perde parce que tu étais venue ici pour essayer de m'aider. Je serais censé vivre avec ça, ensuite ? Comment, à ton avis ?

Elle cligna les yeux, les baissa et tenta de réprimer le flot d'émotions qui lui comprimait soudain la poitrine.

— Je... je n'y avais pas pensé, bredouilla-t-elle.

— Et qu'est-ce que je deviens dans l'histoire, moi ? Imagine que nous l'alertions juste assez pour qu'elle efface toutes les preuves, et que je me retrouve vraiment seul à porter le chapeau pour ses crimes ?

— Tu as raison, je suis désolée. Je n'avais pas pensé à...

— A moi. A aucun moment tu n'as pensé à moi, à la façon dont ça pouvait rejaillir sur moi. Et tu ne t'es pas souciée non plus de ce que j'avais pu ressentir, le jour où tu es partie sans un mot, puis quand tu as refusé de me voir ou de me parler pendant cinq ans. Tu n'as même pas eu l'idée de me demander de l'aide, ni même de me proposer de partir avec toi. Tu n'as pas pensé à moi. Tu ne penses jamais à moi.

Il jeta la photo sur le lit, où elle atterrit mollement.

— On va au cabanon, reprit-il en se remettant à

rassembler leurs affaires. Je vais appeler Nick pour qu'il nous retrouve là-bas.

Elle passa derrière lui, posa une main dans son dos et la fit remonter jusqu'à son épaule. Elle le sentit aussitôt qui se figeait.

— Je suis impardonnable, murmura-t-elle. J'ai été incroyablement égoïste. Je n'ai rien vu. Je ne me suis pas souciée de ce que tu pouvais ressentir. Je suis désolée, Bryan. Vraiment désolée. Et je crois que je comprends maintenant pourquoi tu… n'éprouves plus les mêmes sentiments pour moi. C'est impossible.

Il parut sur le point de répondre, mais aucun mot ne franchit ses lèvres. Comme s'il ne savait pas quoi dire.

— J'ai compris, maintenant, reprit Dawn. Je suis vraiment désolée, Bryan. Tu dois me croire.

Il soupira.

— Je me suis un peu emporté. C'est sans doute le stress.

— Il fallait que tu me dises tout cela un jour ou l'autre. Je l'ai mérité — ça, et même plus. Mais ce qui se passe aujourd'hui n'a rien à voir. Je veux t'aider. Je pense à toi, Bryan. Je ne pense même qu'à toi.

Il scruta son visage.

— Et tu risques ta vie en étant ici, avec moi, et en essayant de m'aider. Je le sais. Excuse-moi, je… Mes mots ont dépassé ma pensée.

— Je n'en suis pas sûre. Cette pensée a attendu cinq ans avant de pouvoir s'exprimer. C'était comme un abcès qu'il fallait percer. La blessure va peut-être pouvoir guérir…

— Peut-être.

— Vas-y. Appelle Nick.

Il hocha la tête et prit le téléphone portable que lui avait donné Nick. Dawn espérait de tout cœur qu'ils faisaient le bon choix.

*
* *

Ils roulaient sur une route de terre déserte, en si mauvais état que Dawn avait du mal à croire qu'elle puisse mener où que ce soit. Jamais elle n'aurait suivi un tel plan si Bryan n'avait pas été avec elle.

Mais il était là. Et malgré leur situation, elle en était heureuse.

Il faisait sombre, et ils avançaient lentement. La Ford Taurus n'était pas conçue pour le tout-terrain. Un 4x4 aurait été beaucoup mieux adapté.

La voiture roula sur un nouveau nid-de-poule. Dawn ressentit la secousse à travers tout son corps, alors que le véhicule roulait tout juste à vingt kilomètres-heure.

— On est encore loin ? demanda-t-elle.

Elle s'en voulut aussitôt. Elle se faisait l'effet d'une enfant capricieuse qui demande sans arrêt à ses parents : « Quand est-ce qu'on arrive ? »

Bryan se tourna vers elle, un sourire forcé aux lèvres.

— On n'est plus très loin.

— Tant mieux. Parce qu'à force de rouler, j'ai peur que nous ne semions des pièces de la voiture sur le chemin.

Le sourire de Bryan s'élargit.

— Heureusement qu'on n'est pas au début du printemps.

— Pourquoi ? C'est pire ?

— On a droit à des trous d'eau assez profonds pour engloutir une roue, et des dos d'âne qui raclent contre le châssis et esquintent les pots d'échappement.

— Et l'hiver ?

— Il y a un panneau aux deux extrémités : « Route fermée. Non entretenue. Ouverte en saison. »

Elle hocha la tête.

— « Vous continuez à vos risques et périls. A votre place, je ferais demi-tour. »

— C'est ça, oui.

Il tendit le bras.

— C'est juste après ce virage… Regarde, là !

Elle scruta le chemin, devant elle, s'attendant à découvrir enfin le cabanon de Nick, mais elle vit trois cervidés qui traversaient devant eux. Il y avait une biche, imposante, et deux faons, probablement ses petits. Aussitôt, une bouffée de nostalgie envahit Dawn, qui sourit, pleine d'une agréable sensation de bien-être.

— Cela faisait longtemps que je n'avais pas vu une biche…

— Je m'en doute. Je ne suis pas sûr que tu sois faite pour la vie urbaine, Dawn.

— Ah bon ?

Elle aurait aimé comprendre le sens de sa remarque, mais elle était fascinée par les animaux. La biche avait repéré la voiture et s'était figée, fixant du regard les phares de la Ford. Sa queue se redressa brusquement, attirant l'attention de sa progéniture. Ils la regardèrent, dans l'attente d'un autre signe. D'un bond gracieux, elle disparut entre les arbres, sur le côté de la route, suivie de ses deux petits.

Dawn reporta son attention sur Bryan.

— Pourquoi as-tu dit que je n'étais pas faite pour la vie urbaine ?

Il haussa les épaules.

— Tu as l'air mille fois mieux qu'à ton arrivée.

— Je ne sais pas comment prendre cette remarque. Je faisais peine à voir, en arrivant ? Ou bien… je dois accepter ça comme un compliment ?

— Un peu des deux, sans doute…

Il fit la grimace, comme s'il s'attendait à ce que sa réponse lui vaille une pluie de coups.

— Tu as retrouvé des couleurs, poursuivit-il. Tes

cernes, sous les yeux, ont disparu. Même tes cheveux semblent plus brillants.

— Je vois. Et tu as une explication à ça ?

— Je pense que tu te nourris mieux. Je pense aussi que les comprimés que tu prenais contre tes… visions n'étaient pas forcément très bons pour ta santé.

Elle hocha la tête, songeuse.

— Autre chose ?

— Tu es chez toi, ici. Dans le Vermont. Avec les montagnes, le bon air, la campagne. La famille, aussi. Tout ça t'est bénéfique.

— Exact. A ce détail près que j'ai un psychopathe après moi.

— A ce détail près, oui.

Il avait répété la formule de Dawn avec un sourire, mais son expression redevint aussitôt sérieuse.

— Selon moi, en tout cas, cela veut dire que tu es bien mieux ici, même en cavale et avec un tueur à tes trousses, qu'en Californie à mener une vie normale. Tu ne crois pas ?

Les sourcils froncés, elle réfléchit à cette idée ; elle savait qu'il avait raison, au fond. Mais, avant qu'elle ait pu trouver la réponse appropriée, il désigna le pare-brise du menton.

— Nous y voilà. J'ai l'impression que Nick est déjà arrivé.

Elle distingua dans les phares le reflet des feux arrière d'un véhicule, puis les rectangles dorés de plusieurs grandes fenêtres derrière lesquelles il y avait de la lumière. A mesure qu'ils approchaient, elle se pencha en avant, tâchant d'avoir un meilleur aperçu de l'endroit dans la nuit.

Un portail était grand ouvert, sur le devant, et une allée en courbes menait à une construction en rondins très différente du « cabanon » auquel elle s'attendait. La voiture de Nick était stationnée devant une grande véranda occupée par deux antiques rocking-chairs. Le cabanon ressemblait en réalité à une petite maison carrée, sur deux niveaux, avec un toit pointu et de grandes fenêtres, au rez-de-chaussée comme à l'étage. Il se dégageait de la bâtisse une impression de confort, et elle semblait même accueillante. Dawn laissa échapper un soupir de soulagement quand Bryan s'arrêta juste derrière la voiture de Nick et éteignit les phares.

— C'est vraiment… joli.

— On dirait que tu es surprise. Je t'avais pourtant prévenue.

— Je commençais à avoir des doutes. Désolée.

— Ça va. Je m'en remettrai.

Il sortit de la voiture, et Dawn le suivit, soudain impatiente de découvrir l'intérieur. Bryan la retrouva à l'avant du véhicule et lui prit la main pour gravir les trois marches de la véranda. La porte d'entrée était déjà ouverte.

Nick les accueillit avec un sourire.

— Je commençais à me faire du mouron pour vous. Pas de problèmes ?

— J'ai essayé de ménager la voiture, expliqua Bryan. Elle n'est pas conçue pour les petites routes de campagne.

Dawn était trop occupée à regarder autour d'elle pour donner son avis sur la prétendue petite route de campagne. Même si la nuit était assez douce, un beau feu illuminait l'immense cheminée en pierre. Le mobilier était rustique, dans une dominante de marron et de vert. Un décor très masculin. L'étage était en réalité un grenier, accessible par un escalier dont chaque marche était une moitié de rondin luisant de nombreuses couches de laque. La pièce principale avait un plafond voûté, avec un chandelier dont la partie centrale était constituée de bois de cerfs.

Dawn ne put réprimer une grimace.

— Ce sont des faux, ma belle, lui glissa Nick avec un gloussement.

Elle se tourna vers lui.

— Et en votre honneur, ajouta-t-il, j'ai décroché ma petite collection de trophées de daims, d'orignaux et d'ours.

— C'est gentil, merci, répondit Dawn en lui souriant. Je ne sais pas si j'aurais pu dormir sous le regard de tous ces yeux de verre…

Il se mit à rire.

— J'ai acheté des provisions et fait rentrer du bois. C'est l'été, je sais, mais il fait frais, la nuit. Et la cheminée est la seule source de chaleur, ici.

— Ça nous suffira, assura-t-elle. C'est vraiment gentil à vous, Nick. Vous prenez des risques, en nous aidant ainsi.

— Je risque quoi, au juste ? Ma carrière de flic ? Elle est derrière moi. N'oubliez pas que je suis à la retraite.

Bryan secoua la tête.

— Elle a raison. Tu pourrais te retrouver entre les murs d'une prison.

— Je ne sais même pas que vous êtes ici. Je ne suis pas revenu depuis la chasse au dindon sauvage, au printemps. Et j'avais complètement oublié que tu avais une clé.

Il plongea la main dans sa poche et en sortit une clé, justement, qu'il tendit à Bryan.

— Je suis couvert, comme ça.

— Je ne suis pas sûr de pouvoir te rendre un jour la pareille, fit remarquer Bryan.

— Détrompe-toi, Kendall. Je trouverai bien quelque chose. Allez, viens t'asseoir près du feu, dit Nick en tapant sur l'épaule de Bryan.

C'est alors seulement que Dawn remarqua la table basse, tranchée dans le tronc d'un arbre géant. Une cafetière était posée dessus, avec trois mugs et d'imposantes parts de tarte aux pommes posées sur des assiettes à dessert.

— C’est vous qui avez fait la tarte ? demanda Dawn. Vous cuisinez ?

— Pas à moins d’y être forcé. Je l’ai achetée en ville, à la pâtisserie. Elle sortait du four.

Nick s’installa sur une chaise imposante et il prit une assiette. Dawn l’imita, souriante, s’asseyant sur la causeuse. Elle goûta la tarte et ferma les yeux.

— Mmm…

— Alors, que se passe-t-il, Bryan ? demanda Nick. Tu m’as dit que tu avais du nouveau sur l’affaire. Une piste sérieuse ?

Bryan s’assit enfin, à côté de Dawn, sur la causeuse, mais il ne toucha pas à la tarte. Il se pencha en avant, les coudes sur les genoux.

— Tu connais bien Olivia Dupree ?

— Je l’ai rencontrée quand j’ai commencé l’enquête sur le meurtre de sa colocataire. Ensuite, je ne l’ai quasiment plus revue, jusqu’à ce que je prenne ma retraite, il y a cinq ans, et que je commence à enseigner à la fac. Nous sommes devenus amis. Et pour répondre à ta question, je crois que je la connais bien, oui.

Il avala un énorme morceau de tarte et posa son assiette sur la table basse.

— Pourquoi ?

Bryan échangea un regard avec Dawn. Elle l’encouragea d’un signe de tête.

— Elle n’est pas la personne qu’elle prétend être, Nick.

Nick fronça les sourcils, mais ne dit pas un mot.

— Nous avons la conviction qu’elle ne s’appelle pas Olivia Dupree, mais Sara Quinlan. C’est la vraie Olivia qui a été tuée, il y a seize ans. Pour une raison que nous ignorons, Sara lui a pris son identité. C’est aussi probablement elle qui est venue récupérer le corps. Elle a peut-être aussi…

— C'est bon, arrête-toi, l'interrompit Nick en levant la main.

— Ecoute, je sais que vous êtes amis. Peut-être même plus qu'amis. Mais j'ai une photo qui prouve…

— Je ne te demande pas de t'arrêter parce que nous sommes amis — et, au passage, j'aurais bien aimé que nous soyons plus. Ça n'est jamais arrivé, mais le sujet n'est pas là. Si je t'ai interrompu, c'est que tu es sur une mauvaise piste. Olivia — Sara — n'a pas changé de nom pour couvrir des meurtres. Si elle l'a fait, c'est parce qu'elle y était obligée. C'était une question de vie ou de mort.

Bryan cligna les yeux, visiblement sous le choc. Dawn reposa précipitamment son assiette, faisant tomber la fourchette sur la table. Elle regarda Nick, abasourdie par ce qu'elle voyait sur son visage — ou, plus exactement, ce qu'elle n'y voyait pas.

Aucune trace de surprise.

— Vous saviez, lui dit-elle. Mon Dieu, Nick, vous le saviez déjà…

Il se passa la langue sur les lèvres et hocha la tête.

— Je le savais, en effet. Mais finissez votre tarte, voulez-vous ?

13

— Comment ça, tu savais déjà ? Qu'est-ce que ça signifie ?

Bryan s'était levé d'un bond de la causeuse, comme piqué par un insecte. Il semblait abasourdi par la révélation de son mentor.

— Tu étais flic, nom de Dieu ! Tu aurais dû en parler, si tu étais au courant.

— J'*aurais dû*, répéta Nick avec une grimace.

Il secoua la tête.

— Ecoute, Kendall…

Dawn se leva à son tour et posa la main sur l'épaule de Bryan. Il était bouleversé, tout près d'entrer dans une grosse colère. Elle décida de tout faire pour l'en empêcher. Nick était comme un second père pour lui ; il l'aimait profondément.

Bryan tourna la tête vers elle, et son visage s'adoucit quand leurs yeux se croisèrent.

— Avant de t'énerver, tu devrais peut-être d'abord écouter les explications de Nick.

— Je ne vois pas ce qu'il pourrait dire.

— Dans ce cas, déclara Nick en se levant, je n'ai plus qu'à m'en aller.

Il haussa les épaules, les mains écartées, puis fit mine de partir.

— Attendez !

Dawn avait abandonné Bryan pour s'avancer vers Nick.

— Restez ! dit-elle en lui prenant le bras. Je suis prête à vous écouter, moi. Je n'ai pas la moindre idée de ce qu'Olivia… ou Sara…

— Appelez-la Olivia, c'est important.

Dawn fronça les sourcils.

— Pourquoi ?

Nick jeta un coup d'œil vers Bryan. Celui-ci n'avait pas bougé. Le visage impénétrable, il fixait un point invisible. Nick leva les yeux au ciel et revint à Dawn.

— Je reste pour vous, ma belle. Et je vais tout vous raconter. Que les choses soient claires : je ne cherche pas à me justifier ni à me défendre. J'ai fait ce que je devais faire. Olivia serait morte, sans cela.

— Olivia *est* morte, lâcha Bryan entre ses dents serrées.

Nick se tourna de nouveau vers lui, les traits sombres.

— Tu voudrais bien cesser de te comporter comme un gamin de dix ans, Kendall, et t'asseoir pour écouter ? Ou bien, si tu préfères, je te passe les menottes et je t'embarque…

— Vas-y, je t'en prie, ne te gêne pas.

Bryan avait tendu les bras devant lui, les mains jointes au niveau des poignets.

— Ça suffit, Bryan ! intervint de nouveau Dawn. Arrête ton numéro !

— Oh, et puis tu m'emmerdes ! lança Nick, avant de se diriger vers la porte.

Il l'ouvrit en grand et ajouta :

— Je n'ai pas douté de toi quand tu m'as juré que tu n'avais pas tué Bettina Wright. Jamais, pas une seule seconde, je ne t'ai soupçonné. Ni traité de menteur. Je ne t'ai fait aucune remarque sur ta vie personnelle. J'aurais aimé avoir droit au même genre de faveurs.

— Tu as violé la loi, Nick. Tu es flic, et tu as violé la loi.

— Tout comme toi en ce moment, non ? Ou quand tu es allé récupérer en douce aux archives tout ce qui concerne l'Etrangleur...

— Tu savais ? demanda Nick, stupéfait.

— Evidemment ! C'était mon affaire, non ? Et tu t'imagines qu'on n'allait pas vouloir jeter un œil au dossier, avec ce qui se passe en ce moment ?

— Ils savent que je l'ai ?

— Non. Je me suis débrouillé pour qu'on pense que les cartons avaient été mal rangés. Du coup, il a fallu passer au peigne fin toutes les archives. J'avais l'espoir que tu pourrais les rendre avant qu'ils comprennent. Les documents ont disparu *avant* le premier meurtre : s'ils s'en rendaient compte, ça ferait forcément peser davantage les soupçons sur toi. Moi, je me suis dit que tu devais avoir une bonne raison, et que tu m'expliquerais ça une fois le moment venu. Je t'ai accordé le bénéfice du doute, Kendall. Parce que j'ai confiance en toi.

Sur ces mots, Nick franchit la porte et la claqua derrière lui.

Dawn fixa un instant le battant, avant de se tourner vers Bryan.

— Qu'est-ce qui ne tourne pas rond chez toi ? Je me demande si tu ne serais pas idiot, par hasard ? Nick est l'une des rares personnes sur Terre qui soit de ton côté — ou, du moins, qui *l'était*. Pour être honnête, je commence moi-même à me poser des questions...

Il soupira, levant les yeux vers le plafond.

— Il n'est pas l'homme que je pensais.

— Parce que tu en avais fait un héros. Une espèce de superflic sans l'ombre d'un défaut. Et il suffit que tu découvres qu'il n'est en réalité qu'un être humain, comme nous tous, pour t'en prendre à lui.

Il lui décocha un coup d'œil meurtri, comme s'il se sentait trahi.

— De quel côté es-tu exactement ? demanda-t-il.

— Du tien, Bryan. J'ai toujours été de ton côté. Et c'est pareil pour Nick. Tu ne peux pas le traiter comme tu l'as fait, surtout pas en ce moment. Tu n'as pas beaucoup d'amis en réserve.

Secouant la tête, il gagna à son tour la porte.

— Je vais faire un tour.

Sans réagir, Dawn se contenta de le regarder sortir. Elle lui en voulait, pourtant, de partir ainsi et de la laisser seule, uniquement parce qu'il était en colère.

Ignorant la petite voix qui lui rappelait que Bryan était recherché pour une série de meurtres qu'il n'avait pas commis, et qu'il avait à ce titre de nombreuses raisons d'être à cran, elle se lança dans une visite plus approfondie de la maison. Elle découvrit que la partie arrière, celle qui se trouvait sous le grenier, était un vaste espace ouvert faisant office de cuisine et de salle à manger. Une double porte-fenêtre donnait sur une grande terrasse agrémentée de meubles de jardin et d'un barbecue au gaz. Mais surtout, au-delà, il y avait une vue à couper le souffle. Alors que la nuit était presque tombée, à présent, on entrevoyait quand même les chutes de Shadow Falls, inquiétantes et irréelles, qui tombaient sur plusieurs dizaines de mètres pour se jeter furieusement dans le lac, à leurs pieds.

— Il ne manque plus qu'un Jacuzzi, ici, fit une voix derrière elle.

Elle sursauta violemment. Le cœur battant à grands coups, même si elle avait tout de suite reconnu la voix de Nick, elle se tourna vers lui, un timide sourire aux lèvres.

— Vous m'avez fait une de ces peurs…

— Désolé. Je n'aurais pas dû m'en aller comme ça. Où est-il ?

— Parti faire une petite promenade pour se calmer.

— Il vous a laissée seule ?

— Il doit penser que je suis en sécurité, ici.

Nick soutint un instant son regard, songeur.

A quoi pensait-il ? Trouvait-il que Bryan se montrait désinvolte, voire indifférent à son égard, pour l'abandonner ainsi, sans protection ?

Devant, la porte moustiquaire craqua. Bizarrement, elle ne l'avait pas entendue, quand Nick était revenu. Mais elle était plongée dans ses pensées.

— Le voici, dit-elle.

Nick haussa les sourcils. Il porta la main à son arme, glissée dans un holster d'épaule, sous son aisselle gauche, en même temps qu'il se tournait. Dawn se tendit. Elle commença de se frictionner les bras, luttant contre les larmes qui lui montaient soudain aux yeux. Comme s'il sentait son désarroi, Nick tourna la tête vers elle.

— Ça va aller, ma belle, ça va aller.

Il revint sur ses pas pour la prendre dans ses bras et la serrer doucement contre lui. Il essayait de la réconforter, elle le savait, mais elle n'arrivait pas à se détendre dans son étreinte. Elle se sentait mal à l'aise.

Ses nerfs étaient plus tendus que des cordes de violon.

— Allez voir ce que c'est…, murmura-t-elle. Je vous en prie. Je… j'ai une drôle d'impression.

— Vous tremblez comme une feuille.

— Ne vous inquiétez pas. Allez vérifier…

— Il aime ça, vous savez ? Cette peur que ses victimes éprouvent quand elles comprennent ce qu'il est sur le point de leur faire. Il en a besoin. C'est comme une espèce de drogue à laquelle il serait accro.

— Vous êtes le mieux placé pour en parler…

Elle le repoussa doucement pour se libérer. Nick s'écarta

et la dévisagea en fronçant les sourcils, comme s'il ne comprenait pas le sens de sa remarque.

— Vous avez écrit un livre sur lui, expliqua-t-elle. Enfin… sur celui que vous pensiez être le tueur.

— Oui. Et je commence à me poser des questions.

Il secoua la tête et se tourna vers le salon.

— On est derrière, Kendall !

— Vous saviez que c'était lui ?

— Je ne suis sûr de rien. Bryan ? Arrête un peu de terroriser ta petite amie et réponds-moi, tu veux ?

Des pas se rapprochèrent, et la voix de Bryan annonça :

— C'est moi, Dawn.

L'instant d'après, il apparut. Il scruta le visage de Dawn et vit forcément la peur qui l'habitait encore, la pellicule de sueur glacée qu'elle sentait sur son front.

— Je n'aurais pas dû te laisser seule.

— Bien sûr que tu n'aurais pas dû ! s'exclama Nick. Ça aurait pu être lui, et pas moi, qui la retrouve ici… C'est quoi, ton problème, Kendall ?

— En cet instant, c'est toi, Nick, répliqua Bryan.

Il traversa la pièce pour rejoindre Dawn.

— Je suis désolé, dit-il en lui caressant la joue. Ça va ?

— Ça irait encore mieux si vous acceptiez de vous asseoir, tous les deux, et de parler.

Elle se blottit contre lui, mais ce fut pour lui chuchoter :

— Toute cette affaire le bouleverse bien plus que tu l'imagines, Bryan. Il a la trouille. Ce que tu penses de lui compte beaucoup.

Il acquiesça, lui posant la main sur la tête.

— Je suis désolé de t'avoir laissée. Désolé…

— Ecoute-le, Bryan.

Elle s'écarta.

— Et si nous reprenions cette conversation depuis

le départ, messieurs ? Nous sommes tous sur les nerfs. Vous savez bien que vous vous aimez, tous les deux…

Bryan leva les yeux au ciel.

— Ça, c'est bien les femmes ! Il faut toujours qu'il soit question d'amour…

Il passa un bras autour de la taille de Dawn, en un geste qui la surprit, et il la guida jusqu'au petit canapé, où ils s'assirent. Nick resta debout. Il se mit à faire les cent pas, visiblement ébranlé par ce qui s'était passé, et commença son récit :

— Sara Quinlan fréquentait un dealer à la petite semaine qui était surtout un enfoiré de première.

— Il dealait quoi ? demanda Bryan.

— De l'herbe.

Bryan cligna les yeux, comme s'il doutait déjà de l'histoire. Il semblait prêt à mettre en question tout ce que son ancien héros pourrait dire.

Mais Nick avait repris ses explications.

— Elle vivait avec ce type, et il la frappait régulièrement. Elle a tenté à deux reprises de le quitter, mais, les deux fois, il l'a retrouvée, lui promettant de la tuer si elle ne revenait pas. Elle est donc revenue. Elle était jeune. Elle avait peur. Elle croyait à ses menaces. Sur ce point, je pense qu'elle n'avait pas tort.

Bryan haussa les épaules.

— Elle est allée voir les flics ?

— Mais il *était* flic.

A ce moment-là, Dawn vit une lueur d'intérêt éclairer les yeux de Bryan. Il fixa Nick avec une attention nouvelle.

— Quand la fille se plaignait autour d'elle, elle n'était pas prise au sérieux. Il faut dire qu'il était malin ; il ne laissait pas de marques, il avait toujours une bonne histoire toute prête, et il racontait un peu partout qu'elle était psychologiquement instable. Il avait si bien préparé son truc que lorsque Sara s'est décidée à aller porter plainte, tout le monde était déjà persuadé qu'elle était cinglée. Elle, elle savait qu'elle devait se sortir de là, et vite. Elle s'est mise à récolter des informations sur le petit commerce parallèle de son jules. Elle notait des noms, des dates, elle écoutait les conversations téléphoniques. Quand elle a estimé qu'elle en avait appris assez, elle a tout balancé à la DEA. Comme le type était flic, les choses sont allées *très* vite. En deux temps trois mouvements, il s'est retrouvé derrière les barreaux ; elle, elle a réuni ses affaires, vidé ses comptes en banque et elle a quitté l'Etat. Elle est venue s'installer ici, loin de Chicago. Elle est tombée par hasard sur une fille avec qui elle avait passé quelques mois dans la même famille d'accueil, des années plus tôt. Une fille sans famille, comme elle. Elles se sont de nouveau installées ensemble.

Nick s'approcha de la cheminée, posant la main sur le manteau.

— Quand je suis arrivé à l'appartement, elle était terrifiée. Elle était persuadée que son ex avait envoyé quelqu'un pour l'assassiner, et qu'on avait tué sa colocataire à sa place, par erreur. C'est à ce moment-là qu'elle a eu l'idée d'intervertir leurs identités. Elle a fait croire que la morte était Sara et qu'elle-même était Olivia. Elle a pris son identité ; elle a commencé d'utiliser le permis de conduire de sa colocataire et son numéro de Sécurité sociale. Elles ne se ressemblaient pas vraiment, mais elle a éclairci ses cheveux, les premières années, avant de laisser tomber quand le permis a expiré et qu'il a fallu faire une nouvelle photo. Le changement, alors, était complet.

— Comment l'as-tu découvert ?

Les yeux perdus dans le feu de cheminée, Nick inspira longuement et leva la tête.

— Tu ne penses quand même pas qu'elle aurait pu réussir tout ça seule ?

— Tu l'as aidée ? murmura Bryan. Bon sang, tu l'as aidée ?

— J'ai d'abord vérifié toute son histoire, expliqua Nick. Son copain était en effet une vraie saloperie. Il avait été libéré et il avait soif de sang, Kendall. Son sang à elle. Qu'est-ce que tu aurais fait si Dawnie s'était trouvée dans la même situation ? Je l'ai aidée, c'est vrai. Il le fallait. L'autre enflure pense qu'elle est morte, maintenant. Et ce petit tour de passe-passe n'a fait de mal à personne.

— Tu oublies l'enfant d'Olivia.

— La vraie Olivia avait eu son enfant avant que tout cela n'arrive. Elle l'a mis là où elle voulait qu'il soit.

— Il a un père, aussi, intervint Dawn. N'a-t-il pas le droit de savoir ?

— Si j'avais été au courant de cette histoire de bébé, j'aurais sans doute procédé différemment, reconnut Nick. Mais j'ignorais son existence. Quand je m'en suis aperçu, j'étais déjà trop impliqué dans l'affaire pour m'en retirer sans foutre en l'air ma carrière, et sans mettre la vie de cette femme en danger. Je savais qu'elle vivait ça aussi mal que moi, et je ne lui en ai jamais parlé.

Il se tourna, fixant Bryan aussi intensément qu'il pouvait.

— Je te jure devant Dieu que j'ai essayé de le trouver, ce gamin. De découvrir qui pouvait être son père. Mais chaque piste menait à une impasse. Alors, à la fin, j'ai décidé que cette histoire était peut-être destinée à rester dans l'ombre…

Bryan baissa la tête.

— Essaye juste d'imaginer que ce soit arrivé à Dawnie, insista Nick. Qu'est-ce que tu aurais fait pour la protéger ?

— Ça n'a rien à voir ! répliqua Bryan. Tu ne connaissais même pas Sara. Pour Dawn et moi…

Il lui jeta un coup d'œil.

— Pour Dawn et moi, c'est différent.

— Pas tant que ça. En tout cas, tu connais la vérité, à présent. Tu as le droit de la partager avec le reste du monde… en prenant le risque de faire tuer une jolie femme innocente. Et de ruiner ma réputation par la même occasion. Tu peux aussi garder ça pour toi. C'est toi qui décides. Tu dois quand même comprendre que ça n'a aucun rapport avec les meurtres de l'Etrangleur. Je me suis senti comme un débutant, lorsque j'ai découvert que l'ex de Sara n'était pour rien dans le meurtre d'Olivia. Mais l'affaire est arrivée jusqu'à lui, comme nous l'espérions, et il l'a laissée tranquille. Cela devrait continuer, à moins que tu ne l'exposes de nouveau…

Il s'assit, cette fois, les regardant tour à tour. Bryan resta silencieux. Tendue, Dawn se demandait de quelle manière il allait réagir. Et plus les secondes passaient sans qu'il se décide à prendre la parole, plus son malaise grandissait. Bientôt, elle n'y tint plus.

— Accordez-nous juste un peu de temps pour digérer tout cela, dit-elle à Nick. Cela fait beaucoup de…

— Beaucoup de quoi ? coupa-t-il. C'est pourtant simple. Faites sauter sa couverture, et elle sera aussitôt en danger de mort. Ce sera rapide. Son ex n'est plus en prison. Et en plus d'être libre, il est maintenant bien implanté dans le monde criminel.

Dawn fronça les sourcils.

— Vous le surveillez ?

— Un peu que je le surveille ! Qu'il jette ne serait-ce qu'un coup d'œil dans notre direction, et je le saurai aussitôt. Olivia a confiance en moi.

Dawn le dévisagea. Se rendait-il compte qu'il était amoureux d'Olivia ? Probablement pas. Les hommes sont particulièrement bornés, sur le sujet, c'est bien connu.

Elle devait lui parler. N'avait-elle pas réussi à anéantir la plus belle des relations, comme on n'en connaissait qu'une dans sa vie ?

— Vous avez dit qu'il est implanté dans le monde criminel, reprit-elle. Qu'est-ce que vous entendez par là ?

Nick concentrait toute son attention sur Bryan, qui ne le regardait même pas. Avec un soupir, il revint à Dawn.

— Tommy Skinner n'est plus flic. Il a purgé sa peine, mais il a gardé des liens avec tous ses contacts, d'un côté comme de l'autre de la barrière. C'est ce qui lui a rapidement valu d'être très recherché dans certains milieux. Il brasse beaucoup d'argent, maintenant. Il a du pouvoir, et des amis qui en ont encore plus.

— Mais c'est de crime organisé que vous parlez, là…

Nick confirma d'un hochement de tête.

— Comment savez-vous qu'il s'intéresse toujours à elle ? demanda encore Dawn. Il n'est pas occupé par des choses plus importantes ?

— Je le sais, voilà tout. Il a beaucoup d'influence, à Chicago. Que quelqu'un s'avise d'aller fouiner là-bas en posant des questions sur Sara Quinlan, et il le saura aussitôt.

— Merde ! dit Bryan entre ses lèvres. Merde, merde et merde.

— Quoi ?

Il croisa enfin le regard de Nick.

— Tu ferais peut-être mieux de trouver quelqu'un pour surveiller devant chez elle. Il est possible que Rico soit déjà sur place — j'ai donné son numéro à Olivia. Si ce n'est pas le cas, envoie-le là-bas.

— Pourquoi ?

Bryan soupira.

— J'ai commandé sur internet un des annuaires de promotion de Sara.

— Tu as mentionné son nom ?

— Pour trouver la bonne année, j'ai été obligé de faire une recherche nominative. Je n'imaginais pas que ça pouvait la mettre en danger…

— Tu aurais dû me demander ! s'exclama Nick.

— Et tu aurais dû m'en parler ! Tu savais bien que je cherchais dans cette direction. Et ne joue pas le donneur de leçons, Nick, alors que c'est toi qui as enfreint la loi pendant ces seize dernières années. Tu as peut-être privé un père de son fils, quand même !

— Tu…

Nick avait tendu l'index vers Nick, mais le reste de sa phrase ne suivit pas. Il secoua la tête.

— Tu as raison. J'aurais dû t'en parler.

— Tu es bien certain qu'elle n'a rien à voir avec les meurtres ?

— Je te le garantis. J'ai exploré cette piste à fond. Elle serait incapable de tuer une fourmi…

— D'accord. Je vais garder tout ça pour moi. Mais je pense quand même que tu devrais…

— Je mets Rico sur le coup, s'il n'est pas déjà sur place. Je vais aussi prévenir le chef que l'Etrangleur pourrait s'en prendre à elle. Tu me promets de ne pas parler de tout ça ? insista Nick en fixant Bryan avec intensité.

Bryan hocha la tête.

— Pour l'instant, en tout cas.

— Il a besoin de temps, intervint Dawn. Pour réfléchir.

— C'est ça, oui. Du temps. Et un endroit sûr. Sans oublier mon soutien indéfectible. Comme toujours. N'est-ce pas, Kendall ?

Bryan croisa son regard, mais ne dit rien.

— Bonne nuit à tous les deux !

Nick tourna le dos et les laissa. Il ne claqua pas la porte de la maison en sortant. Il ne fit pas rugir son moteur ni hurler ses pneus. Sa colère était calme, contenue et, d'une certaine manière, encore plus impressionnante.

Dawn prit place à côté de Bryan sur la causeuse. Elle le dévisagea et comprit que l'heure n'était pas aux explications. Il avait besoin de réfléchir. De trouver lui-même des solutions. Elle allait donc devoir garder pour elle les questions qui lui brûlaient la langue, tout en ayant conscience qu'elle ne tiendrait pas longtemps.

Elle lui tapota l'épaule, afin qu'il sache qu'elle restait à son côté, s'il avait besoin d'elle, et qu'elle n'était pas en colère, contrairement à Nick.

— Qu'est-ce que je dois faire ? lui demanda-t-il alors, toujours immobile.

La question stupéfia Dawn.

— Mais ce n'est pas à moi de te le dire. C'est ton problème, pas le…

— Imagine que je ne fasse rien, l'interrompit-il. Que vas-tu faire, *toi* ?

Il tourna la tête vers elle et la regarda.

— Je ne comprends pas, avoua-t-elle.

— De mon côté, j'ai décidé de laisser tomber. Et toi ? Tu appelles MacNamara et tu lui déballes tout ce que tu sais sur Olivia Dupree ? Tu as la certitude qu'elle est honnête et tu ne dis rien de son secret ? Ou bien tu retournes encore lui parler, et tu décides ensuite ? Alors ?

Elle secoua la tête.

— Ne fais pas peser ça sur moi, Bryan. Ce n'est pas à moi de…

— Je t'en prie, Dawn. Je te le demande, là.

Dans son regard, elle lut une telle intensité, une telle sincérité, qu'elle eut l'impression de s'y dissoudre tout entière. Elle se laissa aller contre le dossier du petit canapé.

— Entendu. J'imagine que si c'était moi qui dirigeais les opérations — je dis bien *si* —, je mènerais certaines recherches. Si je pouvais avoir une bonne fois pour toutes la preuve qu'elle n'est pas la tueuse et vérifier ce que Nick nous a dit sur son ex, je pense que je serais d'accord pour garder le secret.

Il hocha la tête.

— Et si jamais tu étais incapable de prouver qu'elle n'est pas l'Etrangleur ?

— Eh bien, je la mettrais au premier rang de mes suspects.

Bryan ne réagit pas tout de suite, comme s'il intégrait cette réponse.

— Mais ton instinct, Dawn ? finit-il par demander. Qu'est-ce qu'il te souffle à son sujet ?

— Qu'elle est innocente, répondit-elle sans la moindre hésitation. Mais cela ne signifie rien. J'ai en moi une espèce d'instinct génétique féminin qui se refuse à accepter qu'une femme puisse être capable de tuer d'autres femmes avec une telle brutalité.

— Tu penses néanmoins qu'elle est innocente ? insista Bryan, comme s'il n'avait entendu que sa première phrase.

— Disons que je l'espère.

Il soupira.

— Je suis sûr qu'il n'y a pas que cela. Même si tu es persuadée du contraire, j'ai la conviction que tu as toujours une espèce de… de lien.

— Absolument pas ! Il n'y a plus rien de ce genre.

— On verra.

Elle haussa les épaules.

— Je te connais : tu ne vas pas réussir à dormir, maintenant. Nous devrions trouver de quoi nous occuper, histoire de te changer les idées.

Il la dévisagea.

— Excuse-moi : je suis tellement accaparé par mes propres soucis que je ne m'occupe plus des tiens.

— Ça va, je t'assure.

— Ah bon ? Tu as un tueur en série à tes trousses et tu trouves que ça va ?

Elle haussa de nouveau les épaules.

— Je me sens en sécurité, ce soir.

— Je suis heureux que cet endroit te donne ce sentiment.

— Ce n'est pas forcément l'endroit. Plutôt la personne avec qui je suis.

Elle l'avait regardé droit dans les yeux en prononçant ces mots. Elle vit son regard s'assombrir légèrement et sentit un frisson familier lui courir dans le dos. Elle avait terriblement envie de lui. Le désir, en elle, ressemblait à un torrent brûlant. Pourtant, elle le savait, Bryan ne se sentait pas suffisamment en confiance pour prendre l'initiative.

Elle savait aussi qu'en s'abandonnant l'un à l'autre ils ranimeraient les sentiments qu'ils avaient éprouvés autrefois. Tout reprendrait comme avant. Ce qu'ils avaient partagé était trop fort. Faire l'amour reviendrait à approcher une flamme d'un tas de broussailles sèches ; ils risquaient d'allumer un feu de forêt capable de les consumer, pour le meilleur comme pour le pire.

— Pourquoi ne pas marcher jusqu'au lac ? proposa-t-elle.

— C'est un réservoir.

Elle se tourna vers les portes-fenêtres qui donnaient sur la terrasse et, à travers les vitres, elle entrevit l'eau qui scintillait sous la lumière pâle de la lune.

— Il a la *taille* d'un lac. Et les chutes sont spectaculaires.

Comme il ne répondait pas, elle se tourna vers lui. Il soutint un instant son regard, avant de se lever brusquement.

— Bonne idée. Je vais même te proposer mieux.

Il traversa la pièce et ouvrit la porte d'un grand placard à l'intérieur duquel il fouilla un instant.

— Tu préfères le ponton ou le bateau ? lança-t-il.

Décontenancée, Dawn ne sut que répondre.

— Je… il y a un… un bateau ? bredouilla-t-elle.

— Oui, madame !

Il revint, avec une musette de pêche dans une main et dans l'autre deux cannes.

— Alors ? Le ponton ou la barque ?

Elle secoua la tête et sourit. Il savait s'y prendre pour la faire rire, l'aider à se détendre quand elle en avait besoin. Il avait toujours su, d'ailleurs.

— Le bateau, répondit-elle. S'il est vraiment adapté pour le réservoir.

— C'était le cas la dernière fois que je suis venu.

De la tête, il désigna le placard.

— Va prendre deux polaires à capuche. Il fait frisquet, sur l'eau, le soir.

Elle alla récupérer les deux vêtements, puis elle suivit Bryan.

Un parfum de pin flottait dans l'air. La lune brillait assez pour qu'on puisse se déplacer sans lampe électrique au-delà de la terrasse. Ils la traversèrent, descendirent les quelques marches qui permettaient d'accéder au terrain. Une petite allée sinueuse les mena en pente douce jusqu'au rivage. Le réservoir était une étendue d'eau de six hectares environ, dont la surface luisait sous la lueur argentée de la lune ; de la mousse et de l'écume se formaient autour des chutes. Un ponton de bois assez étroit s'avançait sur cinq mètres environ au-dessus de l'eau, soutenu à son extrémité par des tonneaux. Il tangua légèrement quand ils s'engagèrent dessus. A mi-chemin, une barque était attachée à un pilier.

Bryan déposa le matériel dans l'embarcation, avant de monter à bord. Puis il tendit la main à Dawn. Elle fut émerveillée par la force de cette main qui enveloppait presque entièrement la sienne. Il l'aida à quitter le ponton instable pour monter à son tour dans le bateau, qui tanguait presque autant. Elle s'assit sur une des banquettes, mais il ne la lâcha pas et s'assit face à elle, la regardant droit dans les yeux.

— Je ne sais pas comment je m'en serais sorti, si tu n'étais pas revenue, Dawn.

Elle esquissa un sourire.

— Tu n'en as pas vraiment fini. Avant d'être reconnaissant, tu devrais peut-être attendre que j'aie vraiment fait quelque chose pour t'aider.

— Mais tu m'aides. Crois-moi.

— Tu en ferais autant pour moi.

— Je ne sais pas ce que je t'aurais répondu il y a encore une semaine.

— Tu étais toujours aussi en colère ?

Il répondit d'un hochement de tête.

— Et maintenant ?

— Tu t'es rachetée. Amplement rachetée.

Elle fronça les sourcils, hésitante.

— Alors, tu… tu me pardonnes ?

Tournant sa main dans la sienne, elle entremêla leurs doigts et les serra.

— Je te pardonne, oui.

Elle ferma les yeux en sentant la brûlure soudaine de larmes.

— Si tu savais combien j'avais besoin d'entendre ça !

Il lui passa la main sur les cheveux.

— Tu devrais aussi penser à te pardonner toi-même, non ?

— Peut-être.

En vérité, elle n'en était pas convaincue. Quand Bryan lui lâcha la main et se leva pour détacher l'amarre qui reliait la barque au ponton, elle songea qu'elle ne serait jamais capable de se pardonner. Elle avait perdu l'amour de sa vie ; elle avait ruiné toutes ses chances avec le seul homme qui lui importait ; elle l'avait perdu. Comment pourrait-elle jamais se pardonner une chose pareille ?

14

Bryan, qui s'était mis à ramer avec énergie, s'avisa au bout de quelques secondes que cet exercice lui faisait du bien, le libérant en partie de sa tension. Il y consacra donc plus d'ardeur qu'il n'était sans doute nécessaire.

Coucher avec Dawn ce soir l'aurait aussi libéré de cette tension mais il s'y refusait. Ce serait destructeur. Il retomberait amoureux, avec la même force qu'autrefois, et il savait très bien à quoi cela mènerait. Une couronne d'épines qui le transpercerait quand Dawn s'en irait de nouveau.

A moins qu'elle ne parte pas, cette fois.

Mais comment en être sûr ?

En le lui demandant, peut-être.

Comme s'il pouvait espérer obtenir une réponse parfaitement honnête ! Certes, elle s'inquiétait pour lui et s'était précipitée pour l'aider, mais elle était clairement poussée par la culpabilité. Et par un reste d'affection, aussi. Ce qu'ils avaient partagé jadis était très fort. Ils avaient perdu ensemble leur virginité. Cela signifiait forcément quelque chose. En outre, ils avaient été amis, et l'étaient toujours.

S'il lui demandait de rester, elle ne serait peut-être pas capable de lui dire non — du moins aujourd'hui. Uniquement par culpabilité. Par compassion. Ou parce qu'elle savait qu'il risquait de se retrouver très prochainement en prison. Ce serait alors sa dernière chance de se sentir vivant jusqu'à ce qu'il soit libéré sur parole.

— Je pense que nous sommes assez loin, remarqua soudain Dawn.

Bryan s'arrêta de ramer. Il leva les yeux pour vérifier la distance qu'ils avaient parcourue, puis il se tourna et regarda derrière lui. Ils avaient nettement dépassé le milieu du réservoir et approchaient de la rive opposée, où l'eau s'écoulait du lac en torrents minuscules entre des digues construites par l'homme. Il rentra les rames à bord, jeta la petite ancre pour les empêcher de dériver avec le courant, et tendit la main vers la musette.

— Pas d'appâts vivants, dit-il. Nick utilise des vers en plastique qui font aussi bien l'affaire.

— Je crois que je préfère, pour tout t'avouer.

Il sourit, sans lever les yeux, de peur qu'elle n'y voie la trace des pensées qui l'agitaient quelques instants plus tôt. Il se concentra sur sa tâche : attacher les faux vers en plastique aux hameçons de deux lignes, avec leurs bouchons rouge et blanc et leurs minuscules plombs. Il tendit la sienne à Dawn.

— Cela fait des… années que je n'ai pas pêché, avoua-t-elle. Depuis que je suis partie.

Elle fit aller sa canne vers l'arrière, puis la lança vers l'avant — de façon latérale, et non au-dessus de sa tête comme un débutant. Son geste était parfait. Un léger « plop » retentit dans l'eau, droit devant eux.

— Joli, commenta Bryan.

— Il y a des choses qui ne s'oublient pas, dit-elle en se tournant vers lui.

— C'est vrai.

Ils se fixèrent en silence. Il ne parlait évidemment pas de la façon dont Dawn utilisait une canne à pêche. Et elle l'avait compris, il le savait. Il s'attendait à ce qu'elle baisse les yeux, les détourne et change de sujet.

Au lieu de quoi, elle déclara :

— Je n'ai jamais oublié ce qui s'est passé entre nous. Dans ces bois…

Il aurait dû se douter qu'elle n'éluderait pas cette conversation. Il l'avait soigneusement évitée depuis le retour de Dawn, mais ils savaient l'un comme l'autre qu'ils n'auraient pas éternellement la possibilité de se parler. Il ne céda pas à son envie de se dérober une nouvelle fois.

— Moi non plus, avoua-t-il.

Et il lança sa ligne dans la direction opposée à celle qu'avait choisie Dawn.

— Nous n'avions pas la moindre idée de ce que nous étions en train de faire. Malgré tout, c'était… incroyable.

Il hocha la tête en silence.

— Tu as… tu as eu beaucoup d'aventures, depuis que je suis partie ? demanda-t-elle.

Il la regarda.

— Je ne dirais pas « beaucoup ». Mais j'ai eu quelques aventures. Cela te pose un problème ?

— Si c'était le cas, je n'aurais qu'à m'en prendre à moi-même.

Que pouvait-il répondre ? Il força la boule qui lui obstruait soudain la gorge.

— Et… et toi ? J'imagine qu'il y a eu d'autres… d'autres hommes.

— Non.

— Voyons, Dawn ! Tu n'es pas obligée de me ménager. Je ne suis plus un gamin !

Elle inclina la tête sur le côté, de sorte que ses cheveux glissèrent sur ses épaules.

— Je travaille beaucoup, je cours à droite et à gauche

et je… je gère mes pulsions sans avoir besoin de qui que ce soit.

— Mais pourquoi ?

— Je pense qu'il ne serait pas honnête d'avoir une relation avec un homme en sachant que je ne resterais pas avec lui. Quant à l'idée d'une nuit sans lendemain, je n'y arrive pas. Il semble que l'idée de sexe, pour moi, soit plus de l'ordre d'un lien émotionnel que du simple plaisir physique.

— Mais… comment peux-tu décider à l'avance que tu ne resteras pas avec quelqu'un ?

— Parce que j'ai un gros problème, depuis mon départ : j'ai le mal du pays. Ma famille me manque. Tu me manques. Et si tu veux la vérité, toute la vérité, je n'ai jamais désiré personne d'autre que toi.

Des sanglots enrouaient sa voix, mais rien, sur son visage, ne trahissait ses émotions. Bryan, lui, l'implorait en silence : « Je t'en supplie, dis-moi simplement que tu ne repartiras pas. C'est tout ce que je te demande, Dawn. Dis-le. Dis simplement : “Je ne m'enfuirai plus, Bryan.” »

Elle ne le dit pas. Au même moment, sa canne s'agita entre ses mains. Elle tourna la tête juste à temps pour entrevoir son bouchon qui disparaissait sous la surface de l'eau. Et reparaissait un instant plus tard.

— Ça mord ! s'exclama-t-elle.

Elle attendit, scrutant la surface du lac, et quand son bouchon s'enfonça de nouveau, elle tira avec force sur sa ligne et patienta encore. L'extrémité de sa canne se plia, et elle se mit à mouliner énergiquement.

S'agenouillant dans le bateau, Bryan récupéra une épuisette et attendit que la prise de Dawn apparaisse. C'était un silure noir qu'il fit glisser dans l'épuisette et ramena à bord.

— Belle prise ! commenta-t-il. Ça va nous faire un bon repas, ça ! Je n'en ai pas pêché un de toute l'année.

Tout en attrapant le poisson-chat sous ses moustaches, pour ne pas se piquer, il récupéra dans sa besace une pince à bec avec laquelle il ôta sans peine l'hameçon et le ver en caoutchouc, intact.

— C'est drôle, dit Dawn en souriant. J'avais presque oublié à quel point on s'amuse, ensemble.

— Moi aussi.

Il mit le poisson dans un filet qu'il fit passer sur le côté du bateau, dans l'eau.

— Je n'ai pas pêché avec une fille depuis ton départ, avoua-t-il.

Il songea qu'il avait fait d'autres choses. Plus agréables, il fallait le reconnaître.

Comme si elle avait deviné ses pensées, Dawn secoua la tête.

— Je ne m'attendais pas à ce que tu te transformes en moine.

— L'avantage, c'est que je suis probablement meilleur amant maintenant que lors de ma première expérience…

Elle garda le silence, et il la scruta avec intensité. Jusqu'à ce qu'elle avoue :

— Au cas où tu ne le saurais pas, rien n'a changé pour moi, Bryan. Je te désire toujours autant.

— Comment dire ? Ce n'est pas que je…

— Tu as dit que tu m'avais pardonnée.

— C'est le cas, en effet.

— Alors pourquoi… ?

La sonnerie d'un téléphone portable interrompit net leur conversation. Bryan avait complètement oublié qu'il l'avait apporté. En voyant la mention « Numéro privé » sur l'écran, il fronça les sourcils.

— Il n'y a qu'ici, au milieu du lac, qu'on capte un signal, expliqua-t-il à Dawn.

Il prit l'appel, avec réticence, et porta le téléphone à son oreille. Une voix féminine lança aussitôt :

— Est-ce que vous vous rendez compte que vous avez fichu ma vie en l'air ?

Il se mordit la lèvre, croisant le regard de Dawn.

— Olivia ?

— Comment avez-vous pu me faire ça ? demanda-t-elle d'une voix brisée.

Il eut la certitude qu'elle pleurait. Il ferma les yeux, les rouvrit.

— Nick vous a expliqué que je sais qui vous êtes ?

— J'ai aussi appris que vous aviez passé des coups de fil un peu partout, en posant des questions sur moi. Vous avez appelé à Chicago.

— Pour être honnête, j'ignorais que c'était sur vous que j'enquêtais. Je pensais plutôt me renseigner sur une morte.

— Une morte ? C'est ce que je serai bientôt, grâce à vous !

— Je vous en prie, Olivia, calmez-vous, d'accord ? J'essaye de trouver un tueur avant d'être arrêté et condamné pour ses crimes. C'est ma vie qui est en jeu, ici. Je n'avais évidemment pas la moindre idée que la vôtre l'était aussi. Je suis désolé.

— Désolé ? Je serai sans doute morte, demain, et vous êtes désolé ?

— Mais de quoi parlez-vous ? Comment pouvez-vous…

— Il sait. Il m'a retrouvée. Il vient d'appeler.

— Qui ?

— Tommy !

Elle reprit son souffle, haletante. La peur, mais aussi la colère, devait l'empêcher de respirer.

— Tommy Skinner. Qui voudriez-vous que ce soit

d'autre ? Il a réussi à obtenir mon numéro de téléphone — et sans doute aussi mon adresse.

— J'ai simplement appelé les universités que vous avez fréquentées, expliqua Bryan. Pour le reste, je suis passé par internet. Comment a-t-il pu…

— Il est très puissant, à présent. Il peut tout savoir.

Bryan croisa le regard de Dawn et vit qu'elle comprenait ce qui se passait. Elle semblait effrayée.

— Qui l'a appelée ? demanda-t-elle. L'Etrangleur ?

Il secoua la tête et chuchota :

— Son ex.

— Oh, mon Dieu…

— Que vous a-t-il dit ? demanda-t-il à Olivia.

— Rien. Il a raccroché dès que j'ai répondu. Il voulait probablement juste entendre ma voix — vérifier que le numéro de téléphone était bien le mien. Il va venir. Je le sais !

— D'accord, d'accord, ne vous affolez pas. Quelle preuve avez-vous que ça n'était pas un faux numéro, ou des gamins qui jouaient à…

— Vous vous foutez de moi ? s'exclama Olivia.

Elle avait crié, et il dut écarter l'écouteur du téléphone de son oreille.

— Nick est chez vous ? demanda-t-il.

— Non, répondit-elle en reniflant bruyamment. Mais l'officier Chavez est ici.

— Passez-le-moi, s'il vous plaît.

— Entendu. Mais… il faut que vous me croyiez, quand je vous dis que je n'ai tué personne, Bryan. Je vous le jure. Jamais je ne ferais de mal à qui que ce soit. Si j'en étais capable, Tommy Skinner serait mort depuis longtemps, et je ne me retrouverais pas dans cette situation, aujourd'hui. Vous devez me croire. Et je ne savais pas, pour le bébé. L'idée que j'aie peut-être privé un enfant de sa famille me hante, à présent. Mais je ne savais pas. Je ne suis pas une mauvaise personne.

— Je vous crois. Passez-moi Rico, maintenant.

Il attendit, le regard perdu vers le ciel étoilé. Il commençait à faire froid, au milieu de la grande étendue d'eau. Au bout de quelques instants, la voix de son coéquipier s'éleva à l'autre bout de la ligne.

— Allô ?

— Salut, Rico.

— Bryan ! Bon sang, tu as une idée du pétrin dans lequel tu t'es fourré ? Tout le monde te recherche !

— Je sais, oui. Je sais aussi que je te fais courir des risques, en te parlant. Je vais même te demander de prendre encore plus de risques. Je n'ai aucune envie que cette femme se fasse tuer par ma faute.

— J'avoue que je ne saisis pas bien. D'après Nick, elle serait sur la liste des victimes possibles. Mais qu'est-ce qu'il en sait ? Elle est plus âgée que les autres. Et physiquement, elle ne correspond pas. Et pourquoi la tuer maintenant, et pas l'avoir fait la première fois ?

— C'est une longue histoire. L'idée, c'est que tu dois l'emmener loin de chez elle. Il lui faut un endroit sûr où elle serait en sécurité.

— Comme toi, vieux. Pas vrai ?

— C'est ça, oui.

— Dans ce cas, pourquoi est-ce que tu ne la prends pas avec toi ?

Bryan en resta un instant sans voix. Il écarta le téléphone de son oreille et mit le haut-parleur pour permettre à Dawn d'entendre.

— Tu voudrais qu'on la fasse venir ici ?

— Si l'endroit où tu te trouves est sûr pour toi, il le sera pour elle, non ?

— Je suis un fugitif, Rico. Si je te dis où je suis, tu seras obligé de me dénoncer.

— Jamais je ne ferai un truc pareil !

— Tu vas perdre ton boulot. Ils pourraient même te faire condamner pour…

— On va avoir le vrai coupable, d'accord ? Et une fois que ce sera réglé, personne n'ira examiner de trop près ce qui s'est passé et chercher la petite bête.

— Pas question que je te laisse prendre tous ces risques.

— Ah, oui ? Tu préfères qu'une autre femme soit tuée, alors que tu aurais pu la sauver ?

Bryan accusa le coup. Il jeta un coup d'œil vers Dawn, qui se rapprocha du téléphone, faisant légèrement tanguer la barque.

— Demandez à Nick de nous l'amener, suggéra-t-elle. De cette façon, vous ne serez pas impliqué.

— Parce que Nick l'est, lui ? demanda Rico.

— Elle n'a pas dit ça ! répliqua précipitamment Bryan. Mais nous pourrions donner l'adresse à Nick et…

— C'est bon, ne te fatigue pas. J'ai compris où vous êtes. Nous serons là-bas dans une heure environ.

— Attention à ne pas te faire suivre.

— Ne t'inquiète pas.

Rico raccrocha, et Bryan baissa les yeux sur Dawn.

— Tu es certaine d'avoir confiance en Olivia ? lui demanda-t-il. Assez pour te retrouver seule ou presque avec elle, au milieu de nulle part ?

— Non. Mais c'est le meilleur moyen d'en avoir le cœur net. Si elle tente quoi que ce soit, nous saurons.

— Je ne suis pas certain que ce plan me plaise…

— J'en ai un autre.

— Lequel ?

Elle désigna les rames.

— Relâche ce pauvre poisson et ramène-nous sur le rivage.

Il hésita, laissa échapper un soupir, puis finit par obéir.

Rico arriva avec Olivia Dupree une heure plus tard, comme prévu. Entre-temps, Dawn s'était familiarisée avec la cuisine de la maison. Elle avait compris le fonctionnement de la machine à café et jeté un œil aux provisions que Nick leur avait laissées. Quand on frappa à la porte du cabanon, une bonne odeur de café et de brioches à la cannelle tout juste sorties du four emplissait l'intérieur.

— On joue la carte de la réconciliation ? demanda Bryan alors qu'elle le rejoignait en hâte pour aller ouvrir avec lui.

— C'est notre faute, si sa vie est menacée. Je ne pense pas que mon café et mes brioches compenseront, mais…

— Cela suffira, si elle est aussi innocente qu'elle l'affirme.

Pendant que Dawn s'affairait en cuisine, il avait rentré un peu plus de bois pour le stocker à côté de la cheminée, et il avait caché la voiture à l'arrière du cabanon, où elle était quasiment invisible depuis la route. Le fait qu'il n'y ait quasiment aucune circulation ne voulait rien dire. Au contraire : une personne qui s'aventurait ici cherchait forcément quelque chose. Eux, par exemple.

La main sur la poignée de la porte d'entrée, il se tourna vers Dawn.

— Tu ne t'éloignes pas de moi, d'accord ? Au cas où tu te serais trompée à son sujet.

Elle sentit une bouffée de chaleur envahir sa poitrine.

— Entendu. Mais, pour ta gouverne, sache que je serais de toute façon restée près de toi.

Il lui sourit, et il y eut comme un moment de grâce

entre eux, durant lequel les événements semblèrent miraculeusement suspendus.

Mais ce fut de courte durée.

L'instant d'après, Bryan ouvrait la porte. Olivia se tenait devant le seuil. Sa main partit alors à la vitesse d'un cobra qui mord, et Bryan reçut une gifle retentissante. Derrière elle, Rico poussa un juron. Il laissa tomber les sacs qu'il portait et prit Olivia par les épaules. Bryan, lui, ne réagit pas. Il ne recula pas, ne ferma pas la porte sur elle, ne dit pas un mot. Il se contenta d'inspirer profondément, sans doute pour réprimer sa colère.

Puis il laissa échapper son souffle et s'écarta pour laisser entrer les nouveaux venus. Mais Dawn s'avança au-devant d'Olivia, se retrouvant presque nez à nez avec elle.

— Recommencez ça, et vous vous retrouvez dehors. Tueur ou pas tueur, vous vous débrouillerez toute seule.

— Sans vous, je n'aurais pas à m'inquiéter de mon ex !

— Parce que vous n'y êtes pour rien, vous ? C'est vous qui vous êtes collée avec ce minable, à l'origine. Vous qui restiez avec lui alors qu'il vous maltraitait. Vous qui n'avez pas acheté un pistolet, ou je ne sais quoi, pour régler vous-même votre problème. Et c'est encore vous qui avez choisi de mener une vie basée sur un mensonge terrible ; vous qui avez laissé un flic honnête risquer sa carrière pour vous. C'est *vous*, Sara. Pas nous.

Olivia, ou Sara, ne répondit pas. Elle baissa les yeux.

— Vous avez raison.

Elle se tourna vers Bryan, mais celui-ci fixait Dawn avec une expression qui ressemblait à de la surprise.

— Je suis désolée de vous avoir giflé, déclara Olivia.

Il croisa son regard et hocha la tête.

— Et moi, je suis désolé d'avoir fichu en l'air votre couverture.

Il s'adressa à Rico.

— Comme tu ne me poses aucune question, j'imagine qu'elle a dû te mettre au parfum pendant le trajet.

— Je suis au courant, confirma Rico.

— Très bien. Vous devriez entrer, maintenant.

Dawn se déplaça, et Olivia entra. Rico reprit les sacs et la suivit, fermant la porte derrière eux.

— Je préfère qu'on m'appelle Olivia, pas Sara, dit Olivia en s'adressant à Dawn.

— Vous n'êtes pas Olivia, pourtant.

— Si, depuis seize ans. Et j'ai bien l'intention de continuer.

— Même s'il n'y a plus de menace ? insista Dawn.

— Sara Quinlan est morte depuis longtemps. Je n'ai plus rien à voir avec elle, maintenant. Je suis Olivia. Jamais je ne reviendrai à ce que j'étais autrefois.

Tout ce qu'elle disait était vrai et sincère, Dawn le sentait. Cela expliquait sa réaction violente. Elle n'avait pas peur de mourir, mais avant tout de perdre la nouvelle vie qu'elle s'était créée. Ce n'était pas une raison pour lever la main sur Bryan. Dawn sentit que si elle recommençait, elle lui rendrait aussitôt la pareille.

— Ça sent bon, ici ! lança Rico.

Sa manœuvre pour détendre l'atmosphère était un peu voyante, mais ils entrèrent tous dans son jeu.

— Olivia nous a très bien reçus chez elle, expliqua Dawn. C'était la moindre des choses de lui rendre l'invitation. Je m'occupe de tout.

Bryan croisa son regard et lui sourit.

— Rico, tu devrais aller mettre ta voiture à l'abri des regards, derrière. La nôtre y est déjà. Et vous, Olivia, vous… vous pouvez monter vos affaires à l'étage.

Elle parut surprise. Dawn le dévisagea en fronçant les sourcils, avant de comprendre pourquoi il ne lui avait pas proposé de se charger de ses sacs. Olivia comprit, elle aussi.

— Vous ne voulez pas me laisser seule avec Dawn, dit-elle sans forcer la voix. Vous pensez encore que je suis peut-être l'Etrangleur.

— Cela signifie que je pense aussi que vous ne l'êtes peut-être pas…, répliqua-t-il du tac au tac. Je ne prendrai aucun risque tant que je ne serai sûr de rien.

— Vous avez quand même accepté de me laisser venir ici.

— Je n'aime pas l'idée qu'il pourrait vous arriver quelque chose par ma faute.

De la tête, il désigna l'escalier.

— Au sommet des marches, puis sur la gauche.

Elle souleva ses sacs et gagna l'escalier. Dawn s'était tournée vers la cuisine.

— J'étais censée utiliser cette chambre, rappela-t-elle.

— Il y a deux chambres, non ? Il est évidemment exclu que tu en partages une avec elle tant que nous n'avons pas de certitude à son sujet. Ce sera donc moi ou Rico. Tu préférerais que ce soit moi, non ? Si jamais tu me réponds le contraire, je risque d'être irréparablement blessé.

Elle haussa les épaules, comme si cela lui importait peu, et passa dans la cuisine. Sortant deux tasses d'un placard, elle les posa sur le comptoir et les remplit de café.

— Elle va donc coucher dans la même chambre que Rico ?

— A moins qu'il ne prenne le canapé du salon.

— Il y a aussi la possibilité qu'ils dorment dans la même chambre et que ce soit toi qui hérites du canapé…, suggéra Dawn d'un ton moqueur.

— Tu as promis de ne pas t'éloigner de moi tant qu'elle serait ici, tu n'as pas oublié ?

— Je m'en souviens parfaitement. Et j'ai bien l'intention de tenir ma promesse.

Elle se tourna, un mug dans chaque main, et découvrit l'expression de Bryan. Il paraissait presque nerveux.

Nerveux ? Elle allait lui donner une bonne raison de l'être. Après avoir apporté les deux premiers mugs de café sur la table, elle revint chercher les autres. Bryan la suivit avec le plateau de brioches encore chaudes.

— Pour être complètement honnête avec toi, dit-elle, l'idée de dormir dans tes bras est plus que séduisante.

Il allait répondre, mais elle s'approcha aussitôt de lui et lui pressa l'index sur les lèvres, ajoutant :

— Même s'il ne se passe rien de plus.

Il plongea son regard dans le sien, et elle ôta son doigt.

— Il le faudra bien, murmura-t-il.

Elle haussa les épaules sans rien dire, mais une voix pleine de désir chuchota en elle : « J'espère bien que non. »

Olivia revint de l'étage et les retrouva dans la cuisine. Si elle paraissait calme, elle semblait aussi extrêmement vigilante. Ses yeux étaient très mobiles, comme ceux d'un petit animal qui guette un prédateur.

Elle vint s'installer devant la table basse. Sans un mot, visiblement tendue, elle sirota son mug de café, et mordilla une brioche à la cannelle. Pour briser le silence qui menaçait de s'appesantir, Dawn lui demanda des nouvelles de son chien.

— Et Freddy ? Où est-il ?

— Avec un collègue, répondit Olivia. J'aurais dû l'amener. Sans lui, je me sens un peu perdue.

Le bruit d'une portière de voiture qui claquait, derrière, précéda celui des pas de Rico sur la terrasse.

Bryan alluma la lumière extérieure, déverrouilla les portes-fenêtres et lui fit signe de la main. Cela, Dawn l'entrevit seulement du coin de l'œil. Elle était trop occupée à observer Olivia. Elle vit que son expression devenait plus tendue encore, jusqu'à ce que les lampes, dehors, révèlent que c'était bien Rico qui arrivait. Ses traits se décontractèrent, et elle-même se laissa aller dans son fauteuil sans pouvoir réprimer un léger soupir.

Rico entra. Il laissa les clés sur le comptoir de la cuisine, posa un sac par terre et il les rejoignit à table tandis que Bryan refermait les portes-fenêtres.

— Attends, vieux, lui dit Rico. On n'en a pas fini.

Bryan haussa les sourcils.

— Pourquoi ?

— J'ai apporté un peu de matériel. Au cas où.

— Tu as signé des bons de sortie ? Bon sang, Rico ! Quelqu'un va forcément se demander ce que tu mijotes pour…

— Pas d'affolement, Bryan. C'est juste ma collection personnelle.

— Une collection ? Tu ne m'avais jamais parlé de ça.

— A moi non plus, intervint Olivia.

Rico se tourna vers elle.

— Pourquoi est-ce que je vous en aurais parlé ? On se connaît à peine.

— Il m'aurait semblé normal d'informer votre passagère que vous aviez l'intention de transporter des armes de destruction massive.

Difficile de savoir si elle avait dit ça sur le ton de la plaisanterie ou non.

Rico prit le parti de lui sourire.

— Il n'y a pas d'arme de destruction massive, comme vous dites. D'ailleurs, aucune de mes armes n'est chargée. Toutes les munitions sont là, précisa Rico en désignant le sac qu'il venait d'apporter. Il était posé sur la banquette arrière. Les armes proprement dites sont dans le coffre.

— Et qu'est-ce que tu as en magasin ? lui demanda Bryan.

— Quatre fusils de chasse, dont un gros .30-06. Deux .38 et un .44 Magnum. Sans compter mon arme de service.

Rico prit une brioche et mordit dedans. Il but une gorgée de café, puis ferma les yeux de plaisir.

— Bon sang que c'est bon ! C'est vous qui avez fait ça, Dawn ?

— Le sachet de pâte en poudre Doughboy y est pour beaucoup ! avoua-t-elle.

Le compliment lui fit plaisir, même si elle était encore sous le choc de l'arsenal que venait de décrire Rico.

— Je déteste les armes ! dit Olivia avec une répulsion évidente. Elles sont si dangereuses…

— Ce sont les gens qui sont dangereux, répliqua Rico. Les pistolets ne sont que des outils.

— Des armes.

— N'importe quoi peut servir d'arme. Un marteau, par exemple.

— C'est exact, reconnut Olivia. Mais il n'est pas conçu pour cela. Vous ne pouvez pas planter un clou avec un Glock. Je vous avoue que le fait de savoir toutes ces armes… à proximité me met mal à l'aise.

— Vous changerez peut-être d'avis si votre ex se montre pour vous tuer, souligna Rico avec rudesse.

Assise en face de lui, de l'autre côté de la table, elle baissa les yeux.

— J'imagine que vous avez raison. Je ne voulais pas me montrer agressive. Mais ces armes me… Elles me rappellent mon ancienne vie. Celle que j'ai abandonnée derrière moi.

Rico s'adoucit aussitôt.

— Je comprends. Je comprends totalement.

Bryan termina son café d'un trait et se dirigea vers la porte.

— Amène-toi. Allons chercher l'artillerie.

Rico prit juste le temps d'engloutir le reste de sa brioche, et il le rejoignit.

Mais Bryan hésita soudain et se tourna vers Dawn.

Elle lui fit signe de s'en aller.

— Voyons, tu seras à moins de dix mètres ! lui lança-t-elle. Même si je restais assise là, sans bouger, et la laissais faire, je ne suis pas sûre qu'elle aurait le temps de m'étrangler. Qu'en pensez-vous, Olivia ?

Celle-ci sursauta presque, sous le choc, puis elle esquissa un imperceptible sourire.

— Je ne sais pas, répondit-elle. Je ne me suis jamais chronométrée.

Tous les yeux se braquèrent sur elle. Bryan et Rico avaient le visage fermé, mortellement sérieux. Seule Dawn avait saisi l'ironie d'Olivia, qui secoua la tête et précisa :

— Je plaisantais.

— Allez chercher ces fichus pistolets ! lança Dawn aux deux hommes.

Ils sortirent sans un mot, et elle se leva pour se resservir en café.

— Vous n'allez pas dormir, remarqua Olivia.

— C'est précisément mon intention.

Se tournant, elle s'adossa au comptoir et but une gorgée de café. Elle suivit le regard d'Olivia, qui filait vers la porte-fenêtre, puis revenait vers elle. Un sourire timide étira ses lèvres.

— Je suis vraiment navrée, Olivia, lui dit Dawn. Une fois que ce sera terminé, j'espère que nous pourrons *vraiment* passer à autre chose.

— Pour cela, il faudrait que nous nous en sortions. Toutes les deux.

— Vous semblez en douter.

Le visage d'Olivia se ferma. Il devint aussi inexpressif que celui d'une figure de cire.

— Si vous connaissiez Tommy, vous douteriez aussi.

— Vous en avez encore plus peur que de l'Etrangleur, n'est-ce pas ?

Olivia hocha la tête.

— *Beaucoup* plus peur.

Dawn la détailla un instant, impeccablement arrangée, avec ses vêtements classiques dépourvus de fantaisie.

— J'avoue que j'ai du mal à vous imaginer avec quelqu'un de ce genre, lui confia-t-elle.

— Moi aussi, avoua Olivia. C'est comme si c'était arrivé à une autre personne.

Elle se leva, son mug à la main, et alla jusqu'à la porte-fenêtre. Elle contempla au-dehors la nuit étoilée et les eaux sombres du lac. Le grondement étouffé des chutes était à peine audible, mais la rumeur était bien là, même avec les fenêtres fermées.

— J'étais jeune. Stupide. Sans la moindre estime pour moi-même. Aucun sens de… Comment dire ? Quand j'essaye de faire l'éloge de cette vertu auprès de mes étudiantes, je parle d'émancipation féminine.

— *Girl Power* ! lança Dawn en levant le poing.

Elle éprouvait un lien de plus en plus fort avec cette femme ; chaque instant qu'elle passait en sa compagnie la persuadait un peu plus qu'elle n'avait jamais tué personne. Qu'elle ne constituait pas une menace.

La porte s'ouvrit soudain. Bryan entra avec un grand étui à fusil en plastique moulé dans chaque main. Il les déposa par terre et regarda les deux femmes tour à tour.

Dawn lui fit un discret signe de la tête, et il se tourna pour ressortir.

— Il a dû vous falloir un sacré courage pour le dénoncer à la police comme vous l'avez fait, reprit-elle.

— C'était ça, ou il me tuait.

— Il… vous frappait parce que vous vouliez le quitter ?

Olivia secoua la tête.

— Ou parce que je restais. Ou parce qu'il pleuvait. Ou parce qu'il avait passé une mauvaise journée. Tommy n'avait pas vraiment besoin d'une raison précise.

C'était la première fois que Dawn parlait ainsi avec une femme victime de violences conjugales. C'était poignant, tragique, et en même temps étrangement fascinant.

— J'en étais arrivée au point où je n'avais plus beaucoup d'options, poursuivit Olivia. Si je restais, il finirait tôt ou tard par me tuer. Et si je partais, il me tuerait aussi, encore plus vite. Je n'avais donc plus comme solution que de le tuer ou le dénoncer à la police. En toute franchise, j'aurais aimé avoir la force d'inverser les rôles, de... de faire usage de violence contre lui. Mais ça n'était pas en moi.

Elle baissa les yeux vers les étuis à fusil, contre le mur.

— J'ignore si c'est toujours le cas.

Dawn était abasourdie. Elle n'avait pourtant pas le moindre doute sur la véracité et la sincérité des confessions d'Olivia. Le léger tremblement, dans sa voix, semblait confirmer chacun de ses mots.

Rico entra à son tour, avec deux autres fourreaux à fusil. Bryan le suivait de près. Il portait une valise noire.

Il vint la déposer sur la table et l'ouvrit. Elle contenait quatre pistolets nichés dans des emplacements moulés dans un grand bloc de mousse.

— Très bien, commenta-t-il.

Il récupéra le sac en toile que Rico avait apporté plus tôt. Il en sortit plusieurs chargeurs et des boîtes de cartouches qu'il aligna sur la table, à côté de la valise.

— Je pense que chacun de nous devrait en permanence avoir une arme sur lui, suggéra Rico. Juste au cas où.

Bryan opina du chef et croisa le regard de Dawn, qui hocha également la tête. Olivia se leva et prit le Glock 9 mm. Elle saisit un chargeur plein, le fit entrer dans la crosse du pistolet et fit jouer le bloc culasse, le tout en moins d'une seconde. Elle pointa alors l'arme vers la porte de la terrasse, dans une position parfaite ; elle tenait l'arme comme une professionnelle. Elle hocha la tête, éjecta le chargeur et la balle qui se trouvait dans la chambre, puis elle glissa le 9 mm dans son jean.

Elle sembla alors se rendre compte que tout le monde la fixait avec stupéfaction.

— Qu'y a-t-il ? J'ai dit que je n'aimais pas les armes — pas que je ne savais pas m'en servir. Je prends celui-ci, si ça ne vous ennuie pas.

Elle se tourna pour quitter le salon, mais Bryan s'était levé et lui avait arraché le pistolet passé dans sa ceinture. Elle s'arrêta net.

— Ça m'ennuie, justement, dit-il.

Elle se tourna, lentement, et croisa son regard. L'expression de son visage était indéchiffrable.

— Je vois. *Vous* pensez toujours que je pourrais être une tueuse en série.

Il tressaillit imperceptiblement sous l'attaque, mais ne bougea pas.

— Plus je passe de temps avec vous, et moins ça me semble plausible. Malgré tout, je me refuse à prendre le moindre risque.

— Ça, je l'ai bien compris. Vous oubliez quand même que c'est *vous* qui êtes le suspect numéro un. Je ne suis pas certaine d'être très rassurée à l'idée de *vous* savoir armé, moi non plus.

Dawn s'approcha de Bryan.

— Je ne vous crois pas coupable, Olivia. Mais je sais avec certitude que Bryan est innocent. Nous vous avons invitée à venir ici pour vous protéger de Thomas Skinner. Jusqu'à nouvel ordre, tant que vous serez ici, vous jouerez selon nos règles. Entendu ?

Olivia la fixa un instant, puis hocha la tête.

— C'est d'accord.

Dawn lui sourit, puis elle prit le Glock des mains de Bryan.

— Je vais prendre celui-ci. Rico et Bryan seront armés, eux aussi, et ce sera bien suffisant.

Elle se tourna vers Rico, lui tendant le pistolet.

— A la réflexion, je préférerais un fusil. C'est la seule arme que j'aie déjà utilisée.

— Il va falloir que je rapporte tout ce qui est en trop dans la voiture, alors ? demanda Rico.

— Ça me semble la meilleure chose à faire, lui répondit Bryan. Tu les mets dans le coffre, tu le fermes avec soin et tu gardes en permanence les clés sur toi.

— C'est ça, Rico. Et, surtout, faites bien attention à ce que je n'aille pas fouiller dans vos poches quand vous ne regardez pas ! lança Olivia. Des fois que je sois prise d'une crise de folie meurtrière…

Il n'y avait pas seulement de l'ironie, dans sa voix. Dawn sentit qu'elle était blessée.

— J'aimerais bien aller me coucher, ajouta Olivia à l'intention de Rico. Si vous n'avez pas trop peur d'être assassiné pendant votre sommeil, nous pouvons partager la chambre. Il y a deux lits.

Sur ces mots, elle quitta la cuisine, traversa le salon et s'engagea dans l'escalier.

15

Après être passée sous la douche, Dawn fouilla dans son sac à la recherche d'une tenue de nuit un tant soit peu sexy. Elle n'en trouva évidemment pas, pour la simple raison qu'elle n'avait jamais acheté d'article de ce genre. Et même si ç'avait été le cas, en imaginant qu'elle ait possédé l'intégralité des collections Victoria's Secret dans ses placards, elle n'aurait rien apporté de ce genre dans ses valises. L'idée de séduire Bryan figurait au dernier rang de ses préoccupations, quand elle avait quitté la côte Ouest pour revenir ici. La possibilité que *lui* cherche à la séduire l'avait effleurée une ou deux fois, mais ce n'était pas allé plus loin. Elle était certaine qu'une telle chose ne pouvait se produire. C'était tout simplement impossible.

Elle avait vu juste : depuis leurs retrouvailles, il n'avait pas cessé de lui expliquer pourquoi il ne devait rien se passer entre eux. Mais elle avait assez entendu ce refrain. Ce soir, elle était bien décidée à faire valoir ses arguments, des arguments convaincants… qui l'auraient été encore plus si elle avait pu les défendre dans un déshabillé noir sexy et des bas jarretelles.

Ce qu'elle avait de mieux, à la place, c'était une culotte rouge et un débardeur en coton blanc.

Face au miroir, elle passa les doigts dans ses cheveux encore humides, avant de s'immobiliser. La perspective d'aller retrouver Bryan dans la chambre la rendait nerveuse, beaucoup trop nerveuse. Elle n'était pas encore prête. Elle récupéra son séchoir et une brosse ronde dans son sac, puis se lança dans le long rituel du séchage des cheveux, mèche par mèche, reprenant le cours de ses réflexions.

— Ce n'est que du sexe, chuchota-t-elle comme si elle s'adressait à Bryan. Cela ne doit rien signifier d'autre.

Vraiment ? Cette façon de penser, froide et un peu dévergondée, ne lui ressemblait guère. En outre, elle savait bien que cela signifierait quelque chose. Elle *voulait* que cela signifie quelque chose.

Elle tenta une autre réplique :

— Nous n'aurons peut-être pas d'autre chance avant très longtemps, si tu te retrouves en prison.

Là encore, elle n'était pas convaincue. Pas un instant, elle n'imaginait que Bryan puisse aller en prison. Non seulement c'était l'homme le plus droit qui soit, mais il était parfaitement innocent, dans cette affaire. Il était inconcevable que leur cavale se termine ainsi.

Elle fit une nouvelle tentative.

— Imagine que l'Etrangleur me… me tue. Je ne veux pas mourir sans avoir refait l'amour avec toi.

Elle hocha la tête. Elle avait éprouvé un pincement au cœur en chuchotant ces quelques mots ; c'était le signe qu'elle ne se racontait pas d'histoires. Qu'elle était sincère. Il le sentirait aussitôt en l'entendant.

— Juste une fois, Bryan, murmura-t-elle en fixant dans le miroir la porte de la porte de la salle de bains.

Elle termina le séchage de ses cheveux. Elle s'était déjà brossé les dents et débarbouillé le visage. Elle avait fait tout ce qu'il lui était possible de faire dans cette salle de bains.

Pourtant, elle ne se sentait toujours pas prête. Elle avait presque oublié ce qu'elle avait prévu de dire ; et son cerveau semblait désormais incapable de se concentrer sur un autre objet que la sensation des lèvres de Bryan sur sa bouche, de sa peau contre la sienne. Et de ce qu'elle éprouverait lorsqu'il la prendrait dans ses bras pour l'attirer contre lui.

Elle tressaillit violemment quand on frappa à la porte. Réagissant au quart de tour, elle lança d'un ton revêche :

— Quoi ?

— Oh, excuse-moi, Dawn, je… Prends tout ton temps, surtout. Mais laisse-moi un peu d'eau chaude, d'accord ?

Elle se mordit la lèvre. Formidable ! Elle venait de rabrouer l'homme qu'elle comptait attirer dans ses bras par de douces paroles.

— Excuse-moi, dit-elle aussitôt. Tu… tu m'as fait peur. Je sors tout de suite.

Elle contempla son reflet une dernière fois, arrangea ses cheveux, puis elle se tourna vers la porte, résolument, et l'ouvrit.

Bryan était juste là, qui l'attendait. Il fut incapable de dissimuler sa réaction. Elle vit ses yeux s'écarquiller tandis qu'il retenait son souffle et faisait un pas en arrière. Elle vit aussi le mouvement de son regard, qui descendit en la détaillant jusqu'à ses pieds pour remonter vers son visage, où il s'arrêta sur sa bouche, puis sur ses yeux.

Elle ne put retenir le sourire incertain qui naissait sur ses lèvres.

— C'est à toi, dit-elle.

Il saisit le double sens de ces mots, mais n'en laissa rien paraître.

— Merci, répondit-il d'une voix étranglée.

Dawn était récompensée au-delà de ses attentes. Il avait envie d'elle. Elle n'était pas loin de penser que le débardeur, tout compte fait, obtenait de bien meilleurs résultats qu'une petite nuisette de soie noire.

Elle sortit de son immobilité et gagna le lit sur la pointe des pieds. Elle s'y assit et constata que Bryan s'était tourné pour la suivre des yeux.

— Je t'attends, murmura-t-elle.

Son regard se modifia brusquement. Il s'illumina d'une lueur de peur panique. Bryan se détourna aussitôt et s'enferma dans la salle de bains, comme pour échapper à un danger. La porte claqua derrière lui.

Baissant la tête, Dawn laissa échapper tout l'air qu'elle avait retenu dans ses poumons. Il ne se laisserait pas faire facilement, de toute évidence.

La porte qui se rouvrait la fit sursauter et elle releva les yeux. Bryan la fixait. Elle accrocha son regard au sien, persuadée qu'il allait lui dire, d'une façon ou d'une autre, qu'il la trouvait belle et désirable.

— Je… Il faut que je laisse la porte ouverte. Je tiens à t'entendre, si jamais tu avais besoin de moi.

Elle soupira, ne cherchant même pas à cacher sa déception.

— Je peux aussi verrouiller la porte de la chambre, suggéra-t-elle.

— Oui, c'est une bonne idée.

Elle hocha la tête.

— La petite démonstration d'Olivia avec le Glock ne t'a pas amenée à revoir tes certitudes à son sujet ? lui demanda-t-il.

— En vérité, Olivia était la dernière personne que j'avais en tête.

— Tu devrais y penser, pourtant.

Elle leva les yeux au ciel et lui tourna le dos, tirant violemment sur les draps et couvertures du lit, comme si elles étaient responsables de sa frustration.

— J'en ai assez, de tout ça !

— Je sais, Dawn. Il faut tenir bon. Tout va s'arranger.

— Ah, oui ? Comment veux-tu que les choses s'arrangent ?

Il fronça les sourcils. Il devait trouver qu'elle se conduisait étrangement. De fait, elle était tendue, nerveuse, elle avait presque les larmes aux yeux — la probabilité qu'il la repousse lui paraissant plus élevée que jamais.

— Va prendre ta douche, à la fin ! lui lança-t-elle. Je vais fermer la porte à clé.

Elle se leva, traversa la chambre et tourna le verrou.

— C'est bon, comme ça ?

Il acquiesça d'un hochement de tête et revint dans la salle de bains, laissant la porte entrouverte. Avec un soupir, elle regagna le lit. Elle se jeta dessus, frappa rageusement les oreillers, puis se tourna sur le dos et ramena les couvertures sur elle.

Elle s'avisa alors qu'à l'endroit où elle se trouvait, elle apercevait le miroir, au-dessus du lavabo. Et, dans le miroir, il y avait le reflet de Bryan. Il avait retiré sa chemise, révélant un torse large, musclé, parfaitement dessiné, plus magnifique que ce qu'elle avait imaginé. Il déboutonna alors son jean et commença à le faire glisser sur ses jambes, musclées elles aussi. Il portait un boxer-short.

Comme il avait changé !

C'était encore presque un adolescent, quand ils avaient fait l'amour. Il était un homme, à présent. Et quel homme !

Elle roula sur le côté. En appui sur un coude, la tête dans le creux de sa main, elle le contempla tandis qu'il se débarrassait de son caleçon. Elle entrevit sa hanche juste avant qu'il ne disparaisse derrière le rideau de douche et que l'eau se mette à couler.

Mais elle était déjà loin, en pensée. Elle s'était transportée cinq ans plus tôt, dans le petit bois qui se trouvait derrière l'auberge Blackberry Inn.

*
* *

Sur les flancs des montagnes du Vermont, les forêts étaient peuplées de gigantesques arbres feuillus, qui cachaient des clairières dans lesquelles les grands cerfs venaient faire leur cour aux femelles. Ils appréciaient tout particulièrement les chênes. La Green Mountain Forest, qui s'étendait à perte de vue, était le royaume des conifères, de grands pins et différentes variétés d'épicéas.

Le bois de l'auberge était mitoyen de l'immense forêt, sans pour autant y appartenir. Et cela se voyait. Tout y portait l'empreinte de la main de l'homme. Les arbres fruitiers — pêchers, pommiers ou cerisiers — côtoyaient plusieurs espèces d'arbres à fleurs et deux saules pleureurs. Au milieu se nichait un petit étang, avec des feuilles de nénuphar et leurs fleurs pareilles à des lotus roses. Quelques branches des deux saules trempaient leurs feuilles dans l'eau, comme des baigneurs, leurs doigts.

Bryan et Dawn avaient l'habitude de venir se réfugier là en pleine nuit, pour s'y s'embrasser, s'y enlacer jusqu'à ce que leurs corps soient en feu. Ils s'en tenaient là.

Jusqu'à cette nuit où les choses étaient allées plus loin.

Cette fois, ils s'étaient laissé entraîner jusqu'à un point où aucun d'eux ne s'était aventuré auparavant. Dawn ne put s'empêcher de sourire en songeant à leur maladresse. Le geste hésitant de Bryan quand il lui avait touché les seins pour la première fois, après les avoir contemplés avec un émerveillement et un respect bouleversants… Il les avait effleurés avec des gestes furtifs. Puis ses lèvres avaient remplacé ses mains. D'abord intimidée par ce contact, elle avait senti de minuscules explosions se multiplier à travers tout son corps. Dès lors, toute sa réserve et sa timidité avaient été balayées.

Sans cesser de s'embrasser, ils s'étaient peu à peu

débarrassés de leurs vêtements. Elle avait la certitude, alors, que la suite serait merveilleuse. Quelques secondes plus tard, les lèvres soudées aux siennes, il s'était installé au-dessus d'elle ; il s'était insinué en elle, juste un peu ; il avait attendu, avant de se glisser un peu plus loin et de s'arrêter de nouveau. Et puis…

Et puis, alors qu'elle commençait à s'agiter et à onduler tout contre lui, il avait répondu à ses encouragements et s'était mis à aller et venir en elle, profondément. Cinq ou six fois peut-être, avant qu'il ne se retire soudain. De son sexe tendu s'étaient échappés plusieurs jets de semence brûlante.

Elle n'avait pas oublié ce qu'elle avait alors ressenti. De l'excitation. Une incroyable excitation. Mais aussi de la frustration.

Bryan, lui, semblait merveilleusement bien, comblé et heureux. Sans doute aussi un peu inquiet, car il s'était mis à lui demander si tout allait bien pour elle, si elle avait pris du plaisir, s'il lui avait fait mal, si… Pour mettre un terme à son feu de questions, elle avait pris sa tête entre ses mains, amenant ses lèvres contre les siennes.

Dans un chuchotement, elle avait alors lâché ces mots qui viennent si facilement à une adolescente :

— Je t'aime. Je t'aime, Bryan Kendall. Jamais je n'aimerai quelqu'un d'autre que toi. Jamais.

Il lui avait aussitôt souri. Un sourire magnifique.

— Moi aussi, je t'aime.

Le jet de la douche s'arrêta, et la conscience de Dawn bascula aussitôt du passé au présent. Il en avait terminé. Dans quelques secondes, il reviendrait dans la chambre.

Elle plia une jambe, laissant son genou sortir de sous la couverture, sur le côté, et elle ramena ses cheveux d'un côté, sur une épaule. Elle décida de tirer un peu le drap, de manière à dénuder sa jambe jusqu'au haut de la cuisse. La pause était-elle aussi sexy qu'elle l'espérait ?

Non, ça n'allait pas ! C'était trop évident !

Elle revint sur le dos, les bras de part et d'autre du buste. Mais ainsi, on aurait dit un corps attendant d'être autopsié. Elle roula donc sur le côté. Elle se demanda quelle impression faisaient ses fesses, ainsi. N'étaient-elles pas trop grosses ?

Elle s'assit aussitôt, frustrée. Elle n'aurait pas refusé les conseils d'un photographe de charme, en cet instant !

— Ça va ?

Elle leva la tête. Bryan était revenu dans la chambre, sans qu'elle s'en aperçoive. Il portait un boxer-short propre et un T-shirt. Un T-shirt ? Mais elle ne voulait pas de lui dans un T-shirt !

Posant les mains à plat sur le lit, elle se redressa un peu plus. Elle plia une jambe et fit ainsi glisser la couverture, découvrant sa cuisse. A peu de choses près, elle devait ressembler à ces photos de pin-up qu'on trouve dans les cabines de conduite de certains chauffeurs routiers.

— Ça va, répondit-elle. Pourquoi cette question ?

Et pourquoi, soudain, se sentait-elle aussi maladroite que cinq ans plus tôt ?

— Je ne sais pas. Tu m'as paru agitée…

— Je cherchais une position confortable.

Elle voyait bien qu'il faisait son possible pour ne pas la regarder. Décidant d'en finir avec sa pose exagérément aguichante, elle se laissa tomber en arrière, sur les oreillers, et remonta les couvertures sur elle, tapotant le matelas à côté d'elle.

Quand il posa les yeux sur le lit, on aurait dit qu'il regardait la surface d'une rivière infestée de crocodiles.

— Dawn… On a déjà parlé de…

— Je sais très bien de quoi nous avons parlé !

Elle le fixa en fronçant les sourcils.

— Est-ce que par hasard tu ne me ferais pas confiance ? Tu penses peut-être que… que je vais me jeter sur toi, te… violer ?

Il resta sans bouger, à la dévisager, jusqu'à ce qu'un sourire étire soudain ses lèvres. Il secoua la tête.

— Même si tu le voulais, tu ne pourrais pas.

Qu'est-ce que c'était censé signifier, au juste ?

— Alors, viens, dans ce cas.

Il la rejoignit dans le lit. Il s'allongea sur le dos, la tête à plat sur son oreiller et les mains réunies en bas de son ventre, comme s'il protégeait cette partie de son corps.

Elle se sentit insultée et fut tout près de le lui dire. Au lieu de quoi, elle lui tourna le dos, emplie d'une colère sourde.

Pensait-il donc qu'il devait dormir en se couvrant le sexe des mains pour se protéger d'une éventuelle attaque ?

S'il voyait les choses ainsi, il avait tout intérêt à oublier définitivement cette possibilité.

Quel idiot !

Quelques heures plus tard, Dawn s'avisa que, en dépit de sa colère et de sa frustration, elle avait réussi à s'endormir. Ouvrant les yeux, elle s'aperçut aussi que sa tête était posée sur le torse de Bryan et qu'il avait les bras fermés autour d'elle. Sans bouger, elle plissa les yeux pour distinguer les chiffres rouges du réveil électronique, sur la table de chevet.

2 h 20.

Bryan était profondément endormi, cela s'entendait. Sous sa tête, elle sentait son torse se soulever et s'abaisser ; elle percevait aussi le battement régulier de son cœur. Si malheureuse qu'elle fût, elle ne bougea pas et laissa son corps se fondre contre le sien. Une de ses jambes, pliée, reposait sur le haut des cuisses de Bryan. Dawn ne put retenir un léger soupir quand son genou entra en contact avec le sexe de Bryan et se mit à aller et venir dessus. C'était comme s'il avait agi de lui-même, sans recevoir d'ordre du cerveau.

Elle se figea soudain en sentant l'effet que sa caresse avait eu sur Bryan.

Peut-être ne dormait-il pas, tout compte fait.

Et maintenant ? Que devait-elle faire ?

Elle demeura immobile, retenant son souffle, et se demanda si elle devait simuler le sommeil ou bien…

La main de Bryan, qui se trouvait tout près de sa tête, bougea soudain, et il glissa doucement les doigts dans ses cheveux.

C'était sûr, maintenant : il était réveillé.

C'en était trop ! Elle se tourna pour lui demander à quel jeu il jouait, s'il cherchait à la tuer ou à la rendre folle…

Mais, avant qu'elle ait pu parler, il souleva à son tour la tête, juste assez pour amener ses lèvres au contact des siennes ; la pression de sa main, dans ses cheveux, se fit plus forte. Elle laissa échapper un gémissement en entrouvrant la bouche pour répondre à son baiser. Quand leurs langues se mêlèrent, elle pressa les hanches contre ses cuisses musclées, et, agrippant son T-shirt, elle le fit remonter sur son torse pour le dénuder, et passa la main sur sa peau, avide de ce contact.

Ses lèvres suivirent bientôt le même chemin que ses doigts et elle déposa des baisers sur ses pectoraux, ses mamelons, puis descendit vers ses abdos. Ils étaient incroyablement musclés. Alors qu'elle continuait de goûter à sa peau, il se redressa pour se débarrasser de son T-shirt et le passer par-dessus sa tête. Il fit ensuite pareil avec elle. Ses gestes étaient plus impatients. Lui enserrant la taille, il la fit remonter un peu dans le lit, se redressa pour prendre la pointe d'un sein dans sa bouche. Elle ferma les mains sur ses épaules et laissa aller sa tête en arrière, la bouche ouverte, haletante, déjà ivre des sensations qui se bousculaient en elle.

Elle le chevauchait, à présent. Elle sentait son sexe dur qui se pressait contre elle. Elle tendit le bras pour lui baisser son caleçon, aussi bas qu'elle put, et il plia une jambe, puis l'autre, pour s'en débarrasser complètement. Il ne cessait de lui agacer la pointe des seins, de la langue ou des dents, pour les lécher, les mordiller, tirer doucement dessus. Chaque fois, c'était comme s'il lui envoyait des vagues de plaisir à travers tout le corps. Elle lui passa la main sur la nuque, pour l'empêcher d'arrêter, en même temps qu'elle se soulevait légèrement et tâchait tant bien que mal d'ôter sa culotte.

Elle le tuerait, s'il s'arrêtait maintenant !

Elle revint à son contact et sentit contre sa chair la virilité brûlante de Bryan, sans la moindre barrière de tissu. Elle laissa échapper un gémissement de plaisir — il n'y avait plus de paroles possibles, juste des sons inarticulés qui en disaient plus que n'importe quel mot. Elle écarta les cuisses en se soulevant légèrement, puis redescendit pour l'accueillir en elle, peu à peu. Lentement, il s'engagea plus profondément, et tout son corps se tendit quand elle le sentit tout entier en elle.

C'était bon. C'était si bon…

Il avait les mains fermées sur ses fesses et elle ondoyait au-dessus de lui, doucement. Puis le rythme s'accéléra, se chargea d'une urgence grandissante. Bryan se redressa pour venir tout contre elle, en elle, et, de la main, il amena sa tête contre la sienne et s'empara de sa bouche. Il l'embrassa presque goulûment, comme s'il s'apprêtait à la dévorer ; elle lui rendit son baiser avec la même fièvre, alors qu'il continuait d'aller et venir en elle et de faire monter l'intensité du feu qui la consumait.

Il semblait savoir tout ce qui se passait en elle. Soudain, il affermit la pression de ses mains sur ses fesses, accentua encore l'intensité de ses coups de reins. En quelques secondes, un vague de plaisir la submergea de l'intérieur, et il étouffa ses cris de sa bouche, sans pour autant cesser ses mouvements.

Leur rythme ralentit peu à peu, ses lèvres se firent plus douces, ses mains se mirent à la caresser, son dos, ses épaules, ses hanches. La serrant contre lui, il la fit basculer. Elle se retrouva sur le dos. Il était au-dessus d'elle, en elle. Presque instinctivement, elle écarta les cuisses. Alors que l'onde de choc de la jouissance commençait à peine de diminuer, il reprit ses mouvements de va-et-vient, à un rythme effréné. Il lui tenait les hanches avec force, pour lui faire ressentir pleinement chaque plongeon en elle. Après ce qu'elle venait de connaître, elle n'imaginait pas son corps capable de réagir de nouveau et aussi vite. Il l'était, pourtant. L'incendie se propagea alors que Bryan la menait jusqu'à un nouveau pic de plaisir. Il allait et venait, encore et encore, jusqu'à ce que la jouissance explose en elle, avec une force qui la fit violemment frémir, tressaillir tout entière.

En cet instant, chaque partie de son corps était devenue incroyablement sensible. A vif. Elle ne pouvait en supporter davantage.

Mais Bryan n'était pas du même avis. Passant les bras autour de sa taille, il la redressa en même temps qu'il s'asseyait, et ils se retrouvèrent l'un contre l'autre, les jambes de Dawn passées autour de la taille de Bryan. Quand il posa les lèvres sur ses seins, elle se laissa aller en arrière. C'était trop de sensations.

De la langue et des dents, il la tortura délicieusement,

impitoyablement. Toujours en elle, dur et tendu, il reprit ses mouvements. Elle était à bout de souffle. Leurs corps étaient brûlants, couverts de sueur. Elle s'accrocha à lui, de ses mains, de ses jambes, alors qu'elle se noyait dans un océan de sensations. Elle ne pouvait pas de nouveau jouir, c'était impossible.

— Je… je ne peux plus, chuchota-t-elle. Je…

D'un baiser, il étouffa le reste de sa phrase. Il la souleva et la fit basculer sur le dos. Il se mit à aller et venir en elle, de plus en plus vite, de plus en plus fort. Dawn avait perdu tout sens de la réalité. Il n'y avait plus que cette boule de feu qui irradiait des ondes de plaisir en elle. Soudain, elle sentit Bryan qui se tendait et explosait en elle ; comme dans une réaction en chaîne, une immense déflagration la consuma.

Avec un gémissement sourd, il se laissa aller contre elle. Puis, la tenant fermement, mais tendrement, il les fit tourner sur le côté. Ils restèrent un long moment ainsi, accrochés l'un à l'autre, recouvrant peu à peu leurs esprits et leurs souffles.

Ce fut Bryan qui rompit le premier le silence.

— Je ne voulais pas que ça arrive, murmura-t-il.

— C'est ce que j'avais cru comprendre, hier soir, à la manière dont tu te couvrais avec les mains. C'était insultant, tu sais ?

— Je… C'était pour cacher ma réaction. Te voir avec ce débardeur et cette petite culotte…

Elle gloussa et lui déposa un baiser sur le torse.

— Tu regrettes, alors ?

— Pas encore.

Fronçant les sourcils, elle le fixa dans les yeux.

— Qu'est-ce que ça signifie, au juste ?

Il soutint son regard. Il semblait chercher quelque chose dans le sien ; quoi ? elle l'ignorait.

— Rien, dit-il enfin. Je ne regrette pas ce qui s'est passé. Je m'en souviendrai toute ma vie. Quoi qu'il arrive ensuite.

Elle s'autorisa à sourire, et, avec un soupir, elle posa la tête contre le torse de Bryan.

— Moi aussi, promit-elle.

Et elle le pensait.

Ce qu'elle ne disait pas, toutefois, ce qu'elle aurait voulu crier et gardait pour elle, à grand-peine, c'était qu'elle l'aimait.

Cinq ans plus tôt, elle lui avait fait cet aveu. Et, depuis, elle n'avait jamais cessé de l'aimer, pas un jour. Si seulement il avait pu éprouver les mêmes sentiments pour elle…

Mais ce n'était pas le moment de se poser ce genre de questions, elle le savait. Elle n'avait pas le droit de faire peser sur ses épaules quelque chose d'aussi lourd et important. Il avait assez de problèmes à supporter.

Elle reviendrait à la charge plus tard. Elle insisterait jusqu'à ce qu'elle sache avec certitude s'il y avait ou non la possibilité d'une histoire entre eux ; jusqu'à ce qu'elle sache ce que le futur leur réservait.

Un futur qui dépendait notamment de ce que l'Etrangleur avait décidé à leur sujet.

Elle s'endormit dans ses bras. C'était si merveilleux qu'elle aurait aussi bien pu ne pas se réveiller — peu lui importait. Elle glissa sous la couverture de velours noir du sommeil, pour émerger de l'autre côté…

Elle avait les yeux ouverts. Il faisait sombre. Elle était au lit, mais seule. Elle ne se trouvait pas dans le cabanon de Nick. Le lit était plus petit, la chambre totalement différente. Une odeur d'alcool éventé lui fit froncer le nez ; curieusement, elle avait aussi le goût de cet alcool dans la bouche. Sa bouche était sèche, elle avait l'estomac soulevé.

Et quand elle essaya de bouger la tête pour observer la pièce, elle éprouva une douleur si forte qu'elle porta les mains à son crâne et ferma les yeux.

Et Bryan ? Où était-il ?

Elle ouvrit de nouveau les yeux, lentement, et elle vit un peu mieux à mesure que son regard s'ajustait à la pénombre.

C'était la chambre de Bryan, dans sa petite maison. Qu'est-ce que cela signifiait ?

Dawn remua le bras, très légèrement, soulevant sa main et la tournant pour la regarder.

« Pas ma main », lui souffla son esprit. Elle se toucha les cheveux, les tapota et sentit des boucles épaisses. Elle tira sur une mèche pour l'examiner.

« Pas mes cheveux. »

Qu'est-ce que cela voulait dire, à la fin ?

Elle se redressa lentement pour s'asseoir. Elle découvrit alors son reflet dans le miroir qui se trouvait en face d'elle.

Sauf qu'il ne s'agissait pas de son reflet. C'était le visage de Bettina Wright, dont elle avait vu la photo dans les journaux. Elle eut à peine le temps d'enregistrer cette information qu'elle vit la silhouette sombre qui se tenait à côté du lit, presque derrière elle, près de la tête de lit. C'était un homme. Habillé tout en noir, avec une cagoule et des gants. Il était assez costaud, avec un peu de ventre. Ses yeux étaient rivés aux siens, dans le miroir.

Elle ouvrit la bouche pour hurler.

Il sortit alors de son immobilité et étouffa net son cri en lui passant un bas de soie noir autour du cou. Il serra brusquement, lui coupant le souffle. Cela faisait très mal. Sa tête se mit à battre sous la pression soudaine. Elle voulut fermer les doigts sur le bas, mais elle ne réussit qu'à se griffer. La bouche grande ouverte, elle essayait de respirer ; elle sentit sa langue qui enflait. Une sensation de vertige s'empara d'elle. Elle agitait les pieds dans tous les sens. Ses mouvements, peu à peu, se transformèrent en convulsions.

Soudain, la pression du bas se relâcha. La bouche béante, elle aspira goulûment l'air. C'était douloureux, et elle comprit qu'elle avait le larynx endommagé, peut-être même gravement. Et, alors qu'elle s'apprêtait à inspirer de nouveau, quelque chose de froid entra au contact de ses lèvres.

Un verre. Minuscule. On le souleva un peu, et le liquide qu'il contenait coula dans sa bouche. Elle suffoqua, en même temps qu'une sensation de brûlure la transperçait. Elle tenta de déglutir et éprouva une douleur comme elle n'en avait jamais ressenti. Elle avait l'impression d'avaler des éclats de verre. Le whisky continua de glouglouter affreusement dans sa gorge alors qu'elle gargouillait et s'étranglait.

Puis le bas serra de nouveau.

C'était insupportable.

Quelque chose heurta ses jambes quand elle ferma, sans résultat, les mains sur celles de son agresseur. Elle avait l'impression que ses yeux, noyés de larmes, allaient lui sortir de la tête. Elle n'y voyait plus rien. Elle voulait mourir, elle voulait que cette douleur cesse enfin. Elle se tordait en tous sens. Avec le vague espoir de trouver une arme, elle baissa la main sur le côté, là où elle avait senti quelque chose atterrir sur elle. Son poing se ferma sur un petit objet. Du métal.

Son agresseur la tira vers l'arrière. Penché sur elle, il lui ôtait la vie, petit à petit. Elle vit des larmes dans ses yeux, ces deux minuscules pierres noires qu'on devinait dans les trous de la cagoule de ski. Devant ses yeux à elle, des lumières multicolores explosèrent.

Elle était en train de mourir.

Bryan était flic, pensa-t-elle, et l'homme venait de laisser tomber un indice. Bryan retrouverait ce monstre. Elle devait l'aider. Elle utilisa ses derniers lambeaux de force pour glisser le minuscule morceau de métal sous le matelas. Puis elle retira sa main. Elle souleva la tête pour un dernier coup d'œil dans le miroir. Mais, devant ses yeux, il n'y avait plus que les ténèbres.

Elle s'avisa, en même temps, qu'il n'y avait plus de douleur. Plus de lutte désespérée pour respirer. Plus de pression autour de son cou. Les ténèbres se dissipèrent peu à peu, et elle baissa les yeux vers le miroir pour découvrir son propre corps, étendu, le regard vide. Sans vie.

« Je suis morte », pensa-t-elle. Elle se tourna en sentant quelque chose derrière elle. Elle vit une lumière presque aveuglante dont l'intensité ne cessait d'augmenter. Irrésistiblement attirée par cet éclat, elle se libéra du désir qu'elle avait de rester dans la chambre ; aussitôt, la lumière la fit venir à elle avec une force semblable à la gravité.

Mais, avant qu'elle l'atteigne, des femmes apparurent. Beaucoup de femmes, toutes jeunes et belles. Leurs yeux étaient emplis de douleur.

« Pas encore, lui dirent-elles sans bouger les lèvres. Il doit d'abord payer pour ce qu'il nous a fait. »

« Il vous a tuées, vous aussi ? »

Là encore, la question avait été posée sans être vraiment formulée.

« Oui, et il en tuera d'autres. Arrête-le. »

« Arrête-le. »

Dawn était une spectatrice, à présent. C'en était terminé du voyage qu'elle avait fait dans le corps de Bette. Elle se tenait à l'écart. Bette rejoignit les autres. Elle se tourna vers elle, et toutes, en chœur, elles répétèrent leur supplique :

« Arrête-le. Arrête-le. Arrête-le ! »

16

Elle dormait dans ses bras.

Bryan aurait préféré que cela se passe autrement. Mais ils s'étaient retrouvés aussi épuisés l'un que l'autre. Trop brisés pour bouger — encore moins pour avoir la conversation, longue et sérieuse, qu'ils savaient inévitable.

De toute façon, il n'avait pas la moindre idée de ce qu'il lui aurait dit. Et qu'allait-il lui expliquer lorsqu'elle se réveillerait, dans un instant, ouvrirait les yeux et le toucherait droit au cœur, d'un seul regard ? Là non plus, il n'en savait strictement rien.

Dans ce cas, il aurait peut-être intérêt à se lever avant elle. Cela n'avait rien de glorieux, il en était conscient, mais il avait besoin de temps pour réfléchir. Pour essayer de trouver ce qu'elle attendait de lui — ou, plutôt, ce qu'elle *voulait* qu'il lui dise… ou ne lui dise pas. Peut-être aussi devait-il s'intéresser un peu plus à ce qu'elle avait à déclarer sur le sujet…

A quoi bon ? Cela n'avait au fond aucune importance, pour la simple et bonne raison qu'il ne devait rien y avoir entre eux. Il ne pouvait se permettre de tomber amoureux d'elle. Cela ne pouvait pas se reproduire. Et, d'ailleurs, cela s'était-il déjà vraiment produit ? Etait-il possible de tomber amoureux à dix-huit ans ?

Si c'était le cas, il avait été amoureux. Elle était tout pour lui, alors. Tout !

Dawn le savait. Pourtant, elle était partie. Ou, plutôt, elle s'était *enfuie*. Elle les avait fuis — lui, leur couple, cette chose merveilleuse, tendre et innocente, qu'il y avait entre eux. Elle ne leur avait même pas laissé une chance.

Il se dégagea lentement de leur étreinte et roula sur le côté, glissant peu à peu jusqu'au bord du lit en même temps qu'il cherchait un vêtement à enfiler, n'importe lequel. Il aperçut son jean par terre. Il tendit le bras, ferma les doigts dessus et commença à tirer le pantalon vers lui. Tant que Dawn était nue, à proximité de lui, il se sentait trop vulnérable. Elle n'avait qu'à l'effleurer, peut-être même simplement le regarder, et il serait fichu.

— Arrête-le !

Bryan sursauta. C'était la voix de Dawn.

— Hein ?

Il se tourna vers elle. Elle était assise dans le lit. Ses yeux, bien que grands ouverts, étaient perdus dans le vide, comme s'ils ne voyaient pas. Elle était toujours endormie.

Elle lui fit face, alors. Et un froid intense l'envahit.

Ses yeux... Si étrange que cela puisse paraître, ce n'étaient pas ceux de Dawn.

— Tu dois l'arrêter.

Il fronça les sourcils.

— Ça... ça va ? demanda-t-il en levant la main pour lui toucher la joue.

Elle cligna les yeux, très vite, et cette fois, quand elle le fixa, il eut la certitude qu'elle était bien réveillée, consciente. Elle soutint son regard, puis elle fronça les sourcils et fondit brusquement en larmes, le visage caché dans ses mains. Ses épaules s'agitèrent au rythme de ses sanglots.

— Mon Dieu..., marmonna-t-elle. Oh, mon Dieu !

— Hé…

Elle se jeta contre lui, et il la prit dans ses bras. Qu'aurait-il pu faire d'autre ? Elle était manifestement dans tous ses états.

— Ça va, ma douce, ça va. Je suis là. Tout va bien.

— Oh, mon Dieu, Bryan. J'ai fait un rêve… C'était horrible !

Il faillit soupirer de soulagement. Il avait d'abord cru que l'émotion de Dawn était la conséquence de ce qui s'était passé entre eux durant la nuit. Il redoutait sa réaction, quelle qu'elle soit, mais à aucun moment il n'avait imaginé quelque chose d'aussi dramatique.

— Ce n'était qu'un rêve, lui dit-il.

D'un geste machinal, il lui caressait doucement le dos ; et, tout naturellement, il posa la tête sur la sienne.

— Ça n'a rien d'étonnant que tu fasses des cauchemars. Avec tout ce qui se passe, tout ce stress…

— J'ai rêvé de Bette.

Dans le dos de Dawn, sa main s'immobilisa.

— Bette ?

Elle hocha de nouveau la tête, contre son torse. Il l'entendit qui reniflait.

— J'ai rêvé de son meurtre. J'ai vu tout ce qui s'est passé, comme si… comme si j'étais présente.

Lui posant les mains sur les épaules, il l'écarta doucement de lui et plongea les yeux dans les siens.

— Tu es bien sûre qu'il s'agissait d'un rêve ? Ça n'était pas Bette qui… qui… comment dire ? qui communiquait avec toi ?

Elle renifla de nouveau, ce qui lui fit froncer les narines. Il se retint de sourire et de lui déposer un baiser sur le bout du nez. Ce n'était pas le moment. Il y avait trop de douleur dans le regard de Dawn.

— Non. Ça n'était pas ça. Je ne la voyais pas. Je ne

lui parlais pas. C'était comme si… comme si j'étais elle. Je me suis réveillée dans ton lit, chez toi, et j'étais dans son corps. J'ai même vu son reflet dans le miroir, en face de ton lit. Et, au même moment, je me suis aperçue qu'il était là, aussi. Il… il m'étranglait.

Sur la dernière phrase, ses mains se portèrent à son cou, qu'elle toucha avec précaution. Elle tressaillit si violemment qu'on aurait cru qu'elle était vraiment blessée.

— J'étais terrifiée ! Et j'avais mal, si mal ! Il était brutal. Cruel. C'était horrible, Bryan !

Hochant la tête, il la ramena contre lui.

— Ça ne s'était jamais passé de cette manière… quand ils entraient en contact avec toi ?

Elle secoua la tête.

— Non. Avant, j'avais l'impression de parler à quelqu'un. L'impression d'écouter avec tous mes sens, pas seulement mes oreilles. Et c'était de tout mon être, que je les voyais, pas juste avec mes yeux. Ils me parlaient en chuchotant ; ils avaient quelque chose d'immatériel…

Elle reprit son souffle.

— Là, c'était complètement différent.

— Mais…

— Ça n'était qu'un rêve, Bryan.

— D'accord, d'accord.

Elle renifla encore, et il la serra un peu plus contre lui.

— Tu trembles comme une feuille.

— C'était affreux ! Il m'étranglait avec un bas de soie. Un bas noir. Il serrait jusqu'à ce que je sois sur le point de perdre connaissance, et il relâchait la pression, d'un seul coup. J'étais submergée par le soulagement de ne pas m'évanouir, d'échapper à la douleur… Et c'est à ce moment-là qu'il me versait l'alcool dans la bouche. Ça faisait mal ! Je ne pouvais pas avaler. J'avais l'impression de me noyer dans le whisky. Et il se remettait à serrer ce fichu bas et à…

— Tout va bien, maintenant, calme-toi.

Il fronça les sourcils. Il était ébranlé par la manière dont la voix de Dawn s'était modifiée ; elle s'était enrouée, chargée de rudesse et d'une pointe de vulgarité. Elle semblait avoir vraiment vécu ce cauchemar. C'était à croire qu'on l'avait véritablement étranglée et qu'elle éprouvait encore toutes les sensations physiques de ce qui s'était passé.

Bryan fut aussi soudain frappé par la précision de son récit. Sa description des meurtres correspondait parfaitement à celle qu'avait livrée Nick dans son livre — strangulation partielle, puis le petit verre de whisky, puis de nouveau strangulation.

— Est-ce que tu te souviens de ce que portait Bette ?

— Bien sûr ! Elle était nue.

Elle leva les yeux vers lui.

— Mais ça n'était qu'un rêve, Bryan.

— Tu en es bien sûre ?

— Crois-moi, je sais faire la différencc. Et j'aurais préféré que ce soit réel. Oui, j'aurais préféré.

— Pourquoi dis-tu ça ?

Elle serra les lèvres.

— Il a laissé tomber quelque chose, un objet qui a dû glisser d'une de ses poches, je ne sais pas, et qui est tombé sur le lit. Elle a réussi à l'attraper et à le glisser sous le matelas. Juste avant de mourir.

Leurs regards se croisèrent.

— Encore une fois, tu es bien certaine qu'il ne s'agissait que d'un rêve ?

Une seconde passa avant qu'elle ne réponde.

— Oui, dit-elle. Tout à fait sûre.

— Dans ce cas, pourquoi as-tu ces marques au niveau du cou ?

Elle déglutit, difficilement, puis porta ses mains à sa gorge, pressant doucement.

— Ça fait mal, murmura-t-elle. Mais c'était un rêve très… réaliste. C'est peut-être simplement moi… moi qui y ai un peu trop cru.

Elle cligna les yeux et s'éclaircit la gorge.

— Nous devrions aller jeter un coup d'œil là-bas, malgré tout. Et vérifier s'il n'y a rien sous le matelas.

— C'est *moi* qui vais aller là-bas, dit-il. Je vais même y aller maintenant, pendant qu'il fait encore nuit. Toi, tu restes. Tu es en sécurité, ici. Je vais réveiller Rico, avant de partir, pour qu'il vienne veiller sur toi. Entendu ?

— Et toi ? Qui va te protéger ?

Il lui sourit.

— Je crois être capable de me débrouiller tout seul. Je vais prendre une arme, si ça peut te rassurer.

— Pas autant que si tu m'emmenais avec toi. Pourquoi est-ce que tu ne veux pas, Bryan ?

Il lui déposa un baiser au sommet du front, puis s'écarta pour récupérer son jean et l'enfiler.

— Parce que je refuse de prendre le moindre risque. C'est ta vie que je mettrais en danger, en te faisant sortir de cette maison.

— Je ne vois pas ce qui te permet d'affirmer que je suis plus en sécurité ici…

— Je le sais, c'est tout.

Elle fronça les sourcils.

— Et si l'Etrangleur était Olivia ?

— Ce n'est pas elle.

— Qu'est-ce que tu en sais ?

— C'était un homme, dans ton rêve.

Dawn secoua la tête.

— Il portait une cagoule de ski. Je ne pouvais pas voir…

— Tu en as assez vu. D'ailleurs, tu continues même de dire « il ».

Elle secoua encore la tête, avec insistance.

— Ce n'était qu'un rêve, Bryan. Un rêve !

— Je ne pense pas.

— Tu crois que tu sais mieux que moi, alors ? C'est *moi* qui les voyais, n'oublie pas. Et là, c'était différent.

— Il s'agissait d'autre chose, dans ce cas. Betty qui t'aurait… « envoyé » un rêve, par exemple. A moins qu'il ne s'agisse que d'une intuition. Ce que je sais, moi, c'est que ça n'était pas un simple rêve, Dawn.

— Mais pourquoi ?

Il récupéra sa chemise, par terre, et l'enfila.

— Tu as lu le livre de Nick ?

— Non, pas encore.

— Eh bien, commence à le faire pendant mon absence. Il existe une incroyable similitude entre la façon dont il reconstitue le déroulement des crimes d'il y a quinze ans, à partir des éléments en sa possession, et ce que tu as vu, ou « vécu » dans ton rêve. C'est fascinant, Dawn. Je t'assure : ça ne peut pas être un simple rêve.

— Je t'en prie, Bryan… Emmène-moi avec toi. Je veux vraiment t'accompagner.

— Je sais, Dawn. Je sais.

Il soupira et revint vers le lit. Se penchant, il lui passa la main dans la nuque, pour approcher son visage du sien, et lui donna un baiser sur la bouche.

— J'ai besoin d'un peu de temps. Est-ce que tu peux… est-ce que tu peux me donner un peu de temps ?

L'expression de Dawn changea. Elle parut comprendre qu'ils ne parlaient plus de son rêve. Les yeux emplis d'une multitude de questions, elle le fixa en silence, puis hocha la tête.

— Entendu. Mais… sois prudent, Bryan. Et si jamais tu as besoin de moi, si tu as des ennuis, appelle. Promets-le-moi… Je ne te laisserai pas tomber, tu comprends ? Jamais.

Il vit briller dans le regard de Dawn une sincérité qui le bouleversa.

— Pas question que je t'attire dans les ennuis, murmura-t-il. Mais je t'appellerai, je te le promets.

Elle se leva brusquement et, sans se soucier de sa nudité, elle se précipita contre lui, passant les bras autour de sa taille.

— Je t'en prie, sois prudent !

— Je le serai. Toi aussi, fais attention. Je reviens dès que possible.

— Quand ?

S'il ne partait pas tout de suite, il savait qu'il ne résisterait pas longtemps au spectacle et au contact de ce corps nu. Ils allaient finir au lit.

— Eh bien… si je ne suis pas de retour à midi…

— Il est 4 heures du matin ! Cela fait huit heures à attendre !

Elle s'écarta et recula d'un pas.

— C'est trop long, dit-elle. J'attendrai jusqu'à 8 heures du matin. Si tu n'es pas revenu, nous partirons à ta recherche.

Il hocha la tête.

— Je serai de retour à 8 heures… Plus tôt, même, si c'est possible. Je suis prêt à battre tous les records de vitesse pour te rejoindre !

Il vit le visage de Dawn s'éclairer soudain. Toute trace de contrariété en avait disparu.

— C'était vraiment bien, dit-elle.

— Je ne suis pas certain que « bien » soit le premier mot qui me serait venu à l'esprit…

L'attirant à elle, il l'embrassa de nouveau. Cette fois,

il approfondit son baiser, et le fit durer. Il comprit confusément qu'il était perdu : impossible de ne pas tomber de nouveau amoureux d'elle. Mais avait-il jamais cessé de l'être ? Il était maintenant prêt à avoir avec elle la longue discussion qui s'imposait. Car lorsque Dawn affirmait qu'elle ne le laisserait jamais tomber, il avait le sentiment qu'elle voulait en dire davantage. Peut-être ce qu'il attendait désespérément d'entendre dans sa bouche.

Mais ce n'était pas le moment. Il arracha ses lèvres des siennes, força ses bras à la lâcher et se tourna pour quitter la chambre.

— J'aimerais bien savoir quel genre de gibier il est en train de pister, cette fois, déclara Rico.

Ils étaient tous les trois installés sur la terrasse, à l'arrière. Malgré la fraîcheur de l'air matinal, ils buvaient leur café en regardant la brume se lever, à la surface du lac, découvrant peu à peu le spectacle des chutes, au loin. On entendait leur grondement dès qu'on se trouvait dehors ; et on en percevait également la rumeur à l'intérieur.

— Il ne vous a pas dit ? demanda Dawn, étonnée.

— Non. Il m'a simplement précisé qu'il comptait revenir aussi vite que possible. Il m'a demandé de ne pas vous perdre de vue un instant, toutes les deux. Et si jamais il n'est pas là à 8 heures et que vous commencez à vous agiter, j'ai pour instruction de vous faire attendre encore une heure avant d'appeler la garde nationale.

Rico accompagna ces mots de son sourire le plus charmant, découvrant des dents blanches qui tranchaient de façon éclatante sur sa peau tannée. Son sourire semblait s'adresser un peu plus à Olivia qu'à elle, remarqua Dawn, ce qui lui convenait très bien.

— Et alors ? demanda Olivia. Où est-il allé ?

Dawn se passa la langue sur les lèvres.

— J'ai fait un rêve, expliqua-t-elle. J'ai *vu* le meurtre de Bettina Wright. Et dans mon rêve, le tueur laissait tomber un objet que Bettina a eu le temps de cacher avant de mourir.

Rico fronça les sourcils et jeta un coup d'œil en coin vers Olivia. Elle croisa son regard, et ils se tournèrent ensemble vers Dawn.

— Il est donc à la recherche d'un indice que vous avez *rêvé* ? demanda Rico.

— Je comprends que cela puisse vous sembler ridicule. Je sais que ce n'était qu'un rêve. Mais il a pensé que…

Elle laissa la fin de sa phrase en suspens.

— Il est encore plus désespéré que je ne pensais, murmura Rico en secouant la tête. Avec tout ce stress, c'est normal.

— A moins qu'il n'ait une bonne raison de penser que ce qu'a vu Dawn cette nuit pourrait être plus qu'un simple rêve, suggéra Olivia en la fixant avec intensité. J'ai raison, Dawn ?

Elle baissa les yeux.

— Vous… connaissez mon histoire ?

— J'ai vérifié, après notre première rencontre. C'est ainsi que j'ai appris qui était votre père et…

— Oh, ça ? coupa Rico avec un geste de la main. Le fait qu'il se soit prétendu médium ne signifie pas qu'elle le soit aussi.

D'un regard, Olivia lui fit savoir ce qu'elle pensait de son interruption.

— La mort de votre père à Blackberry, reprit-elle, il y a cinq ans, a été l'épilogue de la plus grosse affaire qu'ait connue le Vermont depuis… depuis les meurtres de l'Etrangleur. Tout le monde ne parlait que de ça. Mordecai Young, ce chef de secte charismatique, auteur de manuels de développement personnel, qui était devenu un meurtrier. Certains disaient qu'il était fou ; d'autres qu'il avait un sixième sens, un don de communication qui ne s'expliquait pas.

— Ils avaient tous raison, dit Dawn en hochant la tête. Je pense qu'il avait bel et bien un… un pouvoir. Je crois aussi qu'il était fou, cliniquement. Et ces deux facettes se confondaient au point qu'il était difficile de les distinguer. Les voix qui lui soufflaient la manière d'aider les gens semblaient avoir la même provenance que celles qui lui désignaient les personnes qu'il devait tuer. Il leur obéissait sans discuter. Pour lui, elles n'étaient qu'une seule et même voix. Celle de Dieu.

— On se sentirait presque désolé pour lui…, murmura Olivia.

De fait, Dawn était sincèrement désolée pour son père. Mais cela ne l'empêchait pas d'avoir toujours peur de lui, alors qu'il était mort. L'idée qu'il pouvait revenir la harceler la terrifiait.

— Et donc, après sa mort, reprit Olivia, c'est vous qui avez aidé à résoudre un meurtre en innocentant un homme injustement accusé et envoyé dans un hôpital psychiatrique. Tout cela a été possible parce que vous aviez un lien direct avec la victime, n'est-ce pas ?

Rico étouffa un juron.

— Hé, attendez un peu ! Vous ne seriez pas en train de parler de River Corbett, ce type qu'on avait collé chez les dingues en pensant qu'il avait mis le feu dans sa maison, avec sa femme enceinte à l'intérieur ?

Olivia confirma d'un hochement de tête.

— C'est exact, confessa Dawn. J'étais capable de… de capter des choses que les autres ne percevaient pas. Il est possible que j'aie hérité cela de mon père. Cela me terrifiait. Alors, je me suis enfuie. Mon pouvoir a peu à peu disparu, sans que je sache si c'était grâce à l'éloignement ou parce que je ne l'utilisais plus. Depuis que je suis revenue, j'ai essayé d'entrer en contact avec les victimes, pour qu'elles me disent qui est l'assassin. Je n'ai rien obtenu. Pas un mot. J'ai perdu mon… mon don, apparemment — ce don que je considérais comme une malédiction. Ce qui s'est passé n'a rien à voir. C'était juste un rêve.

— Vous semblez terrifiée par cette idée, observa Olivia.

Dawn réfléchit à cette remarque. Olivia avait raison.

— Il se pourrait, ajouta cette dernière, que ce soit la peur que vous inspire votre don qui vous ait empêchée de renouer avec lui, alors que vous n'en avez jamais eu autant besoin.

— Vous pensez ?

— Cela n'aurait rien d'étonnant. Il y a en vous un blocage, une force qui empêche ce don de se manifester comme autrefois, et il est possible qu'il cherche à s'exprimer autrement.

De nouveau, Dawn réfléchit à l'hypothèse d'Olivia.

— C'est possible, en effet — même si je vous avoue que j'ai du mal à y croire.

— Mais Bryan ne pense pas comme vous, n'est-ce pas ? insista Olivia.

Dawn secoua la tête.

— Non. Et comme le tueur était clairement un homme, dans le rêve, il ne croit plus que ce soit vous, Olivia. Il ne l'avait jamais *vraiment* cru, d'ailleurs. Comme moi.

— C'est un soulagement, je ne vous le cache pas.

— Mais l'objet que Bryan est allé chercher, vous l'avez vu, dans votre rêve ? intervint Rico.

— Non.

— Et le tueur ?

— Non plus. Il portait une cagoule de ski. Il était habillé en noir de la tête aux pieds.

— En revanche, vous avez vu le meurtre…, murmura Olivia en couvant Dawn d'un regard plein de sympathie. Cela devait être horrible ?

— Ça l'était, oui.

Olivia se pencha au-dessus de la table de la terrasse pour prendre la main de Dawn. En cet instant, elle sentit qu'elle n'avait rien à craindre de cette femme. Au contraire. Elle eut la conviction qu'elles deviendraient un jour très proches.

Revenir à son domicile n'avait rien d'évident, songea Bryan en passant sous la balise jaune pour franchir la porte d'entrée de sa maison. C'était même plus pénible qu'il ne l'aurait pensé. Si Bette et lui n'avaient jamais été amoureux, ils étaient amis. De bons amis. Des amis intimes. Amants à l'occasion, quand ils en ressentaient le besoin. Ils s'étaient ainsi offert du réconfort entre deux histoires — pour oublier des ruptures dont ils pensaient ne jamais pouvoir se remettre. Ils avaient beaucoup ri, ensemble ; ils avaient passé de bons moments. Bette avait une place particulière dans son cœur.

Se retrouver chez lui ravivait trop douloureusement le moment où il l'avait découverte dans son lit. Une enveloppe sans vie, aux yeux vides, dépourvue de cette chaleur qui était en elle. Non, il ne restait rien de Bette.

Quelqu'un avait pris tout cela. Comment pouvait-on faire des choses pareilles — à elle comme à qui que ce soit d'autre ? On n'avait pas le droit !

Il y avait de la poudre à empreintes un peu partout dans la maison. Des espaces vides signalaient les endroits où des objets avaient été saisis pour être examinés. Son ordinateur. On avait aussi emporté des verres et des cendriers pleins de mégots. En revanche, les techniciens avaient laissé la nourriture, et cela se sentait. Les sauces avaient tourné ; les chips étaient devenues rances.

Sa photo, celle sur laquelle il se trouvait en compagnie de Dawn, était toujours à sa place.

Sa petite lampe électrique en main, il suivit le couloir pour rejoindre la chambre. On avait retiré les draps et couvertures du lit, mais le matelas était toujours en place. Tous les objets qui se trouvaient sur ses deux tables de nuit avaient disparu. Un gros morceau de moquette avait été découpé, à l'endroit supposé où devait se tenir le tueur quand il avait étranglé Bette.

Bryan vint se tenir auprès du lit, et il jeta un coup d'œil dans le miroir, en face du lit. Si seulement il existait un moyen d'avoir un aperçu de ce que ce miroir avait reflété récemment — de la même manière qu'on peut consulter l'historique du navigateur d'un ordinateur, pour voir quels sites ont été visités. De la même manière, aussi, qu'après avoir éteint un téléviseur on entrevoit un court instant la dernière image sur l'écran. Comme une aura qui se dissipe lentement. Pourquoi les miroirs ne jouiraient-ils pas des mêmes propriétés ?

Il imagina Bette en train d'assister à son propre meurtre dans ce miroir. Probablement à travers un voile de larmes, de panique, de terreur. Le tueur aussi avait dû se refléter dans ce miroir. Qu'il soit l'Etrangleur ou son imitateur, le résultat était le même : il avait tué Bette et ruiné la vie de Bryan.

— Espèce de pourriture, murmura-t-il. Je te jure que tu vas me le payer.

Il entendit alors quelque chose, ou quelqu'un, au-dehors. Apparemment, il avait encore moins de temps que prévu pour accomplir ce qui l'avait amené ici.

Il vérifia sous le matelas. Rien. Il contourna rapidement le lit pour aller en inspecter l'autre côté. Il passa de nouveau la main entre le matelas et le sommier. Toujours rien. La déception lui fit l'effet d'une douche froide. Il devait quitter les lieux, maintenant. Vite. Se glisser dans la salle de bains, passer par la fenêtre, et il serait parti avant que la personne qui arrivait soit entrée.

Pourtant, il se refusait à laisser tomber. Le rêve de Dawn ne pouvait se réduire à une coïncidence. Il le fallait. Parce que si c'était le cas, il ne lui restait plus le moindre espoir.

Il souleva complètement le matelas et le plaqua contre la tête de lit. Il dirigea sa lampe électrique sur le dessus du sommier. C'était un lit plate-forme, avec une épaisse planche en contre-plaqué sous le matelas.

Fronçant les sourcils, il se pencha un peu plus. La lumière de sa lampe avait accroché le reflet d'un objet pris entre le cadre du lit et le contre-plaqué.

Un objet qui brillait.

Du bout du doigt, il le fit glisser vers le haut. Il finit par le libérer complètement et le fit tomber dans le creux de sa main. Il se redressa, impatient, et regarda de plus près sa trouvaille.

C'était une petite breloque en métal, du genre de celles qu'on trouve accrochées à la chaîne d'un porte-clés. Sauf qu'ici, la chaîne manquait. Tout ce qui restait, c'était la reproduction miniaturisée d'une voiture ancienne.

Il se raidit alors qu'une espèce d'alarme retentissait soudain en lui. Il comprit qu'il n'était plus seul dans la chambre, et un sentiment de panique le traversa comme un courant glacé.

Il tourna la tête, et laissa échapper un soupir de soulagement en reconnaissant Nick.

— Bon sang ! Tu m'as foutu une de ces trouilles…

— Vraiment ? Désolé.

De la tête, Nick désigna ce que Bryan tenait dans sa main.

— Qu'est-ce que c'est ?

— Une histoire de fou, je t'assure ! Dawn a fait un rêve, cette nuit… Elle a vu l'assassin laisser tomber quelque chose et Bette glisser cet objet sous le matelas. Je n'ai pas pu m'empêcher de venir vérifier.

— C'est vrai qu'elle était médium. Et apparemment, elle l'est toujours.

Nick sourit et secoua la tête.

— Tu as trouvé quelque chose, alors ?

— Oui.

Bryan baissa les yeux sur la petite voiture, dans le creux de sa main.

— Tu n'aurais pas un sachet ? Je ne voudrais pas risquer de corrompre des empreintes. Il doit y avoir ça dans la cuisine — le tiroir sur la gauche de l'évier.

— Je crois avoir ce qu'il faut sur moi.

Nick plongea la main dans une poche et en sortit une enveloppe en papier.

— Ça fera l'affaire, pour l'instant.

Il l'ouvrit, et Bryan glissa l'objet à l'intérieur.

— Je ne sais pas trop ce que c'est, avoua Bryan.

— Tu ne reconnais pas ? répliqua Nick avec ce large sourire qui lui plissait tout le visage. Ta copine aurait tout de suite su, elle. C'est une T-Bird de 65, mon pote. J'en avais une comme ça. Exactement comme ça.

Bryan se figea. Il leva la tête, lentement, et fixa son mentor droit dans les yeux. Dans son regard, il vit quelque chose de froid. Quelque chose qu'il n'y avait jamais vu auparavant. Son cerveau passa en revue des dizaines d'informations rangées dans des cases. Le voisin qui avait aperçu une vieille voiture rouge et blanc dans les environs d'une des scènes de crime. Le « T » en métal qui avait été retrouvé sur une autre des scènes de crime et qui provenait d'une Ford Thunderbird de 1965. Et maintenant, ce morceau de porte-clés. Et Nick, qui lui disait avoir possédé une voiture de ce modèle.

— Ah bon ?

Il ne trouva rien d'autre à dire.

Alors que Bryan essayait de donner un semblant de sens à l'idée inconcevable que son cerveau lui criait, la main droite de Nick, fermée sur la crosse d'une arme, arriva brusquement sur lui, après avoir décrit un grand arc de cercle.

Il sentit l'explosion de l'impact. Il eut conscience de tomber à genoux, de basculer sur le côté. Mais il avait déjà perdu connaissance quand il heurta le sol.

17

— Il devrait être revenu, non ?

Dawn était aussi agitée que la tempête qui faisait à présent rage au-dehors. Des coups de tonnerre martelaient le ciel avec furie. De grosses branches tombaient avec des craquements déchirants. Chaque éclair, chaque bourrasque de vent semblait un présage du Jugement dernier.

Rico, qui en avait fini avec son inspection des environs, se trouvait à présent dans la cuisine, occupé aux préparatifs du petit déjeuner. Cela sentait délicieusement bon. Olivia, à l'étage, prenait une douche. Dawn, quant à elle, avait décidé de passer le temps en lisant ; elle s'était installée près de la cheminée avec le livre de Nick. Il fallait reconnaître que c'était passionnant, haletant et bien écrit. Pourtant, elle avait toutes les peines du monde à se concentrer. Elle ne pouvait s'empêcher de jeter un coup d'œil à la pendule chaque fois qu'elle tournait une page. Et elle avait le plus grand mal à oublier que l'homme qu'elle aimait était parti chercher un indice déterminant, alors qu'il avait à ses trousses la police de Shadow Falls et des environs.

Les comptes rendus que faisait Nick des différents meurtres lui arrachèrent des frissons. Ils lui rappelaient désagréablement son rêve. Mal à l'aise, elle finit par renoncer. Elle ôta la jaquette du gros livre relié pour s'en servir de marque-pages. Mais, avant de le glisser entre les pages, elle remarqua la photo de l'auteur sur le rabat. Elle ne put réprimer un sourire.

Seize ans plus tôt, Nick était vraiment un garçon séduisant — et il le savait. Il ne s'était pas encore empâté. Il avait les cheveux très bruns, des yeux perçants et des lèvres pleines et sensuelles. Il se tenait contre l'avant d'une voiture et incarnait à la perfection le superflic sûr de lui, presque arrogant. On aurait dit un acteur dans une série télévisée. Intriguée par la voiture, comme toujours, elle plissa les yeux pour se concentrer dessus. Il s'agissait visiblement d'un modèle ancien, sans doute une Ford ; il lui était difficile d'en dire plus, car tout ce qu'on en voyait, c'était un bout d'aile et la moitié d'un phare.

Avec un soupir, elle ferma le livre, puis leva les yeux en entendant des pas dans l'escalier. C'était Olivia qui descendait pour les rejoindre, vêtue d'une chemise de nuit et d'un peignoir éponge.

— Toujours pas de retour ? demanda-t-elle.

— Non. Et il est bientôt 9 heures, répondit Dawn avec un nouveau coup d'œil vers la pendule.

— Il est 8 h 30 passées, précisa Olivia. Laissez-lui jusqu'à 9 heures, comme vous le lui aviez promis.

— J'avais dit 8 heures. C'est lui qui a ajouté une heure.

— D'accord, mais…

— Je devrais au moins l'appeler.

— Imaginez qu'il soit caché sur le lieu du crime, pour ne pas être surpris, ou qu'il soit en train de surveiller quelqu'un ou quelque chose. La sonnerie du téléphone pourrait le trahir.

— S'il est en train de se cacher ou de fureter, j'espère au moins qu'il a mis son portable en mode vibreur.

Dawn se leva et ajouta :

— Il est policier, non ?

Elle posa le livre sur la table basse, près de la boîte contenant des pièces à conviction de la première série de meurtres de l'Etrangleur. Elle vint s'asseoir sur le canapé, à côté du téléphone, une antiquité qui semblait dater des années cinquante. Elle souleva le gros combiné et, portant l'écouteur à son oreille, elle se figea, l'index au-dessus du cadran.

— Merde !

— Que se passe-t-il ? demanda Olivia.

— Il n'y a pas de tonalité.

Elle raccrocha, puis décrocha de nouveau. Toujours rien. Elle jeta un coup d'œil vers les grandes fenêtres, battues par la pluie.

— Ça doit être l'orage.

— Je vais chercher mon portable.

— Inutile. Il n'y a pas de réseau, ici. La seule façon d'en trouver, c'est d'aller jusqu'au lac, de prendre la barque et d'aller se placer au milieu.

— Avec ce temps, on ne risque pas de sortir, répondit Olivia en souriant. Encore moins d'aller faire une promenade en barque. Vous étiez sur le lac, quand j'ai appelé ?

— Oui. En train de pêcher.

Une douce chaleur emplit Dawn à ce souvenir, et elle ne put s'empêcher de murmurer :

— C'était super.

— Il y a eu quelque chose entre vous, non ?

Dawn hocha la tête.

— Je l'ai quitté. Ou plutôt… je me suis enfuie.

— Pourquoi ?

— C'était le seul moyen que j'avais trouvé pour échapper au « don » que mon père m'avait transmis. Les fantômes essayaient en permanence d'entrer en contact avec moi. Et ç'a marché. Je me suis débarrassée d'eux. Mais j'ai aussi perdu la meilleure histoire que j'aie jamais eue. Je ne sais pas si je pourrai la récupérer…

Olivia haussa les sourcils.

— Si j'en crois les bruits qui s'échappaient de votre chambre cette nuit, il me semble que c'est fait, non ?

Dawn se plaqua les mains sur les joues.

— Oh, mon Dieu ! Vous… vous nous avez entendus ?

— Ne soyez pas embarrassée. Au contraire. Vous allez très bien ensemble.

— Mais nous ne sommes pas *ensemble*.

— Ah bon ?

Dawn secoua la tête avec une pointe de tristesse.

— Il me désire physiquement, c'est certain. Mais le sexe n'est pas l'amour. Même s'il m'a aimée, autrefois.

— Vous pensez que ce n'est plus le cas ?

— Oui.

— A votre place, je ne serais pas aussi catégorique. Il s'est volontairement mis dans une position de fugitif ; je suis convaincue que ce n'est pas son genre d'échapper ainsi à la justice, qu'il soit innocent ou non. Il est policier, et aux dires de tous, il aime son métier. Selon moi, il est du genre à affronter la tempête en faisant les choses dans les règles et en affrontant les conséquences. S'il a pris la fuite, c'est pour vous. Pas pour lui.

— Je le pense aussi, reconnut Dawn. Mais cela ne signifie pas pour autant qu'il m'aime.

— S'il ne vous aime pas, c'est qu'il ne sait vraiment pas ce qu'il veut…

Olivia soupira.

— J'ai vu la façon dont il vous regarde, ajouta-t-elle. Croyez-moi, cela va bien se passer entre vous.

— J'espère que vous avez raison. Nous avons peut-être une chance, à condition de sortir indemnes de cette histoire. Mon Dieu ! Comment est-ce que je vais tenir jusqu'à 9 heures ?

— Que diriez-vous d'aller préparer un bon chocolat chaud ? Et nous nous tiendrons compagnie jusqu'à son retour. Il ne devrait plus tarder, maintenant.

Alors qu'Olivia se levait, resserrant la ceinture de son peignoir, et gagnait la cuisine, Dawn ne put s'empêcher de jeter un nouveau coup d'œil vers la pendule.

La première sensation de Bryan fut une douleur intense dans tout le crâne. Puis le champ de sa conscience s'élargit peu à peu. Il avait la tête penchée sur le côté ; elle reposait contre quelque chose de dur. Il était par terre, les jambes étendues devant lui, et ses mains…

Il avait les mains menottées dans le dos.

Il souleva la tête, lentement, clignant les yeux pour les ouvrir, en même temps qu'il tirait sur ses poignets pour avoir la confirmation de ce qu'il savait déjà. Sa vision s'éclaircit enfin et se fixa sur la forme massive et rutilante qui se trouvait juste devant lui. Il se trouvait dans un garage, près d'une Ford Thunderbird de 1965 en parfait état. Elle était rouge et blanc, immaculée, sans une tache de boue ou même un grain de poussière sur les chromes et la carrosserie.

Il entendait des coups de tonnerre, dehors, mais ne voyait aucun éclair. Il regarda autour de lui et constata que les fenêtres avaient été obturées ; l'endroit était comme hermétiquement scellé. Mais il ne s'agissait pas du garage de Nick. Il l'avait vu assez souvent pour en être certain. Ils y avaient bu des bières, ils y avaient bricolé sur des voitures…

Nick… Comment avait-il pu faire ça !

— Ah ! tu es réveillé ! Excellent. Je suis désolé, tu

sais, vraiment désolé. Je tenais à te le dire avant de… enfin, tu comprends.

Bryan se tourna en direction de la voix de Nick.

— Je t'en prie… Dis-moi que ce n'est pas vrai. Que tu n'es pas l'Etrangleur.

Nick se rapprocha et vint s'accroupir devant lui. Nick Di Marco… l'Etrangleur ? Comment était-ce possible ? Il n'arrivait toujours pas à y croire.

— En fait, ce n'est pas exactement moi. C'est lui, indiqua Nick en se tapotant le front. Il… *il* est ici. Mais ce n'est pas moi. Tu comprends ?

— Non. Je ne comprends rien à tes conneries. A moins que tu ne sois en train de préparer le terrain pour jouer la carte de l'irresponsabilité devant le tribunal.

— Je n'en aurai pas besoin. Ce n'est pas simple à expliquer. Mais là, *il* dit qu'on n'a pas le choix. J'ai essayé de trouver, encore et encore, mais je ne vois pas d'autre option.

— Option de quoi, Nick ? Tu es train de m'expliquer que tu vas me tuer, c'est ça ? Me *tuer* ? Toi ?

Nick opina du chef.

— Ce n'est pas de gaieté de cœur, crois-moi. Malheureusement, je n'ai pas le choix. Tu es mon protégé. Je vais leur raconter que tu connaissais l'affaire dans ses moindres détails, y compris des trucs que j'étais le seul à savoir. Il n'y avait que toi pour faire un *copycat* capable de reproduire aussi fidèlement les meurtres de l'Etrangleur.

Il marqua une courte pause.

— J'ai tué une fille cette nuit. Tout près d'ici. Rien que pour toi. Je vais t'amener là-bas, j'expliquerai que je t'ai surpris en flagrant délit, que je n'ai pas eu le choix et que j'ai été forcé de te tuer. La presse va se régaler. Mon protégé, l'affaire de ma vie… et c'est moi qui suis obligé de t'abattre. Il y a toutes les chances pour que j'écrive un nouveau livre avec ça. On fera peut-être même une suite au premier film. Avec encore De Niro, pourquoi pas ?

— A quelle heure est-ce que tu l'as tuée ? demanda Bryan.

— Aucune importance, Kendall. Aucune.

— Bien sûr que si ! Dawn sait à quelle heure je suis parti du cabanon. Elle sera mon alibi. Ton histoire ne tiendra pas le coup.

Nick haussa les épaules.

— Elle est amoureuse de toi. Elle n'a aucune crédibilité. Elle t'a aidé dans ta cavale. Elle est ta complice… De toute façon, il y aura assez d'éléments de preuve sur la scène de crime pour qu'on sache qu'elle ment.

— Sauf que nous n'étions pas seuls, chez toi. Olivia et Rico sont venus passer la nuit.

Croisant le regard de Nick, Bryan sourit.

— Le chef aurait éventuellement des doutes sur le témoignage de Dawn, mais il croira Olivia et Rico, ajouta-t-il. J'ai réveillé Rico, avant de partir. Nous avons consulté nos montres pour savoir à partir de quelle heure ils devaient commencer à s'inquiéter, si je tardais à revenir… Ils savent *exactement* quand j'ai quitté le cabanon, Nick. Alors, si tu as tué une autre femme cette nuit, j'ai un alibi, des témoins. En fait, il est même possible que ce meurtre me disculpe définitivement des autres. Tu t'es foutu dedans tout seul, on dirait.

Nick ferma les yeux. Il avait une drôle d'expression, entre douleur et extase.

— Tu ferais mieux de me laisser partir, poursuivit Bryan. C'est fini, Nick. Terminé. Tu t'en rends compte ?

Nick se redressa sans rouvrir les yeux. Un sourire étira lentement ses lèvres.

— Barre-toi ! reprit encore Bryan. Quitte la ville, le pays. Je vais faire semblant de rester dans les vapes le temps qu'il te faudra pour être assez loin, d'accord ? C'est la meilleure façon de régler les choses. La plus simple. Tu n'as pas besoin de me tuer, de faire du mal à qui que ce soit.

— Si. Il le faut.

Nick avait répondu dans un murmure à peine audible.

— Mais non ! Tu as réussi à te contrôler pendant seize ans. Tu en parlais, dans ton livre. Tu avais raison et tous les autres avaient tort, tu l'as prouvé : un tueur en série *peut* s'arrêter de tuer. Il peut contrôler ses pulsions meurtrières. Tu y es parvenu, toi.

— C'est vrai. Mais… c'est revenu.

Son sourire s'épanouit encore. C'était le sourire que lui connaissait Bryan, à ceci près que son regard était étrangement vide.

— Je te l'ai expliqué, poursuivit-il d'une voix lointaine, qui n'était plus vraiment la sienne. Je t'ai dit qu'il faudrait qu'on la tue. Que ce serait la dernière, mais aussi la meilleure. Toi, tu as continué de discutailler. De me dire que tu ne le ferais pas, que tu aimais bien Dawn…

La tête rejetée en arrière, il se mit à rire, à rire et à rire encore, d'un rire dépourvu de toute gaieté. Quelques mots entrecoupèrent ce rire fou qui semblait venir du plus profond de son être.

— Et maintenant… maintenant… nous… nous n'avons… plus le choix…

— Ça suffit, Nick ! lança Bryan. Arrête ça, bon sang ! Tu me fais peur.

Nick continua de rire et répliqua :

— Mais tu as toutes les raisons d'avoir peur.

Il secoua la tête, avant de se baisser, soudain, et d'agripper Bryan par sa chemise et de tirer violemment pour l'obliger à se lever. Il ouvrit la portière de la Ford et le poussa à l'intérieur. Bryan tomba sur la banquette arrière, incapable de se défendre. Il sentit que Nick lui attrapait les pieds et lui ligotait les chevilles ensemble. La portière se referma. Nick s'installa au volant et fit démarrer le moteur, qui partit au premier tour de clé, dans un grondement sourd, puissant et vaguement menaçant.

Bryan, toujours sur le ventre, se débattit pour rouler sur le dos. Il avait la tête qui tournait ; ses menottes lui mordaient douloureusement les poignets. Par la lunette arrière de la voiture, il aperçut la porte du garage qui se levait, derrière eux. Il pleuvait des trombes, dehors. Nick alluma les phares, et Bryan tourna la tête vers l'avant, à la recherche d'un indice qui lui permettrait d'identifier cet endroit et d'y envoyer la police.

Encore fallait-il, pour cela, qu'il arrive à s'en sortir.

Son regard se porta sur le mur du fond, complètement couvert de photos. Des rangées de photos. Uniquement des femmes. Jeunes et jolies. Il reconnut des victimes de l'Etrangleur, mais d'autres lui étaient inconnues.

Combien y en avait-il ? Des dizaines… Alors que la voiture commençait à reculer, il s'arrêta de compter, car son regard s'était arrêté sur un des clichés.

La photo avait attiré son regard parce qu'elle était plus récente que les autres, plus brillante, comme si elle venait à peine d'être développée. Il eut l'impression d'un vide soudain. Comme si une pompe avait tout aspiré en lui.

La photo était celle de Dawn.

La voiture sortit sous la pluie. Nick mit en marche les essuie-glaces et braqua une télécommande vers la porte, qui se ferma lentement. La voiture recula dans la rue. Quand elle roula en avant, Nick tâcha de discerner les bâtiments à travers les vitres noyées de pluie. Le garage était en fait un petit entrepôt individuel, perdu parmi des centaines d'autres. Il eut le temps d'entrevoir une pancarte :

« Ez rent Storage Units : 555-9ez-rent ».

Elles sirotaient en silence leurs tasses de chocolat chaud. Olivia s'intéressait à la boîte contenant les indices matériels et les pièces à conviction, étudiant un objet après l'autre. Dawn, elle, examinait une nouvelle fois la liste des témoignages et les rapports de police. Dans cinq minutes, il serait 9 heures. Et ils pourraient enfin partir à la recherche de Bryan. Pourquoi n'était-il toujours pas revenu ? Elle essayait de se raisonner, songeant qu'il avait peut-être trouvé un indice qui l'avait mené à un autre indice, lequel l'avait dirigé vers une autre piste ; elle se répétait qu'elle aurait déjà eu de ses nouvelles si la ligne téléphonique n'avait pas été coupée. Mais elle n'y croyait qu'à moitié.

Il avait dû lui arriver quelque chose.

— Qu'est-ce que c'est ? demanda Olivia.

Elle tenait une pièce de métal argenté, en forme de « T ». Dawn n'était pas dupe : sa compagne cherchait à lui changer les idées.

— Si j'avais été présente à l'époque, j'aurais pu le leur dire aussitôt, expliqua-t-elle en souriant. Il a fallu aux policiers pas moins de trois jours et cinq experts en voitures anciennes — à moins que ça ne soit cinq jours et trois experts ! — pour identifier avec certitude cette petite chose. La pièce provient d'une Ford Thunderbird de 1965. On l'a trouvée dans la rue, devant l'une des scènes de crime, il y a seize ans.

— Vous l'auriez tout de suite identifiée ?

— Je suis une fana depuis toujours. J'en ai même fait mon métier, ces dernières années : je restaure des vieilles voitures.

— J'ignorais, avoua Olivia en lui rendant son sourire.

Elle posa la pièce sur la table basse.

— Voilà un indice matériel qui n'a pas beaucoup servi…

— On ne sait même pas s'il a une quelconque valeur. Le fait qu'une T-Bird perde une pièce devant le domicile d'une victime ne signifie pas que le tueur conduisait cette voiture. D'autant qu'on ne sait pas depuis quand cet objet se trouvait là.

Olivia hocha la tête.

— J'avoue que je suis surprise qu'on vous ait laissés embarquer tout ça, étant donné que Bryan est suspecté.

— Il n'était suspecté de rien quand il est allé aux archives.

— Vraiment ?

— En fait, il effectuait des recherches sur l'affaire en essayant d'être le plus discret possible.

Dawn se pencha légèrement vers Olivia.

— Le secret n'a plus d'importance, maintenant, mais Nick doit recevoir une médaille, le mois prochain. Le comité d'attribution a demandé à Bryan de faire un petit discours.

— Et Nick n'est au courant de rien ?

— Non. C'est toujours un secret. Dans son discours, Bryan pensait évoquer les hauts faits de la carrière de Nick, en commençant par l'affaire la plus connue… Mais j'imagine que tout ça est fichu, à présent. A moins que nous ne puissions blanchir Bryan et trouver le véritable tueur avant la cérémonie.

Olivia fronça les sourcils, songeuse.

— Vous ne trouvez pas que c'est une drôle de coïncidence ?

— Quoi donc ?

— Eh bien, le fait que les meurtres reprennent juste au moment où Bryan exhume ces vieux dossiers et commence à mettre le nez dedans. Le fait aussi que la première victime soit son amie et soit tuée chez lui. Le fait qu'il soit le seul vrai suspect, en tout cas pour ce qui concerne la police.

Elle fixa Dawn avec intensité.

— Vous ne trouvez pas que cela fait beaucoup de coïncidences ?

Dawn détourna le regard.

— Soit il s'agit de coïncidences, soit il est coupable. Et je *sais* qu'il n'est pas coupable. Alors, n'imaginez même pas qu'il puisse…

— Je ne pense pas qu'il soit coupable.

— Il ne l'est pas.

C'était la voix de Rico, qui leur parvenait de la cuisine. Il en avait fini avec ses préparatifs, car il apporta deux omelettes qui fumaient dans leurs assiettes.

— Le petit déjeuner est servi, mais je n'ai pas fait la vaisselle, annonça-t-il. Pas de nouvelles de Bryan ?

— Toujours rien, non, répondit Dawn. Nous parlions de…

— Oui, j'ai entendu. Nous savons tous les trois qu'il est innocent.

Il déposa les assiettes sur la table basse et alla chercher la sienne. Quand il revint, Olivia avait déjà attaqué son omelette. Dawn n'était pas sûre de pouvoir faire honneur à la sienne, si appétissante soit-elle. Elle avait l'estomac noué.

— Malgré tout, vous avez raison, poursuivit Rico. Cela fait trop de coïncidences. Cela signifie qu'il y a une troisième option. Une histoire de cause à effet. Reprenons la chronologie des événements. Qu'est-il arrivé en premier ?

— En premier ? Ce doit être la mort de Johnny Lee Jackson en prison, répondit Dawn.

— Bryan a appris que Nick allait recevoir une médaille pour l'ensemble de sa carrière, le mois prochain, qu'il était chargé d'un petit discours pour la médaille et qu'il ne devait rien en dire à personne, poursuivit Olivia.

— Ensuite, enchaîna Rico, Nick est allé prendre aux archives tout ce qu'il trouvait sur l'affaire de l'Etrangleur. Sans demander d'autorisation ni signer de bon de sortie. Ce qui rend les choses éminemment suspectes.

Il prit une bouchée de son omelette et la mastiqua un instant.

— Et sa petite amie a été assassinée dans son lit.

— Ce n'était pas sa petite amie.

Dawn se mordit la lèvre. Les mots avaient franchi ses lèvres avant qu'elle ait pu les retenir.

— Tout ça n'a aucun sens, ajouta-t-elle aussitôt. Aucune logique.

— Aucune, acquiesça Rico avec un soupir.

Olivia se leva et se tourna vers Rico.

— Un chocolat ?

— Avec plaisir.

Elle rejoignit la cuisine, et Rico demanda en haussant la voix, pour qu'elle entende :

— Et si ce n'était pas un *copycat* ?

Dawn le regarda comme s'il était soudain devenu fou. Olivia passa la tête dans l'encadrement de la porte.

— Ce n'est qu'une hypothèse, poursuivit Rico. Et si Johnny Lee Jackson n'était pas le véritable tueur, mais une autre de ses victimes, en quelque sorte ? Il aurait été piégé, il y a quinze ans. Et l'assassin, pour une raison ou une autre, se serait arrêté de tuer.

— Je ne suis pas certaine que les tueurs en série puissent s'arrêter, fit remarquer Dawn.

— Nick est persuadé du contraire. Il le dit dans son livre : n'importe qui peut avoir des pulsions négatives, violentes, mais il y a ceux qui ont la force de les contrôler, et les autres. C'est le plus souvent ce qui va faire la différence entre les gens honnêtes et les autres. Il refusait qu'on se sente désolé pour Johnny Lee Jackson au prétexte qu'il avait été dépassé par ses pulsions. Selon lui, un homme a toujours le dernier mot, face à ses actions. Un homme qui a du caractère est capable de tout dominer. Et s'il avait raison ? Ou, du moins, en partie raison. Imaginons que l'Etrangleur ait réussi à contrôler ses pulsions meurtrières pendant… seize ans ?

— Dans ces conditions, remarqua Dawn en réfléchissant à voix haute, si Johnny Lee Jackson était bien innocent, l'Etrangleur était en liberté, mais il ne tuait plus.

— Il devait se croire définitivement guéri. Jusqu'au jour où un jeune flic a ressorti les archives de l'affaire. Passé en revue tous les éléments du dossier. Et découvert que tout n'était pas aussi clair qu'on le pensait…

Dawn laissa échapper un hoquet de stupeur en comprenant où Rico voulait en venir. Elle secoua la tête.

— Mais personne ne savait que Bryan avait emprunté ces documents aux archives !

— Qu'est-ce qui vous permet de l'affirmer ?

Olivia revint dans le salon, et Rico prit le mug de chocolat chaud qu'elle lui tendait. Il se mit à arpenter la pièce.

— Imaginons que l'Etrangleur l'ait su et qu'il ait eu peur que Bryan ne commence à s'intéresser à lui… Depuis seize ans, il était à l'abri de tout soupçon. Il avait beaucoup à perdre. Qu'est-ce qu'il pouvait faire ?

— Eliminer Bryan et faire passer sa mort pour un accident ?

— Oui. Ou laisser s'exprimer la pulsion qu'il réprimait depuis toutes ces années. Il avait une parfaite excuse pour tuer de nouveau, faire porter le chapeau à Bryan et être de nouveau tranquille.

— Mais qui ? demanda Olivia dans un souffle.

— Quelqu'un qui était au courant de son passage aux archives. Quelqu'un qui connaissait l'affaire dans ses moindres détails…

A la manière dont Rico avait froncé les sourcils en parlant, Dawn comprit qu'il n'aimait pas le cours qu'étaient en train de suivre ses pensées. Il n'avait pas besoin d'en dire plus. Cela venait forcément de l'intérieur. Quelqu'un de la police, ou quelqu'un qui avait une parfaite connaissance de cette affaire vieille de seize ans.

— J'ignore de qui il peut s'agir…, déclara Dawn en posant sa tasse sur la table basse. Mais j'en ai assez d'attendre. Bryan n'est toujours pas là et je m'inquiète. Je dois le retrouver. Comme il a pris notre voiture, je vais devoir vous emprunter la vôtre.

— Nous venons avec vous, dit aussitôt Olivia. Donnez-moi deux minutes, le temps de m'habiller.

Au même moment, un moteur de voiture se fit entendre, et Dawn eut l'impression que tous les muscles de son corps se relâchaient d'un coup.

— Merci, mon Dieu ! s'exclama-t-elle. Le voici !

Elle ferma les yeux, de soulagement et d'impatience, et soupira longuement.

— Je me demande s'il a trouvé quelque chose.

Se penchant en avant, elle s'empara de sa fourchette et prit un gros morceau de l'appétissante omelette. La nervosité qui lui coupait l'appétit un peu plus tôt avait disparu d'un coup. Elle reposa sa fourchette et saisit le petit « T » en métal. Alors qu'elle s'apprêtait à le remettre dans la boîte de pièces à conviction, elle se figea. Une impression de froid la traversa tandis que ses muscles se raidissaient.

— Mon Dieu…, dit-elle dans un souffle.

— Qu'y a-t-il ? demanda Olivia en venant auprès d'elle.

Dawn laissa le « T » pour saisir le livre de Nick. Elle l'ouvrit, le feuilleta jusqu'à la page où se trouvait la jaquette qu'elle avait utilisée comme marque-pages. C'était la photo de Nick qui l'intéressait. Les yeux plissés, elle passa le doigt sur le petit bout d'aile qu'on voyait, la forme du phare, les chromes du pare-chocs.

— C'est une Thunderbird, dit-elle.

Olivia et Rico se tenaient à présent au-dessus d'elle.

Dawn tapota la photo de l'index.

— C'est une Thunderbird, répéta-t-elle. Et je suis pratiquement certaine que c'est un modèle de 65.

Olivia eut un hoquet de stupeur.

— Du calme, intervint Rico. Que tout le monde reste calme, surtout.

Dawn leva les yeux vers lui, les sourcils froncés, puis suivit la direction de son regard, vers la porte qui venait de s'ouvrir sur une rafale d'un vent chargé d'humidité. Et sur Nick Di Marco. Il portait une petite sacoche noire coincée sous le bras gauche. Il croisa leurs regards, et le grand sourire qu'il arborait s'évanouit lentement.

— Que se passe-t-il ? Pourquoi ces mines contrariées ? C'est moi qui vous fais cet effet ?

La main qu'il cachait dans son dos apparut, prolongée d'un pistolet. Sans un mot d'avertissement, il braqua l'arme sur Rico et tira.

Ce dernier n'eut pas la moindre chance. Sa tête partit violemment en arrière, sous l'impact de la balle qui lui emporta une partie du crâne, dans un geyser de sang. Dawn et Olivia poussèrent un cri. Dawn passa par-dessus l'accoudoir de la causeuse et atterrit par terre. Alors qu'elle tâchait de recouvrer son souffle, elle écarquilla des yeux horrifiés en découvrant Rico. Il était tombé pratiquement sur place ; ses jambes avaient cédé en premier, et le reste du corps avait suivi, verticalement, à la manière de ces immeubles qu'on fait sauter avec des charges explosives disposées avec soin. Il était étendu par terre, à présent. Une flaque de sang s'était formée sous sa tête et s'étalait lentement sur le sol.

Son cœur battait à se rompre, trop vite, trop fort. Elle parvint à arracher son regard du cadavre de Rico pour s'intéresser à Olivia. celle-ci était recroquevillée contre le mur, une main plaquée sur la bouche, l'autre sur le ventre. Ses yeux croisèrent ceux de Dawn. Puis, lentement, elles se tournèrent toutes les deux vers Nick.

Il agita son arme.

— Allons, mesdames, on se lève et on monte ! C'est dommage pour Chavez… Mais c'était inévitable.

Dawn secoua la tête. Une partie d'elle refusait encore l'évidence.

— Dites-moi que ça n'est pas vrai, Nick. Que ce n'est pas *vous* !

— Hé si, ma belle. Depuis toujours.

Il se tourna vers Olivia.

— Tu n'as pas trop le profil habituel. Tu seras un peu hors sujet. Ma théorie, je pense, ce sera qu'il a dû éliminer les témoins gênants. Il était venu pour la tuer, et il ne s'attendait pas à vous trouver, Rico et toi. Il a été obligé de prendre des libertés avec son mode opératoire habituel. Improviser.

— Mais qu'est-ce que tu racontes ? répliqua Olivia en secouant la tête. Tu… veux nous tuer ? Me tuer, *moi*, après toutes ces années ?

— Ecoute, je t'ai aidée à changer d'identité pour échapper à l'autre cinglé. Tu m'as ensuite manifesté une forme d'amitié, par simple gratitude. Un point, c'est tout.

— Mais je tenais à toi, Nick. Je… Seigneur ! je te considérais comme un de mes amis. Je te faisais confiance.

— Peu importe. Cesse de m'interrompre, maintenant. J'ai besoin d'être concentré. Donc il a tué Chavez parce qu'il ne pouvait vraiment pas faire autrement. Et puis il a compris qu'il allait aussi devoir t'éliminer, Olivia…

Il sourit à Dawn.

— C'est toi la dernière. La meilleure. Nous t'attendions depuis si longtemps.

— Nous ?

Qu'est-ce qu'il racontait ? Elle n'y comprenait rien. Elle regarda derrière lui, vers la porte ouverte. L'orage s'était calmé, mais il pleuvait toujours et, avec le brouillard qui tardait à se lever, la pénombre persistait.

— Où… où est Bryan ? demanda-t-elle.

Elle avait posé la question d'une voix calme, pour éviter de déclencher la colère de Nick. Il était fou, c'était évident. Elle avait une certaine expérience de la folie ; elle la connaissait même trop bien. En se retrouvant ainsi face à Nick, il lui semblait que son père, d'une certaine manière, avait trouvé un moyen de revenir vers elle…

Non, c'était absurde ! songea-t-elle en repoussant cette idée. Ce n'était pas Mordecai. Cela n'avait rien à voir. Mordecai ne lui avait jamais fait de mal. Pas volontairement, en tout cas.

— Je dois savoir si Bryan est vivant, Nick, ajouta-t-elle. Vous pourriez faire ça pour moi, rien que ça, avant d'aller plus loin ? Je vous en prie…

Nick la fixait. Soudain, ses traits parurent s'adoucir et elle eut le sentiment qu'il l'appréciait. Cela pourrait lui servir.

— Je ne l'ai pas tué, dit-il.

Elle acquiesça.

— Mais vous… vous allez le faire ? N'est-ce pas, Nick ?

— Il le faut, Dawnie. Je n'ai pas le choix.

Il baissa la tête, comme si la culpabilité l'empêchait de regarder Dawn dans les yeux. Encore une arme à utiliser, songea-t-elle. Ce qu'il s'apprêtait à accomplir lui inspirait un indiscutable remords.

— J'étais venu chez lui semer quelques indices en

rapport avec le dernier meurtre. Je l'ai vu rentrer. Il a trouvé mon porte-clés sous le matelas…

Il fixa Dawn avant de poursuivre.

— Il semblerait que tu aies toujours un don. Ça n'était pas juste un rôle…

— Mais Bryan vous aime, Nick ! Jamais il ne se retournerait contre vous. Vous n'êtes pas obligé de le tuer !

— Si. Evidemment, il faut que je mette les choses en scène, que je les arrange, pour qu'il n'y ait plus de doute dans l'esprit de personne : c'est lui, l'Etrangleur — ou une pâle copie de l'Etrangleur. J'expliquerai qu'après avoir découvert la vérité, j'ai accouru ici pour essayer d'éviter la catastrophe. Mais il avait déjà tué Rico et Olivia. Je l'ai surpris alors qu'il était en train de t'étrangler, Dawn, et j'ai été obligé de tirer, de le tuer pour te sauver. Malheureusement, pour toi, il était trop tard…

— Où est-il ?

— Quelle importance ?

— Vous l'avez amené avec vous, c'est ça ? Il le faut, si vous voulez… si vous voulez faire ce que vous avez dit.

Il la considéra en silence, la tête inclinée sur la droite.

— J'avais presque oublié à quel point tu es intelligente. Tu essayes de gagner du temps, avec l'espoir que quelqu'un va arriver pour t'aider… Ne te fatigue pas, Dawn. Personne n'ira s'aventurer sur cette route par un temps pareil. C'est terminé.

Du canon de son pistolet, qu'il tenait toujours, il désigna l'escalier.

— Montez, maintenant. Toutes les deux. Les choses sont déjà assez compliquées comme ça.

Dawn inspira profondément, puis elle se tourna pour gagner l'escalier.

— Non ! hurla Olivia.

S'arrêtant net, Dawn se tourna à moitié vers elle.

— Je vous en prie, lui dit-elle. Laissez-moi…

— Non ! cria de nouveau Olivia. Dans son scénario, il faut absolument que je monte. Si je reste en bas, tout son petit plan est contrarié. Il ne peut pas m'abattre ici. Alors, demanda-t-elle à Nick, qu'est-ce que tu vas faire ?

Il s'élança vers elle à travers le salon, levant en même temps son arme. Dawn voulut intervenir, mais il était trop tard. La crosse du pistolet de Nick s'abattit sur le crâne d'Olivia. Elle tomba à genoux, une main plaquée sur la tempe. Son autre main, par terre, n'était qu'à quelques centimètres de Rico, du sang qui s'écoulait toujours de sa blessure. Elle s'en rendit compte et eut un brusque mouvement de recul. Elle leva la tête, lentement, fixant sur Nick un regard terrible.

— Je m'étais promis qu'aucun homme, jamais, ne me frapperait plus…

En la voyant se redresser, Dawn comprit qu'elle avait l'intention de se jeter sur Nick, sans se soucier des conséquences.

Il leva de nouveau son arme, prêt à frapper, mais, cette fois, Dawn eut le temps de s'interposer et de le repousser, les mains sur le torse.

— Ne faites pas ça ! Je vous en prie ! Elle va coopérer…

— Plutôt mourir ! s'écria Olivia.

— *Plutôt mourir !* répéta-t-il d'un ton moqueur.

Faisant reculer Dawn, il pressa le canon de son arme contre la nuque d'Olivia. Il tendit à Dawn le petit sac noir qu'il avait apporté avec lui.

— Monte ça là-haut. Tu loupes une marche et je tire, entendu ?

Dawn parvint à hocher la tête.

— Allez, vas-y ! ordonna Nick.

Elle obéit. Nick se pencha sur Olivia, qui essaya de lui échapper en reculant. Mais elle se trouva presque aussitôt dos au mur, sans échappatoire. Elle jeta un regard implorant à Dawn.

Aidez-moi.

Dawn chercha à lui envoyer un message, une promesse silencieuse, puis elle se détourna et commença à gravir les marches. Une fois au sommet de l'escalier, elle prit la direction de sa chambre. Il y avait un fusil, dans l'armoire.

— Hé ! lui cria Nick. Où tu vas, comme ça ? Attends-moi, Dawnie !

Elle ne se retourna pas. Il ne lui restait que deux pas pour atteindre la porte. Elle plongea et atterrit directement dans la chambre, fermant derrière elle et mettant le verrou. Elle se débarrassa aussitôt du sac en cuir, comme s'il était contaminé, et courut droit vers l'armoire. Elle l'ouvrit et en sortit le fusil. Les cartouches… Où étaient les cartouches ?

Sur l'armoire du haut !

Un grand coup fut donné dans la porte.

— Ne joue pas à ça avec moi, Dawnie Jones ! rugit Nick. N'essaye surtout pas !

Il donna un nouveau coup dans le battant.

Dawn récupéra une boîte de munitions, qu'elle déchira pour l'ouvrir, répandant la moitié des cartouches par terre. Elle en glissa deux dans le fusil à pompe.

Le battant fut ébranlé par un nouveau coup de boutoir. Il allait céder, la prochaine fois ; elle ne pouvait plus attendre. Elle actionna le levier de sous-garde pour charger le fusil, qu'elle épaula en le braquant sur la porte. Elle était prête à presser la détente au moment où Nick apparaîtrait.

Sauf qu'il ne se passa rien. Un calme et un silence complets régnaient à présent dans le couloir. Elle haletait et tremblait si fort qu'elle avait du mal à tenir le fusil en joue. Où était-il ? Cherchait-il à lui faire croire qu'il était parti, alors qu'il se trouvait en réalité toujours là, à l'attendre ?

Dehors, une portière claqua. Assaillie de questions, elle abaissa son fusil. Qu'est-ce que c'était ? Quelqu'un qui arrivait ? De l'aide, enfin ? Elle courut jusqu'à la fenêtre qui donnait sur l'avant de la maison pour regarder.

La Thunderbird était là, rouge et blanc, dégoulinante de pluie. Nick avait ouvert une portière, à l'arrière, et, penché sur la banquette, il tirait sur quelque chose pour le sortir du véhicule. Elle vit apparaître des pieds, des chevilles attachées par une corde, des jambes.

Ce fut bientôt le buste qui glissa de la voiture, avec les bras attachés dans le dos ; puis les épaules. Elle se raidit, comprenant qu'il s'agissait de Bryan avant même que sa tête ne glisse de la banquette, rebondisse contre le bord de la voiture et tombe sur le sol boueux. Il ne se débattait pas ; il avait les yeux fermés. Etait-il inconscient ? Mon Dieu ! Elle priait pour qu'il ne soit qu'inconscient !

Nick s'arrêta et leva les yeux vers la fenêtre de la chambre.

— Tu veux toujours jouer à la petite conne avec moi ?

Il avait crié si fort qu'elle l'avait entendu distinctement, malgré la pluie et la fenêtre fermée. Elle porta une main tremblante à ses lèvres quand il laissa tomber les jambes de Bryan et revint vers la voiture pour récupérer un démonte-pneu posé sur le toit.

— Alors ? lança-t-il en donnant un grand coup sur le mollet de Bryan. Alors ?

Elle leva de nouveau le fusil pour viser. La possibilité qu'elle puisse atteindre Bryan par erreur ralentit son geste, qu'elle arrêta net en voyant Nick sortir son propre pistolet et le pointer vers la tête de Bryan.

— Non ! hurla-t-elle.

Elle déposa le fusil contre le mur et ouvrit la fenêtre.

— Nick ! Non ! Ne lui faites pas de mal ! Je vous en prie !

— Dawn ! Ouvrez-moi !

C'était la voix d'Olivia, à la porte de la chambre. Elle avait apparemment trouvé la force de monter l'escalier.

— Il faut partir ! ajouta-t-elle. Vite !

Dawn hésita une fraction de seconde et vint lui ouvrir.

— Vous avez une minute, lui dit-elle aussitôt. Dépêchez-vous !

— Une minute pour quoi faire ?

— Vous allez passer par la terrasse, à l'arrière, et gagner le lac. Vous trouverez un ponton, avec un bateau. Je sais que ça n'a rien d'évident, mais il faut que vous ramiez jusqu'au milieu : il y a du réseau, là-bas. Essayez d'appeler de l'aide. Je vais occuper Nick et le retarder le plus longtemps possible. Vous avez votre téléphone ?

— Oui, mais… je refuse de vous laisser !

— Il a dit que c'est vous qu'il tuerait en premier — vous l'avez oublié ? Il a Bryan avec lui, inconscient, peut-être blessé. Je ne peux pas l'abandonner. Allez-y, bon sang ! Vous êtes notre seul espoir. Je vous en prie…

Olivia hocha la tête et, d'une démarche mal assurée, elle revint vers l'escalier.

Dawn, elle, alla récupérer le fusil. Son regard se posa sur le lit, ce lit où il la tuerait si on laissait Nick accomplir son plan jusqu'au bout. Des images de la mort de Bette s'imposèrent à elle tandis qu'elle posait le fusil contre la tête de lit, choisissant le côté opposé à celui où elle l'avait vu tuer Bette. Elle accrocha son peignoir sur le montant de manière à couvrir l'arme.

— Nick ? Vous m'entendez ? appela-t-elle.

Elle prit le petit sac noir que Nick avait apporté et elle l'ouvrit. A l'intérieur, elle découvrit le bas noir, la bouteille de Glasgow Gold et le verre à shot.

Un frisson glacé lui courut sur la peau. Avec réticence,

elle s'empara de la bouteille et du verre. Elle devait faire disparaître ces deux accessoires indispensables au rituel de l'Etrangleur.

— Nick ?

Comme il ne lui répondait pas, elle s'approcha de la fenêtre, intriguée.

Il n'y avait plus personne ! Nick était invisible. De même que Bryan, dont le corps avait disparu. Où était-il ?

Elle eut l'idée de jeter la bouteille et le verre dehors. Mais alors qu'elle s'apprêtait à lancer la première, une main puissante, trempée, surgie du dehors, lui enserra le poignet. Un cri de terreur resta bloqué dans sa gorge. Avec un grognement sourd, Nick apparut et se hissa pour passer dans l'encadrement et pénétrer dans la chambre, dégouttant de pluie. Il avait dû passer par le toit de la véranda.

Il la gifla violemment, du revers de la main.

— Tu ne t'imagines pas que tu vas m'avoir ici, chez moi ? lui lança-t-il avec rage. On va faire ça maintenant. *Maintenant !* Où est Olivia ? Où elle est, cette pute ?

Il agrippait le poignet de Dawn, le tenant au-dessus de sa tête. Mais elle avait gardé la bouteille dans son autre main. Ivre de peur et rage, elle la lui abattit sur le crâne. Le verre explosa, et le whisky lui coula sur les cheveux, le visage, sur ses vêtements et jusqu'au sol.

Il vacilla, jura, mais ne la lâcha pas.

— Je t'ai demandé où était Olivia !

— Elle est où vous l'avez laissée, espèce de monstre ! Elle est morte ! Elle était votre amie, et elle est morte ! Vous l'avez tuée, comme vous avez tué Rico — comme vous avez tué Bette et toutes les autres. Vous êtes un assassin, Nick. Mais, cette fois, votre plan, votre stupide plan, ne va pas fonctionner… Il ne pourra jamais fonctionner, parce que vous vous êtes trompé. Toute votre théorie est fausse. Vous ne pouvez pas vous arrêter. Vous ne pouvez pas vous contrôler.

— Je peux tout arrêter. Je l'ai déjà fait.

Elle tira sur son bras et lâcha le petit verre à shot. Il rebondit sur le tapis, assez près du pied droit de Dawn, qui donna un grand coup de dedans. Il alla se fracasser en plusieurs morceaux contre le mur.

— Salope ! hurla Nick. Tu as tort ! Tu as tort ! Je peux m'arrêter quand je veux ! Je me suis déjà arrêté.

— C'est faux, Nick ! Vous ne vous êtes jamais arrêté ! Vous êtes toujours un tueur ! Un assassin !

Elle hurlait encore plus fort que lui, essayant de le faire sortir de la froideur et du calcul caractéristiques de la dissociation psychologique. Elle connaissait cet état pour l'avoir observé chez son père. Il fallait les ébranler, les atteindre, leur faire ressentir quelque chose. C'était à ce moment-là qu'ils étaient le plus faibles.

— J'ai arrêté pendant seize ans, affirma-t-il.

— Vous avez fait une pause. Un break. Mais *jamais* vous n'avez cessé d'être un tueur. Un prédateur. Un animal.

— Ça suffit ! Ferme-la !

Elle avait trouvé son point faible, elle le savait. Elle décida d'appuyer un peu plus.

— Vous êtes incapable de le contrôler. C'est *lui* qui vous contrôle. Ce monstre qui est en vous, c'est *lui* qui dirige les choses. Vous n'avez absolument pas voix au chapitre. Vous êtes trop faible. Vous lui êtes soumis.

— C'est faux ! C'est moi qui commande !

— Ah, oui ? Dans ce cas, pourquoi avez-vous tué Bette ? Pourquoi, Nick ?

Il la poussa en arrière, et elle tomba sur le lit.

— Parce que je n'avais pas le choix !

— Mais *pourquoi* ? Parce que Bryan avait récupéré les archives de la première affaire ? Parce que vous pensiez qu'il avait découvert quelque chose ? Alors, vous avez tué sa petite amie ? Ça n'a aucun sens, voyons !

— La ferme, bon sang ! La ferme ! hurla-t-il en lui donnant un coup de poing en plein visage.

Elle ne s'y attendait pas. Sa tête partit vers l'arrière et percuta violemment la tête de lit. Elle fut momentanément étourdie ; elle crut même qu'elle allait perdre connaissance.

Elle vit alors Nick, qui se tournait et cherchait quelque chose par terre.

Roulant sur le côté, elle tendit le bras vers le fusil. Mais avant qu'elle ait pu l'atteindre, Nick fondit sur elle et la repoussa violemment.

Malgré sa panique, elle reprit le feu roulant de ses questions.

— Il n'aurait pas été plus simple de tuer Bryan ? De faire passer sa mort pour un accident ? Pourquoi ressusciter toute cette histoire de l'Etrangleur ? Vous avez choisi la voie la plus compliquée, la plus dangereuse. Vous ne croyez pas ?

Mais il ne semblait plus l'entendre, ou plus l'écouter. Il se mit à califourchon sur elle, de tout son poids, et lui passa le bas autour du cou. Elle eut le temps de glisser les doigts entre le Nylon et sa peau. Nick serra, et elle essaya de lutter contre la pression, agitant les jambes en tout sens pour tenter de le déséquilibrer.

Il relâcha soudain le bas et lui donna une gifle du revers de la main. Puis il recommença à serrer, si vite et avec tant de force, cette fois, qu'elle crut qu'il allait lui briser les doigts. Elle sentit ses phalanges lui entrer dans la gorge, lui écraser la trachée. Elle ne pouvait plus respirer. Ses yeux s'emplirent de larmes. Son cœur battait à grands coups assourdissants, elle avait l'impression que le sang ne parvenait plus jusqu'à son cerveau.

Il serra encore un peu plus.

— Meurs, bon sang ! rugit-il. Meurs !

Bryan réussit à s'asseoir. Il était sur le côté de la maison, par terre, là où Nick l'avait laissé. Il avait les mains menottées dans le dos et les pieds liés au niveau des chevilles. Il pleuvait toujours, même si l'orage s'était éloigné. Il ignorait où Nick se trouvait ; mais il connaissait son but ultime. Il allait tuer Dawn — de la même manière qu'il avait assassiné Bette. Et Bryan n'avait plus qu'à mourir s'il laissait une telle chose arriver.

Il avait entendu un coup de feu juste après leur arrivée, sans avoir la possibilité de savoir ce qu'il signifiait. Nick avait dû entrer dans la maison. Que s'était-il passé, alors ? En entendant la voix de Dawn, par la fenêtre de la chambre, quelques instants plus tôt, il avait éprouvé un soulagement indicible. Elle était toujours vivante !

Nick lui avait fait une immense faveur en le sortant de la voiture. Cette pourriture lui avait donné une chance de renverser le cours des choses. Bryan était à genoux, pratiquement assis sur ses mollets, et il tentait de défaire la corde qui lui enserrait les chevilles. Ses menottes, aux poignets, ne lui facilitaient pas la tâche. Pas plus que la pluie, qui avait durci la cordelette, tout en la rendant plus glissante. Mais il finit par avoir raison d'un nœud, puis d'un autre, et il eut bientôt les jambes libres.

Venait l'étape suivante, peut-être la plus délicate. Se cambrant en arrière, il tira autant qu'il put sur ses mains menottées. Une douleur pénétrante lui déchira les poignets, lui courut le long les bras, mais il parvint à faire glisser ses poignets sous ses fesses. Il se coucha alors sur le dos. Pliant un genou, il joua des articulations et des muscles pour arriver à passer un pied entre ses mains. Il essayait d'ignorer les ondes de douleur qui le traversaient tandis qu'il se tordait en tout sens. Ses poignets martyrisés par le métal des menottes se mirent à saigner. Mais, au final, il réussit à passer le pied droit, puis le pied gauche, se retrouvant avec ses mains devant lui. Il s'accorda une seconde pour reprendre son souffle.

Il se releva et courut vers la voiture. Il ouvrit la portière, à l'avant, et se pencha sur la boîte à gants. Il y trouva ce qu'il était à peu près certain d'y trouver : un .44 Magnum. Nick avait toujours une arme de secours dans la boîte à gants de sa voiture, quelle qu'elle soit.

Il chercha rapidement les clés des menottes, à tout hasard. Sans résultat.

De toute façon, il n'avait pas le temps.

Il quitta le véhicule et, sans même prendre la peine de refermer la portière, il se précipita vers la maison. Il gravit les marches de la véranda. La porte d'entrée était entrouverte. Son arme à la main, il jeta un coup d'œil. Il ne vit rien. Il poussa le battant et entra.

Il eut l'impression de recevoir dans le ventre un coup de poing, ou plutôt un coup de bélier, qui lui coupa le souffle.

Rico !

Sans même regarder autour de lui, il s'élança et traversa le salon en courant, droit vers la silhouette allongée de son coéquipier. Mais il savait déjà qu'il était mort quand il s'agenouilla à côté de lui. Bon sang ! Ce fumier de Nick avait tué son meilleur ami.

A l'étage, une série de bruits lui parvint d'une des chambres.

Dawn !

Il posa son arme et s'accorda juste le temps de fouiller dans une des poches de Rico, à la recherche de son trousseau. Il y avait là, avec ses clés de voiture, celles de son appartement et d'autres, une clé universelle de menottes.

Il trouva le trousseau et le fourra dans sa poche. Il se libérerait plus tard. Il gagna aussitôt l'escalier, aussi vite et discrètement que possible. Une fois en haut, il fonça vers la chambre, leva son arme et fit irruption dans la pièce.

Nick était à califourchon sur Dawn, en train de l'étrangler.

— Laisse-la ! hurla Bryan. Lâche-la ! Tout de suite !

Nick se tourna. Dans le mouvement, il tendit le bras vers son pistolet, posé sur la table de nuit, pour le saisir et le braquer sur Bryan. Le doigt sur la détente de son arme, Bryan hésita. Et s'il atteignait Dawn, accidentellement ? Nick profita de cette fraction de seconde d'incertitude pour ouvrir le feu en premier.

Bryan se jeta au même moment sur le côté. Il roula sur lui-même. A cause de ses menottes, il eut du mal à se redresser, et quand il chercha à viser Nick, celui-ci était déjà en train d'enjamber la fenêtre. Il tira et vit Nick disparaître, sans savoir s'il l'avait touché. Il s'élança vers le lit.

— Dawn ! Dawn ? Tu m'entends ?

Délicatement, il retira le bas qui lui enserrait toujours le cou.

— Ça va aller. Ça va aller…

Il grimaça en découvrant la marque rouge foncé. Il lui tapota les joues, la secoua.

— Allons, réveille-toi ! Dawn ! Parle-moi, bon sang ! Dis-moi que tu es vivante !

Elle toussota, sans ouvrir les yeux. Bryan la relâcha, soulagé. Nick n'avait pas réussi à la tuer. *Dieu merci !*

Il se redressa et se rua vers la fenêtre. Aucune trace de Nick ; il avait disparu.

— Merde !

Il était quelque part, là, dehors. Armé. Et il n'avait plus rien à perdre.

Bryan revint aussitôt vers le lit. Prenant Dawn par l'épaule, il se mit à la secouer.

— Dawn ! Il faut que tu te lèves, maintenant ! Allez ! J'ai besoin de toi.

Il la vit cligner les yeux.

— Tu… tu es vivant…

Elle avait une voix rauque, étranglée. Il sentit une nouvelle bouffée de rage l'envahir. L'aidant comme il pouvait à s'asseoir, il lui tendit son pistolet.

— Tiens ça pendant que je me débarrasse de ces menottes.

Elle hocha la tête et se redressa un peu plus, affermissant sa prise sur la crosse du .44 Magnum. Bryan sortit le trousseau de Rico de sa poche et essaya maladroitement d'ouvrir lui-même les menottes. Dawn lui prit les clés des mains.

— On va faire le contraire. Je m'occupe de ça et tu tiens le pistolet.

Il ne lui fallut que quelques secondes pour avoir raison des bracelets. Elle lui passa aussitôt les bras autour du cou, se serrant avec force contre lui.

— Ça va, maintenant, assura-t-il en lui tapotant le dos. Tout va bien…

Mais son regard faisait le va-et-vient entre la fenêtre et la porte. L'angoisse le taraudait.

— Il faut partir, dit-il en s'écartant de Dawn. Et Olivia ? Où est-elle ?

— Si elle m'a écoutée, elle a pris la barque et elle est allée au milieu du lac, avec son téléphone, pour appeler de l'aide. Mais je ne sais pas si elle a pu… je ne sais pas. Surtout avec ce temps. Je… j'espère qu'elle a réussi. Et Rico… mon Dieu…

— J'ai vu, oui. Allons-y, maintenant. Il ne faut pas rester.

— Mais il est toujours là, non ?

— On ne peut pas rester, répéta Bryan.

— Pourquoi pas ? Il nous suffit de l'attendre ici et quand il entrera, nous… nous le tuerons.

Elle tendit la main vers le montant de la tête de lit et s'empara du fusil caché sous le peignoir suspendu là.

— Tu n'as qu'à fermer la fenêtre et la porte, poursuivit-elle, et…

— Imagine qu'il mette le feu à la maison… ou je ne sais quoi d'autre. Non. Il faut partir d'ici. Il le faut.

— Il a essayé de me tuer.

— Je sais…

Dawn accrocha son regard et posa les mains sur ses joues.

— Je t'aime, Bryan. Je t'aime, et je te jure que jamais plus je ne m'enfuirai, jamais plus je ne t'abandonnerai. Si tu savais comme je suis désolée de t'avoir fait du mal… Cela n'arrivera plus, je te le jure. Tu dois me croire…

Il hocha la tête et sentit en lui un puissant flot d'émotions, plus fort que tout ce qu'il avait pu éprouver. Si fort, même, qu'il se trouva incapable de parler. Il serra un peu plus Dawn contre lui, l'embrassa tendrement, avant de l'écarter de lui avec douceur.

— Allons-y, maintenant, dit-il en l'obligeant à se lever.

— Il va nous attendre…

Gardant un bras autour de Dawn, il rejoignit la fenêtre et jeta un coup d'œil dehors. Il ne voyait pas Nick. Ni sa voiture.

— Il est parti ? demanda Dawn. Est-ce qu'il est parti ?

— Je ne sais pas. Peut-être.

Sans la lâcher, Bryan se tourna vers la porte de la chambre. Ils s'en approchèrent. Il inspecta du regard le couloir, puis lâcha Dawn à contrecœur. Il lui tendit le .44 en même temps qu'il lui prenait le fusil des mains.

— J'ai les clés de Rico, expliqua-t-il. Nous allons

sortir par-derrière, récupérer sa voiture et foutre le camp d'ici. Entendu ?

— Et Olivia ? Tu penses qu'elle a réussi ?

— Elle va bien, j'en suis certain. Allons-y.

Accrochés l'un à l'autre, ils s'avancèrent lentement dans le couloir, tous les sens en alerte, à l'affût du moindre son, du moindre mouvement. Bryan sentait Dawn qui tremblait contre lui ; son souffle était saccadé, comme si elle sanglotait. Elle était en état de choc, au bord de la crise de nerfs.

Le couloir était désert.

Pas à pas, ils gagnèrent l'escalier. Toujours aucun signe de Nick.

« Faites qu'il soit parti, implora-t-il en silence. S'il vous plaît, mon Dieu, faites qu'il soit parti. »

Ils commencèrent à descendre les marches. Lentement, en silence. Il n'y avait pas de bruit, en bas — hormis ceux de la nature qui entraient par la porte ouverte. Des odeurs de cuisine se mêlaient à celle de la végétation mouillée. A celle de la poudre. Et du sang.

Il prit sur lui pour ne pas regarder Rico. Et quand il se tourna vers Dawn, il s'aperçut qu'elle avait les yeux fixés sur le cadavre.

— Ne regarde pas, lui dit-il. Concentre-toi plutôt sur Nick.

Elle hocha la tête et arracha son attention du corps sans vie.

Arrivés en bas des marches, ils traversèrent le salon. Le cœur battant à grands coups sourds, le souffle court, Bryan avait les nerfs à vif. Ils se dirigèrent vers l'arrière, puis passèrent dans la cuisine. Bryan inspectait au passage chaque centimètre carré.

Mais il n'y avait toujours personne. Nick demeurait invisible.

Ils se retrouvèrent devant les portes-fenêtres qui donnaient sur la terrasse, à l'arrière. Là, Bryan hésita de nouveau. Il apercevait la voiture de Rico, à l'endroit précis où elle était censée être. Pour l'atteindre, il leur fallait traverser la terrasse, descendre quatre marches et franchir une distance d'environ cinq mètres.

Avec les gros nuages orageux qui encombraient le ciel, il faisait toujours sombre. La visibilité était encore réduite par la pluie fine qui continuait de tomber. Bryan aurait aimé pouvoir utiliser l'éclairage extérieur. Mais si Nick était là, à les attendre, ils trahiraient leur position et leurs intentions sur-le-champ. Cela permettrait à Nick de s'interposer entre eux et leur unique moyen de fuite.

Donc la lumière était exclue.

Il ouvrit une des portes-fenêtres et la franchit aussitôt, entraînant Dawn avec lui. Il sentit qu'elle résistait.

— La voiture de Rico est juste là, insista-t-il.

— Non, je t'en prie. Je ne…

— Je suis sûr qu'il est parti. Allez, Dawn. C'est l'affaire de quelques mètres.

Elle tremblait encore plus, lui sembla-t-il. Le pistolet, dans sa main, lui paraissait aussi dérisoire qu'inutile. Sans lui laisser le moyen de réfléchir, il l'obligea à traverser la terrasse. Ils arrivèrent au niveau des marches et descendirent sur l'herbe détrempée. Bryan pointa le porte-clés électronique vers la voiture et pressa le bouton de déverrouillage des portes.

Dawn se mit à courir en direction du véhicule. Elle ouvrit la portière du côté passager. Bryan la suivait, à moins d'un mètre.

C'est alors que Nick apparut, de l'autre côté de la voiture, braquant son arme sur Dawn.

— Pas si vite, ma puce.

— Non !

Bryan plongea au moment où Nick pressait la détente de son pistolet. Dans la même fraction de seconde, il poussa Dawn par terre, de sa main gauche, ouvrit le feu avec son fusil et sentit quelque chose de brûlant lui transpercer le torse.

— Bryan ! hurla Dawn.

Confusément, il l'entrevit qui rampait sur l'herbe humide vers lui. Il n'entendait plus que les battements désordonnés de son cœur. Il *sentait* la vie qui le désertait peu à peu.

— Dawn… Nick. Attention, chuchota-t-il dans un souffle.

Puis les ténèbres l'engloutirent.

Elle ne voulait rien d'autre que rester à côté de lui. Mais elle n'avait pas oublié ce qu'il lui avait dit. *Nick*. Elle devait faire le tour de la voiture et vérifier si le coup de feu de Bryan avait ou non atteint sa cible. Voir si Nick était blessé, mort… ou s'il l'attendait pour finir sa sinistre besogne.

Abandonnant Bryan, elle ferma la main sur le fusil et longea la voiture, à quatre pattes. Elle atteignit l'avant et risqua un coup d'œil. Puis elle reprit sa progression, lentement, pour rejoindre l'aile opposée. Tremblante, elle attendit un instant, avant de passer la tête et de revenir aussitôt en arrière, haletante.

Nick était étendu sur le dos, immobile.

Elle ferma les mains sur le fusil en même temps qu'elle se redressait, et elle s'approcha, le canon de son arme dirigé vers lui. Il avait les bras en croix. Elle repéra son pistolet, à presque deux mètres de lui. Il avait un énorme trou rouge foncé au milieu du torse. Personne ne pouvait survivre à une telle blessure.

Pourtant, elle fit quelques pas vers lui. Elle pointa le

canon du fusil vers sa tête, inspira, expira, bloqua sa respiration et, fermant les yeux, elle pressa la détente du fusil.

C'en était vraiment terminé. Sans même regarder, elle se tourna pour rejoindre Bryan. Ce qu'elle vit alors l'arrêta net.

Bryan était là, debout, souriant, et il lui tendait les mains.

Horrifiée, elle contourna la voiture en courant.

Le corps de Bryan se trouvait toujours où elle l'avait laissé, immobile.

— Non…

Elle lâcha le fusil, qui tomba dans l'herbe humide.

— Non. Ce n'est pas possible. Bryan…

Elle porta une main tremblante à ses lèvres tandis que son regard passait de la silhouette couchée sur le sol à celle, translucide, qui se tenait à présent devant elle.

— Non, répéta-t-elle dans un souffle. Non…

— Je t'aime, moi aussi, lui dit-il.

Les mots résonnaient étrangement ; ils étaient comme une émanation de la nature environnante.

— Je n'ai jamais cessé de t'aimer, poursuivit-il. Il fallait que tu le saches. Il fallait que je te le dise.

— Bryan ! Ecoute-moi ! Tu dois réintégrer ton corps. Tout de suite ! Tu ne vas pas me quitter comme ça ? Reviens, Bryan ! Tu m'entends ? Je t'en prie, reviens !

Il baissa les yeux sur son propre corps et secoua la tête, lentement, avec tristesse. Une lumière apparut derrière lui. De plus en plus vive. Aveuglante. Dawn n'avait jamais vu une lumière pareille.

— Non ! s'écria-t-elle. Non !

Elle entendit un bourdonnement lointain, comme celui d'un gros insecte. Confusément, elle comprit qu'il s'agissait d'un hélicoptère.

— Je t'en prie, Bryan. Tiens le coup…

Mais il était parti. Si son corps était toujours là, étendu

sur l’herbe mouillée, la silhouette qui se tenait un instant plus tôt devant elle avait disparu.

Elle se laissa tomber à genoux, tremblante, agitée de violents sanglots, et posa la tête sur son torse.

— Ne me quitte pas. Je t’en supplie, ne me quitte pas…

Il se passa alors quelque chose d’incroyable. Une des mains de Bryan se leva, faiblement, et effleura ses cheveux.

Mais ce fut tout.

Epilogue

Quand Dawn sortit de l'hôpital, poussant la chaise roulante dans laquelle Bryan avait pris place, une meute de journalistes, de photographes et de cameramen attendait. Sans doute était-ce normal. La plus grosse affaire criminelle qu'ait jamais connue le Vermont venait d'être résolue par un jeune policier — *son* jeune policier. Et tout le monde voulait connaître ses projets, maintenant.

Elle était aussi curieuse qu'eux, sinon plus.

Les événements dont le cabanon de Nick avait été le théâtre quelques jours plus tôt paraissaient à la fois lointains et terriblement proches…

Grâce à Dieu, Olivia avait réussi à s'aventurer assez loin sur le lac à bord de la barque. Elle avait pu appeler la police pour obtenir de l'aide. Il lui avait suffi de préciser qu'un policier avait été abattu pour qu'un important dispositif soit aussitôt mis en branle.

Bryan n'aurait pas survécu à sa blessure s'il avait dû attendre plus longtemps les premiers soins.

Le secret d'Olivia resterait un secret. Les deux seules personnes qui en avaient connaissance — en plus d'elle-même, de Bryan et Dawn — étaient aujourd'hui décédées. Bryan et Dawn avaient juré de n'en jamais rien dire. Olivia n'ayant pas reçu de nouveaux coups de fil anonymes, elle espérait n'avoir finalement plus rien à redouter.

Dawn aida Bryan à se lever de sa chaise.

— Aucun commentaire ! lança-t-elle aux journalistes avec un geste de la main.

Elle ouvrit la portière de la Mustang, qu'ils avaient finalement récupérée.

Mais Bryan ne monta pas tout de suite à bord. Il se tourna, se tenant d'une main sur le haut de la portière.

— Je veux bien répondre à une ou deux questions, dit-il. Vous, là, avec la casquette de base-ball.

Le journaliste en question croisa le regard de Bryan et lui adressa un clin d'œil. Le visage éclairé d'un grand sourire, il se tourna vers Dawn.

— En fait, ma question est pour vous, mademoiselle Jones.

— Oh, bonjour, monsieur Brown. Je suis ravie de vous revoir.

— De même. J'aimerais connaître vos projets. Pensez-vous rester dans le Vermont, maintenant que cette affaire est terminée ?

Elle sourit, même cette question très personnelle la surprenait.

— Mais je reste, voyons. C'est chez moi, ici.

Elle était sérieuse. Elle n'avait pas revu de fantômes, depuis l'apparition fugitive de celui de Bryan. Elle ignorait si cela se reproduirait. Bryan avait la conviction que son don avait évolué, qu'il s'était transformé en un sens aigu des choses. Elle n'en était pas persuadée. En revanche, elle était certaine que cela n'avait aucune importance. Elle ne quitterait jamais plus Bryan. Quoi qu'elle ait à affronter pour rester à ses côtés.

— J'ai droit à une autre question ? poursuivit Mitch Brown.

— Bien sûr.

Le sourire du journaliste s'épanouit un peu plus.

— Vu que vous restez, envisagez-vous d'épouser notre héros ?

Elle tressaillit imperceptiblement, sous le choc, tandis que les mots se frayaient tant bien que mal un chemin jusqu'à son cerveau.

— Pardon ?

— Il te demande si tu comptes m'épouser, dit Bryan.

Il sortit une bague de sa poche et l'agita sous les yeux de Dawn.

Elle se sentit littéralement fondre. Bryan attendait, sa bague à la main. Tous les journalistes étaient également suspendus à ses lèvres. Sortant soudain de sa torpeur, elle passa les bras autour du coup de Bryan et l'embrassa.

— Oui ! répéta-t-elle entre chaque baiser. Oui ! Oui !

Elle s'arrêta soudain et leva sa main gauche.

Bryan lui glissa la bague au doigt. Elle contempla la petite pierre étincelante, les yeux soudain noyés de larmes. Puis elle se jeta contre lui, pour l'embrasser de nouveau.

— Je crois que ça veut dire oui, les gars, observa un des journalistes.

Des hourras et des applaudissements s'élevèrent pendant que Bryan faisait durer leur baiser, et l'approfondissait. Elle songea qu'elle avait eu droit à une seconde chance. Ils y avaient tous les deux eu droit, grâce à Dieu. Et elle ne la laisserait pas passer.

Pas cette fois.

Plus jamais.

Si, comme nous l'espérons, vous avez aimé *Dans l'ombre du danger*, les pages suivantes vous permettront de découvrir un extrait du deuxième roman de cette trilogie de Maggie Shayne, à paraître le 1er janvier 2012.

1.

Debout sur son lit, Olivia Dupree s'examinait d'un œil critique dans la grande glace de son armoire.

Pour la première fois, aujourd'hui, elle allait rencontrer le seul homme sur cette Terre qui partageait sa vision de la vie — une longue série de déceptions jalonnant une périlleuse traversée qu'il valait mieux réaliser en solitaire —, et elle n'avait rien à se mettre.

Non que ce genre de détail ait une quelconque importance pour elle ! Habituellement, elle se fichait pas mal de ce qu'elle portait. Et elle espérait bien qu'il s'en moquait, lui aussi, car le contraire la décevrait.

Pourtant, elle venait bel et bien de céder à ce réflexe idiot, telle une adolescente stupide, ce qu'elle n'avait jamais été. Elle ne possédait pas de miroir en pied et persistait à penser qu'elle n'en avait nul besoin. Elle s'habillait généralement de façon très simple. Elle portait pour travailler des jupes droites, toutes simples, assorties d'un blazer quand il faisait frais et de confortables escarpins à petits talons. Elle nouait ses cheveux en un chignon serré et se maquillait très peu au quotidien. Après tout, les étudiants en anglais de l'université n'étaient pas vraiment attentifs à la façon dont leur professeur s'habillait. Et elle ne cherchait pas particulièrement à attirer l'attention.

Le week-end, elle troquait cet uniforme contre une

paire de jeans, le chignon contre une queue-de-cheval et le maquillage contre de l'écran solaire.

Rien de plus.

Freddy, son meilleur ami en ce monde, était l'unique spécimen du genre masculin — humain ou autre, mais de l'espèce canine en l'occurrence — auquel elle accordait son entière confiance. Pour l'heure, la tête penchée, il regardait sa maîtresse en train de jouer les équilibristes sur le lit en ayant l'air de penser que ce n'était décidément pas là un endroit où se tenir debout.

— C'est bon, mon vieux, lui dit-elle en le considérant depuis son perchoir. Je vais descendre. Mais, pour toi, le lit est toujours interdit, O.K. ?

Il poussa un énorme soupir et s'allongea sur le sol, faisant glisser pesamment les quatre-vingt-dix kilos de son imposante carcasse au pelage moucheté. Pour un mastiff anglais adulte, il était de taille moyenne. Elle ne l'avait que depuis trois ans et peinait à croire qu'il fût si gros.

Elle espérait qu'Aaron Westhaven n'avait pas d'aversion pour les animaux. Il n'y avait pas de chiens dans ses romans. Sans pouvoir en être sûre, elle pensait cependant qu'il aimerait Freddy. Parce que quiconque avait un cœur avait nécessairement un faible pour lui. Et un cœur, Aaron Westhaven en avait un, c'était certain.

Elle avait le sentiment de bien le connaître. Les romans de l'écrivain solitaire — tous des histoires tragiques à vous briser le cœur — s'alignaient sur ses étagères. Ils étaient son petit secret coupable. Mais ils parlaient aussi à son âme et reflétaient avec intensité et vérité ses propres sentiments sur la vie et sur l'amour, à savoir qu'on ne pouvait vraiment compter que sur soi-même. Aaron Westhaven semblait savoir cela. Et Dieu sait si elle le savait aussi.

Et voici qu'elle était sur le point de rencontrer l'écrivain. Ici même, à Shadow Falls, au fin fond du Vermont.

Elle considéra l'ensemble qu'elle venait d'essayer. Un pantalon noir un peu habillé, un chemisier lavande avec un blazer noir. Trop strict. Elle déboutonna le blazer. Encore trop formel. Elle le retira et trouva alors sa tenue trop négligée.

Agacée, elle jeta le blazer à ses pieds. Grossière erreur ! Prenant son geste pour une invitation, Freddy sauta sur ses pattes et s'élança sur le lit avec un aboiement si puissant qu'elle le sentit résonner dans sa poitrine. Le matelas s'affaissa et les ressorts du sommier protestèrent en grinçant.

— Tu n'as rien à faire sur ce lit ; moi, c'est différent, je voulais me voir en entier ! se justifia-t-elle alors qu'elle luttait pour garder l'équilibre.

Pour toute réponse, le chien bondit de nouveau. Le matelas ondula sous elle comme une mer déchaînée. Elle tomba à la renverse sur le couvre-lit en bataille et partit dans un grand éclat de rire alors que Freddy se jetait sur elle pour lui lécher le visage.

— Quel boulet ! Descends de là !

Immédiatement, il obéit puis resta planté devant le lit en attendant qu'elle vienne le rejoindre. Elle descendit à son tour, échangea le pantalon pour une jupe, glissa ses pieds dans une paire de sandales et jeta un œil sur la pendule posée sur la table de nuit avant de regarder sa montre.

— Hé, Freddy. M. Westhaven est en retard.

Elle fronça les sourcils tandis qu'un petit nœud d'appréhension lui serrait la gorge.

— Il est même carrément en retard.

L'inquiétude l'envahit. Certes elle admirait l'écrivain, mais elle n'avait pas tout à fait confiance en lui. Parce que c'était un homme, tout simplement.

Qu'il ait accepté de venir faire un discours surprise à la soirée de collecte de fonds qu'organisait cet été le département d'anglais était d'ailleurs assez déroutant en soi, même si c'était fantastique. Elle l'avait invité avec la certitude qu'il refuserait, si toutefois il daignait répondre. L'écrivain était connu pour ne jamais se montrer en public. Aussi avait-elle été stupéfaite, et même un peu méfiante lorsqu'il avait donné son accord.

Mais elle s'était efforcée d'oublier ses craintes, mettant celles-ci sur le compte de ses déboires avec les hommes. Et à présent elle comptait sur lui pour ne pas leur faire faux bond et être présent comme promis.

Mais peut-être tout cela avait-il été une erreur, finalement.

Quoi qu'il en soit, elle le saurait très vite, pensa-t-elle. D'un coup de brosse, elle chassa les poils du chien du chemisier lavande qu'elle remplaça par un débardeur de soie vert jade. Ce serait très bien comme ça.

Samuel Overton n'était absolument pas censé prendre le volant sans sa mère à ses côtés. Et encore moins conduire cette grosse Ford Expédition qui ne leur appartenait même pas. C'était pourtant bien ce qu'il était en train de faire. Allons, il s'agissait là du Funkmaster Flex Edition, se dit-il, pas de n'importe quel tout-terrain ! Et il était vraiment génial : motif à damier sur le tableau de bord et la console, peinture personnalisée rouge et noir, sono à tomber. Mieux encore, 300 chevaux, bloc culasse 5,4 litres, 24 valves et moteur V8. Bon sang, ce truc était une mécanique de rêve. Digne d'un salon automobile.

Comment sa mère pouvait-elle croire qu'il résisterait à une telle tentation ? En tout cas, il ne fallait surtout pas qu'elle découvre qu'il y avait cédé.

Kyle Becker, le meilleur ami de Sam, poussa le volume de la musique. D'un geste, Sam écarta sa main du bouton et baissa le son.

— Ça me déconcentre.

— C'est Metallica. On ne baisse pas le son quand c'est Metallica.

— Alors coupe-le.

— Que dalle. Il va bien falloir que tu t'habitues à être déconcentré, dit Kyle affectant l'air expérimenté de celui qui détient déjà son permis et qui, à seize ans, était de six semaines l'aîné de Sam.

— Et pendant que tu y es, reprit-il, tu pourrais dépasser les cinquante kilomètres-heure.

Sam enfonça la pédale de l'accélérateur, augmenta la vitesse et fit jaillir un nuage de poussière derrière eux. Ils s'étaient engagés sur une route secondaire peu fréquentée afin qu'il puisse s'entraîner à piloter une voiture qui en avait un peu plus dans le ventre que le 4x4 de sa mère.

Un petit bruit métallique lui fit réaliser qu'il projetait des gravillons en plus de la poussière. Secouant la tête, il freina et se rangea sur le côté.

— C'est stupide. Cette route est complètement nulle. En plus, tu as vu la poussière ?

— Je t'ai dit qu'on laverait la voiture avant de la remettre au garage, insista Kyle. Personne ne saura jamais qu'on s'en est servi.

— O.K., sauf si je finis par avoir un problème avec. Le Pr Mallory s'en rendra compte à son retour d'Europe, même si ma mère n'y voit que du feu.

Sam soupira, agacé contre lui-même. Il commençait à prendre conscience que leur virée avait peu de chances de passer inaperçue. Sa mère était de celles qui découvrent *toujours* tout.

— Je suis vraiment stupide de t'avoir écouté…

— Mais non. Tu as bien besoin d'une bagnole pour t'entraîner, non ? Comment comptes-tu passer ton permis la semaine prochaine sinon ? Et comme tu ne peux pas prendre la voiture que ta mère gare jour et nuit devant son foutu hôpital…

— Ouais, d'accord. Mais je ne peux pas non plus continuer à emprunter la supervoiture de Mallory. Enfin, je ne devrais pas. Il l'a confiée à maman. Ce n'était pas pour qu'on s'en serve en son absence…

— Pourquoi ? Tu ne fais rien de mal. En plus il a demandé à ta mère de la conduire de temps en temps pour la garder en forme, pas vrai ? Tu l'*aides*, mon gars.

— Tu ne dirais pas ça si c'était la voiture de tes rêves que je conduisais sur ce sentier de chèvres, dit Sam. Si maman le découvre, elle va piquer une sacrée crise.

— Elle ne le saura pas, assura Kyle comme s'il s'en portait garant.

La poussière se dissipa et Sam soupira.

— On rentre. On doit encore faire le plein et laver la carrosserie. En espérant que personne ne nous remarque sur le chemin du retour.

— Ouais, dit Kyle. Je crois que c'est mieux. Mais on peut la conduire direct dans le garage de ta mère, remplir le réservoir avec un jerricane et la laver là-bas. On n'attirera pas l'attention. Tu veux que je conduise ?

Sam acquiesça.

— Au cas où on croise un flic, expliqua-t-il. Maman sera encore plus en rogne si je prends une amende pour conduite non accompagnée.

Il ouvrit la portière et contourna le véhicule pour gagner le siège du passager.

Kyle sortit de son côté, mais s'immobilisa un instant, les yeux fixés sur le bord de la route à une dizaine de mètres devant eux. Soudain, il se raidit et sa mâchoire s'affaissa.

— Quoi ? demanda Sam, qui essayait de distinguer ce que voyait son ami.

Kyle indiqua un point du doigt.

— Merde, c'est un corps, ça ou quoi ?

— Tu déconnes !

Sam repéra la masse qui avait attiré l'attention de son ami. Quelque chose qui, il devait bien l'admettre, avait tout l'air d'un individu gisant dans l'herbe au pied d'un talus.

Les deux garçons se dirigèrent vers le tas de vêtements qui dessinait une silhouette humaine et s'en approchèrent autant que possible sans quitter la route.

— Aucun doute, Sam, dit Kyle. Il y a un type en bas. Et il ne bouge pas.

— Va voir s'il est vivant, répondit Sam en le poussant du coude et en tirant son téléphone portable de sa poche.

— Va te faire foutre ; toi, va voir s'il est vivant !

— Bien, répliqua Sam en lui tendant le téléphone. Alors appelle les secours… et ma mère à l'hôpital.

— Moi, je n'appelle pas ta mère, soupira Kyle en secouant la tête. *Je* vais voir s'il est vivant.

Lorsque son téléphone sonna enfin, Olivia n'avait pas encore renoncé à voir arriver son invité de marque. Certes, le souci extrême qu'il avait de sa vie privée était légendaire, et elle aurait dû se fier à l'instinct qui lui dictait de se méfier de sa promesse. Au départ, elle s'était d'ailleurs dit que le responsable événementiel n'accepterait jamais les conditions d'Aaron Westhaven : ni presse, ni publicité, ni photographes, ni hôtel. Mais il avait consenti à tout et Westhaven avait accepté l'offre d'Olivia de loger dans sa chambre d'amis, plutôt que dans les auberges et chambres d'hôtes de la ville, où il risquait d'être reconnu. Conviés sur invitation exclusivement, les participants à la soirée ignoraient encore le nom de l'invité surprise. Ils étaient seulement avertis de la présence d'un éminent visiteur dont la réputation ferait honneur à leurs donations. Les billets avaient été vendus en un temps record.

Et, maintenant, il semblait qu'il ne se montrerait jamais.

Et elle aurait dû s'en douter, se disait-elle. Il fallait vraiment être naïf pour croire qu'il tiendrait parole. Rares étaient les personnes en qui on pouvait avoir confiance. Parmi les hommes surtout.

Quand le téléphone sonna, elle reprit aussitôt espoir. Oubliant ses idées réalistico-catastrophistes, elle décrocha si vite qu'elle ne prit pas le temps de regarder l'identité du correspondant.

— Pr Dupree, annonça-t-elle.

— Salut, Olivia, lui répondit une voix de femme. C'est Carrie Overton. Comment vas-tu ?

— Carrie ?

S'attendant plutôt aux excuses et justifications de son correspondant, elle hésita un instant, déconcertée. Son front se barra d'un pli. Elle écarta le téléphone et consulta l'identité de l'appelant qui s'affichait sur l'écran. Hôpital général de Shadow Falls. Elle haussa les sourcils et replaça le combiné contre son oreille.

— Ça va. Je suis un peu stressée, là, maintenant, mais… tout va bien ?

Carrie était l'une des seules femmes avec qui, au cours des seize dernières années, elle avait bâti ce qui pouvait ressembler à une amitié. Une amitié qui restait légèrement à distance, toutefois. Olivia savait qu'il est délicat de laisser trop s'approcher les gens lorsque, comme elle, on a un passé lourd de secrets.

— J'appelle de…

— L'hôpital, je sais, coupa Olivia alors qu'un nœud d'inquiétude se formait dans sa poitrine.

Carrie n'avait absolument aucun motif pour l'appeler aujourd'hui, et surtout pendant ses heures de travail.

— Que se passe-t-il ?

Carrie prit une grande inspiration et se lança.

— O.K., voilà. J'ai un patient ici. Sexe masculin, la trentaine, cheveux et yeux noirs, environ un mètre quatre-vingts, plutôt pas mal, identité inconnue.

— Carrie, on dirait que tu cherches à caser un chien errant.

— En quelque sorte. Il avait ta carte de visite dans la poche, alors j'ai pensé que tu pourrais peut-être nous aider à l'identifier.

Olivia ferma lentement les yeux tandis que son esprit rassemblait les informations. Mon Dieu ! Est-ce que ça pouvait être Aaron Westhaven ?

A paraître le 1er novembre

Best-Sellers n°486 • suspense

Un mystère à Black Falls - Carla Neggers

La petite ville de Black Falls, dans le Vermont, semble bien paisible sous son rideau de neige… jusqu'à ce que Rose Cameron, experte en sauvetages d'urgence, découvre un corps carbonisé, presque méconnaissable. Presque… car Rose est sûre de savoir de qui il s'agit, et elle est convaincue que cette mort n'a rien d'un accident. D'autant que Nick Martini, un pompier expérimenté qui est venu la trouver, soupçonne lui aussi l'intervention d'un pyromane. Nick, un homme séduisant qu'elle n'avait jamais revu depuis la nuit de passion qu'ils ont partagée l'année précédente. Bouleversée par ces retrouvailles mais décidée à faire le jour au plus vite sur cette sombre affaire, Rose met de côté ses sentiments et accepte de collaborer avec Nick pour traquer un dangereux criminel – au risque de se retrouver prisonnière d'un piège de feu.

Best-Sellers n°487 • suspense

Mémoire à vif - Brenda Novak

De retour dans le Tennessee à Whiterock, sa ville natale, après douze années d'absence, Sheridan Kohl redoute de voir son passé refaire surface, et avec lui les terribles souvenirs qui ont bouleversé sa vie. Et même si elle a peu à peu reconstruit son existence autour de l'association d'aide aux victimes qu'elle a créée en Californie avec deux amies, elle sait que seule la vérité sur son agression et sur le meurtre dont elle a été le témoin adolescente pourra la libérer des cauchemars qui hantent ses nuits. Mais à peine arrivée, Sheridan est à nouveau victime d'une agression et ne doit la vie sauve qu'à l'intervention de Cain Granger, son amour de jeunesse. Cain, un mauvais garçon au charme ravageur que toute la petite communauté de Whiterock soupçonne encore d'être l'auteur du crime que Sheridan est venue résoudre.

Best-Sellers n°488 • suspense

Menacée - Karen Harper

Lorsqu'elle se rend dans un coin perdu de l'Alaska pour un stage professionnel, l'avocate Lisa Vaughn espère profiter pleinement de ces quelques jours en pleine nature. Pourtant, dès son arrivée, une étrange impression d'être épiée la met mal à l'aise. Un malaise qui se transforme en panique lorsque Lisa est précipitée dans les eaux tumultueuses et glacées du torrent Wild. Un torrent dont elle ne serait jamais sortie vivante si Mitch Braxton ne s'était embarqué en kayak dans une course folle sur les rapides pour la sauver. Mitch, le directeur du stage, mais aussi et surtout son ancien fiancé, cet homme qui lui a déchiré le cœur en partant vivre loin d'elle plusieurs années auparavant. Bouleversée et désorientée, Lisa accepte la proposition de Mitch de veiller sur elle et de l'aider à enquêter. S'agit-il d'un simple accident, d'une menace ? Ou, aussi incroyable que cela puisse paraître, quelqu'un souhaite-t-il réellement la tuer ?

Best-Sellers n°489

Magie d'hiver

Les cinq histoires réunies dans ce livre explorent la magie d'un hiver de givre où la douceur ouatée de la neige et la chaleur réconfortante des feux de bois accompagnent toutes les promesses d'amour… Amour impossible d'Alanna qui, le soir de Noël, ne peut pas accepter la demande en mariage de Ian alors qu'il va bientôt devoir partir. Amour renaissant de Noelle et Thom, séparés depuis dix ans, qui se retrouvent au moment des fêtes de fin d'année. Amour passionné d'Elaine et Tony qui, depuis leur adolescence, se donnent rendez-vous à chaque veille de Noël. Jusqu'au jour où Elaine attend Tony en vain… Amour fou et imprévu de Devin pour Robin et le bébé qu'elle met au monde un soir de tempête. Un amour qui fait naître en lui le désir d'une vraie famille. Amour absolu d'Amy qui rêve pour ses enfants du plus merveilleux des réveillons de Noël. Autant de rencontres imprévues, de brûlantes étreintes, de retrouvailles bouleversantes et de tendres réconciliations…

Best-Sellers n°490 • suspense

L'île des disparues - Heather Graham

Quand Chloé Marin, jeune et talentueuse psychologue, collabore à une enquête de police sur la mystérieuse disparition d'un jeune mannequin sur une petite île de Floride, elle ne s'attend pas à voir son propre passé ressurgir. Et surtout pas ces meurtres terribles qui l'ont brisée lorsqu'elle était adolescente et qu'elle a essayé d'enfouir au plus profond de sa mémoire. Pourtant, à peine démarre-t-elle ses recherches que des crimes sont commis et lui rappellent le drame dont elle a été témoin dix ans plus tôt. Mais le plus perturbant, ce sont encore ces visions qui s'emparent de son esprit. Des visions incroyablement réalistes de la jeune femme disparue implorant son aide. Dès lors Chloé n'a plus le choix. Prête à tout pour faire la lumière sur cette affaire, elle s'associe à Luke Cane – un détective privé secret et mystérieux à qui elle a rapidement accordé sa confiance. Mais elle ne sait pas encore à quel point sa protection lui sera précieuse. Ni qu'elle est désormais la cible d'un tueur implacable. Un tueur qui n'est jamais loin …

Best-Sellers n°491 • thriller

Le silence de la peur - Karen Rose

Son projet était désespéré. Mais Mary Grace Winters savait que la seule manière pour elle et pour son fils d'échapper à son mari, un policier violent qui les maltraitait, était de mettre en scène leur propre mort…

Aujourd'hui, tout ce qu'il reste de leur ancienne vie gît au fond d'un lac. Sous une nouvelle identité, Mary Grace a trouvé refuge avec son petit Tom à Chicago, loin de sa ville natale. Et sous le nom de Caroline Stewart, elle a presque oublié le cauchemar qu'elle a fui sept ans auparavant, au point de se laisser aller à une relation amoureuse avec son nouveau collègue, Max Hunter. Max, un homme qui est lui aussi hanté par d'anciennes et profondes blessures, et qui lui a spontanément inspiré confiance. Pourtant, elle l'ignore encore, son passé est sur le point de ressurgir et de faire voler en éclats la vie paisible qu'elle s'est construite. Car son mari a retrouvé sa trace et celle de son fils. Pas à pas, il se rapproche…

Best-Sellers n°492 • historique
Innocente trahison - Kat Martin

Angleterre, 1854.
Depuis qu'ils l'ont recueillie chez eux après la mort de ses parents, Lily Moran voue une loyauté sans faille aux Caulfield, et surtout à leur fille Jocelyn dont elle est devenue la dame de compagnie. Une loyauté qui est mise à rude épreuve lorsqu'elle rencontre Royal Dewar, duc de Bransford, auquel Jocelyn est promise depuis des années. Car si Lily sait que cet homme ne lui appartient pas, elle ne peut ignorer l'intense désir qui s'installe entre eux dès les premiers instants. Et bientôt, incapable de résister à la tentation, Lily s'abandonne entre les bras du duc pour un baiser d'une incroyable sensualité.
Pourtant, elle le sait, Royal n'a rien de plus à lui offrir que ces quelques instants de plaisir volés. N'a-t-il pas promis à son père qu'il épouserait Jocelyn, ainsi que sa fortune, pour restituer son prestige au duché de Bransford ? Alors, déterminée à mettre un terme à ce vain jeu de séduction, Lily fait tout pour éviter le fascinant Royal. Jusqu'à ce que le destin les pousse à commettre l'irréparable…

Best-Sellers n°493 • suspense
Tensions - Francis Roe
Pour la première fois depuis le début de sa brillante carrière de chirurgien à New Coventry, le docteur Caleb Winter est confronté à un terrible cas de conscience : afin de sauver la vie de sa patiente, Céline de la Roche, il devrait normalement pratiquer une intervention classique et en accepter les effets secondaires indésirables. Et pourtant, cette fois, il se sent prêt à risquer sa carrière et sa réputation pour tenter une « première » médicale en pratiquant sur elle une greffe très risquée. Caleb a en effet des raisons personnelles de vouloir tenter le tout pour le tout. Et même si son devoir de médecin lui impose la plus stricte neutralité, il sent bien que son jugement est altéré par l'irrépressible attirance qu'il éprouve pour Céline. Car sa patiente – une femme de pouvoir qui dirige une maison d'édition new-yorkaise -, est jeune, belle et intelligente. Fragile aussi. Une fragilité qui fait écho à sa propre solitude dans un monde hospitalier fait de rivalités et de querelles de pouvoir, où Caleb suscite de terribles jalousies. Mais peut-il vraiment se lancer dans une lutte sans merci pour Céline… au risque de tout perdre ?

Composé et édité par les
éditions Harlequin
Achevé d'imprimer en août 2011

BRODARD & TAUPIN

La Flèche
Dépôt légal : septembre 2011
N° d'imprimeur : 64220

Imprimé en France